그녀의
세번째
이름

ONE STEP TOO FAR
by Tina Seskis

이 도서의 국립중앙도서관 출판예정도서목록(CIP)은
서지정보유통지원시스템 홈페이지(http://seoji.nl.go.kr)와
국가자료공동목록시스템(http://www.nl.go.kr/kolisnet)에서 이용하실 수 있습니다.
(CIP제어번호: CIP2019000273)

그녀의 세번째 이름

티나 세스키스
장편소설

윤미나 옮김

문학동네

일러두기

1. 본문 중의 주석은 모두 옮긴이주입니다.
2. 고딕체는 원서에서 이탤릭체와 대문자로 강조된 부분입니다.

엄마에게 바칩니다

차례

1부

1

2010년 7월

플랫폼을 걸어가는 동안, 마치 다른 사람을 밀치고 지나가는 것처럼 열기가 묵직하게 느껴진다. 기차를 타야 하는지 잘 모르겠지만 어쨌든 타기로 한다. 나는 긴장한 채 통근자들 사이에 앉아 있다. 객차의 움직임에 따라 이 안을 가득 메운 승객들과 함께 이전 삶에서 새로운 삶으로 이동하는 중이다. 사람이 많고 바깥 날씨가 푹푹 찌는데도 기차 안은 서늘하고 이상하리만큼 텅 빈 듯 느껴진다. 이런 횡한 감각이 마음을 약간 가라앉혀준다. 여기 있는 누구도 내 사연을 모른다. 마침내 나는 익명의 존재가 되었다. 여행가방을 든 그저 또다른 젊은 여자일 뿐. 실은 여기 있지 않은 것처럼 표류하는 느낌이다. 그러나 여기 있다. 몸 아래 단단한 의자가 느껴지고 창밖으로 휙휙 지나가는 집들의 뒷모습을 보면 알 수 있다. 나는 해냈다.

생각해보면 원래 삶을 박차고 나와 새로운 삶을 시작한다는 게 얼마나 쉬운지 우스울 정도다. 새로 시작하기에 충분한 돈, 그리고 두고 온 사람들을 생각하지 않겠다는 굳은 결심만 있으면 그만이다. 오늘 아침 나는 보지 않고 그냥 떠나려고 했다. 그러나 마지막 순간, 무엇에 이끌린 듯 침실로 가서 잠든 그의 모습을 보며 서 있었다—정말이지 인생의 첫날을 아직 시작하지도 않은 갓난아기처럼 곤히 자고 있었다. 찰리가 자는 방은 들여다볼 엄두도 나지 않았다. 내 기척에 잠을 깨기라도 하면 발이 묶여버릴 것임을 나는 알고 있었다. 그래서 조용히 문을 닫고 그들을 떠났다.

내 옆에 앉은 여자가 커피를 가지고 끙끙대는 중이다. 짙은 색 정장 차림의 사무적인 인상이 예전의 내 모습과 약간 비슷하다. 그녀는 플라스틱 뚜껑을 열려고 애쓰지만, 꽉 끼어서 꼼짝하지 않는다. 몸부림 끝에 결국 컵이 흔들리며 뚜껑이 떨어져나오고 우리 둘에게 뜨거운 커피가 솟구친다. 여자는 부산스럽게 사과하지만, 나는 걱정 말라는 뜻으로 그저 고개를 살짝 젓고 무릎을 내려다본다. 회색 가죽재킷의 진한 얼룩을 닦아내야 하는데—안 그러면 옷을 버릴 테고 남들 눈에도 이상하게 보일 것이다—커피가 쏟아지는 바람에 왠지 마음이 동요했다. 뜨거운 눈물이 커피 자국과 뒤섞이고, 나는 고개를 들지 않으면 아무도 알아차리지 못할 거라고 간절한 마음으로 생각한다.

신문을 사러 들르지 않은 게 이제야 후회된다. 그러나 명색이 도망치는 날인데, 신문 가게에서 정상적인 사람들과 함께 줄을 선다는 게 적절하지 않은 것 같았다. 여기 앉아 있자니 신문이 있었으면 하는 아쉬움이 생긴다. 지면을 빽빽이 채운 단어들에 빠져들어 정신을 집중하고 마음속 사악한 생각을 몰아낼 수 있으면 좋을 텐데. 읽을거리가 없어서, 창밖을 보며 사람들의 시선을 피하는 것 말고는 할일이 없어서 불안하다. 나는 맨체스터가 서서히 멀어지는 광경을 쓸쓸히 바라본다. 한때 사랑했던 그 도시를 다시는 못 볼 수도 있을 것이다. 기차는 태양에 그을린 들판과 이름 모를 낯선 마을 가운데로 돌진한다. 지금 이렇게 빨리 달리고 있지만 이 여행은 끝나지 않을 것만 같다. 내 몸은 일어나서 달리려고 안간힘을 쓴다. 하지만 어디로? 나는 이미 도망치고 있다.

문득 한기가 느껴진다. 처음에는 서늘한 에어컨 바람이 반가웠지만 이제 뼈가 시린 냉기에 재킷을 한껏 여민다. 몸을 떨며 고개를 숙이고 끊임없이 눈물이 새어나오는 눈을 감는다. 소리 없이 우는 일이라면 능숙하지만 울고 있다는 사실이 재킷 위로 자꾸만 드러난다—살며시 흘러내리는 눈물이 옷감에 넓게 퍼진다. 왜 이렇게 차려입었지? 얼마나 우스꽝스러운 일이야? 그냥 하루 여행을 다녀오는 게 아니잖아. 도망치는 거야. 내 삶을 떠나는 거라고. 필요 이상으로 과해. 머릿속에서 들리는 소리와 철길을 달리는 기차의 리듬이 뒤섞인다. 유령이 먼지처럼 흩어지듯 공포가 스르르 사라질 때까지 나는 눈을 감고 있다. 그리고 어찌됐든 계속 그렇게 머물러 있다.

나는 크루역에서 내린다. 중앙홀 앞에 있는 신문 가게로 가서 신문, 잡지, 페이퍼백을 산다. 다시 곤란한 상황에 처하면 안 된다. 한동안 화장실에 몸을 숨기고서 거울에 비친 창백한 얼굴과 얼룩진 재킷을 바라보다가 긴 머리를 풀어 얼룩을 가린다. 억지로 미소를 지어본다. 일그러진 미소, 어쩌면 가짜 미소라고도 할 수 있을 표정이 만들어진다. 하지만 확실히 미소다. 최악은 지나갔기를, 적어도 오늘 하루만은 그렇기를 바란다. 몸이 덥다. 열까지 나는 것 같아 얼굴에 물을 끼얹자 재킷에 또다른 자국이 생긴다. 이제는 어찌해볼 도리도 없다. 나는 재킷을 벗어 여행가방에 쑤셔넣는다. 내 모습을 멍하니 바라본다. 낯선 사람이 보인다. 머리를 내린 모습이 꽤 마음에 든다. 좀 어려 보이고, 올렸던 머리를 풀어 생긴 구불구불한 자국이 지저분하지만 한편으로는 보헤미안처럼 보인다. 건조기에 손을 말리는데 손가락에 뜨거운 금속이 느껴져 아직도 결혼반지를 끼고 있는 걸 알아차린다. 반지를 뺀 적은 한 번도 없다. 바다가 내려다보이는 테라스에서 벤이 반지를 끼워준 그날 이후로 한 번도. 나는 반지를 빼들고 어떻게 해야 할지 몰라 망설인다— 이건 에밀리의 반지다. 더이상 내 것이 아니다. 이제 내 이름은 캐서린이니까. 작은 다이아몬드 세 개가 반짝거리는 정교한 백금 반지, 이 반지가 나를 슬프게 한다. 그는 이제 나를 사랑하지 않아. 그래서 나는 반지를 그 자리에 내려놓는다. 2번 플랫폼 옆 공중화장실에 놓인 비누와 나란히. 그리고 유스턴으로 가는 다음 기차를 탄다.

2

삼십 년도 더 된 어느 평범한 날, 프랜시스 브라운은 체스터병원에서 다리를 벌려 고리에 건 채 누워 있고 의사들이 그곳을 이리저리 쿡쿡 찔러대는 중이었다. 그녀는 충격에 휩싸여 있었다. 출산자체는 빠르고 짐승 같았다. 아는 게 별로 없긴 해도 절대 평범한첫 출산은 아니었다. 당시는 의사들이 말을 많이 해주지 않아 그녀는 무엇이 기다리고 있을지 전혀 몰랐다. 그러나 머리가 보이고 미끌미끌한 생명체가 몸 아래 침대에 툭 떨어진 마당에, 아이 하나가더 나올 거라는 의사들의 말을 들으리라고는 확실히 예상하지 못했다.

프랜시스는 뭔가 일이 생겼음을 알았다. 분만실 분위기가 순식간에 달라졌고 모든 의사가 우르르 몰려와 침대 주변을 에워싸고근심스럽게 이야기를 주고받았다. 그녀는 딸아이에게 무슨 문제가 생겼다고 생각했다. 그러나 그렇다 해도 왜 그들은 아이를 돌보는 대신 그녀를 이곳저곳 쿡쿡 찔러대고 있었을까? 마침내 한 의사가 고개를 들었고, 그의 미소에 그녀는 어리둥절해졌다. "아직 끝나지 않았네요, 브라운 부인." 그가 말했다. "지금 당장 아기를 하나 더 꺼내야 해요."

"뭐라고요?" 그녀가 말했다.

의사가 다시 말했다. "축하드려요, 브라운 부인. 곧 쌍둥이 엄마가 되실 거예요. 두번째 아기를 낳으셔야 해요."

"무슨 소리예요?" 그녀는 소리를 질렀다. "난 이미 아기를 낳았는데."

이제 충격에 빠져 그곳에 누워 있는 그녀의 머릿속에는 자신이 아기 둘을 원치 않는다는 생각뿐이었다. 그녀는 오직 하나만을 원했다. 아기침대도, 유모차도, 배내옷도 하나였다. 준비된 것은 한 명의 삶이었다.

프랜시스는 천성이 계획적인 사람이었다. 놀라는 일은 좋아하지 않았고 더더군다나 이렇게 중대한 사건은 전혀 원치 않았다. 무엇보다 또다시 분만을 하기에는 너무 지쳐 있었다―첫번째 분만은 진행이 빨랐을지 몰라도 격렬하고 충격이 심했던데다가 예정보다 삼 주 가까이 일렀다. 그녀는 눈을 감고 앤드루가 언제 도착할지 생각했다. 사무실로는 연락이 되지 않았다. 분명 누군가를 만나러 나갔을 것이다. 그리고 진통 간격이 일 분 삼십 초로 빨라지자 유일한 선택은 구급차를 부르는 것뿐임을 알았다.

그래서 첫아기는 솟구치는 붉은 피와 외로움의 상처 가운데 태어났다―그리고 이제 두번째 아이가 나올 거라는 말을 들었고 남편은 여전히 오지 않았다. 아기 하나를 낳는 데도 별로 관심이 없어 보이던 앤드루가 이런 반전을 어떻게 생각할지 알 수 없는 노릇이었다. 그녀는 흐느끼기 시작했다. 콧물을 훌쩍거리는 요란한 격격 소리가 작은 병원 곳곳에 울려퍼졌다.

"브라운 부인, 진정 좀 하죠!" 조산원이 말했다. 프랜시스는 조산원의 심술궂은 얼굴과 꽥꽥거리는 목소리가 거슬렸다―대체 일을 어떻게 하는 거야. 그녀는 노엽게 생각했다. 저 여자는 어떤 상황에서도 기쁨을, 출산의 아름다움조차 빨아들일 것이다. 마치 사악한 풀무처럼.

"아기를 볼 수 있어요?" 프랜시스가 말했다. "난 아직 애를 보지도 못했어요."

"검사중이에요. 지금 이 아기에만 집중하세요."

"나는 그 아기에 집중하고 싶지 않아요. 진짜 내 아기를 원해요. 진짜 내 아기를 주세요." 그녀는 이제 날카롭게 소리지르고 있었다. 조산원은 아산화질소 마스크를 가져다가 프랜시스의 얼굴에 대고 세게 눌렀다. 프랜시스는 목이 막혀 마침내 소리지르기를 그쳤다. 그렇게 조용해지면서 전의를 상실했고, 그날 병원 침대 위에서 그녀 안의 무언가가 죽어버렸다.

앤드루는 둘째 딸이 세상에 나오는 걸 보기에는 너무 늦게 나타났다. 허둥지둥하며 어색해하는 듯 보였고, 아들에 대한 바람을 딸하나도 아닌 둘로 보상받았다는 점이 특히 더 당황스러운 것 같았다. 한 아기는 분홍빛을 띤, 예쁘고 완벽한 모습이었다. 다른 아기는 더러운 시트 위에 푸르스름하고 흉한 몰골로 누워 있었다. 폐에 공기가 들어가지 못하도록 탯줄이 막아서 자궁 밖의 삶이 시작되지 못한 탓이었다. 그가 들어왔을 때 분위기는 치열하고 심각했다. 의사는 아기의 목에서 솜씨 좋게 탯줄을 풀어 잘랐고, 앤드루의 눈앞에서 피범벅이 된 그 작은 몸을 신생아 소생실로 데려가고 간호사 하나가 진공흡입기를 들고 와 아기의 기도에서 나온 배설물과 찌꺼기를 빨아들였다. 얼마 후 그들은 고통에 찬 분노의 울부짖음을 들었다. 아기는 쌍둥이 자매보다 정확히 한 시간 늦게 삶을 시작했다. 다른 행성에서 온 생명체 같은 소리를 냈고 생긴 것도 그랬다.

"불쌍한 여보, 정말정말 미안해." 앤드루는 창백하고 후줄근해진 아내에게 속삭이며 새 생명을 낳느라 붉어진 손을 잡았다.

프랜시스는 더티 해리* 스타일의 정장 차림에 타이를 풀어헤친 그를 노려보았다. "뭐가 미안한데? 당신이 여기 없었던 거? 아니면 내가 쌍둥이를 낳아서?"

그는 그녀를 제대로 보지 못했다. "전부 다." 그는 말했다. "하지만 지금은 여기 있잖아. 우리는 준비된 가족이 될 거야. 아주 멋지겠지. 두고봐."

"브라운 씨, 이제 밖에 나가서 기다리세요." 조산원이 말했다. "부인을 씻기고 찢어진 곳을 치료해야 해요. 다시 부르면 그때 들

---

* 클린트 이스트우드 주연의 시리즈 영화에 나오는 주인공 경찰.

어오세요." 그리고 손을 내저어 그를 쫓아냈다. 프랜시스는 죄책
감과 두려움, 두 딸과 함께 다시 홀로 남겨졌다.

　프랜시스는 항상 자신이 좋은 엄마가 될 거라고 생각했다. 해야
할 일을 정확히 안다고 생각했다—쉽지는 않을 테지만 잘해낼 거
고, 잘생긴 새신랑과 든든한 가족, 모성 본능이 있었다. 그러나 막
상 출산의 상처를 겪고 기대하지 않은 두 아이가 생기고 보니 어
쩔 줄 몰랐다. 아이는 하나가 아니라 둘이었고—끊임없이 먹이거
나 어르거나 기저귀를 갈아줘야 했다—남편은 그녀의 몸에서 아
기(아기들!)가 자라던 때부터 슬금슬금 멀어지는 듯 보였다.
　그들은 둘째 딸을 뭐라고 불러야 할지도 생각하지 못했다. 한 아
이는 벌써 몇 주 전에 에밀리라는 이름을 정해놓았다. 정식 이름은
캐서린 에밀리였는데—프랜시스는 그런 식으로 붙여 부르면 더
멋있다고 생각했다—두번째 선택지가 필요할 거라고는 물론 예
상치 못했다. 앤드루는 실용적인 사람이라 하나는 캐서린으로, 다
른 하나는 에밀리로 부르자고 제안했다. 그러나 프랜시스는 이름
을 나누고 싶지 않았다. 두 이름은 붙어 있어야 썩 잘 어울려, 라고
그녀는 말했다. 그래서 기대하지 않은 쌍둥이의 이름은 처음부터
다시 시작해야 했다. 결국 캐럴라인 레베카로 결정을 보았지만 프
랜시스는 둘 다 별로 마음에 들지 않았다—그래도 앤드루가 제안
한 이름이고 어쨌든 다른 대안은 생각할 엄두가 나지 않았다. 그녀
는 그 사실을 비밀로 했고, 그것은 한 가지 진실을 뒷받침하는 많
은 추가 증거 중 첫번째였다. 진실은 분만이 몇 초 더 길었더라도,

탯줄이 아주 약간 더 팽팽했더라도, 불쌍한 캐럴라인 레베카가 첫 숨을 쉬기도 전에 멈췄더라도 그녀는 전혀 신경쓰지 않았으리라는 점이었다. 그런 생각을 밀어내려는 노력(누구에게 말할 수 있었겠는가?)은 프랜시스의 삶에서 오랜 세월을 차지했고, 덕분에 한때 부드럽고 모성이 가득했던 내면의 중심은 딱딱해졌다.

프랜시스는 병원에서 칠 일을 더 보냈고, 그동안 적어도 겉으로는 출산의 상처, 남편의 부재, 자신이 쌍둥이 엄마라는 상당히 믿기 어려운 사실에서 회복되는 듯 보였다. 그녀는 자신의 유일한 선택지가 최대한 상황을 좋게 보고 두 딸아이를 받아들이는 거라고 마음을 굳혔다. 사실 어쩌면 결국에는 아이가 둘인 편이 좋을 거라고. 그러나 쉽지 않았다. 에밀리와 캐럴라인은 처음부터 달랐다. 태어났을 때부터 쌍둥이라는 사실을 알아보기 힘들었다—에밀리는 분홍빛에 통통했고, 캐럴라인은 마르고 병약하고 창백하고 언니보다 900그램 가까이 가벼웠다. 에밀리는 아무 문제가 없었지만 캐럴라인은 엄마의 가슴을 거부했다. 에밀리의 체중이 늘수록 캐럴라인은 점점 줄었다.

프랜시스는 천성적으로 인내심이 강했다. 그녀는 캐럴라인을 데리고 노력하고 또 노력했다. 젖꼭지에서 피가 나고 신경이 너덜너덜해질 때까지 계속. 두 아이를 똑같이 대하겠다는 의지가 굳건했다—아이가 둘이라는 사실을 이제 인정해야 했다. 결국 나흘째 되는 날 간호사 하나가 단호한 태도로 캐럴라인에게 우유병을 주며 아이를 굶길 수는 없다고 말했다. 캐럴라인은 작은 입으로 고무젖

꼭지를 맹렬하게 빨았다. 반면 프랜시스는 실패자가 된 기분이었고 둘 사이의 유대는 또다시 끊어졌다.

에밀리의 체중을 빠르게 따라잡은 후 몇 달 사이 캐럴라인은 우유병을 완전히 사랑하게 되었다. 가느다란 팔다리에 살이 오르고 통통하게 부풀어오른 모습을—쪼글쪼글한 피부와 살찐 붉은 뺨을—프랜시스는 매력적이라 여기려고 열심히 애썼다. 마치 캐럴라인은 아무리 빨리 자라도 성에 차지 않는 것처럼, 그 나이에 벌써 에밀리를 밟고 서려고 안달이 난 것처럼 보였다. 아이는 먼저 기고 먼저 걸었고 엄마의 얼굴에 먼저 이유식을 뱉었다. 프랜시스는 캐럴라인이 정말 다루기 힘든 아이인 걸 알았다.

쌍둥이는 나이가 들수록 신체적으로 더 비슷해졌다. 세 살 무렵에는 젖살이 빠지고 머리는 숱이 많은 직모가 되었고, 프랜시스가 잘라준 대로 나란히 투박한 단발머리를 하고 다녔다. 그녀는 둘을 똑같이 입혔고—70년대에는 흔히들 그랬다—이제 두 아이를 구분하기는 어려웠다.

오직 기질만이 둘의 차이를 드러냈다. 에밀리는 타고나길 행복하고 평온한 아이였다. 단순하게 세상과 어울리고 주어진 것을 최대한 활용할 줄 알았다. 캐럴라인은 약하고 예민했다. 놀라는 일을 참지 못했고 제 맘대로 안 되는 것을 싫어하고 시끄러운 소리에 화를 냈다. 그러나 무엇보다도 엄마가 언니를 맘 편히 사랑하는 것을 참지 못했다. 당시에도 여전히 생존자라는 감각이 남아 있던 캐럴라인은 아버지에게 도움을 구했지만 부모로서 역할이 미미했던 앤드루는 없는 사람이나 마찬가지였다. 마치 그 모든 것이 그에게는 너무 강렬한 것 같았다. 그리고 캐럴라인은 정말로 거기 있어서는 안 될 사람처럼, 가족을 잠시 방문하는 손님 같은 위치에 남겨졌다. 프랜시스는 편애를 절대 공공연히 드러내지 않으려고 조심했다―쌍둥이는 항상 똑같은 음식을 먹고 똑같은 옷을 입고 잠자리에서 똑같이 키스를 받았다. 그러나 쌍둥이는 이것이 엄마에게 끼친 엄청난 손실을 느꼈고, 그것은 그들 각자에게도 부담을 남겼다.

체스터에 있는 한 주택단지의 춥고 습한 오후였다. 다섯 살이 된 쌍둥이는 심심했다. 엄마는 장을 보러 나갔고, 창고에서 가져온 지 직거리는 로버츠 라디오에서 나오는 축구 중계에 정신이 반쯤 팔려 있긴 했지만 앤드루가 애들을 돌보기로 했다. 그러나 앤드루는 한참 전에 주방으로 사라져 전화 통화를 하는 듯했다. 엄마가 나가고 없을 때면 주로 그러고 있었다. 쌍둥이는 지도 퍼즐이 싫증났다. 도와줄 아버지가 없으면 너무 어려웠다. 이제 그들은 갈색 벨베틴 소파 양쪽 끝에 누워 서로의 다리를 무심하게, 그러나 꽤 아프게 차고 있었다. 둘이 똑같이 입은 빨간색 체크무늬 원피스는 허벅지 위로 올라가고, 무릎길이의 두꺼운 브로케이드 양말은 정강이 아래로 흘러내려가 있었다.

"아우우, 아빠!" 캐럴라인이 소리쳤다. "에밀리가 찼어요, 아빠아아아!"

앤드루는 벽에 고정된 전화의 돌돌 말린 선이 거의 곧게 펴질 때까지 길게 잡아당겨 주방문 옆으로 머리를 내밀었다.

"난 아무 짓 안 했어요, 아빠." 에밀리가 정말이라는 듯 말했다.

"우린 그냥 노는 중이에요."

"그만해라, 에밀리." 그가 부드럽게 말했다. 그리고 다시 주방으로 사라졌다.

캐럴라인은 얽힌 다리를 풀고 소파 건너편으로 몸을 던져 언니의 위팔을 세게 꼬집었다. "아니, 네가 찼잖아." 아이는 낮게 속삭였다.

"아빠!" 에밀리가 날카롭게 소리질렀다. 앤드루의 머리가 다시 나타났고 그는 이제 짜증이 났다. "둘 다 그만해." 그가 말했다. "아빠 통화중이잖아." 그러고는 주방문을 닫았다.

에밀리는 아버지가 도와주지 않을 것을 깨닫자 울음을 그치고 깔끔한 베이지색 카펫이 넓게 깔린 방을 가로질러 구석 베란다 문 옆에 있는 인형의 집으로 다가갔다. 에밀리가 제일 좋아하는 장난감이었지만, 혼자만의 것은 아니었다—대부분의 다른 물건과 마찬가지로 동생과 나눠 써야 했고 캐럴라인은 모든 가구를 원래 위치에서 엉뚱한 방으로 옮기는 걸 아주 좋아했다. 심할 때는 모조리 가지고 나가 개에게 먹으라고 주기도 했다. 캐럴라인은 언니를 따라가 달래듯이 말했다. "곰 인형 가지고 놀자." 에밀리는 동생의 속셈을 완전히 믿을 수는 없었지만 그러자고 했다. 그들은 곰 인형들을 위한 티파티를 세팅하고 몇 분간 꽤 사이좋게 놀기까지 했다. 얌전히 노는 척해주는 데 싫증난 캐럴라인이 아버지를 찾으러 살금살금 주방으로 갔을 때 에밀리는 스위스 전원주택풍 집의 왼쪽 차고 앞에 자동차가 서는 소리를 들었다.

"엄마다!" 에밀리는 현관문이 열리는 소리에 소파에서 뛰어내려 복도를 향해 거실을 가로질러 달렸다.

캐럴라인은 주방에서 나오는 중이었다. 주방에서는 레인지 옆 벽장에 들어 있는 깡통에서 몰트 밀크 비스킷을 꺼내 먹었다. 아빠는 재빨리 전화를 끊고 캐럴라인이 비스킷 한 개를 먹게 내버려두었다. 얼마 있으면 티타임이라 조금 의외였다. 막 젖소의 머리를 뜯어먹었고 다른 부분도 야금야금 맛볼 작정이었지만, 이제 남은 비스킷을 입에 쑤셔넣고 급하게 먹어치웠다. 얼굴에서 부스러기를 털어내며 복도에 들어섰을 때 캐럴라인은 거실에서 달려오는 쌍둥이 언니를 보았다. 처음에는 본능적으로 움직여 비켜서려고 했다.

"엄마, 안녕!" 에밀리가 외쳤다. 프랜시스는 장 본 것을 내려놓고 두 딸에게 팔을 벌리려는 참이었다. 그러나 기뻐하는 에밀리를 보고 그에 화답하는 엄마를 본 순간 캐럴라인은 그 장면을 없애버리고 싶었다. 그 모습을 보니 어떤 이유에서인지 화가 났다. 햇빛 가득한 복도 가운데 복슬복슬한 주황색 깔개에 마지막 봉지를 내려놓고 고개를 들었을 때 프랜시스는 캐럴라인이 거실 문을 쾅 닫는 걸 보았다. 바로 그 순간 닫힌 판유리를 뚫고 에밀리가 자신을 향해 튀어나오는 것을 보았다. 그리고 폭탄이 터지는 듯한 소리를 들었다.

앤드루는 타원형 식탁 옆을 돌아 캐럴라인을 뒤따라갔고, 그동안 프랜시스는 에밀리의 얼굴과 팔다리에서 유릿조각을 떼어냈다. 기적적으로 상처는 별로 깊지 않았지만 캐럴라인은 티타임이 끝날 때까지 계속 자기 방에 있어야 했다. 앤드루는 캐럴라인이 무슨 일이 일어날지 몰랐을 거라고―아직 너무 어리잖아, 고의로 그랬을 리 없어, 라고 말했다―그러니까 이제 아래층으로 내려오게 해야 한다고 아내를 설득하려고 했다. 그러나 프랜시스는 굽히지 않았 다. 그녀가 평생 그렇게 격분한 적은 한 번도 없었다.

나중에 앤드루가 세운 가설에 따르면, 에밀리가 제프리 존슨의 운명을 비껴간 것은 충돌한 순간 속도가 아주 빠르지 않아서였다. 제프리는 길 아래 네 집 건너 사는 남자아이인데 자기 방 유리문에 부딪혀 뺨에 5센티미터가 넘는 검푸른 흉터가 남았다. 그러나 에 밀리는 무릎에 난 깊은 상처 하나뿐이었고 시간이 지날수록 희미 해졌지만, 완전히 사라지지는 않아서 볼 때마다 동생을 떠올리지 않을 수 없었다. 물론 나이가 들어갈수록 캐럴라인이 오랜 세월에 걸쳐 저지른 다른 모든 일도 함께. 그래서 그 상처는 실제로 보이 는 것보다 훨씬 더 심각했다. 브라운 부부는 그 일 이후 거실 문을 나무로 바꿨고, 그만큼 거실이 항상 한층 더 어두웠지만 프랜시스 는 그편이 더 낫다고 여겼다.

3

유스턴에서 내리자, 열기가 여전히 나를 기다리고 있다. 기차가 플랫폼에 쏟아낸 사람들은 모두 자기가 가야 할 곳을 알고 바삐 서두른다. 나는 기둥 옆에 잠시 멈춰서 겨드랑이에 낀 핸드백을 여행 가방에 쑤셔넣는다. 핸드백을 잃어버릴 위험을 무릅쓸 수는 없다. 내 옷은 날씨에 어울리지 않게 너무 덥지만 당장 갈아입지는 않을 것이다. 할일이 너무 많다—전화기를 새로 사고 살 곳을 구하고 새로운 인생을 시작해야 한다. 내 의지는 이제 확고하다. 벤이나 찰리에 대해 생각하기를 거부한다. 그들을 생각해서는 안 된다. 지금쯤 깼을지, 내가 사라진 걸 알았을지 생각해서는 안 된다. 그들은 서로가 있으니 잘해낼 것이다. 사실 결국에는 더 잘 지낼 것이다. 그러리란 걸 안다. 그렇다, 나는 옳은 일을 했다.

맨체스터에서 여전히 에밀리인 채로 불안정한 마지막 몇 주를 보내는 동안 나는 런던에서는 살 곳을 어떻게 찾는지 조사해두었다. 내 계획을 벤이 의심하지 못하도록 같이 쓰는 컴퓨터에서 사용 기록을 항상 확실히 지웠다. 일자리를 구할 때까지는 집세에 너무 많은 돈을 들일 수 없고 지금 가진 돈으로 얼마나 오래 버텨야 할지 모르니 셰어하우스를 구해보기로 한다―여덟아홉 명(아마도 대개 호주인)이 함께 살고 주방과 욕실을 제외한 방을 전부 침실로 바꾼 집. 그런 집은 신분증이나 추천인도 딱히 필요치 않으니 누군가 내 자취를 찾을 수도 없다. 나는 다른 신문 가게에서 지역 신문을 사고, 줄 서 있는 사람들 옆으로 터덜터덜 걸어 오염된 듯 흐린 햇빛 속으로 과감히 나아간다.

이제 어디로 가지? 당황스럽고 겁이 난다. 시계를 다시 돌려 집으로, 아들에게로 달려가고 싶은 기분이다. 이 모든 것이 끔찍한 실수인 것만 같다. 멍하니 주위를 둘러보다가 마침내 간신히 이미지들의 정체를 파악하고, 자동차들이 뒤엉키고 매연에 깊이 잠긴 눈앞의 넓고 험한 길을 알아본다. 여행가방 끈이 맨살에 닿은 어깨와 오른팔 아래로 땀이 새어나오고, 나 자신의 뜨거운 냄새는 내가 정말로 여기 있다는 것, 내가 정말로 이 일을 저질렀다는 것을 상기시킨다. 나는 신호등을 보고 길을 건넌 뒤 길고 넓은 길을 똑바로 걸어가고, 광장을 가로질러 아마도 간디인 듯한 저편의 조각상을 지난다. 어디로 가고 있는지 모르겠다. 시간이 끝없이 걸릴 것만 같다. 마침내 길 건너편 휴대전화 매장이 눈에 띄어 안도한다. 뭔가를 성공적으로 해낸 기분이다. 매장은 널찍하고, 최신품을 선전하는 포스터와 화면에도 불구하고 삭막해 보인다―움직이는 밝은 이미지들 때문에 어쩐지 분위기가 더 우울하다. 매장 안은 점원 두 사람 말고 아무도 없다. 그들은 안으로 들어오는 나를 유심히 살피다 몇 분 동안 의도적으로 무시하지만, 나는 관찰당하고 있음을 알 수 있다. 매장에는 온갖 통신 상품이 있고, 그중 어떤 것을 선택해야 할지 도무지 모르겠다. 몹시 혼란스럽다. 모든 전화기가 내 눈에는 똑같아 보인다. 검은 유니폼을 입은 젊은 남자가 옆걸음으로 다가와 인사를 건넨다.

"네, 안녕하세요." 나는 말한다.

"제가 도와드릴 일은 없나요? 뭘 찾으세요?" 높낮이가 음악적인 목소리에 검은 턱수염을 깔끔하게 기른 얼굴은 잘생겼다. 그러나 그는 나를 똑바로 보지 않고 나도 그를 보지 않는다. 우리는 둘다 전화가 진열된 선반을 뚫어져라 바라본다. 어쨌든 모두 모조품이고 자리 중 절반은 기기 없이 전선만 덩그러니 놓여 있다.

"전화기를 새로 구하려고요." 내가 듣기에도 낯선 소심한 목소리다.

"물론 그러시겠죠, 손님. 지금은 어느 쪽에 계세요?"

"아무데도요." 나는 그 말이 얼마나 사실인가 생각한다. "그러니까, 전에 쓰던 걸 잃어버려서요."

"그때는 어디 거 쓰셨는데요?" 점원이 집요하게 묻는다.

"기억 안 나요." 나는 말한다. "그냥 값싼 선불식 전화면 돼요." 의도와 다르게 날카로운 말투다. 전에는 이런 식으로 말하지 않았다. 나는 낡아빠진 모조품 하나를 집어든다.

"이거 괜찮아 보이네요. 통화료가 얼마죠?"

남자는 끈기 있게 어느 통신 상품을 선택하느냐에 따라 다르다고 설명해준다. 그는 내가 바보라고 생각하는 게 틀림없지만 사실 나는 애초에 전화기를 새로 사본 적이 한 번도 없다. 대학 졸업 후 엄마 아빠가 전화기를 처음 사주신 후로는 항상 요금제를 업그레이드하거나 직장 전화만 썼다. 가게 점원은 내게 전화와 문자를 얼마나 사용할지, 인터넷에 접속하고 싶은지를 일일이 물어 어떤 상품이 최적인지 알아내려 하지만 사실 나는 그런 건 상관없다. 어쨌든 전혀 모른다. 그저 여기서 내가 너무 늦기 전에, 겁에 질리기 전에 광고를 낸 셰어하우스 몇 군데에 전화를 걸고 싶을 뿐이다. 그래야 오늘밤 잘 곳을 마련할 수 있다.

"저기, 제일 싼 거면 되니까 그냥 대신 결정해줘요." 말이 헛나간다. 점원은 마음이 상한 눈치다.

"죄송해요." 나는 말한다. 황당하게도 나는 울고 있다. 남자는 내 몸에 팔을 두르고 노래하는 듯한 아름다운 목소리로 괜찮을 거라고 말해준다. 민망스럽지만 내가 어쩌다 이렇게 불쾌한 존재가 되었는지 모르겠다. 그는 티슈를 찾아주더니 내게 딱 맞을 거라면서 전화기 하나를 골라주고 심지어 할인을 해주겠다고 고집을 부린다. 마침내 나는 완전히 충전해 통화 준비를 마친 새 전화기를 가지고 매장을 나온다. 그는 어찌나 친절한지 이 세상에는 내 불행 말고도 다른 일들이 일어나고 있음을 새삼 떠올리게 한다―언젠가 다시 찾아가 감사 인사를 할 것이다.

거리로 나오자, 또다시 불안정하게 휘청거리는 느낌이 든다―조용히 앉아 마음을 가다듬고 전화를 몇 통 걸 수 있는 곳이 필요하다. 여기는 너무 시끄럽다. 홀본역 앞에서 무작정 올라탄 버스는 피커딜리를 쭉 달려 그린 파크 앞에 나를 내려놓는다. 나는 표지판을 보고서야 그 사실을 알지만, 그린 파크가 시내 중심이라는 건 거의 확실하다. 그리고 지금 이곳이 중심이라면 어떤 방향을 택하든지 새집이 될 곳으로 갈 수 있다. 그게 어디든지 간에.

나는 공원을 가로질러 걷는다. 큰길에서 벗어나 덱체어와 관광객들로부터 멀어지자 깜짝 놀랄 만큼 조용하다. 길보다 높은 두둑에 풀이 길게 자란 곳으로 올라가 그늘에 가방을 내려놓는다. 발레 펌프스를 벗어던지고 누런 풀 속에 드러눕는다. 주위에는 아무도 없고, 그저 공원 밖에서 낮게 웅웅거리는 자동차들 소리만이 내가 실제로 여기 런던에 있다는 사실을 상기시킨다. 나무 사이로 비치는 햇살이 얼굴에 따뜻하게 내려앉고, 나는 눈을 감은 채 거의 정상적인 인간이 된 기분을 느낀다. 심지어 만족감도. 그때 그 이미지가 내 영혼으로 확 밀고 들어와 불현듯 생생하게 모습을 드러내고, 나는 수없이 그랬던 것처럼 또다시 안으로 움츠러들며 다시 눈을 뜬다. 떠나는 슬픔이 그토록 쓰라렸던 기차 안에서는 잠잠했던 게 이상하다. 몸의 피로감에서 벗어나 거의 행복감을 느끼는 지금, 혼자라는 흥분과 익명성과 새 출발의 가능성을 느끼는 지금 이 멋진 도시 한가운데서 그런 일이 일어나다니. 그래, 캐서린. 네게 행복은 허락되지 않아.

나는 런던 곳곳의 아홉, 열 군데 집에 전화를 건다. 이미 공실이 나갔거나("아, 〈루트〉*에서 보셨다고요. 그건 좀 느려요. 온라인에

30

뜨자마자 전화를 걸어야죠.") 아니면 전화를 받지 않거나 영어를 잘 못하는 사람이라서 내가 무슨 말을 하는지 모른다. 언제든 호텔을 잡을 수는 있지만 그 생각을 하면 우울하다. 이 상황을 헤쳐나가기 위해서는 오늘 당장 시작해야 한다. 호텔에서는 내가 한 일, 내가 잃어버린 것을 곱씹기가 너무 쉬울 것이다―조용히 숨어서 상처를 헤집기가 너무 쉽다. 나는 나 자신을 믿지 않는다.

나는 리스트에 나온 마지막 광고에 전화를 건다―핀즈베리 파크에 있는 셰어하우스로 주당 90파운드다. 그곳이 어딘지는 모르겠다. 금액도 내가 지불하려는 것보다 많다. 나는 절박하다. 아무도 받지 않나보다 싶어 끊으려는 찰나 누군가 전화를 받는다.

"핀즈베리 파크 팰리스입니다." 웃는 목소리가 말한다. 나는 머뭇거린다. "여보세요?" 전화 너머에서 여자가 에식스 억양 비슷한, 적어도 내 생각에는 그런 것 같은 목소리로 이어 말한다.

"어, 안녕하세요. 방을 찾는데요. 〈루트〉에서 광고를 봤어요."

"그래요? 여기는 방이 없어요." 내가 막 전화를 끊으려는데 뒤에서 누군가 끼어드는 소리가 들린다.

"아, 잠깐만요." 그 목소리가 말한다. "어, 오늘 누가 나갔나본데 그 방은 아직 광고를 안 냈을 거예요. 분명 최신 광고를 보고 전화주셨을 텐데 그 방은 옛날 옛적에 나갔고요."

"지금 나온 방은 얼마인가요?" 나는 끈질기게 묻는다.

"미리 말해두는데 겨우 벽장만하고 피넬이 돼지우리처럼 살았

---

* 런던 지역의 광고 책자.

어요. 80파운드면 빌릴 수 있어요—덕분에 광고비가 굳었으니까. 그리고 당신은 보통 전화를 걸어오는 미친놈들보다는 정상인 것 같네요."

"좋아요." 나는 말한다. "최대한 빨리 거기로 갈게요." 그녀에게 주소를 받고 나는 전화를 끊는다.

종일 아무것도 먹지 않았다. 허기가 뱃속에 주먹처럼 뭉쳐 있어 뭔가 먹을 만한 것을 찾아 공원을 떠난다. 어느 쪽으로 가야 할지 모르겠다. 방향감각을 완전히 잃어버렸다. 그래서 나는 대부분의 사람들이 가고 있는 듯한 오른쪽으로 향한다. 가판대 한곳에서 감자칩 한 봉지와 콜라를 산다. 그냥 그게 전부인 가판대 앞에서 머뭇대는 내 태도가 남자의 화를 돋운다. 그는 내가 도망자가 아니라 관광객이라고 생각하는 것 같다. 나는 여행가방을 잃어버릴까봐 몹시 겁이 나 길거리에 서서 두 발 사이에 낀 채로 먹고 마신다. 그러고 나서 다른 사람들과 섞여 지하철역으로 통하는 타일 깔린 계단을 내려간다. 역은 다행히 바로 거기, 내가 필요로 하는 곳에 있다. 나는 새로운 집을 향해 출발한다.

동네는 거친 인상이고 집은 완전 쓰레기다. 들어갈 마음이 전혀 들지 않아 내가 여기서 뭘 하고 있나 질문을 던진다. (이제야 내가 제대로 미친 건가? 어째서 이렇게 오래 걸렸는지 모르겠네.) 저 안에서 대체 무엇이 나를 기다리고 있을지 전혀 알 수 없지만 집은 바깥부터 이미 불길하다—지저분하게 웃자란 산울타리, 몇 상자씩 쌓인 빈 맥주병과 와인병, 그 옆 정원에는 코를 찌르는 냄새와 함께 쓰레기가 넘쳐나는 바퀴 달린 쓰레기통 세 개, 알루미늄 창틀에 삐뚤빼뚤 걸린 큼직한 패턴의 커튼, 여기저기 깨지고 지저분하게 페인트칠이 된 벽돌, 플라스틱 현관. 나는 촐튼에 있는 아름다운 우리집을 생각한다. 채플 그린 색깔의 현관문과 제라늄이 가득 핀 창가 화단, 라벤더 향기, 세련되고 느긋하고 여유로운 동네 분위기. 우리는 가정을 꾸리기에 얼마나 멋진 장소인지 특별히 고려해 그 동네를 골랐다. 소탈한 카페와 식료품점, 활기찬 음악 활동, 풀밭 위의 튜더 펍, 머지 강변을 따라 산책하기 좋은 근사한 촐튼 이스도 빼놓을 수 없다. 언젠가 개도 한 마리 키울 수 있다고 말하는 벤에게 나는 미소지었다. 늘 그렇듯이 그가 나를 생각하고 있다는 걸 알았기에.

나는 다시 현재로 돌아와 이 새집을 빤히 바라본다. 오늘밤 잘 곳을 원한다면 선택의 여지가 딱히 없다는 걸 깨닫고—나는 지금 여기 있고, 시간은 점점 늦어지고 있다—숨을 한 번 쉰 뒤 가방 무게가 짓누르는 어깨를 반듯이 펴고 진입로를 걸어간다.

퉁명스러운 흑인 여자가 문을 열어준다. "네?" 그녀가 말한다.

"안녕하세요. 방을 보러 왔어요." 나는 말한다.

"무슨 방요? 여긴 방 없어요."

"아, 아까 얘기할 때는……" 나는 에식스 억양인 여자의 이름을 알아두지 않은 걸 깨닫는다. 다시 시도한다.

"아까 오후에 전화로 여자분과 얘기할 때는 누군가 나가서 방이 하나 나왔다던데……"

"아뇨, 집을 잘못 찾아오셨어요, 미안해요." 그녀는 문을 닫으려고 한다.

"제발요." 나는 말한다. "그러니까, 어, 카스트로의 방이라고 했던 것 같아요. 분명히 그가 오늘 나갔다고 했어요. 사정을 알 만한 다른 사람과 이야기할 수 없나요?"

여자는 화가 나기 시작한 것 같다. "여기 카스트로라는 사람은 없어요. 말했잖아요, 잘못 찾아왔다고." 그녀는 면전에서 문을 닫는다.

돌아서는 내 눈에 모욕감에 찬 뜨거운 눈물이 고여 얼굴을 타고 흘러내린다. 나는 가방 무게에 짓눌려 비틀거리다가 산울타리 앞 보도에 가방을 내려놓는다. 그곳이라면 집안에서 내가 보이지 않는다. 나는 더위와 허기, 보금자리를 잃은 상실감, 그리고 또다른 상실감 때문에 기절할 것만 같다. 가방 위에 앉아 다리 사이에 얼굴을 묻은 채 현기증이 지나가길 기다리면서 집으로 돌아가고 싶다고, 남편이 보고 싶다고 간절히 생각한다. 그때 현관문 열리는 소리에 이어 한 여자가 달려오며 캐서린이라는 이름을 부르는 소리가 들린다. 나는 머리를 숙인 채로 반응하지 않고 잠자코 있다. 그때 위에서 인기척이 느껴져 마침내 고개를 든다. 나는 천사의 얼굴을 바라본다. 그녀가 말한다. "피델 방을 찾아오신 거 맞죠? 오, 저런, 울지 말아요. 저 여자는 때때로 성질 더러운 암소처럼 구는데, 그냥 무시해요. 들어와요. 마실 것 좀 줄게요. 자기한테 꼭 필요한 것 같으니까." 그렇게 나는 에인절, 내 천사, 구세주를 만난다.

4

에밀리는 하필이면 낙하산 점프 모임에서 벤을 만났다. 아주 조용해 보이는 그를 처음에는 거의 신경쓰지 않았고, 같은 차를 타고 작은 공항으로 가는 길에도 별로 이야기를 나누지 않았다. 차 안에는 큰 키에 깡마르고 피어싱을 한 제러미라는 젊은 남자도 있었는데, 비행기 밖으로 안전하게 몸을 던지기에는 너무 불안하고 어설퍼 보였다. 한 시간 남짓 차를 타고 가는 내내, 그녀는 어쩌다 자기가 이런 상황을 자초했는지 궁금해했다. 데이브라는 친구가 그녀를 설득했고, 오늘 모임은 자선 행사였지만 그래도 이제 와서 보니 비행기에서 뛰어내리는 것은 미친 짓 같았다. 그리고 왜 데이브의 찌그러진 고물차 뒷자리에 긴 몸을 구긴 제러미와 같이 앉아 있지? 그는 다리를 뻗을 공간이 훨씬 더 넉넉한 앞자리에 있어야 하지 않나? 불현듯 아마도 벤이 그녀 때문에 부끄러워서, 아마도 그래서 자기가 조수석에 앉겠다고 고집했나보다 하는 생각이 들었다—그러다 바보같이 굴지 말라고, 아무도 자기에게 관심 없다고 속으로 말했다. 비록 진실은 정반대였지만 말이다. 벤의 목뒤 머리카락이 난 자리 바로 밑에 보기 싫은 빨간색 종기를 알아차렸을 때는 그가 딱하게 느껴졌다—그는 그걸 가리려고 자꾸만 재킷을 당기면서도 너무 티가 날까봐 아예 대놓고 옷깃을 세우려고 하지는 않았다. 그녀의 시선을 그도 느끼는 것 같아서 보지 않으려고 했지만 어쩐 일인지 그것을 보고 있으면 곧 닥칠 일에 대한 생각으로부터 주의를 돌릴 수 있었다. 그래서 그것을 무시하려고 하면 할수록 눈길이 더 쏠리는 느낌이었다. 나중에 깨달은 사실이지만 어쩌면 그에게 관심이 쏠렸는지도 모른다. 차내 난방에 문제가 있는지 김이 오를 정도로 더웠지만 그녀는 몸이 떨렸다. 상태가 정상이 아니었다.

공항은 녹색과 노란색 들판 사이 높다란 산울타리 뒤에 시골길을 따라 숨어 있었다. 입구를 통과해 들어가자 서로 말동무를 해주는 젖소처럼 옹기종기 모여 있는 조그마한 비행기들이 보였다. 사각형 공간의 삼면에는 골이 진 지붕의 창고가 있었다—하나는 낙하산을 접어 보관하는 곳, 하나는 야간에 비행기를 두는 곳, 나머지 하나는 낙하산을 메고 뛰어내릴 사람들이 구름이 걷히길 몇 시간이고 기다리는 동안 쉬는 공간이었다. 지금 에밀리는 신경이 너무 곤두선 나머지 게임할 엄두조차 나지 않아서 양해를 구하고 진하게 끓인 차 한 잔과 책을 가지고 구석에 앉았다—읽을 책을 가져올 생각을 한 것이 다행이었다. 때때로 독서는 그녀의 주의를 돌릴 수 있는 유일한 수단이었다. 친구 데이브가 옆에 다가앉아 형편없는 농담을 계속 던지며 기운을 북돋아주려고 애썼지만("세상에서 가장 빠른 케이크가 뭐게? 스콘. 눈깔 없는 생선을 뭐라고 하게?" 등등) 웃으려고 애써봐도 이 일에 자기를 끌어들인 그가 원망스러웠고, 그래서 결국 그도 눈치채고 그녀를 내버려두었다. 그녀가 덫에 갇힌 듯 외로움을 느끼며 조용히 앉아 있는 동안, 같이 뛰어내릴 다른 사람들은 당구를 치거나 스크래블을 하며 지루함을 즐기고 있는 듯 보였다. 자기 차를 가져왔다면 양해를 구하고 가버릴 수도 있었겠지만 그녀는 체셔 지방 시골의 어느 들판 한가운데 발이 묶여 있었고 집까지 걸어갈 수는 없었다. 어쨌든 이 자선 행사를 위해 아주 많은 돈을 모금한 마당에 이제 진짜로 해내야 했고 사람들을 실망시킬 수는 없었다. 그녀는 책을 꽉 움켜쥐고 이야기에 집중하려고, 다른 생각은 하지 않으려고 애썼지만 마음이 계속 튕겨나갔다—이것은 연습이 아니었다. 이번에는 체육관에서 받침대 아래로 뛰어내리는 게 아니다. 그녀는 허공으로 몸을 던질 것이다. 그리고 그 모든 것은 비행기를 보고 나니 너무나 현실로 다가왔다.

"어이, 에밀리. 당구 칠래?" 고개를 드니 데이브가 간절한 표정으로 그녀를 보고 있었다. 길게 자란 까칠한 수염은 잘린 거미 다리 같고 기름진 머리가 뭉쳐 있었다. 늘 입고 다니는 풀어헤친 가죽재킷 안으로 검은색 헤비메탈 티셔츠가 보였다.

"고맙지만 됐어. 난 괜찮아. 정말이야, 데이브." 그녀의 말에도 그는 못 믿겠다는 표정이었다. "내 걱정은 하지 마. 난 책 읽는 게 좋아."

"어서 가자. 여기 하루종일 앉아 있을 수는 없어. 재미있을 거야, 하하. 너랑 나랑 편먹고 제러미랑 벤이 편먹고."

에밀리는 잠시 고개를 돌려 낡아빠지고 기우뚱한 당구대를 바라보았다. 마침 벤이 도저히 넣을 수 없을 것 같은 빨간 공을 포켓에 집어넣었다. 그러나 그는 별다른 반응 없이 그저 다음 공을 치러 당구대를 돌아 건너편으로 갈 뿐이었다.

"나 당구는 정말 못 쳐. 너도 실망할걸."

"아냐, 괜찮아." 데이브가 말했다. "어서 와." 그는 한 손을 잡고 에밀리를 자리에서 일으켜세웠다. 그들이 당구대로 다가가는 동안 벤은 다음 공을 치려다가 흘끔 위를 보고 다시 재빨리 시선을 내렸다. 아마도 자기를 좋아하는 것 같다고 그녀는 또다시 생각했다가 곧바로 혼자만의 상상이라고 속으로 말했다―어쨌든 그녀는 정말로 관심이 없었다. 그녀는 인간관계를 멀리하는 경향이 있었다. 그런 종류의 것은 동생 몫으로 남겨두었다.

너무 키가 커서 무릎을 구부리고 공을 쳐야 하는 제러미가 벤에게 완파당한 후 그들은 더블 게임을 시작했다. 자기 차례가 되자 에밀리는 몸을 숙이고 당구대 반대쪽 끝에 있는 공을 겨누었지만, 삐끗하는 바람에 코스를 벗어난 흰 공이 목표로 한 노란 공을 비껴 천천히 굴러갔다.

"미안, 데이브." 그 말에 그는 그냥 씩 웃었고 그녀는 벤에게 당구채를 건넸다. 둘이 동시에 채를 잡고 있던 아주 잠깐 동안 묘하게 친근감이 들어 그녀는 재빨리 손을 놓았고, 그는 우물우물 고맙다고 말하며 시선을 피했다. 그는 제일 쉬워 보이는 빨간 공을 겨누었지만, 치는 족족 넣었던 지금까지와 달리 이번에는 판단 착오로 공이 포켓 밖으로 형편없이 튕겨나갔다.

"망할." 그가 살짝 얼굴을 붉히며 말하고 데이브에게 채를 건네주러 갔다.

"한번 더 쳐야지." 데이브가 상기시키자 벤은 다시 쳤고, 훨씬 더 쉬운 공을 노렸지만 이번에도 성공하지 못했다. 데이브는 채를 받고 잘난 체하며 연속으로 한바탕 공을 집어넣었다. 제러미는 어쨌든 도움이 안 되고 벤은 완전히 의욕을 잃은 눈치라 이제 차례가 돌아온 에밀리가 검은 공을 넣기만 하면 이기는 게임이었다. 여전히 묘한 느낌이 들었지만—뛰어내려야 한다는 공포 때문인지, 벤이 옆에서 눈에 띄게 긴장해서인지는 확실치 않았다—어쨌든 그녀는 공을 겨누었다. 조금 까다로운 위치에 각도도 잘못 잡았지만 당구대의 이상한 경사 덕분에 공이 찔끔찔끔 굴러 멀리 구석에 있는 포켓으로 쏙 들어갔다.

"어머나, 미안." 그녀가 말했다.

"그렇지!" 데이브가 외치며 그녀를 안아주러 오다가 마지막 순간 마음을 바꿔 하이파이브를 했다. 제러미는 잘했다고 말했고, 벤은 수줍게 미소지었다. 그리고 어슬렁어슬렁 매점으로 향했다.

시간이 가도 구름은 고집스럽게 걸려 있었고 비가 올 것처럼 기온이 떨어졌다. 에밀리는 책과 또다른 차 한 잔을 가지고 다시 구석으로 물러났다. 한편 벤과 제러미는 체스를 두며 한없이 시간을 보냈고, 데이브는 제미마와 녹초가 되도록 탁구를 쳤다. 제미마는 족히 삼백 번 넘게 낙하산 점프를 한 작고 야무진 여자였다. 셀수 없이 여러 번 시계를 보다가 마침내 네시가 된 것을 확인했을 때 에밀리는 책을 내려놓고 처음으로 희망이 반짝거리는 걸 느꼈다—확실히 이제 점프를 하기에는 너무 늦었다. 곧 어두워질 것이다. 데이브는 어디 있지—그에게 가서 그냥 접는 게 어떠냐고, 더 이상 시간을 죽여봐야 의미 없다고 말할 것이다. 마침내 기분이 좋아져서 일어난 바로 그때 교관이 헛간 문가에 나타났다. 그곳이 솜강*이고 이제 막 그들을 전장으로 올려보내려는 것처럼 흥분한 상태였다. "구름이 걷혔어요." 그가 외쳤다. "이제 장비를 갖춰요, 빨리!" 모두가 흥분한 어린아이처럼 달려가는 동안 에밀리는 뒤로 처졌다. 다리가 몸에 붙어 있지 않은 것처럼 덜렁거리는 느낌이었다. 벤은 벌써 와 있었고, 아까보다 더 자신감이 넘쳐 보였고 덜 수줍어하고 덜 이상했다. 검은 점프슈트를 입으니 잘생겨 보이기까지 했다. 그는 그녀가 장비를 갖추도록 도와주고 몸을 돌려 등에 낙하산을 올려주었다.

"숙여요." 그가 말했다. 그가 다리 위쪽 끈을 조여주었고, 90도로 숙였던 몸을 펴 일어나는 사이 그녀는 사랑에 빠졌다.

에밀리는 그후 삼 개월 동안 벤을 보지 못했다. 그의 손가락이 허벅지에 닿은 기억을 간직한 채 비행기에서 몸을 던진 뒤 수줍고

---

* 1, 2차세계대전의 격전지.

부끄러웠다. 마음에 둔 타입이 있는 것도 아니지만 그는 딱히 그녀의 타입이 아니었다. 체스를 두고 낙하산 점프를 하는 회계사라니. 쌍둥이 동생 캐럴라인이 그를 보면 뭐라고 할지 생각하니 몸이 떨렸다. 집으로 돌아오는 차 안에서 그녀는 이제 사랑스럽게 그의 종기를 바라보았다. 앞으로 몸을 숙여 키스하고 싶은 마음이 간절했고, 그도 속으로는 목에 와닿는 그녀의 뜨거운 입술을 느낄 수 있으리라 확신했다. 그러나 체스터에 도착했을 때 그는 그녀를 보지도 않고 어깨 너머로 잘 가라는 한마디만 던질 뿐이었다. 그녀는 차에서 내린 후 보도에 서서 주저하다가 데이브가 참을성 없이 엔진 RPM을 올리는 바람에 마지못해 문을 닫았다. 차가 검은 매연을 내뿜으며 떠나자 그녀는 연기구름이 사라지는 것을 바라보며 길고 긴 몇 초 동안 텅 빈 길을 향해 서 있었고, 결국 실망하며 고개를 젓고 몸을 돌렸다.

에밀리는 직장에서 벤과 마주칠 거라 짐작했지만 지금까지는 그런 일이 없었다―알고 보니 그 건물에는 거의 삼천 명이 일하고 있었다. 한번 더 주말에 낙하산 점프를 해볼까 하는 생각까지 했다가 그런 마음은 떨쳐냈고(하느님, 제발) 매주 월요일 아침이면 이번주에는 그를 볼 수 있을 거라 자신했다. 그가 확실하게 사라지는 바람에 그녀는 더 푹 빠졌고 의지가 더 굳어졌지만―정말이지 그녀답지 않았다―그때까지는 누군가에게 홀딱 빠진 적이 한 번도 없었다. 심지어 자신이 기다림을 즐기게 되었다는 걸 알았다―기대감에 가득차 잠에서 깼고, 날마다 그의 검은 곱슬머리를 찾아 지하실 매점을 샅샅이 훑는 스릴을 맛보았고, 직장을 오고가며 정신을 바짝 집중한 채 안내 데스크 주위를 둘러보았다. 매일매일 그를 만날 무수한 가능성이 있었지만 매일매일 좌절되었다.

어느 어두운 2월 아침 에밀리가 늦게 일어났을 때, 비가 많이 오고 있었고 깊은 물웅덩이는 가로등 불빛을 받아 주황색으로 반짝거렸다. 알람이 꺼졌는지 그냥 무시하고 잤는지 알 수 없어도 숙취가 심했다. 머리가 죽을 만큼 아팠지만 출근해야 했다—그날 오후 중요한 미팅이 있었고, 게다가 금요일이니 딱 하루만 견디면 주말이었다. 그녀는 진한 차를 타 바나나를 먹고 알약을 몇 개 삼키고 나서 샤워기 아래 십오 분간 서 있었다. 샤워를 마치고 나왔을 무렵에는 약간 기분이 나아졌지만 이제 심각하게 늦은 상태였다. 심플한 빨간색 벨트 원피스에 부츠를 신어 최대한 간단하게 챙겨 입고 젖은 머리를 뒤로 묶었다. 화장은 사무실에 가서도 할 수 있으니 굳이 생각하지 않았다. 산책할 때 늘 입는 주황색 점퍼를 걸쳤더니 끔찍하리만큼 원피스와 안 어울렸다. 너무 짧은데다 생뚱맞은 색깔이었지만 상관없었다. 맙소사, 비가 오고 있지 않은가.

한 시간 늦게 주차할 무렵에도 몸 상태는 말이 아니었다. 그녀는 일을 마주할 준비가 되어 있지 않았다. 벤을 마주할 준비는 더더욱, 커피를 들고 뒤에 여자를 데리고 사무실 건물 밖으로 나와 그녀를 향해 걸어오는 그를 마주할 준비는 더더욱 되어 있지 않았다. 그와 마주치는 장면을 수없이 상상한 시나리오 중에 이런 것은 절대로 없었다. 그녀는 당황해 얼굴을 붉히고 인사한 뒤 서둘러 지나쳤다. 그는 그녀가 기억하는 것보다 더 매력적이었다—머리카락은 길게 자랐고 깔끔하게 떨어지는 정장 차림에 윤이 나는 구두를 신고 진갈색 울 타이를 맨 모습은 막 자격증을 딴 회계사답지 않았다. 그는 그녀를 보고 특별히 좋아하는 기색도 아니었다—예의바르지만 별 감흥이 없어 보였다. 여자는 애인이 아니었다. 확신할 수 있었다—그의 타입이 아니었다. 저 여자는 확실히 아니야! 그녀는 그들이 마침내 서로 다시 보게 되면 모든 일이 저절로 굴러갈 거라고 스스로를 설득했었다—가던 길을 멈춰 이야기를 나누고 커피 약속을 잡고, 그냥 그렇게 될 거라고. 하지만 그녀는 더이상 심할 수 없을 만큼 끔찍한 몰골이고, 그는 다른 사람과 함께 있었다. 비참했다.

삼 개월 동안 에밀리는 괜찮았지만 이제 아니었다—단지 더이상 기다릴 수 없었다. 그녀는 서둘러 책상으로 달려가 흉측한 점퍼를 의자 등받이에 던져놓고 앉아서 몇몇 선택지를 고려해보았다. 그를 보러 대놓고 17층으로 간다—그의 자리를 찾을 때까지 어슬렁거리다가 그에게 따로 얘기 좀 할 수 있느냐고 묻고, 모두의 시선을 한몸에 받은 채로 모든 방을 샅샅이 훑으며 빈 회의실을 찾아다닌다? 추하다. 17층에 다른 볼일이 있는 척 느긋하게 거닐다가 지나치며 인사한다? 너무 억지스럽다—게다가 그의 자리를 모르는 이상 느긋하게 거닐기는 어렵다. 그의 연락처를 찾아 전화를 건다? 좀 낫다. 사람들 눈에 덜 띌 테니까. 아니면 이메일을 보낸다? 제일 쉽지만 어떤 면에서는 제일 변수가 많다—그가 답장을 안 하면 어쩌지? 그가 메일을 못 받으면? 그녀는 오늘, 지금 당장 이걸 시작해야 했다.

전화번호부에서 그의 이메일 주소를 찾아냈다. "안녕, 벤." 그녀는 썼다. "오늘 만나서 반가웠어요. 오늘밤 나랑 한잔할래요? 중요한 일이에요. 가능한지 알려줘요. 이 메일에 답장하거나 여기 내 번호로 연락해요. 고마워요, 에밀리."

그녀는 전송 버튼을 누르고 의자에 뒤로 기대앉아 안도했다. 해냈다. 마침내 일이 되어가고 있었다. 그녀는 자신이 옳은 일을 했다는 절대적인 확신을 느꼈다. 어쨌든 그가 그녀를 좋아했던 것은 확실했다. 그녀는 일정을 확인했다─점심시간 후 들어갈 회의 말고는 아무것도 없었고, 그때까지는 그가 전화를 할 것이다.

다섯시 무렵 에밀리는 막막했다. 자리로 돌아왔을 때면 자신을 기다리는 이메일이 있을 거라 확신했기 때문에 상황이 다르자 의심이 물밀듯 밀려왔다. 젠장, 내가 무슨 생각을 하고 있었지? 어떻게 그렇게 앞서나갈 수가 있지? 그녀는 자기가 보낸 이메일을 다시 읽어보았다. "중요한 일이에요." 좋아. 그럴 수 있어. 그와 이야기할 이유가 필요했으니까. 무엇에 대해? 물론 낙하산 점프에 대해서지. "한잔할래요?" 거기에 함축된 의미는 명백했다. 맙소사. 그는 내가 미친년, 스토커라 생각할 거야. 그리고 어쨌든 여자친구가 있었고, 그녀는 두 사람이 같이 있는 것을 보았다─그리고 그가 싱글이라 해도, 그녀는 오늘 아침 그가 절대로 상상했을 리 없는 끔찍한 몰골이었다.

"에밀리?" 옆에 앉은 마리아가 몸을 기대며 에밀리의 얼굴 앞에 손을 과장되게 흔들어댔다. 에밀리는 찌푸린 얼굴로 고개를 들었다. "귀먹었어? 스테이플러 좀 빌릴 수 있느냐고. 누가 내 걸 가져갔어. 왜, 무슨 일이야?"

"아무것도 아냐. 머리가 좀 아파서."

"아주 안 좋아 보여. 집에 가는 게 어때?" 마리아가 말했다.

"이 보고서를 끝내야 했거든. 이제 갈 거야. 자 여기." 에밀리가 스테이플러를 건네주고 고개를 돌리자 눈에 가득 고였던 눈물이 키보드 위로 떨어졌다. 한번 더 이메일을 확인한 뒤—아무것도 없었다—굳이 로그아웃을 하지도 않고 컴퓨터 화면을 꺼버렸다. "안녕." 그녀는 마리아에게 말하고 자리에서 일어나 서둘러 엘리베이터 쪽으로 갔다.

집에 와서도 에밀리는 안정을 찾을 수 없었다. 전화기가 주머니 안에 있고 벨과 진동이 동시에 울리도록 설정을 바꿔두고도 자기가 보고 있지 않을 때 전화가 몰래 올 수도 있는 것처럼 끊임없이 확인했다. 어쩌면 그가 답장을 보냈을지도 몰라, 그녀는 생각했다. 집에서도 회사 이메일을 확인할 수 있다면 좋을 텐데. 그러나 지금쯤이면 대신 전화를 하겠지, 그렇지 않아? 전화번호도 알려줬는데. 왜 그가 전화하지 않았을까? 그녀는 숙취가 지나간 뒤 으레 그렇듯 심하게 배가 고픈 한편 메스꺼움을 느꼈지만 샌드위치를 만들 기운조차 없었다. 냉장고 안을 들여다보고 오래돼서 갈라진 체더치즈를 조금 찾아냈고 찬장에는 말라비틀어진 막대 비스킷이 약간 있었다. 그녀는 순전히 배고픔을 달래기 위해 그것들을 먹었다. TV 채널을 계속 돌리다가 전에 본 적 있는 〈심슨 가족〉의 옛날 에피소드 하나를 골랐지만 줄거리를 따라갈 수 없었다. 엄마에게 전화가 왔다―전화기가 울렸다는 흥분과 벤이 아니라는 실망감 때문에 차마 받을 수가 없었다. 목욕물을 받고 욕조에 누워 있자니 수치심으로 몸이 뜨겁게 달아올랐다. 결국 그녀는 침대에 들어가 마침내 열시가 넘어서야 약간의 위안을 얻었다. 그제야 오늘밤은 그에게 전화가 오지 않을 테니 그 생각을 멈추는 편이 낫다는 것을 깨닫고 기진맥진한 채 최근 읽고 있는 17세기 지하세계 소설 속으로 빠져들었다.

진동과 벨소리가 잠을 깨웠다. 그녀는 침대 옆 탁자에 놓인 전화기를 힘겹게 더듬거려 붙잡았다―열한시 이십팔분. "여보세요." 그녀가 말했다.

"에밀리? 벤이에요. 잘 있었죠? 어, 낙하산 점프 때 만났던 벤이요. 이렇게 늦게 전화해서 정말 미안해요. 하루종일 강의를 들었어요. 그러고 나서 술집에 갔고, 그러고 나서 집에 와 그냥 로그인을 했다가 당신 메일을 보았어요."

"오." 에밀리가 말했다.

"중요한 일이 뭐예요?" 고집스럽게 묻는 벤은 약간 취한 것 같았다.

"오, 이제 상관없어요."

"아직도 오늘밤 한잔하고 싶어요?"

"열한시 삼십분이에요." 에밀리가 말했다. "너무 늦었어요. 문을 연 데도 없을 거예요."

"내가 그리로 갈게요. 아직도 체스터에 살아요?"

"네." 그녀가 말했다. "지금 어디예요?"

"트래퍼드요. 주소가 어떻게 되죠?"

"너무 멀잖아요. 몇 시간이나 걸릴 텐데."

"택시 타면 돼요. 한 시간이면 갈 수 있어요……"

에밀리는 아무 말도 하지 않았다.

"당신이 원한다면요."

에밀리는 여전히 망설였다. 기대했던 것 이상이지만, 지금 그녀는 양가적인 감정을 느꼈다. 시간이 너무 늦었다. 그에 대해 거의 알지 못한다. 무슨 일이 생길지 어떻게 알겠는가?

"네, 좋아요." 결국 그녀는 말했다.

"그럼 이따 봐요." 그는 대답했다. 부드러운 목소리가 그녀를 안심시켰다.

한 시간 하고 칠 분 후 초인종이 울렸다. 에밀리는 청바지와 헐렁한 점퍼를 입고 머리를 정수리에 틀어올렸다. 문을 열었을 때 그녀는 맨발에 경계하는 표정이었다. 그는 여전히 검은 정장에 갈색 타이를 느슨하게 푼 차림이었다. 미소를 짓고 그녀와 최대한 몸을 떨어뜨려 좁은 복도를 지나가는 그에게서 맥주냄새와 눅눅하게 젖은 냄새가 났다. 밖에는 여전히 비가 내리고 있었다. 그들은 주방으로 들어갔다. 주방의 기다란 형광등이 호의적이지 않은 탓에 둘다 창백하고 훤히 노출된 것처럼 보였다.

"미안해요. 이렇게 불러놓고 마실 것이 하나도 없네요." 그렇게 말하는 그녀의 목소리는 높고 자연스럽지 못했다. "커피 마실래요? 아니면 홀릭스* 타줄까요?" 그녀는 웃으려고 했지만 그것은 농담이라고 할 만한 말이 아니었다.

벤은 좋다고, 커피면 괜찮다고 대답한 뒤 그녀가 커피를 준비하는 동안 아무 말도 하지 않았고 그녀도 할말이 떠오르지 않았다. 그녀는 주전자에서 흘러넘친 물에 손을 데자 살짝 욕을 하면서도 어쨌든 계속해서 물을 따르고 휘저었다. 냉장고에서 우유를 꺼내고 그에게 설탕을 주고 나서 응접실로 안내했다. 늘 있던 종이와 책과 잡동사니를 대충 치운 테이블에 커피를 내려놓고 소파에 앉았다. 벤은 응접실에 있는 유일한 다른 의자에 앉았다. 그들 사이의 거리가 불편했다. 그녀는 다시 일어나 음악을 틀었다─스미스. 애절한 음조가 공간 안에 퍼져나갔고 모리시**는 어느 때보다 처절했다. 어떻게 그녀는 사실상 남자친구가 되어달라는 메일을 그에게 보낼 수 있었을까? 그리고 어째서 그는 한밤중에 전화할 정도로 열성을 보였을까? 어떻게 그가 지금 여기 그녀의 집에 앉아 있고, 어떻게 그들은 무엇을 해야 할지, 어떻게 일을 진행시켜야 할지 모르는 채 가만있을 수가 있을까? 대화는 그들을 피해갔다─벤은 수줍었고 에밀리는 인생의 다음 단계 맨 가장자리에 불안하게 서 있었다. 그녀는 말 그대로 뭘 해야 할지, 다음 발걸음을 어떻게 떼놓아야 할지 몰랐다.

---

* 주로 숙면을 위해 뜨거운 우유에 타 마시는 맥아 분말.
** 밴드 '스미스'의 리더이자 보컬.

그녀의 아래로 몸이 돌처럼 떨어졌다. 4.5미터쯤 떨어지고 나서 격렬하게 비틀리다가 멈추더니 통통 튀던 몸은 이제 발목에 묶인 줄에 대롱대롱 매달려 있었다. 꿈틀꿈틀 요동쳤고, 긴 다리는 자신을 묶은 밧줄에서 기를 쓰고 빠져나가려 했다. 그녀는 겁에 질려 내려다보았다. 온몸에서 솟구치던 아드레날린은 충격에 완전히 압도당했고 이제 공포로 몸이 굳어버렸다. 딱 소리가 나더니 몸은 자유로워지고 공중에서 180도 돌았다. 마침내 선홍색과 노란색 천이 모습을 드러냈다. 계속해서 비행기 아래로 멀어지는 제러미는 이제 움직임이 약간 더, 그녀가 상상했던 것보다는 좀더 부드러워졌다. 그녀는 교관의 눈을 들여다보고 이제 이 훈련이 어떤 것인지 이해했다. 왜 몸의 반은 문 안에, 나머지 반은 밖에 둔 채 가장자리에 똑바로 앉으라고 했는지 알 것 같았다. "괜찮아요?" 그레그가 안전하게 그녀의 팔을 잡은 채 엔진 소음보다 더 크게 소리를 질렀다. 에밀리는 고개를 저었다. 귀의 웅웅거림, 비행기의 금속냄새, 문이 있어야 할 측면에 뻥 뚫린 구멍, 공중에서 무력하게 달랑거리는 그녀의 오른다리, 저멀리 내려다보이는 들판과 장난감처럼 아주 작은 격납고, 팔다리가 마구 흔들리는 젊은 남자의 이미지—이 모든 것이 아찔해서 기절할 것만 같았다. 이제 할 수 있는 것도 없으니 우선 점프하기를 바랐다. 그레그가 친절한 미소를 보내고 어깨를 꽉 잡더니 그녀를 허공으로 세게 밀었다.

"무슨 생각을 하고 있어요?" 벤이 말했다.

에밀리는 그제야 여기가 어디인지 기억했다. 그녀는 서둘러 치운 응접실에, 낙하산 점프를 하는 이상한 회계사와 함께 있었다.

애초에 낙하산 점프가 이 모든 고난의 원인이었다는 사실이 떠올랐다.

"비행기 밖으로 몸을 던진다는 게 어떤지 알고도 당신은 어떻게 그런 걸 또 참아내는지 궁금해하던 참이었어요."

"당신 경우는 운이 나빴을 뿐이에요." 벤이 말했다. "제러미는 키가 190센티미터에다 온몸이 따로 노니까. 딱 맞는 롤모델이 아니었죠. 그는 정말이지 낙하산 점프에는 적합하지 않아요."

"하지만 제가 겁먹은 건 꼭 그 때문만은 아니에요." 그녀가 말했다. "비행기 밖으로 밀쳐지는 게 더 심했죠—교관이 그랬다니 믿을 수가 없어요. 정말 잔인해요." 안전한 응접실에서 돌이켜보는데도 그 기억은 오랫동안 잊고 있던 감각을 일깨웠고 그녀는 다시한번 불안해지며 스트레스를 느꼈다.

"그는 그래야만 했어요." 벤이 말했다. "안 그랬으면 당신은 착륙 지점을 놓쳤을 거예요. 사실 완벽하게 안전했고."

"전혀 그렇게 느껴지지 않았어요. 저는 지금도 안전한 느낌이 아니에요."

"무슨 소리예요?" 벤이 말했다. 어쨌든 이렇게 늦게 찾아온 것이 실수였다는 듯 긴장한 기색이었다.

"그런 뜻은 아니에요." 그녀는 아주 느리게 흐르는 몇 초 동안 망설이다 커피를 한 모금 꿀꺽 삼키고 잠시 그대로 있었다. 그러고나서 그녀 자신도 놀랍게 그를 똑바로 보면서 말했다.

"내가 당신에게 완전히 미치지 않았던 그 시점으로 돌아갈 방법을 모르겠다는 뜻이에요."

벤이 미소지었다. "당신이 그런 말을 해주기를 바라고 있었어요." 그가 말하고 버들가지 의자에서 일어났다. 에밀리가 고물상에서 찾아내 손수 은색으로 칠한 의자였다. 그녀도 자리에서 일어나 유리로 된 커피 테이블 주위를 천천히 돌아서 그에게 다가갔다. 그들은 1미터 정도 떨어진 채 서로를 바라보았다. 여전히 불안했고 몸이 아릿했다. 그러고 나서—누가 먼저 움직였는지는 알 수 없지만—그들은 아주 꽉 끌어안았다. 아주 오랫동안 그렇게 머물러 있었다.

5

나는 핀즈베리 파크 팰리스의 주방에 앉아 있다. 찬장에는 참나무로 만든 시골풍 문이 달려 있고 조리대는 대리석 무늬의 포마이카다. 내 앞에는 보드카 토닉이 놓여 있는데, 맹세코 한 번도 마셔본 적 없는 술이다. 모래가 있는지 발레 펌프스 밑창 아래 바닥이 꺼끌꺼끌해도 밖에서 상상한 것보다는 더 깔끔하지만, 쓰레기통에서 올라오는 들큼한 악취에 구역질이 난다. 이 집에서는 쓰레기가 얼마나 많이 나오는 걸까. 나는 집 앞 정원에서 보았던 넘쳐나는 쓰레기통을 떠올리며 쓸데없이 궁금해한다. 에인절은 내 맞은편에 앉아 있다. 이런 환경에 어울리지 않게 너무 예쁘고 반짝거리는 여자. 스키니진 위에 술 장식이 달린 조끼를 입은 그녀를 보니 내가 촌스럽고 나이든 사람처럼 느껴진다. 긴 생머리에 마르고 거무스름한 젊은 남자가 싱크대 옆에서 이상하게 생긴 야채들을 자르고 있다. 에인절이 파비오라고 이름을 알려준 듯한 그는 내내 고개를 숙인 채 우리 대화에는 끼지 않는다. 아까 본 무뚝뚝한 여자는 어디서도 보이지 않고, 에인절 말이 다른 사람들은 아직 일터에서 돌아오지 않았다.

"이제 기분이 좀 나아졌어요?" 에인절이 술을 길게 한 모금 마시고 나서 말한다.

"네, 도와주셔서 정말 감사해요."

"걱정 말아요. 별거 아니니까." 그녀가 말하고 특유의 천사 같은 미소를 짓는다. "그건 그렇고 어디서 오셨어요?"

"원래는 체스터 근처에 살았는데 최근에는 맨체스터에 살았어요." 나는 말한다. "남자친구와 막 헤어져서 환경을 바꿔야 할 것 같아서요. 평생을 맨체스터 주위에서 살았으니 이번엔 런던으로 한번 가보자고 생각했죠. 너무 늦기 전에요." 나는 신경질적으로 깔깔거린다.

나는 이 모든 것을 연습해두었다. 진짜라고 받아들여질 만큼 충분히 진실에 가까운 사연을 정리해두었다. 질문을 받기도 전에 모든 것을 한꺼번에 내뱉어버리자 이 말은 가짜처럼, 변명처럼 들린다.

"너무 늦기 전이라니! 런던에 오기에 너무 늦은 나이는 없어요." 에인절이 웃는다. "하지만 수많은 정신병자와 쓰레기 같은 셰어하우스에서 살기에 너무 늙을 수는 있지요—당신은 이런 곳에서 살기에는 너무 고상해 보여요."

"아니, 아니에요. 괜찮아요." 나는 말한다. "형편이 좋아질 때까지는 너무 많은 집세를 감당할 수 없거든요. 게다가 새로운 사람들을 만나려면 이게 좋은 방법인 것 같았고요."

"나라면 그러진 않을 거예요. 여기 사는 사람들은 당신이 정상이라면 길을 건너서 피할 부류니까. 저 사람은 걱정할 거 없어요." 그녀가 파비오의 숙인 머리를 향해 고갯짓을 하며 말한다. 나는 민망해서 그를 건너다본다. "영어 못해요." 에인절은 가방을 뒤적거린다. "담배 피울래요, 자기?"

"고맙지만 됐어요. 전 안 피워요."

"제가 피워도 괜찮겠어요?"

나는 물론 괜찮다고 고개를 끄덕거린다. 비록 열기와 쓰레기와 허기와 보드카 때문에 점점 더 구역질이 나긴 했지만. 촐튼을 떠난 지 열네 시간이 지났고 거의 먹은 게 없음을 깨닫는다. 바지는 끈적끈적 달라붙고 발이 아파 정말이지 당장 드러눕고 싶지만, 무례해 보이고 싶지 않다. 나는 보드카를 꿀꺽 삼킨다.

"그쪽 이름 마음에 들어요." 나는 대화를 이어나가려고 별 뜻 없이 말한다. 이제 캐서린이 되었는데도 그처럼 여전히 예의바르게 구는 걸 알아차린다.

에인절이 웃는다. "원래 이름에서 'a'만 뺐는데, 이미지가 엄청나게 변했죠."

한 가지 생각이 머릿속에 들어온다. 유치하지만 그녀에게는 물어도 괜찮을 것 같다는 생각이 든다. "에인절, 괜찮으면 날 캣이라고 불러줄래요? 지금 막 당신 아이디어를 훔치려고요. 난 항상 캐서린이란 이름이 싫었어요."

"아무러면 어때요, 자기." 에인절이 웃는다. 그리고 나는 오늘 하루 두번째로 이름을 바꾼다.

6

 일찍 일어난 벤은 옆에 에밀리가 없는 걸 알고 그녀가 간밤에 또 못 잤나보다고, 아래층 소파에서 책을 읽고 있겠거니 생각했다. 그녀는 최근 고전을 낱낱이 뜯어보며 다시 읽어치우고 있는 것 같았다. 그리고 벤은 그것이 그녀가 자기 자신에게서 탈출해 아주 익숙한 세계로(미국 남부든 하디의 웨섹스든 아니면 요크셔의 황야지대든), 지금 여기의 인생에 대해 생각할 필요가 없는 곳으로 들어가는 방법이 아닐까 생각했다. 벤은 고통을 차단할 다른 방법이 아주 많다는 걸 깨닫고 당분간은 에밀리를 내버려두는 것이 최선이라고 느꼈다. 그녀가 다시 자신과 찰리에게로 돌아올 준비가 될 때까지, 찰리를 돌보는 걸 도우면서 배경에 조용히 머무는 것이 좋을 거라고.

 벤은 옆으로 돌아누워 가까스로 다시 잠들 수 있었다. 이미 7월

하순인데 아직도 여름용으로 바꾸지 않은 겨울 이불의 열기 아래 뒤척거리면서 축축하고 불편한 잠 속으로 빠져들었다. 이불을 바꾸는 건 에밀리의 일이었고, 보통 계절에 따라 해야 할 일을 게을리하지 않는 그녀는 가벼운 이불이 찬 기운을 충분히 막아주지 못하는 간절기를 위해 침대 발치에 부드러운 캐시미어 덮개를 준비해두곤 했다. 그들의 고통을—모든 게 잘못되었고 앞으로도 영원히 그럴 거라는 느낌을 더하는 것은 이런 작은 실수들이었다. 깨끗한 셔츠, 아침식사용 시리얼, 버터, 표백제, 빵이 떨어지고 없는 것, 뜯지 않은 우편물, 창가 화단의 잡초. 이 모든 것은 에밀리가 그 일이 일어나기 전에 챙기던 것이다. 벤이 게으르거나 그녀가 대단히 희생적이어서가 아니라, 그녀는 그저 항상 부지런한 사람이고 벤은 환상적인 요리사이자 정리정돈에 능한 사람이었다. 그들은 그런 역할에 각자 만족했다. 이제 에밀리는 아무것도 하지 않았다. 그런 그녀를 벤이 비난하는 것은 물론 아니었다.

알람이 울리자, 벤은 비몽사몽간의 생각에서 깨어났다. 땀에 젖은 다리로 이불을 차내고 한동안 사지를 벌리고 누워서 아래층으로 가면 아내에게 뭐라고 말할까 고민했다. 너무 찝찝해서 먼저 샤워부터 하기로 했다. 그러고 나서 찰리를 데리고 같이 아내에게 인사하러 갈 것이다. 지난 시간과 그동안 일어난 모든 일에도 불구하고 그녀를 보러 간다고 생각하니 짜릿한 흥분이 느껴졌다. 그는 그녀에게 차 한 잔을 타주고 버터와 마멀레이드를 듬뿍 발라 그녀가 좋아하는 토스트를 만들어준 뒤 다녀오겠다고 인사하고 자전거로 6.5킬로미터를 달려 출근할 것이다. 인생은 계속되어야 해, 벤은 자신에게 말했다. 비록 에밀리가 동의하지 않아서 때때로 걱정이었지만.

샤워는 격렬했다. 그 날씨에도 벤은 수온을 최고로 올렸다. 이미 밖은 너무 더웠다. 그는 끓는 듯한 증기 아래 잠깐씩 얼굴을 들이밀고 서 있으면 모든 걸 잊는 데 도움이 된다는 걸 깨달았다. 마치 뇌의 상처를 지져 없애는 것 같았다. 에밀리는 그의 긴 샤워에 대해 더이상 아무 말도 하지 않았다. 이제는 벤에게도 흥미를 잃은 것처럼 요즘 그가 뭘 하는지 통 관심이 없었다. 먼 훗날 언젠가는 그들 사이에 있었던 것을 다시 되찾을 수 있을까, 벤은 궁금했다.

가늘고 긴 참나무 널로 짠 응접실 문을 열었을 때 아내의 모습이 보이지 않자 벤은 제일 먼저 그녀가 사라졌다는 생각이 들었다. 주방이나 아래층 욕실을 확인할 것도 없이 온 집안에 비명처럼 퍼진 텅 빈 기운이 느껴졌다. 이제 무엇을 해야 할지 알 수 없었다—999*에 전화를 할까, 울부짖을까, 창밖으로 몸을 던질까? 그는 다시 침실로 올라가 옷장을 열었다. 평소와 거의 비슷해 보였다. 어쩌면 그냥 산책하러 나갔을지도 몰라, 날이 좋잖아, 그는 생각했다. 그는 아침을 준비하기로 마음먹고 자기가 마실 카푸치노를 만들었다. 사무실에는 언제든 전화를 걸어 늦는다고 알리면 그만이었다. 그때쯤이면 분명 에밀리가 돌아올 것이다.

커피를 다 마셨는데도 에밀리가 여전히 집에 돌아오지 않자 벤은 위층으로 올라가 부드러운 크림색 깔개에 무릎을 꿇고 침대 아

---
* 영국에서 응급상황을 신고하는 전화번호.

래를 들여다보았다. 찰리는 이제 울면서 그의 뒤를 졸졸 따라다녔지만 벤은 무시했다. 좋아, 커다란 여행가방은 여전히 침대 아래 있었다. 그는 그것을 꺼내 열어보았다. 늘 그 안에 마라케시에서 산 가죽 여행가방을 보관하는데 오늘은 없었다. 분명히 아래 어딘가 있을 거야. 벤은 혼잣말을 했다. 그러고는 침대 틀 아래 납작 엎드려 꿈틀거리면서 미친듯이 물건들을 끄집어내기 시작했다―에어 매트리스, 끌고 다니는 작은 여행가방, 어린이용 텐트, 하이킹 배낭, 잡동사니 주머니, 오래전에 없어진 양말 한 짝. 먼지가 일어 낮게 깔린 햇빛 속에 오래 머물렀다. 더는 꺼낼 것이 없자 벤은 바닥에 가만히 누워 패배감을 느끼며 딱 한 번 흐느껴 울었다. 그러고 나서 일어나 앉아 가엾은 찰리를 품에 안고 흔들어주었다.

밥 개리슨 순경은 창문 없는 작은 면회실 책상 너머 벤 콜먼 씨를 동정 어린 눈길로 바라보았다. 슬픈 사건이었다. 그는 이런 경우를 잘 알았다. 그리고 이제 아내를 찾기 위해 할 수 있는 일이 별로 없다는 것을 이 남자에게 알려야 했다. 고위험군 실종자들은 은행계좌를 없애거나 가방 가득 옷을 넣어가거나 여권을 챙겨가지 않는다. 불쌍한 이 남자는 그저 그녀가 떠났다는 사실을 받아들여야 한다고 개리슨 순경은 생각했다. 그러나 자기가 아무리 이런 사건을 천 번쯤 처리했다지만 고급 정장 차림의 절망한 남자 건너편에 앉아서 그의 아내를 실종자로 처리하는 것 말고는 할일이 별로 없다는 사실을 알리기는 쉬운 일이 아니라는 느낌이 들었다.

벤은 에밀리가 제 발로 사라졌다는 것, 그를 떠나는 쪽을 선택했다는 것을 알면서도 그녀를 찾는 걸 포기하지 않았다. 그녀도 자신이 관심을 보이길 원할 거라고, 찾아주면 기뻐할 거라고 확신했다. 어쩌면 일종의 테스트일 수도 있었다. 그는 그녀가 어디로 갔을지, 어떤 이름을 사용하고 있을지 상상하려고 애썼지만 그것은 바다 수영을 하다 잃어버린 반지를 찾는 일과 비슷했다. 처음 몇 주 동안 그는 그녀의 카드 이용 내역을 추적하기 위해 끊임없이 온라인 계좌를 확인했다. 그러나 아무것도 없었다. 에밀리의 친구들도 빠짐없이 조사했다. 그러나 아무도 아는 게 없었고 그들이 거짓말을 하는 게 아니라는 걸 알 수 있었다. 실종자를 위한 자선단체에 죄다 연락했지만 그들은 사체 사진들을 보여주는 것 말고는 실질적인 도움을 줄 수 없었다. 가로수, 우체국, 기차역에 그녀의 포스터를 붙일 때마다 빤히 보는 사람들의 시선을 느꼈지만, 달리 무엇을 할 수 있었겠는가? 그는 페이스북 계정까지 만들었다. 물론 처음에는 친구들도 게시물을 공유하고 버림받았다는 그의 짐승 같은 울부짖음을 널리 알리려고 애썼다. 그러나 몇 달이 흐르면서 댓글조차 거의 달리지 않았다. 마치 온라인에서 아내를 찾는 그의 헛된 노력이 그를 도울 수 없는 사람들에게 불편을 끼치고 있는 것 같았다. 결국 그녀의 생일인 11월 15일 저녁 그의 부모가 그가 제일 좋아하는 비프 앤드 기네스 파이를 가지고 집에 왔을 때, 어머니는 아마도 이제 에밀리를 보내줄 때가 된 것 같다고 차분히 말을 꺼냈다. 그러나 그 말을 들은 그는 그답지 않게 분노를 터뜨렸다. 어머니라면 매일 아침 휑한 침대에서 깨어나는 기분이 어떨 것 같으냐고 소리를 질렀다. 그러면 모든 감정이 다시 깨어난다고. 그후 부모는 아무 말도 하지 않고 침묵으로 최선을 다해 그를 지지해주었다. 그는 계속해나갔다. 홀로 외롭게.

7

에인절이 함께 먹을 피자를 주문하고, 역겨움을 참고 게걸스럽게 먹어치우자 메스꺼움이 가신다. 그녀는 내게 뭔가 아주 심각한 문제가 있음을 알 테지만, 스스럼없는 태도에도 불구하고 그런 것을 묻기에는 너무 예의바른 사람이다. 나는 남자친구와 헤어진 이야기를 더이상 꾸며내지 않는다. 나도 모르게 진실에 근접한 곳으로 다가갈 위험이 있으니까.

대신 에인절은 신랄하고 재미있게 자기 이야기를 시작한다. 예전의 나라면 누군가의 삶에 그렇게 많은 우여곡절이 있을 수 있다는 데 충격을 받았겠지만 지금은 아니다. 내 삶 또한 그러하니까. 에밀리 콜먼 부인이 맨체스터 촐튼의 집을 떠난 바로 그날, 벤과 찰리를 떠난 바로 그날 이제 캣 브라운이라는 이름으로 런던 북부 어딘가 핀즈베리 파크의 새집에 앉아서 새 친구 에인절과 함께 보드카를 마시고 피자를 먹고 있다니 믿을 수 없다. 그리고 아무도 그녀를 어떻게 찾을지 모른다. 아무도 나를 어떻게 찾을지 모른다. 적어도 이런 면에서 나는 운이 좋다고 생각한다. 비록 법적 이름은 캐서린 에밀리 브라운이지만 모두가 나를 항상 에밀리라고 불렀고 결혼 후 지난 오 년간은 에밀리 콜먼으로 살았다. 여권을 바꾸지 않기로 한 덕분에, 벤이라면 페미니즘에 입각한 결과라 말했을 그 선택 덕분에 지금 새 직업을 구하고 은행 계좌를 열고 새로운 페르소나로 살아가기가 확실히 한결 수월할 것이다. 그리고 브라운은 아주 흔한 성이니 캐서린 브라운은 도처에 수백 명이 있을 것이다. 나는 안전하게 사라졌다.

에인절과 내가 잡담을 나누는 동안 다양한 사람들이 집으로 돌아와(일터에서 퇴근하는 거겠지?) 주방을 들락거리며 내게 크고 작은 관심을 보인다. 우선 베브. 나중에 알아낸 바로는 반즐리에서 온 로드매니저인데, 레게 머리를 하고 심하게 아랫니가 튀어나온 그녀는 주방에 들어오더니 마치 내가 늘 거기 있던 사람인 것처럼 엄청 활기차게 인사한다. "더럽게 덥네, 그렇죠?" 그리고 냉장고로 가서 한참 안을 뒤지더니 좋았던 기분이 돌변하고, 새끼를 잃은 암사자처럼 고녀에 차 으르렁거린다.

"내 초콜릿 어디 갔어?" 베브가 소리를 지른다. "어떤 새끼가 내 초콜릿 처먹었어? 에인절, 씨발 내 초콜릿 먹었어?"

"진정해, 베브. 이번에는 나 아냐. 약속해. 쟤한테 물어봐." 에인절이 말한다. 그때 아주 키가 크고 몸이 커서 불편해 보이는 남자가 진한 청바지에 아베크롬비 스웨트셔츠 차림으로 구부정하게 들어온다. 온몸이 너무 커서 운동화도 배를 젓는 노처럼 거대하지만 다리는 몸에 비해 너무 짧고 귀여운 소년 같은 얼굴은 웃자란 아기를 연상시킨다. 안아주고 싶다는 생각이 들 정도다.

"아니, 난 아냐, 베브. 정신 좀 차려." 브래드가 사랑스러운 미소를 지으며 호주 억양으로 말한다. 그러나 베브는 화를 누그러뜨릴 기분이 아니다. 대신 그녀는 악악거리기를 멈추고 식탁에 앉아 앞뒤로 몸을 흔들기 시작한다. "이 망할 집구석은 참을 만큼 참았어. 그건 내 초콜릿이었다고." 그녀는 이제 가련하게 말한다. "씨발, 내 초콜릿." 욕은 거의 애무이자 유혹 같고, 초콜릿을 잃어버린 베브에게 애도의 마음까지 든다. 무슨 말을 해야 할지 모르겠다. 그녀는 몹시 슬퍼 보인다. 마치 가족을 잃은 사람을 보고 있는 듯하다.

에인절이 일어나 아이팟 있는 데로 가서 음악을 튼다. 누가 부른 노래인지 모르겠지만 제목이기도 한 "네 머리는 어디 있니?"라는 가사가 반복해서 흘러나온다. 약간 조롱이 담긴 것 같지만 베브는 개의치 않는 듯하고 이제 분노는 지나갔다. 브래드의 애인으로 짐작되는 여자가 통통 튀듯 들어온다. 몸집이 자그마하고 연보라색 패턴이 있는 미니 원피스를 입었다. 작은 몸은 완벽하지만 얼굴이 촌스러워 마치 공장에서 부품끼리 짝을 잘못 지어 나온 인형 같다. 그녀가 브래드 옆에 멈추더니 의심스러운 시선으로 나를 본다. "이쪽은 캣이야, 에리카. 피델이 쓰던 방에 들어왔어." 에인절이 친근하고 편하게 말하지만 에리카는 적의를 숨기지 않고 나를 바라볼 뿐이다.

"누가 그 방을 줬어? 아직 광고도 안 냈는데." 그녀의 목소리는 얼굴만큼이나 추하다. 심한 호주 억양이 안 그래도 팽팽한 내 신경을 건드린다.

"그래, 음, 캣이 좀 급했거든. 그렇지, 자기? 어쨌든 덕분에 우리는 번거로움을 덜었지." 에인절이 단호하게 말한다. 나는 에인절이 마음에 든다. 그녀는 친절하고 말문이 막힐 정도로 예쁘고 모든 일을 잘 처리한다. 뭐 때문에 이런 데 살고 있는지 모르겠다. (슈퍼스타가 틀림없어, 라고 나는 생각한다. 그러나 그녀는 넉 잔째 보드카를 아직 마시지 않았고, 무책임한 엄마와 계속 바뀌는 '아저씨'들 손에 자란 믿을 수 없는 어린 시절 이야기도 아직 들려주지 않았다.)

"음, 샤넬은 이거 알아?" 에리카의 질문에 그게 누구인가 싶다. 그때 보드카 석 잔을 마시기 전 문을 열어준 불친절한 여자를 기억해낸다. 그러고 보니 그후로 그녀를 보지 못했다.

"그럼, 알지. 아무 문제 없어."

에리카는 심하게 짜증난 눈치로 브래드를 쿡 찔러 주방에서 나간다. 과자 가게에서 볼일은 다 끝났으니 이제 집에 가서 낮잠 잘 시간이라는 듯이. 에인절은 코웃음 친다. 나는 깔깔거린다. 도대체 뭔지 모르겠다―보드카 때문인지, 새로운 시작 때문인지, 또는 이 걷잡을 수 없이 괴상한 인물들 때문인지. 하지만 몇 달 만에 처음 진심으로 즐거운 기분이 드는 것 같다. 제정신이 아니다. 끓어오르는 죄책감에 나는 돌아보지 말자고, 결국에는 우리 모두에게 가장 좋은 일을 하는 거라고 스스로를 일깨운다. 그리고 이제 다른 선택지가 없다.

아까 그 거무스름한 젊은 남자가 다시 오더니 이번에는 레인지로 가서 야채를 조리한다. 그는 꽤 인상적으로 주방에 쓰레기통만 있을 때보다 더 심한 냄새를 풍기는 데 성공한다. 젊은 남자가 또 한 명 밖에서 들어온다. 겨드랑이에 바이크 헬멧을 끼고 땀에 전 노란색 라이크라 보디슈트를 입고서 거무스름한 젊은 남자 1호에게 키스한다. 그들은 무슨 말을 나누며—내 생각에는 포르투갈어 같다—나는 아예 안중에도 없다. 에인절은 미소지으며 우리 잔에 보드카를 더 따른다.

나는 오래전부터 에인절을 알아온 느낌이 든다. 우리는 딱 알맞은 때 서로의 인생에 들어온 것처럼 슬픔의 연대를 느끼고, 내가 사연을 털어놓지 못해도 그녀는 상관하지 않는다. 어찌된 일인지 그녀는 이해한다.

에인절은 웨스트엔드 카지노에서 딜러로 있는데, 그런 직업을 가진 사람은 한 번도 만나본 적이 없어서 심하게 매혹적인 일인지 아니면 심하게 지저분한 일인지 모르겠다. 그녀는 이 엉망진창 셰어하우스에서 석 달 동안 살았다. 주방에 사람들이 들고 나는 사이에 해준 말로는 한동안 몸을 낮추고 지낼 곳이 필요하다는데 이유는 밝히고 싶지 않은 것 같다. 그녀가 무슨 일을 했을지 궁금하다. 이 집을 찾은 것은 친구 제롬을 통해서다. 그는 술집 경비원인데 원칙적으로는 집의 마지막 방을 차지하고 있지만 대부분의 시간을 엔필드의 여자친구 집에서 지내는 듯하다. 제롬의 사촌인 샤넬이 집주인이다—부모에게서 이 집을 샀고, 에인절의 말에 따르면 초

보 사업가로서 꽤 잘해내고 있다고 한다. 주방과 욕실을 제외한 모든 방을 침실로 바꾼 이 집에서는 뭐든 그녀의 말을 따라야 했다. 에인절만이 그녀를 다룰 수 있다. 그리고 에인절은 샤넬이 끔찍하게 굴지는 몰라도 나쁜 인간은 아니라고, 알고 보면 썩 괜찮은 사람이라고도 한다. 나는 확신이 들지 않아 오늘은 샤넬을 다시 보고 싶지 않다. 보드카를 마셨더니 머리가 띵하고 갑자기 피곤이 몰려와 에인절에게 정말 침대로 가야겠다고 말한다. 아홉시 반이고 막 어두워지고 있지만 열기는 여전히 심하고 역겨운 냄새가 난다.

"자기, 내가 너무 기대하지 말라고 경고한 것 기억해요." 에인절은 위층으로 함께 올라가면서 말한다. 층계 카펫은 소용돌이무늬이고 내 머리도 소용돌이친다. 방은 끔찍하다. 매트리스는 더럽고, 복숭아색 무광 페인트를 칠한 우드칩 재질의 벽은 방 중앙의 어두침침한 불빛을 받아 빛난다. 갈색과 베이지색의 텅 빈 포마이카 옷장이 하나 있다. 방에서는 오래된 포장음식 상자의 냄새와 함께 정체를 알 수 없는 무언가의 악취가 풍기고, 카펫에는 먼지와 뭔지 모를 것이 두껍게 쌓여 있다. 좋았던 기분은 사그라졌고 막막하고 비참하기만 하다. 또다시, 이 모든 것이 잘못되었고 나는 잘못된 장소에 있다는 느낌이 찾아든다. 생각해보니 침구가 없다. 저 매트리스에서 잘 수 없는 것은 확실하지만 바닥 또한 만만찮게 심해 보인다. 내 인생 전부를 증발시킨 결과가 어떻게 바로 여기, 지금 이것인가? 어쩌면 이렇게 완벽하게 엉망이 되어버렸지?

에인절이 내 안색을 살핀다. "이봐요, 자기. 내가 너무 나선다고 생각하지 않으면 좋겠지만, 나는 이따가 일하러 가서 아침까지는 돌아오지 않을 거예요. 오늘밤만 내 침대를 쓰는 게 어때요? 괜찮아요, 오늘 시트도 갈았어요." 그녀는 나를 문밖으로 이끌고 충계참을 따라 어느 방으로 데려간다. 어질러졌지만 충분히 깔끔하고데이지 자수가 놓인 이불도 깔려 있다. 나는 그녀를 안고 거듭 고맙다고 말한 뒤, 그녀가 나가기 무섭게 돈이 든 핸드백을 매트리스와 벽 사이에 안전하게 끼워두고 바지와 땀에 전 상의를 벗어던지자마자 곧바로 침대에 쓰러진다.

다음날 아침 일찍 깬 나는 이곳이 어디인지 알지 못한다. 전날저녁의 일들을 다시 돌이켜본다. 보드카, 요리냄새, 쓰레기통……돼지우리 같은 내 방. 이곳이 그 방이 아니라는 것을 떠올리고 감사한다. 나는 에인절의 방에 있다. 그렇다, 내 방은 사람이 살 수없는 곳이다. 나는 침대 밖으로 나와 어제 입은 옷을 입고 다시 옆방을 보러 간다. 햇빛에 비친 방은 어젯밤보다 훨씬 더 불쾌하다.더 불쾌할 수가 있다면 말이다. 그러지 않으려고 애써도 내가 어제까지 살았던 촐튼의 사랑스러운 집이 잠시 떠오른다. 나는 뭔가를해야 한다고 마음을 굳힌다. 안 그러면 완전히 미쳐버릴 거라고.차 한 잔을 마시러 아래층으로 내려간다―이 시간에는 주방에 아무도 없을 테니 일단 누군가의 티백과 우유를 슬쩍할 수 있기를 바란다. 그만큼 절박하다. 빨간색 플라스틱 주전자는 역겹다―안쪽에 물때가 끼어 있고 바깥쪽에는 더께가 두껍게 앉아 손톱으로 긁어 이름을 새길 수도 있을 지경이다. 머그컵은 모두 더럽고 대부분이가 빠졌다. 싱크대 위 찬장을 뒤져보니 티백 상자가 나온다. 그

나마 제일 나은 머그컵에 끓는 물을 따르고 있을 때, 이 집 주인 샤넬이 주방으로 들어오는 걸 알아차린다. 낡아 보이는 노란색의 짧은 타월 가운 아래로 마라토너 같은 길고 가는 다리가 드러난다.

"오." 그녀가 말한다. "당신이군요."

어색하다. 어제 내 면전에서 문을 닫은 후로 그녀를 보지 못했다. 왠지 빈집털이범 같은 기분이 든다.

"안녕하세요." 나는 축 처져서 말한다. "어쨌든 방을 줘서 고마워요."

"에인절에게 고맙다고 해요." 샤넬은 못마땅한 듯 말한다. "그녀가 당신을 위해 싸웠어요. 또 선한 사마리아인 노릇을 하려는 거죠, 그래야 자기 기분이 나아질 테니까."

나는 뭐라고 대답해야 할지 모르겠다. 그래서 그냥 예의바른 미소를 짓고 훔친 티백을 소심하게 머그컵 옆면에 대고 누른 뒤 꺼내서 흘러넘치는 쓰레기통 꼭대기에 올려놓는다.

"방이 좀 엉망이죠." 샤넬은 이제 적대감을 약간 누그러뜨리고 말을 잇는다. "피델이 쓰레기장으로 만들어놓고 나갔어요. 다른 사람이 들어오기 전에 정리하려고 했는데."

"제가 해도 상관없어요." 나는 열성적으로 말한다. "그런 일 아주 좋아해요. 어쨌든 침구하고 이런저런 물건이 필요하니까 다른 것들도 같이 좀 사올 수 있을 거예요. 물론 돈은 제가 낼게요. 근처에 이케아 같은 곳이 있나요?"

샤넬은 대화가 흘러가는 방향이 마음에 드나보다. 그리고 이제 거의 친절하기까지 하다. 그녀는 에드먼턴이라는 곳으로 가는 방법을 자세히 알려주고 심지어 자기 방 냉장고에서 가져온 우유를 조금 덜어주기까지 한다. 나는 축복받은 기분이다.

　이케아는 내가 도착했을 때 막 문을 연다. 화요일 아침이라서 썰렁하다. 나는 아주 작고 혼자라는 기분을 느끼며 무빙워크에 올라 거대한 파란 건물로 들어가고, 커다란 노란 쇼핑백을 들고 화살표를 따라 도러시가 된 기분으로 매장 모험을 시작한다. 공간을 최대한 활용한 밝은 주방을 지나 재치 있는 수납 솔루션을 통과한 다음 아늑하고 매력적인 응접실을 둘러간다. 나는 잘하고 있다. 다른 평범한 쇼핑객들처럼 거의 정상으로 느껴진다—그러나 마법의 길에서 다음 커브를 돌았을 때 아무 예고도 없이 어린이 구역이 불쑥 나타난다. 자동차 모양 침대와 용이 그려진 장난감 보관함, 파스텔톤 옷장이 사방에서 나를 조롱하고 사랑스러운 장난감이 가득찬 수납상자가 주위에 높이 쌓여 있다. 어린 여자아이가 원숭이 인형을 안고 아장아장 걷다가 그거 내려놓으라고 말하는 엄마에게 씩 웃어 보인다. 갑자기 아들의 이미지가 마음속에 폭탄처럼 터진다. 가슴에 통증이 느껴지는 걸로 봐서 어쨌든 나는 여전히 살아 있고, 알록달록한 원색 꿈에 갇혀 있지 않은 게 분명하다. 나는 계속해서 통로를 따라간다. 머리를 숙인 채 이제는 아예 뛰고 있다. 막다른 곳에 이를 때까지 고개를 들지 않는다. 엘리베이터 옆 벽을 보고 기대서서 헐떡거리며 지금 이 순간 다 포기하고 싶다고, 여기 있고 싶지 않다고 간절히 생각한다. 아무것도 아닌 무無로 녹아들기를 열망한다.

모든 게 너무 버겁다.

더 바짝 스스로를 통제하고 옛 존재의 모든 면을 과거에 남겨두
고 아이들에게 무감각해져야 나 자신에게서 도망칠 수 있을 것이
다. 나는 똑바로 서서 어깨를 반듯이 펴고 심호흡을 하려 애쓴다.
다행히 이번에는 아무도 내 공황 발작을 보지 못했지만 좀더 주의
해야 한다. 계속 미치광이처럼 굴어서는 안 된다. 앞에 카페가 보
이자 심장이 쿵쾅거리는데도 배가 고픈 것을 깨닫고 푸짐한 잉글
리시 브렉퍼스트, 바나나, 사과, 요거트, 스웨덴 페이스트리 같은
빵, 오렌지주스, 차 한 잔을 쟁반에 담는다. 나는 주차장을 바라보
는 길게 놓인 탁자들 가운데 홀로 앉아 모든 걸 남김없이 먹어치운
다. 먹는 일에 집중하는 것이 어찌됐든 이런 상황에 대처하는 데,
모든 걸 과거로 다시 돌려놓는 데 도움이 된다. 매장으로 돌아오
니 아까보다 붐비는 분위기다. 이제 주위에 어린아이가 많지만 이
번에는 나도 준비가 되어 있다. 나는 지도를 꼼꼼히 보고 곧장 침
구 섹션으로 간다. 화살표를 무시하고 소파들 사이로 길을 내고 거
울 뒤로 질러가면서 모든 사람을 지워버린다. 싼 가격에 비해 단단
하고 세련된 흰색 싱글 침대를 골라 메모지에 제품 코드를 기록한
다. 매트리스를 고르고 나서는 옷장을 찾아본다. 편리하게도 통로
를 따라 조금만 더 가면 된다. 봉에 흰색 리넨 커버를 씌운 단순한
물건을 고른다. 전에도 이케아에 여러 번 와봐서 쇼핑 방법을 알고
있다. 집에 꼭 필요한 물건들로 노란 쇼핑백을 채우며 매장을 휙휙
돌아다니고, 물건을 고를수록 점점 더 쉬워진다―최면 효과와 재
미가 있는 슈퍼마켓 싹쓸이 같다. 나는 제품 코드를 다 기록한 후

셀프 서브 창고로 가서 침대를 찾으러 대형물품 픽업 구역으로 향한다. 거기서 촉촉한 눈의 친절한 동양인 청년이 카트에 짐 싣는 걸 도와준다. 마침내 도착한 계산대에는 거의 줄이 없다. 아직도 이른 시간이 틀림없다. 침대, 매트리스, 옷장, 침구, 쿠션, 깔개, 전등갓, 커튼, 이 모든 것이 세련된 흰색이나 크림색이고 가격은 300파운드가 채 안 된다. 아침 먹는 시간을 포함해 한 시간이 조금 더 걸렸다. 어처구니없지만 나 자신에게 만족감을 느낀다. 소품을 포함해 모든 물건을 그날 오후에 배달되도록 한 뒤 버스를 타고 핀즈베리 파크로 돌아온다.

작고 지저분한 철물점에 들러 눈부시게 흰 페인트 가장 큰 통과 롤러 하나, 붓을 몇 개 산다. 집(집이라니!)에 돌아오자, 거무스름한 젊은 남자 1호만 있는 듯하다. 그는 또다시 레인지에서 역겨운 냄새가 나는 음식을 조리하며 내가 싱크대에서 물 한 잔을 벌컥벌컥 마시는 동안에도 마치 귀먹은 듯이 완전히 무시한다. 벌써 한시 삼십분이다. 서둘러야 한다. 나는 위층으로 성큼성큼 올라가 티셔츠와 유일하게 가져온 반바지로 갈아입고 낡은 침대와 옷장을 방 가운데로 옮긴 뒤 페인트칠을 시작한다.

오늘도 덥고 방은 숨이 막히지만 나는 비정상적으로 에너지가 충만하다—일종의 미친 둥지 본능이 생긴 듯하다. 마치 예전에……여기서 멈추자. 계속 일하자. 생각을 하지 말자. 방은 작고 나는 모든 표면에 페인트를 칠한다—굳이 먼저 청소를 하지 않는다. 그저 모든 때와 먼지 위에 페인트를 칠하고, 칠하고 또 칠한다. 복숭아색 우드칩이 수천 개의 작은 살색 돌기가 될 때까지. 그러고도 멈추지 않고 방을 여러 번 돌면서 모든 것이 사라질 때까지 계속 칠한다—너무 더운 날씨 덕에 건조가 빨라 계속할 수 있다. 창틀도 칠하지만—달리 페인트가 없으니 같은 색으로—상관없다. 내가 원하는 효과는 전에 있던 것을 지워버리는 것이다.

초인종소리가 들린다. 구식 차임벨이다. 이케아에서 배달이 왔다! 나는 아래층으로 달려내려가 현관문을 열어젖힌다. 남자가 복도 안에 물건을 내려놓는다. 너무 많아서 거기 그냥 됐다간 새 하우스메이트들이 짜증낼까봐 걱정이다. 서둘러야 해. 나는 다시 위층으로 달려올라가 페인트칠을 계속한다. 내 삶이 그 일에 달려 있는 것만 같고, 실상 그럴 것이다. 모든 것이 하얘지자 나는 역겨운 낡은 매트리스를 문밖으로 잡아끌어 층계참을 따라 질질 끌고 간 뒤 기다랗고 가파른 층계 아래로 밀어버린다. 냄새나고 더러운 매트리스에 가속도가 붙는 동안, 현관문이 열리더니 마침 집안으로 들어오는 덩치 큰 남자와 충돌할 뻔한다.

"이런, 죄송해요." 나는 말한다.

"쌍, 뭐하는 거야?" 그가 말한다. 그러나 페인트를 뒤집어쓰고 반바지 차림으로 층계 꼭대기에 선 나를 보자 금세 누그러진다.

"안녕하세요, 저는 에미—캣이에요." 나는 말한다. "막 이사 왔어요. 방 청소를 하고 있거든요."

"그런 것 같네요." 남자가 말한다. 나는 그가 샤넬의 사촌 제롬이 틀림없다고 생각한다. "내가 좀 도와줄게요." 그러더니 그는 매트리스를 시리얼 상자처럼 집어서 현관 밖 쓰레기통 옆으로 던진다.

"층계로 내던질 계획인 거 또 있어요?" 그의 물음에 나는 정말 다행이라 생각하며 좀 도와달라고, 침대 틀과 옷장을 버려야 한다고 말한다. 제롬은 뒷마당 헛간으로 들어가 큰 쇠망치를 가지고 돌아온다. 이제 나는 약간 긴장한다. 헐벗다시피 한 채 어쩌다 나를 향해 망치를 휘두르는 덩치 큰 낯선 사람과 단둘이 있어서가 아니라, 샤넬이 낡은 침대와 옷장에 대해 어떻게 생각할지 제대로 고민해보지 않아서다. 마음대로 방을 바꿔도 좋다고 정확히 합의한 일은 없었다. 나는 바꾼 가구를 그녀가 좋아하지 않는다면 언제든 비용을 지불하면 그만이라고, 내 바람이지만 아마 그녀도 수긍할 거라고 판단하고 제롬을 위층으로 올라오게 한다. 그는 망치를 휘둘러 갈색과 베이지색 옷장을 때려부수고 침대 틀을 분해해 모든 것을 집 앞 정원 산울타리 바로 뒤로 내던진다. 거기까지 십 분이 걸린다.

"새로 산 물건 옮기는 것도 도와줘요?" 그가 말한다. 나는 어쩐지 이 상황을 이용하고 있는 것 같다.

"저 혼자서도 할 수 있어요." 말은 그렇게 해도 나는 지금 피곤하고, 비록 의도하지는 않았지만 그 말에 진심이 별로 담겨 있지 않았나보다. 제롬은 눈치가 빠르다. 알고 보니 그는 플랫팩 가구를 다루는 데 선수인지라, 삼십 분이 채 되지 않아 침대 조립을 끝내고 비닐 덮개에서 매트리스를 꺼내 에어 베드처럼 쉽게 침대 위로 던진다. 내가 삼면에 커버를 씌우는 옷장 조립을 막 마쳤을 때 모든 일을 끝낸 제롬은 고맙다는 내 인사에 어깨를 으쓱하고 자기 방으로 사라진다. 시트와 이불, 이불 커버 포장을 벗기자 여기저기 포장재가 굴러다닌다. 여전히 축축한 벽에 닿지 않도록 조심하며 침구를 정돈한다. 옷걸이를 사는 것도 잊지 않았고, 여행가방을 싹 비워 내가 가진 몇 안 되는 옷가지를 엉성한 옷장에 건다. 제롬의 드라이버는 여전히 내게 있다. 그에 비해 세 배의 시간이 걸리겠지만 나는 의자에 올라가 커튼봉 나사를 푸는 데 성공한 뒤 곰팡이 핀 빛바랜 살구색 커튼을 내리고 그 자리에 기다란 순백의 면 커튼을 건다. 페인트가 아직 완전히 마르지 않았지만 커튼이 딱히 벽에 닿지 않으니 상관없을 것이다. 그쯤 하기로 하고 진공청소기를 가져와 카펫에서 더러운 것을 최대한 빨아들인다. 전등갓은 단순한 흰색으로 바꾼다. 그리고 버리는 포장재를 모조리 아래층으로 가져가 다른 모든 것과 함께 집 앞 정원에 내던진다. 이제 완전히 녹초가 되었지만 다시 내 방으로 올라와 크림색 깔개를 간다. 완벽하다. 침대 옆으로 거의 바닥 전체를 뒤덮어 그 아래 카펫을 숨겨주니 더러운 게 거기 없다고 생각할 수 있다. 변신은 완전히 끝났다. 36시간 동안 새집, 새 친구, 새 이름, 그리고 이제 기막힌 새 방이 생겼다. 그러나 아이는 없지, 남편도 없어. 어디선가 목소리가 들려온다. 나는 무시하고 샤워를 하러 간다.

8

쌍둥이 아버지는 번쩍 눈을 떠 단숨에 침대 밖으로 뛰어내렸다. 옆에 있는 여자는 여전히 희미하게 코를 골고 있다. 그는 곧장 방에 딸린 작은 욕실로 가서 여자의 체액을 씻어내렸다. 그녀가 여전히 거기 있어 화가 났지만—보통 일이 끝난 후에는 그들이 떠나도록 확실히 조처했다—어젯밤은 피곤했고, 그래서 일을 끝낸 직후 나가떨어져 무겁고 무딘 잠 속으로 빠져들었다. 아마 몸이 좀 안 좋았을 것이다.

아직 여섯시밖에 되지 않았다. 아침을 먹기에는 너무 이르고 둘째날 회의는 아홉시가 넘어서 시작하지만 앤드루는 여자가 깼을 때 거기 있고 싶지 않았다. 그건 너무 친밀하고 민망한 일이다. 그녀는 금방 일어날 것 같지 않았고 그도 그럴 것이 어젯밤 완전히 술에 취했다. 그는 아무리 애써도 여자의 이름이 기억나지 않아 충

76

격을 받았다. 결국 그는 혼자 나가서 산책을 하기로 마음먹었다―
돌아올 때쯤에는 여자도 가고 없기를 바랐다. 그러면 문제가 해결
될 것이다.

그는 재빨리 옷을 입으면서 침대 쪽을 보지 않으려고 애쓰며 재
빨리 옷을 입었다. 최대한 소리나지 않게 문을 열었고, 그녀가 끙
끙거리며 돌아누웠지만 깨우지 않고 방에서 나왔다. 그는 특징 없
는 문들이 이어진 길고 칙칙한 복도를 조용히 걸어갔다. 이미 썩
고 있는 전날 밤 음식 쟁반이 두어 개 나와 있었다. 엘리베이터로
들어가 거울 달린 문이 닫힐 때 거기 반사된 자신의 금빛 이미지
를 보고 나서야 비로소 긴장이 풀렸다. 앤드루는 자신이 잘생긴 남
자라는 걸 알았지만, 최근에는 외모의 빛이 바래는 것이 느껴졌다.
아마도 배가 나와서거나 머리가 벗어지는 조짐이 보이기 때문일
것이다. 아니면 더 단순하게는 내면의 불행이 얼굴에 나타나기 시
작했기 때문에.

앤드루는 안내 데스크를 통과할 때 자리에 앉아 있는 야근조 도
어맨을 무시한 채 앞만 똑바로 바라보았다―무례하게 굴고 싶지
는 않았지만, 그저 그 남자가 자기 눈에 담긴 수치심을 보지 않기
를 바랐다.

밖에 나온 앤드루는 어디로 가야 할지 몰랐다. 걷기 좋은 곳은
아니었다. 그래서 임의로 이미 분주한 큰길을 따라 왼쪽으로 돌았
다. 샛길이 나올 거라는 희망은 500미터를 못 가 버렸지만 마침내
왼쪽으로 난 작은 길이 보였고, 그 길은 몇백 미터를 지나 좁아지
면서 깔끔한 주택가로 이어졌다. 그의 가족이 사는 체스터와 약간

비슷했다. 몇몇 집에 막 불이 켜지고 있었다. 진입로에 주차된 가족용 고급 차량, 판에 박은 깔끔한 화단에서 어슴푸레한 빛을 받고 요란한 색깔을 자랑하기 시작한 마리골드. 앤드루는 저런 집들의 정돈된 문 뒤에서 무슨 일이 일어나고 있을까 궁금했다. 다른 사람의 인생도 자기만큼 엉망일까?

프랜시스가 임신을 알렸을 때 일찍이 모든 것이 잘못되기 시작했다. 결혼하고 너무 빨리 생긴 일이라 그는 준비가 되어 있지 않았다. 집에서 몸이 불어나고 있는 아내에게서 멀어져 사무실의 새 비서에게, 그녀와 주고받는 눈빛에, 그녀가 그의 편지에 메모하느라 책상 위로 몸을 숙일 때 가까워지는 스릴에 끌린 것은 진부한 반응이었다. 아무리 둘 다 원한다 해도 그녀를 만져서는 안 된다는 것을 그는 알았다. 그것은 금지된 일이었다. 얼마 후부터 그들은 점심을 같이 먹었고, 그러고 나서 사무실에 늦게까지 같이 있고, 친근한 수다가 이어지고, 둘 사이에 긴장이 커져갔다. 할 수 있는 한 오래 참던 앤드루는 어느 날 함께 점심을 먹으며 병세가 위중한 아버지 때문에 그녀가 힘들어하자 집에 데려다주겠다고 말했다. 지금 당신은 몹시 동요해서 다시 일하러 가봐야 소용없다고. 당시 동기는 순수했다고 맹세할 수 있었다. 그를 집에 들어오게 한 그녀가 주전자 물이 끓기를 기다리는 동안 또 울자 물론 그는 그녀를 위로했다. 마침내 키스했을 때 그 느낌은 특별했다. 위기감과 기만의 아드레날린이 솟구치는 듯했고, 그는 신체적 반응에 자신이 걸려들도록 내버려두었다—신혼생활에 무슨 희망이 있나 의문을 품고.

딴사람이 되어 그날 오후 아주 늦게 사무실로 다시 돌아와보니 프랜시스의 메시지가 세 개, 병원에서 온 것이 두 개 더 있었다. 구역질이 날 것 같았다. 머리를 숙이고 아내에게 달려갈 때 동료들의 못마땅한 기색이 느껴졌다. 그러나 어쩌다 쌍둥이의 아버지가 되었는지는 납득할 수 없을지언정 두 딸이 태어나는 순간을 놓쳤다는 충격에 이후 빅토리아를 더 강렬히 원하게 되었다. 몇 주 동안 죄책감에 시달리고 자신과 수없이 약속했음에도 관계를 다시 시작했다. 그것은 단지 비서에 대한 열정이 아니었다. 볼품없고 지친 아내와 시끄러운 아기들로부터 탈출해야 했다. 그는 더 자주 '야근'하기 시작했고 집에서 보내는 시간은 점점 짧아졌다. 결국 프랜시스는 그에게 언제 돌아올지, 지금 어딘지 묻지 않게 되었다. 그냥 받아들이는 듯 보였다. 그렇다면 그녀도 딱히 상관하지 않는다는 뜻이라고 그는 합리화했고, 그러자 기분이 좀 나아졌다.

앤드루는 서글픈 이른 아침 텔퍼드 주택가를 걸으면서 마침내 자신의 배신이 무슨 의미인지 알았다. 그는 가족을 버렸다. 어떻게 결혼한 지 일 년도 되지 않아 쌍둥이 딸의 아버지로서 다른 사람과 관계를 가질 수 있었을까? 그는 프랜시스를 물리적으로 떠날 수는 없다고 느꼈다. 그냥 그렇게 되지 않았다. 대신 감정적으로 그녀를 떠났고, 그 자리에는 재미없고 모호한 남편, 아기들에게 무관심한 아버지만 남았다. 아기들은 몇 년에 걸쳐 아주 다른 두 소녀로 자랐다. 하나는 엄마처럼 평온하고 다정한 아이, 다른 하나는 변덕스럽고 예민한 아이였다.

'애들이 다섯 살이 되면, 여섯 살, 일곱 살이 되면' 하는 식으로 앤드루가 수년 동안 몇 번이고 약속을 저버린 뒤 빅토리아가 마침내 단호하게 관계를 끝낸 그 시기, 그는 영업 일로 우울한 행사에 참석할 때마다 일회적인 성교를 하기 시작했다. 그리고 그런 기회들의 간격이 너무 벌어지면 맨체스터의 싸구려 호텔에서 중년의 창녀들과 관계를 가졌다. 그는 자신을 경멸했다.

앤드루는 시간을 확인했다—일곱시 십오분이니 이제 발길을 돌려야 했다. 회의 시작 전에 프랜시스에게 꼭 전화를 걸어 캐럴라인이 병원에서 어떻게 지내고 있는지 확인해야 했다—체중이 마침내 안정되기 시작해 38킬로그램으로 다시 돌아가는 듯 보였다. 엄마에게 사랑받지 못하고 아빠에게 버림받은 열다섯 살 딸을 생각하면 너무도 슬펐다. 그것은 차들로 꽉 막힌 큰길을 따라 동쪽의 호텔로 돌아가는 동안 신선한 봄 햇살만큼이나 가슴에 사무치는 깨달음이었다.

에밀리는 정사각형의 밝은 방 책상 앞에 앉아 GCSE 수학 시험 공부에 집중하려고 애쓰는 중이었다. 캐럴라인이 없는 집이 이상하고 밋밋했지만—쌍둥이 여동생은 항상 집안 분위기에 일종의 전기 같은 찌릿함을 더해주었다—아무리 동생이 그리워도 마침내 도움을 받고 있다는 사실에 에밀리는 안도했다. 엄마의 반응 또한 반가웠다—프랜시스는 마치 스위치를 딸깍 올린 듯 하룻밤 사이 캐럴라인에게 좀더 제대로 된 진짜 엄마로 탈바꿈한 듯했고, 에밀리는 자신에게 쏠려 있던 엄마의 관심이 마침내 옮겨간 것을 느꼈다. 그것이 에밀리와 캐럴라인의 관계에도 도움이 될 것이다—에밀리는 항상 동생과 잘 지내고 그녀의 행동에 아량을 베풀기 위해 최선을 다했다. 어쨌든 에밀리가 얼마나 편애를 받았는지 고려하면 캐럴라인이 그토록 질투하는 것도 당연했다. 쌍둥이 동생이 집에 없는 이제야 자기가 그것을 완전히 깨닫는 것이 에밀리는 이상했다.

에밀리는 착한 소녀였다. 아버지에게서는 약점 대신 엉뚱한 기질을, 어머니에게서는 강인함과 인내심을 물려받았다. 좋은 조합이었다. 그녀는 외모로나 성격으로나 사랑스러워 학교에서도 잘 지내고 은근히 인기가 많았고 부드럽게 사람을 즐겁게 해주었다. 사실상 어느 모로 보나 동생 입장에서는 진절머리가 날 정도였다. 캐럴라인은 더 단단하고 반짝거리는 에밀리였다─더 예쁘고 더 영리하고 심지어 더 재치 있지만 사랑스러움은 전혀 없었다. 아이러니하게도 에밀리는 사람들이 좋아해주는 걸 부끄러워했지만 모두가 그녀를 사랑했고, 캐럴라인은 사랑받고 싶은 마음이 절박했지만 아무도 그녀를 사랑하지 않았다.

에밀리는 캐럴라인이 굶기 시작한 이유가 그것이 틀림없다고 짐작했다. 그런 고립 한가운데서 조금이라도 통제력을 되찾으려고 애쓴 것이다. 에밀리는 병에 대해 아는 바가 거의 없었고 돌이켜보면 가족 중 아무도 알아차리지 못한 게 놀라웠지만 캐럴라인은 영리했다. 그녀가 가족 식사에 참석하기를 거부하면 모두 그냥 캐럴라인이 또 저런다고 생각했다. 머리부터 발끝까지 검은색으로 덮어버리기 시작했을 때는 고딕 취향에 빠진 시기인가보다 생각했다. 창백한 피부에 덮인 광대가 연약하게 빛나면 그녀가 새로 선택한 화장법이라 여겼다. 에밀리는 수치스러웠다. 어쨌든 쌍둥이 자매인데 그렇게까지 둔했다니 믿을 수 없었다. 그녀는 수학책 페이지를 넘겼다—연립방정식. 에밀리는 수학 문제를 푸는 것이 즐거웠다. 수학의 견고함과 안정성을, 과정이 복잡해도 결국에는 단 하나의 정답만 존재한다는 사실을 사랑했다. 그것은 자기가 인생을 대하는 방식과 상당히 유사하다는 것도 깨달았다. 그녀는 항상 정답을 찾으려 했고 대부분의 경우 정답은 그녀에게 왔다. 이 상황도 에밀리는 낙관적으로 생각했다. 도움을 구하는 캐럴라인의 외침이 들렸으니 이제 나아질 거라 확신했다. 그들은 더욱 잘 지낼 것이다. 에밀리는 확신했다. 더 열심히 노력하리라 결심했다. 그녀는 문제를 풀었다.

한 남자가 생선 세 마리와 감자칩 두 개를 2.80파운드에 산다.
한 여자가 생선 한 마리와 감자칩 네 개를 2.60파운드에 산다.
생선과 감자칩의 가격은 각각 얼마인가?

에밀리는 창가 책상에서 일어나 길을 내려다보았다—곧 아버지가 집에 올 시간이었다. 그녀는 문 쪽으로 몸을 돌려 방안을 꼼꼼히 살펴보았다. 깔끔하게 정리된 침대. 프랜시스가 아즈텍 스타일 원단으로 만든 커다란 쿠션들이 벽을 따라 무심히 배열되어 있었다. 덕분에 친구들과 함께 소파처럼 편히 기대 쉴 수 있었다. 새로 붙인 포스터들을 보니 행복했다. 원뿔 모양 브라를 입은 마돈나와 기다랗고 각진 얼굴에 곱슬머리가 흘러내리는 마이클 볼턴. 캐럴라인이 옆방 벽 전체에 도배하다시피 붙인 포스터들보다 더 멋지다고 생각했다. 스톤 템플 파일럿츠나 앨리스 인 체인스처럼 에밀리는 한 번도 들어본 적 없는 그런지 밴드, 섹스 피스톨스같이 위협적이고 시끄럽게 소리지르는 펑크 로커—지난 몇 주간 기뻤던 한 가지는 방 벽 너머에서 캐럴라인이 트는 음악을 듣지 않아도 되는 것이었다. 그녀는 항상 너무 크게 음악을 틀었다. 특히 에밀리가 숙제를 하려고 애쓸 때 더욱 그랬다. 그녀는 다시 책상 앞에 앉아 방정식에 매달렸다. 감자칩 가격이 50펜스라는 걸 알아냈을 때 (생선 가격을 찾는 건 이제 쉬웠다) 아버지 차가 들어오는 소리가 들렸다. 그녀는 방을 나가 밝은 목소리로 아래층에 있는 아버지를 불렀다.

"안녕, 아빠! 회의는 어땠어요?"

그녀는 층계참에 멈춰 탁 트인 거실을 내려다보았다. 거실에는 새로 맞춘 가죽소파 세트가 놓여 있고 양가죽 깔개가 깔려 있었다. 아버지는 반짝거리는 서류가방을 겨드랑이에 끼고 황량한 눈빛으로 무기력하게 그 자리에 서 있었다. 그녀가 두 개의 짧은 층계를 천천히 내려가 아버지를 끌어안자 그는 딸의 어깨에 머리를 묻었다. 마치 그녀가 어머니고 자기는 어린아이인 것처럼.

"오, 에밀리. 내가 너희한테 얼마나 한심한 아빠였는지. 그런 곳에서 캐럴라인을 보는 건 정말이지……" 목소리가 갈라져 앤드루는 말을 멈췄다. 그렇게 오랜 세월이 지난 끝에 마침내 해방이 찾아왔다.

캐럴라인은 침대 끝에 앉은 엄마를 적대적으로 바라보았다. 병실은 노랗게 칠한 벽과 칙칙하고 빛바랜 그림, 흉한 그린 체크 커튼으로 규격화된 활기찬 분위기를 연출하고 있었다. 창문 아래 구석에는 원목을 흉내낸 탁자에 피지 않은 수선화 꽃병 하나가 헐벗은 듯 놓여 있었다. 캐럴라인이 보기에는 그 옆 의자가 프랜시스의 자리였다. 침대 위가 아니라. 자신이 느끼는 분노가 그토록 강렬하다니 그녀는 놀랐다. 지난 몇 달간 체중이 줄면서 감각 또한 줄어드는 듯했고, 지금까지 칼로리 섭취를 계획하는 데 총력을 기울이느라 머릿속 생각은 고통스러운 감정들이 도사리는 보다 위험한 영역에서 멀어져 있었다―엄마에 대한 분노, 아버지에 대한 경멸, 언니에 대한 증오. 엄마나 언니가 먼저 죽기를 바라는 것보다는 아침으로 오렌지를 반 개 먹을지 반의반 개를 먹을지 결정하는 게 더 쉬웠다. 그런데 이제 프랜시스가 여기 캐럴라인의 침대 끝에 앉아 자기가 얼마나 미안한지, 또 어떻게 캐럴라인을 실망시켰고 얼마나 그녀를 사랑하는지 징징대며 늘어놓고 있었다. 캐럴라인은 그것이 거짓말임을 알았다.

캐럴라인은 뼛속 깊이 피곤했다. 온 세상 따위 그냥 꺼져버리고 자기만의 호젓한 섬에서 아무런 방해 없이 식사를 계획하고 칼로리나 계산하며 지내고 싶었다. 그 섬은 평생 처음으로 안전을 느끼고 삶에 대한 주도권을 느낀 곳이었다. 그녀는 이 역겨운 방에서 엄마를 마주하고 싶지 않았다. 너무 많은 세월을 허비했다. 아주 많은 전략을 시도했고, 프랜시스가 에밀리 대신 자기에게 집중하고 자신을 받아들이고 사랑해주기를 갈구했다. 그리고 이제 그녀, 캐럴라인이 마침내 모든 것을 포기했는데 프랜시스가 갑자기 어이없는 구세주 엄마가 되려 하면서 낯짝을 들이밀고 있었다.

"정말 미안하구나, 아가. 난 정말 몰랐어."

"나와 관련된 건 아무것도 모르잖아요." 캐럴라인이 말했다.

"내가 더 열심히 노력할게. 두고봐. 우리가 널 여기서 나가게 해줄 거야. 네가 더 나아지게 해줄게."

"그냥 내가 서서히 힘이 빠져서 사라지게 두지 그래요? 그럼 에밀리만 걱정하면 되잖아요. 그게 엄마가 바라는 거 아니에요?"

그때 프랜시스는 캐럴라인이 세상에 나오던 그 끔찍한 날, 전혀 기대하지 않았고 낯설었던 그날을 생각했다. 새로운 생명이 시작되는 바로 그 순간 그녀는 막내딸이 죽기를 얼마나 바랐던지. 그 기억이 어찌나 오래 묻혀 있었는지 캐럴라인의 질문은 프랜시스의 뇌 속으로 핵폭탄처럼 뜨겁고 밝게 터지며 밀고 들어와 그 모든 끔찍한 드라마를 다시 표면으로 확 밀어냈다. 캐럴라인은 엄마의 표정을 보고 자기 질문의 답이 긍정임을 확실히 이해했다.

프랜시스는 속으로 부정했고 뒤이어 수치심, 그다음에는 마침내 비밀을 누군가에게 털어놓았다는 압도적인 안도감을 느꼈다. 그 대상이 하필이면 캐럴라인이라는 사실은 중요하지 않았다. 심장을 틀어막고 있던 유독한 증오 덩어리가 실제로 방안에 배출되고 그 자리에 사랑이 물밀듯이 들어왔다. 그들은 서로 마주보았다. 마침내 프랜시스는 사랑을 느꼈고 캐럴라인은 자포자기했다. 프랜시스는 뼈만 앙상한 딸의 품에 몸을 던져 평생 처음으로 부드럽게 안았다. 십오 년은 두 사람 모두를 구하기에는 너무 긴 시간이었다.

9

나는 새 방에서 잠을 깬다. 페인트냄새가 난다. 자는 내내 페인 트가 칠해진 캔버스들이 시각을 어지럽혔다. 폴록의 그림처럼 색 깔이 흩뿌려진 생생한 그 이미지는 눈을 뜨지 않는 한 사라지지 않 을 것 같다. 침대는 충분히 편안하지만 싱글 사이즈가 익숙하지 않 고, 남편에게서 등을 돌린 채 떨어져서 누워 있지 않다는 것이 어 색하다. 그때는 몸이 닿지 않아도 그가 거기 있다는 걸 알았고, 마 지막에는 우리 부부의 침대가 세상에서 가장 외로운 장소로 느껴 졌다. 남편이나 아들 생각을 피하려 애쓰며 새로운 환경에 열심 히 집중하니 침구가 여전히 새것처럼 빳빳하고 감촉이 거의 좋다 는 것을 깨닫는다. 태양빛이 순백의 커튼으로 새어들어와 새 전화 기로 확인해보니 아직 여섯시밖에 되지 않았다—근사해 보일지는 몰라도 빛을 차단하는 효과는 전혀 없는 커튼이다. 오늘 무얼 할 수 있을지 멍하니 생각해본다. 떠난 후 이틀이라는 데드라인이 너무도 확고했던 터라—살 집을 구하고 새 방을 살 만한 곳으로 만드는 것이 목표였다—오늘은 아들 없이 살아야 하는 텅 빈 하루가 내 앞에 끝없이 펼쳐져 있다. 곧 일을 구하고 은행 계좌를 만들어야 한다는 걸 알지만 어쩐지 모든 일이 너무 부담스럽다. 내 몸은 내가 많이 지쳤다고, 이 엄청난 변화와 스트레스와 최근의 상처에서 회복할 시간이 필요하다고 말한다. 아마 생존자의 심경이리라고 생각한다. 일어나기엔 너무 이른 시간이지만 완전히 잠이 깨서 침대 아래를 뒤적거려 크루역에서 산 월요일 신문을 찾아낸다. 새 베개를 오돌토돌한 흰 벽에 세워놓고 신문을 펼친다. 목이 부어 먹이를 넘길 수 없는 황색 되새의 질병에 대해 읽는다. 작년에 오십만 마리가 굶어죽었다고 한다. 그것을 생각하지 않으려고, 머릿속에 그려보지 않으려고 애쓰지만 눈에 눈물이 가득 고여 다음 기사로 넘어간다. 한 남자가 열두 살 된 조카 여자아이를 강간하고 죽였다. 아이는 축구를 보러 놀러갔을 뿐이고 마침 숙모가 밖에 나가고 없었다. 그러지 않았다면 아이는 분명 살았을 것이다. 나는 페이지를 넘긴다. 한 은행가가 브르타뉴에서 캠핑을 하는 동안 아내의 연인을 살해한 것으로 유죄선고를 받았다. 상점에서 한 여자가 강도들에게 곤봉으로 두들겨맞았고 그 현장이 CCTV에 잡혔다—아마도 벌써 유튜브에서 볼 수 있을 것이다.

　나는 읽기를 멈춘다. 뉴스가 다시 기분을 우울하게, 방황하게 만든다. 다시 잠을 청해보지만 마음이 너무 부산하고 초조하다. 눈부신 아들의 모습이 내 의지와 상관없이 머릿속에 계속 떠다니고 지난 이틀간 이룬 모든 진전이 여기서, 이 공허한 흰 방에서 사라져버릴까봐 걱정스럽다. 촐튼에서는 책을 한 권도 가져오지 않았고 크루에서 산 소설은 쓰레기다. 다시 욕실을 볼 자신이 없다. 비록 밤사이 땀을 흘렸지만 오늘 아침에는 굳이 샤워할 생각은 단념하는 게 나을 것이다. 오늘은 샤워할 때 신을 슬리퍼를 꼭 사야겠다. 못에 걸어놓고 사용할 접이식 워시백이 있으면 아무것도 욕실에 내려놓을 필요가 없어지니 그것도 사면 좋을 것이다―그러면 욕실을 참아내는 데 도움이 될 테고, 할일도 생긴다. 그래도 여전히 불안해서 이번에는 신문의 리뷰 섹션을 읽어보기로 한다. 마음은 기사에 전혀 집중하지 못한다. 그런데 신문을 내려놓으려고 할 때 뒷면의 낱말퍼즐 옆에 스도쿠가 있는 걸 알아차린다. 전에는 완전 시간 낭비 같아 해본 적이 없지만 지금 내가 하고 싶은 것이 바로 시간 낭비다. 입을 크게 벌린 시간을 흘려보내는 것. 난이도는 중간이라는데 해보고 또 해보지만 숫자를 하나도 채워넣을 수가 없다. 일종의 패턴을 이용하는 거라던 동생의 말이 기억나고(동생 생각은 잊어버리자), 나는 숫자들이 무작위로 헤엄칠 때까지 계속 뚫어져라 바라보다 마침내 감을 잡고 맨 처음 숫자를 적는다. 그러고 나니 모르겠다. 나는 수학을 잘하지만 이건 수학과 아무 관계가 없다. 어쨌든 묘한 매력이 있어서 계속한다. 시간이 아주 많이 걸리고 이제 순조롭게 잘해나간다. 드디어 마지막 칸인데 6은 둘이고 3이 없다. 어딘가에서 실수를 한 게 틀림없는데 아주 오랫동안 끙끙대지만 풀기가 너무 어렵다. 내 인생도 그런 것 같다―아주 아름답게 흘러가고 있던 그때 6을 두 개 얻고 3이 없어졌고, 이제는 바로잡을 수 없을 만큼 모든 게 엉망이 되었다. 다시 눈물이 흘러 소리 없이 불길하게 미끄러진다. 나는 방을 있는 그대로 바라본다―런던의 불쾌하고 끔찍한 동네에 불쾌하고 끔찍한 집, 그 안에 있는 불쾌하고 끔찍한 작은 방. 내 모습을 있는 그대로 바라본다. 제자리에서 문제에 맞서지 않고 벤과 찰리에게서 도망친 역겹고 자기중심적인 겁쟁이. 지금 이 순간 특히 찰리가 그립다. 그 몸에서 풍기던 비스킷냄새, 꼭 안으면 내 팔에서 빠져나가려고 꼬물거리던 움직임. 어쨌든 우리 둘 다 그걸 좋아했다―나는 꼭 안으려고 하는 게 좋았고 찰리는 내가 안으려 한다는 걸, 내가 자기를 사랑한다는 걸 알고 좋아했다.

문을 부드럽게 두드리는 소리가 들린다. 나는 깜짝 놀라 눈을 닦고 에인절이 머리를 들이민다.

"오, 있었군요, 자기. 그냥 괜찮은지 보려고요." 그녀는 주위를 둘러본다. "맙소사, 집 개조 프로그램에 나간 적 있어요? 아주 멋진데요. 다음에 내 방도 해줄 수 있어요?"

"그럼요. 어제 살짝 미션을 수행했죠." 나는 최대한 밝게 말한다. "샤넬도 괜찮게 생각하는 거 같아요―전보다 더 나아졌죠?" 나는 그녀의 요란한 상의를 본다. "나가는 길이에요?"

"아뇨. 막 들어왔어요. 일하는 시간이 들쑥날쑥해서. 아무튼 배고파 죽을 거 같아요. 아침 먹으러 나가지 않을래요―모퉁이를 돌면 나쁘지 않은 카페가 있어요."

"좋아요." 나는 즉시 기분이 나아진다.

"그럼 금방 옷만 갈아입을게요. 잠깐이면 돼요." 그녀가 사라진다.

나는 침대에서 벌떡 일어나 새 옷장에 걸린 옷들을 살펴본다. 청바지 두 벌, 면접용 정장 한 벌, 티셔츠 원피스 두 벌, 면바지 몇 벌, 고가의 벨트 달린 회색 재킷(못쓰게 됐다), 상의 몇 벌, 데님 치마, 케이블 니트 점퍼. 이제 모두 마땅찮다. 나는 청바지와 미드 블루 저지 카울넥 상의를 고른다. 재미없는 사람 같고 캣이 아닌 것 같다. 물론 캣이 어떤 사람인지 아직은 나도 모르지만. 십 분 후 에인절이 다시 나타난다. 짧은 검은색 치마와 빨간색 새틴 블라우스(유니폼인가?)에서 아주 가벼워 보이는 흰색 인도면 원피스로 갈아입고 은빛이 도는 금발을 뒤로 묶었다. 머리는 충분히 길고 부드러운 잔머리가 빠져나왔다. 자연스럽게 캐주얼하고 세련된 인상이고 순진해 보인다. 하트 모양 얼굴은 작고 꾸밈이 없다. 카지노에서 일할 사람처럼 보이지는 않는다. 그러고 보니 나는 카지노 딜러가 어떻게 생겼는지 모르고, 영화 〈오션스 일레븐〉에서 본 것은 아는 걸로 칠 수 없다.

"가요, 자기." 에인절이 말한다. 나는 조용히 감사하는 마음으로 그녀를 따라 가파른 낡은 계단을 내려간다. 운동화와 코트가 잔뜩 쌓인 현관을 통과하고 쓰레기 가득한 집 앞 정원을 지나 찌푸린 듯한 이른 아침 거리로 나선다.

10

앤절라는 사람들의 다리 사이로 요리조리 길을 내며 자기 키만
큼 높은 스툴이 있는 바를 지나 무대 가까이 다가갔다. 걸어가는
동안 손 하나가 내려와 마치 개를 쓰다듬는 것처럼 그녀의 머리를
다정하게 헝클어뜨린다. 클럽 손님들은 요즘 여기서 작은 금발 여
자아이를 보는 데 익숙해졌고 앤절라도 그들에게 거의 익숙해졌
다. 클럽의 숨막히는 담배연기와 성인만을 위한 분위기는 아직도 싫
었다. 이곳이 어린아이를 위한 장소가 아니라는 건 어렴풋이 알았
고, 어떤 남자들은 정확히 알 수는 없지만 마음에 안 드는 눈빛을
보냈다. 때때로 그녀가 지나갈 때 엉덩이를 꽉 쥐기까지 했다. 그
러나 이제는 여기서 시간을 보내는 방법을 알았다―좋아하는 바
텐더 로레인이 있을 때 바 스툴에 앉아 맥주잔을 닦으면 로레인은
일을 도와줘서 진심으로 고마운 눈치였다. 아니면 무대 뒤 작은 분

장실에서 엄마의 화장품을 가지고 놀았다. 립스틱과 볼연지에 흔적이 남으면 루스가 알아차리고 화낼 테니 조심해야 했다. 또는 때때로 테드 아저씨를 설득하는 데 성공하면 함께 도미노 놀이를 하면서 보냈다. 그러나 여기 오는 게 더이상 재미있지 않았다. 지루했고 이 시간 때문에 학교에서 피곤했다—그래도 이제 나이를 좀 더 먹었고, 엄마는 더 자주 그녀를 일터에 데리고 다니기 시작했다. 베이비시터를 구하는 데 돈을 쓸 생각도 없는데다 집에 혼자 남겨두는 것보다는 그편이 낫다고 생각했다.

앤절라가 무대 앞에 도착했을 때 루스는 퇴장했고 피아니스트는 이미 악보를 챙기고 있었다. 지금은 바 뒤로 돌아가는 것보다 무대를 통해 분장실로 가는 게 더 빨랐다. 몸에 비해 너무 높은 무대로 올라가려고 팔을 뻗자 한 손님이 말했다. "도와줄까, 아가?" 그가 그녀를 자기 머리 위로 쑥 올려주자 그녀는 손과 무릎을 짚고 무대로 기어올라갔다. 똑바로 서서 빨간 물방울무늬 원피스를 매만져 속옷을 가리고 왼쪽 대각선 방향으로 최대한 빨리 달렸다.

"안녕, 엄마." 앤절라는 분장실 커튼 옆으로 머리를 내밀며 수줍게 말했다. 그녀는 엄마를 좋아했지만 루스의 기분이 어떨지, 그래서 어떤 반응이 돌아올지 확신할 수 있었던 적이 없었다.

"안녕, 우리 천사!" 루스가 허리를 굽혀 그녀를 꽉 안으며 말했다. "테드 아저씨 말 잘 들었니?" 그녀는 꽉 끼는 미드나이트블루 스팽글 드레스 차림으로 머리를 부풀리고 눈언저리는 검게 칠했다. 앤절라는 그녀가 세상에서 가장 아름다운 엄마라고, 가장 멋지고 가슴에 사무치는 목소리를 낸다고 생각했다. 그 목소리가 갈라진 것은 슬픔과 살아온 세월 때문이라는 것을 앤절라조차 알았다.

"네, 엄마. 곧 집에 가도 돼요, 엄마? 피곤해요."

"알아, 아가. 이제 이 드레스만 갈아입고 테드 아저씨와 한잔하고 나서 곧장 집에 가자."

"하지만 전 지금 가고 싶어요, 엄마." 앤절라가 말했다.

"말했잖니, 아가. 가볍게 한잔만 하고 갈 거야. 그렇게 노래를 했더니 엄마는 목이 마르구나."

"제발, 엄마. 집에 가고 싶어요. 침대에 눕고 싶어요."

"안 된다고 했잖아, 앤절라." 루스가 말했다. "레모네이드 가져다줄까?"

"싫어요!" 앤절라는 소리를 질렀다. 피로가 덮치며 갑자기 자제력을 잃었다. "지금 집에 가고 싶어요."

"엄마한테 그렇게 말하지 마라, 꼬마 아가씨." 루스가 말했다. "내가 가자고 할 때 집에 가는 거야."

앤절라는 소리지르기를 그치고 분장실에 하나뿐인 화장대 의자에 올라앉았다. 금빛 다리에 팔걸이가 푹신한 의자는 빛바랜 핑크 벨벳이 덮여 있고, 앉는 부분에 콩팥 모양 얼룩이 하나 있었다. 그녀는 부루퉁하게 다리를 달랑거리며 말없이 앉아 있었다—엄마가 그런 목소리로 말할 때는 떼쓰면 안 된다는 걸 알았다. 얻어맞고 싶지 않았다.

루스는 이브닝드레스를 벗고 페트롤 블루 레이스 브라와 팬티 차림으로 거울 앞에 섰다. 여전히 하이힐을 신은 채였고 여전히 섹시했다. 그녀는 축축한 플란넬 천으로 겨드랑이를 문지르고 팔 아래와 여전히 납작한 배, 다리 윗부분에 땀 억제제를 뿌렸다. 그러고 나서 단순한 검은색 카프리 팬츠와 검은색의 꽉 끼는 캡 슬리브 상의를 입었다. 머리와 화장은 그대로 두었다. 이런 조명 아래서 특유의 동작으로 걸으면 검은 머리의 메릴린 먼로라고 해도 통할 것 같았다. 그녀는 앤절라의 손을 거칠게, 아니 굳건하게 잡았다. 확실히 이번에는 화가 많이 나지 않았다. 복도를 따라 연기 자욱한 클럽 안으로 들어가니 테드가 바에서 그들을 기다리고 있었다. 테드는 앤절라에게 레모네이드 한 잔과 칵테일새우맛 감자칩 한 봉지를 사주었고, 루스의 한 잔은 서너 잔이 되었다. 앤절라는 마침내 맥주에 찌든 바에 작고 가느다란 팔을 올리고 그 사이에 머리를 묻은 채 스툴 위에서 몸을 구부리고 잠이 들었다.

11

나는 에인절과 함께 구석 자리에 앉아 있다. 아직도 얼마나 배가 고픈지 놀랍기만 하다—맨체스터에서 잃어버린 모든 칼로리를 따라잡고 있는 것 같다. 사람 좋고 나이 지긋한 그리스인 부부가 운영하는 카페는 커피가 맛있고 음식은 훌륭해 달걀, 베이컨, 버섯, 콩, 튀긴 토마토, 토스트를 게걸스럽게 먹어치운다. 위장은 아직도 나에게 더 많은 삶이 기다리고 있다고 말하지만 심장은 그 말을 믿지 않는다. 에인절은 가까이서 보니 피곤한 듯하지만 특정 사람들에게만 있는 내면의 다정함이 여전하고 그것은 눈 아래 부기를 능가한다.

"오늘은 뭐해요, 자기?" 에인절이 말한다.

"글쎄요, 음식을 사러 가야 해요. 감당할 수 있다면 은행도 갈 거고요. 내일부터는 일자리를 찾아야겠죠." 갑자기 그것들이 극복할 수 없는 과제처럼 보인다.

　나는 말을 멈추고 분위기를 띄우려 노력한다. "하지만 오늘 해야 하는 일 중 하나는 슬리퍼를 사는 거예요—그런 욕실에서 대체 어떻게 견디고 있어요?"

　에인절이 웃는다. "나는 거의 직장에서 샤워를 하려고 해요. 어쨌든 내 바람이지만 여기 오래 있지 않고요, 자기. 그저 잠시 눈에 띄지 않을 곳이 필요할 뿐이에요. 원래는 그런 구덩이 같은 집에서 살지 않겠지만 필요에 따른 거죠."

　"오." 나는 고개를 숙인다.

　"자기 평계는 뭐예요?" 에인절이 말한다. 그녀의 다정한 어조가 눈을 따끔따끔 찌르는 것 같다.

　"사실 당신과 비슷한 것 같아요. 그리고 이상한 사람처럼 보이고 싶진 않은데, 우리가 만난 지 얼마 안 됐지만 당신이 있으면 그런 추잡한 집도 괜찮을 거라 생각했죠."

　"걱정 말아요, 자기." 에인절이 말한다. "당장 나가지는 않을 거니까."

　에인절에게 이런 애착이 생겼다는 것이 우습지만 그녀는 개의치 않는 듯하다—그녀는 사람들을 돌보는 데 익숙하고 그걸 좋아할 뿐 아니라 주위에서 자신을 필요로 한다는 느낌을 좋아하는 것 같다. 어떤 면에서는 지금까지의 나보다 더 어른스러워 보인다. 비록 내가 열 살은 더 먹었을 테고, 나는 아내이자 엄마였지만.

　"음, 당신 가면 연락하고 지내야 해요." 나는 힘없이 말한다.

　"물론 그래야죠, 자기. 어쨌든 나는 당분간 여기 있고, 그 집에는 당신 말고 어울리고 싶은 사람이 하나도 없어요." 미소를 짓는 그녀의 눈이 사악하게 빛난다. 그녀는 끔찍한 미국식 억양으로 말한다. "걱정 말아요. 브라운 씨. 당신과 나, 우리는 재미있게 지낼 거예요."

나는 악을 쓰다가 아이스크림을 받은 아이처럼 기운을 낸다. 에인절은 음식을 다 먹고도 기꺼이 나와 함께 있어준다. 그래서 우리는 커피를 더 주문하고 오래 앉아 모든 것을 이야기하고 또 아무것도 이야기하지 않는다. 나는 우리 사이에 쌓인 버터 토스트를 한 조각도 남김없이 먹어치운다.

밤새도록 일한 에인절은 집에 돌아오자마자 곧장 침대로 간다. 그래서 나는 뭘 해야 할지 몰라 그저 주방이 비어 있는지 확인한다. 이 집에 누가 뭘 하고 언제 일하는지, 또는 일을 하지 않는지, 누가 언제 들어오는지 아직 파악하지 못했다. 거실이 없으니 주방이 늘 붐빌 줄 알았지만 지금까지는 꽤 조용하다. 반즐리에서 온 여자, 초콜릿을 도난당한 베브를 그 첫날 저녁 이후 보지 못했는데 그녀가 지금 여기 싱크대에서 바쁘게 움직이고 있다. 들어가지 않기에는 너무 늦었다. 그녀는 내 기척을 들었다. 그녀가 어깨 너머로 고개를 돌려 환하게 웃어 보인다. "안녕!" 그녀가 말한다. "망할 개새끼들, 방금 전에 거지같은 개똥을 밟았어요. 다들 개새끼를 왜 기르는지 모르겠는데, 적어도 그 새끼들 똥을 치울 수는 있잖아요. 그런데 이 동네 사람들은 씨발, 너무 무식해!" 나는 베브가 손에 나무 슬리퍼 한 짝을 들고 있는 걸 알아차린다. 싱크대에 쌓인 더러운 접시들 위에서 나이프로 그것을 긁어내고 있다. 그녀가 내 얼굴을 본다.

"오, 걱정 말아요. 주방용 세제가 끝내주게 잘 나오니까. 세균을 99.9퍼센트 없애준대요. 전에 기사에서 봤어요. 괜찮아요."

그 말에 나는 어떻게 반응해야 할지 당황스럽다. 호주사람 에리카가 막간에 들어온다. 믿을 수 없을 만큼 예쁜 몸매를 뽐내는 가지색 치마 정장 차림에 못생긴 얼굴에는 두껍게 화장을 했고 검은 머리는 커다란 집게로 틀어올렸다. 내가 보내는 미소에도 얼굴을 찌푸리더니 싱크대로 건너가 베브가 뭘 하고 있는지 본다.

"맙소사, 베브!" 에리카가 말한다.

"오, 내버려둬, 에리카. 내가 나중에 치울게."

"역겨워." 에리카가 말한다. 나는 그녀를 별로 좋아하지 않지만 이 문제에 관한 한은 생각이 같다.

베브는 웃음을 터뜨리고 신발 닦기를 계속한다. 에리카는 키튼힐을 신은 발을 휙 돌리더니 쿵쿵거리며 주방에서 나가 문을 쾅 닫는다.

"면접 잘 봐." 베브는 활기차게 말하고 나서 낮은 목소리로 중얼거린다. "못생긴 년." 나는 보통 그런 말을 들으면 화가 나지만 이번 경우에는 감정이입을 하고 있는 자신을 발견한다. 웃고 싶어질 지경이다.

나는 망설이다가 그녀가 친근해 보여 용기를 낸다. "베브." 내가 말한다. "이 근처에 슬리퍼를 살 수 있는 곳 알아요? 고무 슬리퍼요."

"뭐라고요? 지금 여기가 망할 스케그네스*인 줄 알아요? 거지같은 고무 튜브는 안 사고 싶고요?" 베브는 자기 농담에 자기가 웃지만 나는 신경쓰지 않는다. 말이 거칠고 사회적으로 고상하다고 여겨지는 것을 완전히 무시하는 베브가 좋다. 신선하다.

"내그스 헤드에 가봐요. 싸구려 가게가 잔뜩 있으니까. 신발 가게도 있으니 거기서 살 수 있을 거예요. 거기 가면 쓰레기봉투 좀 사다줄 수 있어요? 크고 튼튼한 걸로다가. 항상 그게 모자라." 내가 베브에게서 들은 최초의 비속어 없는 문장이다. 나는 알겠다고 순순히 대답하고 개똥냄새가 진동하는 주방을 나선다.

베브가 예고한 대로 홀러웨이에서 고무 슬리퍼를 구하기는 쉽지 않다. 벽에 거는 워시백도 찾아보지만 사람들은 내가 말하는 게 뭔지 모르는 것 같다. 물건을 찾느라 지칠 대로 지쳐버려 이제 무엇을 해야 할지 모르겠다―도망자는 시간을 어떻게 써야 맞을까? 나는 무작정 탐험해보기로 하고 새 동네의 환경을 익히며 이런저런 생각을 떨치려고 애쓴다. 나는 큰길을 벗어나 막연히 집 방향이라 여겨지는 쪽으로 몇 킬로미터나 되는 듯한 거리를 걷는다. 초라한 거리에는 접시안테나와 부서져가는 석재, 바퀴 달린 쓰레기통이 가득하다. 어느 집에는 창문에 창살이 촘촘하게 박혀 있는데 그렇게 사는 것은 끔찍해 보인다. 그들 역시 분명히 자신만의 은밀한 감옥에 갇혀 있을 것이다. 목적 없이 헤매다 또다른 서글픈 거리에

---

*영국 동쪽 연안의 휴양도시.

서 왼쪽으로 돌았더니 갑자기 잘 관리된 웅장한 집이 빼곡하고 가운데 아름다운 정원이 있는 광장이 나온다. 풀밭에 앉아 얼굴에 햇빛을 받으려 고개를 젖히자 기분이 좋다. 참을 만하다. 오늘은 아주 덥진 않다. 똑 부러지게 차려입은 한 엄마가 벤치에 앉아 선홍색 유모차에 깊숙이 파묻혀 보이지 않는 아이에게 요거트를 떠먹인다. 그녀는 활짝 웃으며 기뻐하고, 재빨리 고개를 돌리기만 하면 이런 광경을 보고도 거의 괜찮은 나를 발견한다. 정장 바지에 오픈 칼라 셔츠 차림의 젊은 남자 둘이 두꺼운 왁스지에 싼 샌드위치를 먹고 다이어트 코크를 벌컥벌컥 마신다. 나는 가방을 베개 삼아 눕는다. 심하게 피곤해서 다시는 일어나지 못할 것 같은 기분이다. 마치 풀밭을 통과해 지구 중심으로 당겨지고 있는 것 같다. 망각의 땅으로, 끝없는 잠 속으로……

나는 움찔하며 일어난다. 몇시쯤이나 되었는지 모르겠다. 다시 두려움에 사로잡힌다. 대체 무슨 생각으로 자고 있었지? 더구나 현금을 전부 가지고서? 얼마나 바보 같은 짓이야? 나는 어쨌든 은행 계좌를 열어야겠다고 마음먹는다. 이렇게 많은 돈을 계속 지니고 다닐 수는 없다. 특히 이런 동네에서는. 그래서 온 길을 대충 돌아가 아까처럼 흉한 거리들을 통과하며 세금 미납 차량과 흠집난 현관문을 더 지나친다. 이번에는 강도를 당할까봐 불안하다. 은행은 아무데도 보이지 않고 물어보고 싶은 사람도 눈에 띄지 않는다. 이제 피해망상에 시달리며 계속 걸음을 빨리하다가 드디어 홀러웨이 로드에서 은행을 발견한다. 아마도 일종의 선불식 계좌를 열 수 있을 테고 당분간은 그것으로 생활할 수 있다. 그리고 개설은 충분히 쉬울 것이다. 나는 실제로는 캐서린 에밀리 브라운이다. 여권에 적힌 이름이 그것이다. 그 이름들이 내 출생증명서에 적히도록 단호히 주장한 엄마에게 이제 와서 희한한 고마움을 느낀다. 물론 항상 에밀리라고 불렸지만—엄마는 막 쌍둥이가 생겼을 때 걱정 거리가 별로 없었던 모양이다. 덕분에 적어도 이름을 써먹기는 더 쉽다.

은행은 작고 우울하다. 오고 가는 사람들을 바라보며 한참 기다린 끝에, 마침내 검은색 폴리에스테르 정장을 입은 부산한 여자가 뒤에서 나와 나를 처량하고 작은 사무실로 안내한다. 반쯤 빈 안내책자 거치대가 책상 건너 그녀와 나 사이에 경계를 만든다. 그녀는 충분히 친절하지만 내 주소가 증명되지 않고 핸드백에 50파운드짜리 지폐로 2000파운드 정도를 가지고 있는 것을 수상쩍게 여기는 눈치다. 그녀가 묻지 않는데도 나는 외국에서 살다가 최근에 돌아왔다는 쓰레기 같은 사연을 들려준다. 그녀는 믿지 않는 듯하지만 어쨌든 계좌를 만들어준다. 이 지점에서 온갖 인간을 다 보았을 것이다.

나는 이제 훨씬 더 차분해진 마음으로 가게들을 들락날락하며 뭘 파는지 거의 신경쓰지 않고 다른 고객들에게 관심도 없이 목적 없는 쇼핑을 계속한다. 그러다 거리의 수많은 재활용품점 중 한군데에서 낡은 먼지투성이 사진을 발견한다. 뉴욕 하늘 높이 솟은 크레인에 앉아 허공에 발을 달랑거리는 남자들. 무심한 모습이 마치 신 같다. 보고 있으면 현기증이 일어 썩 마음에 드는 사진인지는 잘 모르겠지만, 겨우 7파운드이고 긴 침대 위에 텅 빈 오돌토돌한 벽이 떠오른다. 비율도 적절하다. 그래서 어쨌든 사진을 산다. 두 집 아래 있는 대형마트에 들어가니 가게 안은 분주하다. 이미 뚱뚱한 아이들을 위해 대용량 탄산음료와 멀티팩 감자칩 따위를 사는 음울한 사람으로 가득하다. 애들 잘 돌봐. 나는 외치고 싶어진다. 당신들은 운좋게도 애가 있잖아. 나는 공식적으로 미쳤다.

　나는 충분히 마음을 가라앉힌 뒤 시리얼, 과일, 봉지 샐러드, 초콜릿(집에서 이게 무사할까? 이걸 사겠다고?)을 산다. 아직 제대로 요리할 준비가 안 돼서 즉석식품도 챙긴다. 마트에 종이 접시가 있어 사고 싶은 유혹을 느끼지만 개인 접시를 사용하면 좀 이상해 보일 것 같고, 그래서 베브와 그녀의 비위 상하는 습관을 생각하지 않으려고 애쓴다. 그런 상황을 잘 이겨내보자고 다짐도 한다―어쨌든 주방용 세제가 잘 나온다는 말은 아마도 옳을 것이다. 사진도 모자라 식료품까지 들고 다니는 게 쉽지 않다. 생각보다 많이 산 탓이다. 비닐 손잡이가 손목 깊이 파고드는 그때 캐럴라인이 떠오른다. 내가 사라진 걸 알면 뭐라고 생각할까, 당황할까. 아주 잠깐 궁금하지만 그녀가 어떻게 느끼든 더이상 상관없다는 생각이다. 나는 반쯤 빈 버스 앞쪽에, 거동이 불편한 승객을 위해 마련된 좌석에 뒤를 보고 앉는다. 다른 승객들은 슬프고 더워 보여 마치 녹아내리고 있는 듯하고, 나는 나만 사연 있는 사람이 아니라는 걸 자신에게 상기시킨다. 건너편 여자는 발목 관절 부위가 부어올랐는데 자리에서 몸을 움직이자 막 흘린 땀 냄새가 훅 끼친다. 그녀는 배리 매닐로 티셔츠를 입고 있다. 그런 티셔츠가 아직도 나오는지 몰랐다고 생각하다가 그런 걸 알아차리는 나 자신이 신기하다.

아마도 또다른 신호일 것이다. 에인절과 웃고 떠들고 미친듯이 방을 꾸미는 흥분이 지나가고 나서 마침내 나는 서서히 깨어나고 있다. 에밀리 콜먼이 아니라 이제 캣 브라운이 될 수 있도록 내 인격의 실오라기들이 다시 정렬되면서 감각이 돌아오고 있다. 나는 캣이 이미 에밀리와 다르다는 걸 알아차린다. 더 불안정하고, 어쩌면 캐럴라인과 더 비슷할 것이다. 몸이 떨린다. 너무나 이상하다. 나, 캐서린 브라운 씨는 여기 홀러웨이의 버스를 타고 있다. 은행 명세서에는 내가 공식적으로 런던에 산다는 내용이 적혀 있다. 나는 여기 살아 있고, 아무도 나를 찾을 수 없다.

12

    에밀리가 가족에 대해 미리 경고해둔 터라 벤은 어느 정도 준비가 되어 있었다. "우리 엄마는 사랑스럽고 나는 아빠를 좋아해요." 그녀가 말했다. "때때로 약간 무심해 보이기는 하지만. 무슨 뜻인지 알게 될 거예요. 하지만 캐럴라인은 기분이 안 좋으면 약간 난감할 수도 있어서 걱정이에요. 일단 알고 보면 멋진 애고, 분명히 당신을 좋아할 거예요."

    벤은 에밀리와 똑같이 생긴 쌍둥이가 있다는 게 여전히 기이하게 느껴졌다. 자매가 섞인다면 어떨까, 자기가 캐럴라인에게 매력을 느끼고 그녀가 자기를 좋아한다면 어떨까, 자기도 모르게 그런 괴상한 생각을 하고 있었다. 차를 세우면서 그는 이상하게 불안했다. 자신이 에밀리와 사랑에 빠진 건 알았다. 심지어 영원히 그녀와 함께하고 싶다는 것도 이미 알았고—아직 때가 일러서 아무 말도 하지 않았지만―그래서 그녀의 가족을 만나는 건 중대한 일이었다. 그들의 마음에 들어야 했다.

70년대에 지어진 집은 지붕이 가파르고 모던하며 흰색으로 칠한 목재가 외부를 감싸고 있었다. 침실이 네 개고 집 앞 정원은 깔끔했으며 진입로에 반짝거리는 BMW가 주차되어 있었다. 에밀리처럼 특별한 사람에게는 좀 너무 평범하게 느껴졌다. 그는 자신의 가족이 사는 집을, 호젓하게 다른 집들과 떨어져 자박자박 자갈이 깔리고 널찍한 정원이 있는 그 집을 생각하며 에밀리와 언젠가 그런 집에서 살겠다고 결심했다―그는 회계사이고 에밀리는 변호사이니 결국 그럴 수 있을 것이다. 그런 생각을 하고 있다는 게 문득 이상했다. 맨체스터에서 에밀리가 사는 체스터로 택시를 타고 가느라 거금을 썼던 그날 밤 후로 겨우 한 달이 지났을 뿐이었다. 그러나 그전에 낙하산 점프를 했던 게 삼 개월 전이었고 그후로 거의 끊임없이 그녀 생각을 했다. 일터에서 한 번도 마주치지 않았다니 믿을 수 없었고 매일매일 그녀를 찾아 돌아다녔다. 그러다 마침내 그녀와 마주쳤을 때 그곳은 길거리였고 그는 준비가 되어 있지 않았다. 설상가상으로 심하게 짜증나는 동료 야스민과 함께 강의를 들으러 가는 길이었다. 그래서 충격 속에 할 수 있었던 행동은 인사를 하는 것뿐이었다―가던 길을 멈추고 당신은 어떻게 지내느냐는 등 점프의 충격은 극복했느냐는 등 호감을 표시할 어떤 질문도 하지 않았다. 하다못해 친구로서의 관심이라도 표현했다면 관계가 시작되었을 것이다. 그는 강의를 들으며 하루종일 화가 나고 집중을 못했던 것, 아예 가지 않았으면 더 나았을 뻔했다고 느꼈던

것이 떠올라 미소지었고 그 기회를 날려버린 자신에게 몹시 화가
났다.

정말 묘하게도 이제 그는 그녀의 차 안에 있고 곧 그녀의 부모를
만날 참이었다. 그녀의 이메일을 받기 전까지 그는 자기가 어떤 시
도를 하든 가능성은 제로라고, 그녀는 넘볼 수 없을 만큼 매력적이
라고 생각했다. 술집에서 반쯤 취한 채로 에밀리의 메일을 열었을
때 그는 펄쩍 뛰어올라 공중에 펀치를 날렸다. 벌써 올드 트래퍼드
에 있는 기분이었다. 그는 몇시인지 확인하지도 않고 그녀에게 전
화를 걸었다. 몇시였든지 걸었을 테지만.

에밀리는 아버지의 BMW 뒤쪽에 트렁크가 보도 바로 위에 오
도록 주차했다. 벤이 차에서 내리기도 전에 하얀 플라스틱 현관문
이 열리고 에밀리의 엄마가 손을 흔들며 인사했다. 그녀는 금발에
유쾌한 인상이고, 오랜 세월 유지해온 희미한 쓸쓸함을 잃어버린
얼굴이었다. 대신 그 자리에는 무언가를 힘없이 받아들인 흔적이
남아 있었다—개성 없는 집, 의지가 약한 남편(물론 그녀도 알았
다), 악몽 같은 막내딸을.

"안녕하세요, 당신이 벤이군요." 그녀가 그의 손을 잡으며 말했
다. "보고 싶어 죽는 줄 알았어요. 에밀리는 원래 우리에게 남자친
구를 보여주지 않아요. 그래서 우리는 굉장히 흥분했답니다."

"엄마." 에밀리가 부끄러워하며 말했다. 그러나 사실이었다. 에
밀리는 한 번도 남자에게 관심이 없었는데, 대개 남자를 두고 캐럴
라인과 싸우는 걸 견딜 수 없어서였다. 마침내 엄마와 평화로운 관
계에 접어든 캐럴라인이 엄마를 두고 경쟁할 필요가 적어지자 다

음으로 선택한 전쟁터는 남자였다. 그래서 에밀리는 남자에게 완전히 흥미를 잃었고 그것은 캐럴라인의 영역으로 남겨두었다. 에밀리는 친구를 만나거나 책을 읽으며 시간을 보내는 쪽이 더 좋았다. 게다가 어쨌든 나이가 들수록 접근하는 남자도 없었고―그녀가 적절한 신호를 보내는 법을 모르는 것 같았다―그래서 그냥 자기가 매력적이지 않다고 생각하기 시작했다. 사귀었던 극소수의 남자친구는 만약을 위해 가족으로부터 멀찍이 두었다.

벤의 경우는 달랐다. 그를 일요일 점심식사 때 집에 데려오는 것은 자연스러워 보였다. 처음에는 자신이 너무 앞서가고 있지 않나, 너무 진지하지 않나 싶어서 물어보는 것조차 겁을 냈지만 벤은 즉시 좋다고 승낙했다. 그녀가 좋아하는 벤의 성격이 바로 그런 것이었다. 그는 옆으로 새는 법이 없었고 완전히 직선적인 솔직함과 전적으로 그녀를 향한 순수한 열정만 있었다. 그러나 그녀는 소리내어 말하면 엉망이라도 될 것처럼 그들이 느끼는 감정과 앞으로 어떻게 될지 입 밖에 내는 게 여전히 두려웠고 그런 자신이 이상했다. 그래서 당분간 그들은 말을 아끼는 중이었고 눈과 몸이 그 자리를 대신했다.

"에밀리, 안녕!" 프랜시스가 말했다. "차를 마실지, 아니면 커피 마실지 물었잖니?"

"오, 미안해요, 엄마. 커피가 좋겠어요."

"와서 앉아요, 벤. 앤드루는 곧 올 거예요. 온실에서 마무리를 하고 있어요. 그이도 당신을 굉장히 보고 싶어해요."

"캐럴라인은 어디 있어요?" 에밀리가 화제를 바꾸었다.

"오, 잠시 외출했어. 곧 돌아올 거야."

"요즘 집에 다시 와서 어떻게 지내고 있어요?" 에밀리는 벤에게 눈짓을 했다.

"오, 알잖니, 욕실에 들어갈 수가 없어, 그 끔찍한 음악을 너무 크게 틀어대서. 그애가 집을 떠난 적이 없는 것 같구나." 프랜시스는 말을 멈췄다. "하지만 당분간은 그게 최선이라고 본인도 생각하는 것 같아." 그녀는 벤을 보았다. "캐럴라인이 아팠던 건 에밀리가 이야기했겠죠?"

"엄마!" 에밀리가 말했다. 벤에게 이야기하긴 했지만 엄마가 왜 그렇게 평소답지 않게 분별없이 구는지 알 수 없었다. 벤은 민망해서 고개를 숙이고 네모난 흰색 주방 타일 사이 가느다란 회색 줄눈을 바라보았다. 그리고 그것이 너무 깨끗하고 깔끔하다고 생각했다. 마치 병원처럼.

"미안, 아가. 그냥 우리 모두가 현재 상태를 아는 게 최선이라고 생각했어. 그래야 맛있는 점심을 먹을 수 있지. 그게 다야."

"그래서 어쩌고 있는데요?" 에밀리가 말했다.

"그간의 사정을 생각하면 괜찮은 것 같아." 프랜시스는 벤에게 고개를 돌렸다. "우리는 그애가 아주 잘 지낸다고 생각했어요—런던에 살고 패션 일도 잘하고 있었고. 그런데 어떤 사람들은 정말 무슨 일이 일어나고 있는지 남들이 알 수 없잖아요, 안 그래요?"

벤은 초조하게 고개를 끄덕였다. 뭐라고 대답해야 할지 알 수 없었다.

완전히 제정신이 아냐, 에밀리는 생각했다. 엄마가 이러는 것은 본 적이 없었다. 놀라웠다.

"난 그저 벤이 알아야 한다고 생각해. 그게 다야." 프랜시스가 말했다. "함께 멋진 점심식사를 하려면." 그제야 에밀리는 이해했다. 프랜시스는 벤에게 경고하고 있었다—캐럴라인이 쌍둥이 언니의 남자친구를 훔치지 않으리라고 아직 확신하지 못하는 게 분명했다.

문에 열쇠 긁히는 소리가 났다. 구부정하게 들어오는 캐럴라인은 멋진 모습이었다. 에밀리보다 짧지만 긴 단발은 비대칭으로 잘랐고 사이사이 호박색으로 염색했다. 전체적으로 눈에 띄는 스타일에 라인이 대담하고 여러 요소가 선명하게 대조되었다. 그녀는 세련되고 위험해 보였다. 눈이 이상하게 번들거려 벤은 그녀가 어디 있다가 왔는지 알 것 같았지만 아무 말도 하지 않았다.

"안녕, 언니." 그녀는 인사를 하고 키스하는 시늉을 했다. "어떻게 지내? 언니 남자친구야?" 스물여섯 살이 아니라 아직도 열여섯 살인 듯한 말투였다. 에밀리는 움찔했다.

"안녕하세요." 벤이 말했다. "만나서 정말 반가워요." 그는 그녀가 에밀리와 매우 다른 것, 그들이 확실히 별개의 두 사람인 것을 눈으로 확인하고 안심했다. 그는 결국 괜찮을 거라는 걸 보여주려고 에밀리와 눈을 맞추었다.

캐럴라인은 보란듯이 블레이저를 벗고 꽉 끼는 주황색 티셔츠를 드러냈다. 깡마른 가슴 부분에는 어울리지 않는 아콰마린 색깔로 'Let's Talk'라고 버젓이 적혀 있었다. 그녀는 주방 의자 등받이에 재킷을 내던지고 앉았다.

"둘이 서로 아주 푹 빠졌다고 들었는데." 캐럴라인이 말했다. "좋으시겠어."

에밀리가 뭐라고 대꾸할지 떠올리기도 전에 앤드루가 정원에서 들어왔다. 바지는 몸에 맞지 않는데다 밑위가 길었고, 손은 더럽고 머리카락은 지저분하게 헝클어진 모습이었다. 그리고 거의 옆머리를 빗어올려 대머리를 가린 채였다. 에밀리는 처음으로 그걸 알아차리고 가슴을 찌르는 듯한 안쓰러움을 느꼈다. 앤드루는 늘 아주 잘생긴 남자였다. 이런 그를 보니 약간 불쌍했다.

"안녕, 아빠. 이쪽은 벤이에요." 그녀가 말했다. 벤은 본능적으로 한 손을 내밀었고, 앤드루가 손을 잡아 흔들 때 반짝거리는 하얀 바닥에 흙덩어리들이 떨어졌다. 모두가 신경질적으로 웃었다. 캐럴라인만 빼고.

"허락을 구하러 온 거야?" 그녀가 비웃었다. 에밀리는 왜 캐럴라인이 기를 쓰고 사람들 사이를 벌려놓으려 하는지 항상 의문이었다.

"이번에는 아닙니다." 벤의 말에 에밀리는 그것이 아주 완벽한 대답이라고 생각했다. 그녀는 그가 훨씬 더 좋아졌다.

점심을 먹는 동안 벤은 앤드루가 와인을 권하고 다른 사람들이 준비되기도 전에 캐럴라인이 잔을 끝까지 채우는 걸 알아차렸다. 그는 다들 가만히 있는 걸 보고 놀랐지만, 이제 어린아이도 아닌데 다시 정신병원에 입원시키는 것 말고 달리 무엇을 할 수 있겠는가? 캐럴라인은 그를 끊임없이 놀라게 했다. 체스터에서 보낸 첫

날밤, 에밀리가 일란성쌍둥이라고 말했을 때는 허를 찔린 기분이었다. 에밀리처럼 생기고 에밀리처럼 말하는데 그가 알지 못하고 사랑에 빠지지 않은 사람이 저기 어딘가 있다니 믿을 수 없었다. 정말 기이한 느낌이었다.

그때 그녀는 침대 옆자리에 누워 그와 팔다리를 포갠 채로 단숨에 모든 것을 말했다—캐럴라인과 사이가 좋았던 적이 한 번도 없다는 것, 열다섯 살 때 캐럴라인이 거식증으로 입원한 것, 그래도 빠르게 회복하는 듯 보였고 엄마와의 관계도 기적처럼 개선된 것—모든 시험을 순조롭게 통과하고 센트럴 세인트 마틴에서 패션 공부를 하게 된 것. 에밀리는 캐럴라인이 졸업 발표회에서 이국적인 거대 거미 의상을 입힌 모델들을 캣워크에 세웠을 때 모두가 얼마나 자랑스러워했는지 말했다. 심지어 언론에 기사도 났다. 그녀는 매력적인 남자친구를 줄줄이 사귀었고 스피털필즈 근처에 세련된 집도 얻었다. 모두 그녀가 괜찮다고 생각했다. 그러다가 캐럴라인의 휴대전화에서 프랜시스의 번호를 찾아내 제발—당장—와달라고 말한 것은 그녀의 친구 대니엘이었다. 캐럴라인은 벽에 테러리스트가 매달려 있고 배수구 아래 주먹만한 거미가 있다고 확신했다. 두어 달 딸을 보지 못한 프랜시스는 그녀의 상태에 큰 충격을 받았다. 프랜시스는 몇 년 전 캐럴라인이 소호에서 끔찍한 못 폭탄 사건*을 목격한 것이 원인이라고 생각했다(물론 그녀는 그것 말고 다른 이유를 떠올리는 것 자체를 견딜 수 없었다). 캐럴라

---

* 1999년 4월 신나치와 극우세력에 의해 세 차례에 걸쳐 런던에서 발생한 테러.

인은 남자친구와 함께 현장의 한복판에 있었고 아직 그때는 아주 어렸다. 그 일이 캐럴라인의 마음에 타격을 입히기까지는 한참 시간이 걸렸지만 몇 년의 힘든 생활과 불안정한 인간관계, 멜로드라마적인 성향 등이 모두 합쳐져 마침내 이성을 잃었고, 프랜시스는 999에 전화하는 것 말고 무슨 일을 해야 할지 알 수 없었다.

구급차 기사들은 인정머리 없이 냉담했다. 그들은 그저 딸을 데려가 검사받게 하라고 권할 뿐이었고("그게 최선이에요, 부인."), 어쨌든 막 교대하려는 참이라 모두 서두르도록 재촉했다. 딱 팔 주만에 병원에서 나온 캐럴라인은 다시 괜찮아 보였고, 약간 우울한 듯했지만 확실히 회복중이었다. 그러나 프랜시스는 딸이 런던에 머물도록 내버려두지 않았다. 강하게 변화를 주장하며 캐럴라인을 다시 집으로 불러들였다―당분간만이야, 그녀는 말했다. 그냥 네가 힘을 되찾을 때까지만.

벤은 몹시 놀랐다. 그의 가족에게 일어난 유일한 드라마라고는 아버지가 아끼는 자동차를 엄마가 후진시키다가 정원 벽을 들이받은 사건뿐이었다. 그리고 맞다, 사촌 하나가 결혼한 지 일 년도 되지 않아 아내를 떠나는 충격적인 일도 있었다. 그러나 그 정도일뿐, 그의 가족에게는 극적인 사건이 없었다.

"정원에서 뭘 하고 계셨어요?" 벤은 일요일 정찬을 마지막으로 한입 가득 떠넣으며 앤드루에게 물었다.

"아, 잡초 뽑고 토마토 모종을 이식하고 한련에 물 주고 뭐 그런 일이지. 봄맞이 대청소 같은 거. 이제 드디어 날씨가 완전히 바뀐 것 같아." 벤은 모종 이식이 뭔지, 한련이 무슨 식물인지 알 수 없어 할말을 찾지 못하고 예의바르게 고개만 끄덕였다.

"감자 더 들래요, 벤?" 프랜시스가 물었다.

"네, 감사합니다. 맛있네요. 정말 바삭바삭해요."

캐럴라인이 히죽거렸다. "그레이비소스도 더 들어요, 벤." 그렇게 말하고 접시와 어울리는 갈색 얼룩무늬의 타원형 그릇을 테이블보 건너편에서 그를 향해 내밀었다.

"고마워요." 그는 중얼거렸다. 그가 작은 손잡이 고리를 잡으려고 할 때 그녀의 손가락이 그의 손가락을 스치면서 그릇이 위험하게 기울어졌다.

"그래, 무슨 일을 하나, 벤?" 앤드루가 물었다. 그러나 그날 아침 프랜시스에게 들어서 답은 이미 알고 있었다.

"송구하게도 회계사입니다." 벤이 말했다.

"와, 신나겠는데요." 캐럴라인이 말했다. "틀림없이 둘이 이야기할 게 많겠어요."

에밀리는 동생에게 인상을 썼다. "쇠고기가 맛있어요, 엄마. 어디 거예요?"

"오, 시내 정육점에서 샀단다, 아가. 대형마트에서 파는 것보다 훨씬 더 좋더구나."

"아, 정말 그래요." 캐럴라인이 말했다. "죽은 짐승은 동네에서 파는 게 훨씬 더 좋죠, 안 그래요?"

"캐럴라인." 앤드루가 부드럽게 말했다. 아무도 입을 열지 않았다. 벤의 포크가 근심스럽게 접시를 긁었다. 에밀리는 레드와인을 한 모금 마셨다.

"우리는 점심 먹고 개를 산책시키러 나갈까 해요." 그녀가 침묵을 깨기 위해 말했다. "날이 아주 좋잖아요. 강가를 걸으려고요."

"좋은 생각이야. 나도 같이 가도 돼?" 캐럴라인이 말했다.

"물론이죠." 벤이 재빨리 말했다. "사실 다 같이 갈 수도 있어요."

"오, 난 정리를 해야 돼." 프랜시스가 말했다. "앤드루는 정원에서 마무리를 해야 할 거고요." 그녀는 머뭇거렸다. "젊은 사람들끼리 가요."

"좋아, 그럼 우리 셋만 가자." 캐럴라인이 말했다. "끝내주네."

"사실 생각해보니 오늘은 좀 어려울 것 같아요. 안 가도 괜찮다면요." 벤이 말했다. "할일이 있어서 아무래도 좀 일찍 돌아가야겠는데. 그래도 되겠어요, 에밀리?"

"물론이죠, 아무렴요." 에밀리가 말했다.

"아쉽네." 캐럴라인이 야채를 고문하듯이 쿡쿡 쑤시고 접시 주위로 밀면서 말했다. "난 일요일 오후의 산책을 좋아하는데."

벤은 테이블 건너편의 캐럴라인을 살피며 저 사람이 어떻게 정상으로 보일 수 있는지 다시금 궁금해졌지만—확실히 제정신이 아닌 여자였고, 취해가는 중이었다—미친 것 같지는 않았고 거식증도 아니었다. 그녀는 벤의 시선을 알아차리고 억지로 미소지어 보이며 그에게 잔을 들었다. "건배." 그녀는 그렇게 말하고서 벌컥벌컥 잔을 비웠다.

13

나는 집으로 들어가는 문을 열다가 정원이 치워진 것을 보고 쓰
레기 수거원들이 다녀간 걸 알아차린다. 바퀴 달린 쓰레기통과 박
살난 가구만 남아 있다. 그러고 보니 깜빡하고 쓰레기봉투를 사오
지 않았다. 제기랄, 베브의 장황한 비난은 듣고 싶지 않지만 쇼핑
한 물건들과 커다란 새 사진을 가지고 다시 돌아갈 엄두가 나지 않
는다. 마음을 단단히 먹고 그냥 안으로 들어간다. 주방에서 웃음소
리가 들린다―전에는 들어보지 못한 시끄러운 기관총소리. 식료
품 봉지들은 복도에 내려놓은 뒤 사진을 가지고 위층으로 달려올
라간다. 침대에 내려놓고 다시 보니 꽤 마음에 든다. 하늘에서 꽤
한가롭게 점심을 먹는 남자들은 마치 공원 벤치에 앉아 있는 것처
럼 태평해 보이고 나도 그들처럼 되고 싶다, 삶을 덜 두려워하고
싶다는 마음이 생긴다. 사온 것들을 정리하러 내려가니 플랫팩 고

수 제롬이 히스패닉계로 보이는 이국적인 여자와 함께 주방에 있다. 아까 들은 것은 그녀의 웃음소리가 분명하다. 가슴이 크고 머리를 길게 붙인 그녀가 큼직한 금 장신구를 달고 따뜻하고 친근하게 인사한다. "안녕, 자기." 지역을 알 수 없는 억양이 강하다. 그녀는 에인절이 방금 한 말을 듣고 웃는 중이다. 복슬복슬한 흰색 실내복 차림인 에인절은 부드럽고 발그레한 모습으로 구석에 앉아 있다. 여전히 젖은 머리를 보면 막 샤워를 한 게 틀림없다. 그 욕실에, 이 집에 안 어울리게 너무 깨끗한 모습이다.

"어이, 돌로레스. 이쪽이 내가 말한 그 여자야. 매트리스를 날려서 날 죽이려고 했다고." 제롬이 내게 윙크하고 에인절은 깔깔거린다. 돌로레스는 군인처럼 또 한바탕 웃음을 터뜨린다. 거무스름한 젊은 남자 1호인지 2호인지가 레인지 앞에서 이번에는 매캐한 냄새가 나는 스튜를 만들고 있는데, 대체 스튜를 만드는 건지 사이클복을 끓이고 있는지 모르겠다. 〈렛츠 댄스〉가 흘러나오고 있고, 예전에 좋아했던 그 노래를 들으며 몇 달 동안 음악이 거의 귀에 들어오지 않았다는 것을 알아차린다. 지금 여기는 사람이 많아서 대책 없이 쑥스럽다. 시계를 보니 여섯시가 다 되었다. 오늘 하루가 다 어디로 가버렸지?

냉장고를 열어보니 뭐가 뭔지 모를 단지와 병이 가득하다. 맙소사, 오늘 산 음식을 전부 넣을 공간은 없어 보인다. 그런 가능성은 미처 생각 못했는데 밖에 두기에도 날씨가 너무 덥다. 나는 공간을 만들기 위해 물건들을 뒤적거려 옮기기 시작한다. 랩에 싸여 곤죽이 된 호박, 녹색 곰팡이가 두껍게 앉은 콩 통조림 4분의 1, 신선실의 우울해 보이는 야채들과 그 사이에서 얼마나 오래 뒹굴었는지 알 수 없는 소시지 요리 나부랭이, 둘둘 말린 슬라이스햄 한 장이 발견된다. 모든 표면에 두꺼운 기름막이 덮여 있고 한때 흰색이었을 냉장고 안쪽 벽에는 진한 버건디 얼룩이 묻어 있다. 역겹지만 멋대로 버리는 건 무례한 것 같고, 내 방에 한 짓을 생각하면 더욱 그렇다. 그래서 그냥 최선을 다해 내 것을 쌓아놓기만 하고 문을 쾅 닫는다.

"뭘 하며 지냈어요, 자기?" 에인절의 물음에 나는 내 하루 이야기를 흥미롭게 들려주려 애쓰지만, 다들 보고 있으니 왠지 소심해지고 그들을 의식하게 된다.

"그래서 오늘은 쉬는 날로 지냈어요. 내일부터는 일을 찾아야죠." 나는 관심의 중심이 된 걸 민망해하며 이야기를 마무리한다.

"무슨 일을 하는데요, 키티 캣?" 돌로레스가 치명적인 미소를 지으며 묻는다.

나는 이 모든 것을 구상해두었다. 심지어 떠나기 전 촐튼에서 은밀히 이력서를 만들어두기까지 했다. 인쇄하지는 않았지만—물론 그때는 새 주소나 전화번호를 아직 몰랐다.

"안내직원이에요." 나는 말한다. "전에 로펌에서 일했죠. 하지만 이제 변하고 싶네요, 좀더 신나는 일이면 좋겠어요."

"돌로레스도 안내직원이에요. 그렇죠, 자기?" 에인절이 말한다. 나는 꽉 끼는 섹시한 옷을 입은 돌로레스를 바라본다. 그녀는 거품처럼 가볍고 밝은 성격이다. 왜 안내직원이 내게 좋은 직업일 거라고 생각했는지 기억나지 않는다. 자리를 구하기 쉽고(확실히 그렇다), 너무 많이 생각할 필요가 없고, 남의 시선을 끌지 않는 일이다. 절대로 나를 찾아낼 수 없는 일.

"물론이죠. 난 그 일이 너어어무 좋아요. 이 세상에서 제일 좋은 일이죠―하하하."

돌로레스의 알아듣기 힘든 억양과 특이한 영어 구사력을 생각하면 그녀가 실제로 얼마나 좋은 안내직원일지 의문이다. 그래도 그녀는 따뜻하고 재미있고 좋은 사람 같고, 나는 내가 그 일에 적합한 외모가 아니란 걸 깨닫는다. 나는 그런 종류의 매력이 부족하다. 변호사에나 어울리는 격식을 차린 면접 복장에 화장은 많이 하지 않고, 이제는 장신구도 없다. 크루역 화장실에 결혼반지를 빼놓고 온 후로는 단 하나도.

거무스름한 젊은 남자가 레인지에서 물러나 식기건조대에서 그릇 두 개를 가져오고, 나는 베브가 약속대로 아까 신발 사건의 찌꺼기를 제대로 씻어냈기를 진심으로 빌어준다. 그는 녹색과 갈색이 돌고 고약한 냄새가 풍기는 스튜를 국자 가득 퍼서 그릇에 담은 후 서랍에서 포크 두 개, 찬장에서 잔을 두 개 꺼내 잔에 수돗물을 채운다. 바지 뒷주머니에 뾰족한 부분이 바깥으로 나오게 포크를 꽂고 웨이터처럼 오른팔에 그릇 하나를 걸쳐놓은 뒤 왼손 엄지와 검지로 잔 두 개를 꼬집듯 집자 길고 더러운 손톱이 물에 닿는다. 마지막으로 두번째 스튜 그릇을 오른손으로 잡는다. 그리고 엉거주춤한 자세로 주방을 가로지르더니 오른발을 옆에 걸어 문을 당겨 연다. 스튜가 찰랑거리며 바닥에 떨어지자 운동화로 쓱 훔친다. 그가 그 모든 것을 하는 동안, 차라리 그릇을 갖다놓고 다시 와서 물과 포크를 가져가는 게 더 빠르겠다는 생각과 함께 뭔가 교훈이 있을 거라는 확신이 들지만 정확히 무슨 교훈인지는 모르겠다. 노래 한 곡이 끝난다. 한 번도 들어본 적 없는 시끄럽고 요란한 노래(아이팟이 셔플로 설정되어 있거나 전자음이 아주 강한 곡들만 모아놓은 리스트 같다). 이제 〈유 아 더 선샤인 오브 마이 라이프〉가 시작되고 스티비 원더가 두번째 소절을 노래할 때 눈물이 차오른다. 에인절이 그 모습을 알아봐서 나는 즉시 고개를 숙이고 손에 반지가 있던 자리를 본다.

"일은 어떻게 구할 거예요, 자기?" 돌로레스가 묻는다. 나는 마음을 가다듬고, 임시직 알선업체에 등록한 다음 상황을 지켜볼 생각이라고 말한다. 돌로레스는 자기 친구가 운영하는 곳에 가보라고, 섀프츠베리 애비뉴 바로 뒤인데 언론사를 전문으로 연결해준다고 한다. 거기서 라켈을 찾아 돌로레스의 지인이라 말하라고 한다. 고맙긴 한데 그걸 밝히는 게 좋은 생각인지는 잘 모르겠다. 의자에서 일어난 그녀는 몸을 숙여 에인절의 양볼에 키스하고 셔츠를 잡아 제롬을 일으켜세운다. "그럼 안녕―라켈에게 멋쟁이 돌로레스가 보내서 왔다고 말해요―하하하." 그리고 돌아서서 커다랗고 섹시한 엉덩이를 좌우로 흔들며 휘청거리는 걸음으로 사라진다. 온순하게 뒤따르는 제롬은 마치 끈에 매인 거대한 강아지 같다. 나는 그들이 나가는 소리를 들으며, 아마도 엔필드인지 어딘지에 있는 돌로레스의 집으로 가겠거니 짐작한다.

이제 주방에는 나와 에인절만 남았다. 에인절은 내 얼굴을 보고 고통스러운 부분은 굳이 건드리지 말자고 생각하는 것 같다. 그녀는 하품을 한다. "아, 하룻밤 쉬어야 하는데." 그녀가 말한다. "몸이 만신창이에요." 그녀는 자기가 마실 보드카 토닉을 따르고 내게도 한 잔을 권한다. 계속 그녀의 술을 얻어 마실 수는 없으니 마트에서 한 병 사올 생각을 했더라면 좋았겠다고 아쉬워한다. 사실 술을 마시고 싶지 않지만 좋다고 말하고 오늘 사온 즉석식품 하나를 권하자 그녀도 받아들인다. 그래서 나는 라자냐와 카넬로니를 오븐에 넣고 그린 샐러드 한 봉지를 꺼낸다. 싱크대로 가서 아래 수납장을 들여다보니 축축한 냄새가 나지만 세제가 약간 있는 걸 보고 싱크대에서 더러운 그릇과 포크, 나이프를 치운 다음 세제를 부어 그대로 구석구석 닦는다. 물로 헹구고 다시 한번 더 닦은 뒤 뜨거운 비눗물을 채우고, 이미 씻어서 건조대에 아무렇게나 쌓아놓은 나머지 접시들을 씻는다. 에인절이 그런 나를 바라보면서 내가 그냥 결벽증이 있나보다고 생각하는 듯해 베브와 개똥 사건을 설명한다. 우리 둘은 뜨겁고 역겨운 공기 속에서 숨을 쉴 수 없을 때까지 웃는다. 세제 때문에 피부가 땅기고 건조해져 나는 손가락 끝을 핥아 촉촉하게 만든다. 진작 끊었어야 하는 역겨운 습관이다. 내가 보드카 한 잔을 더 마시고 결국 내일 입을 옷 걱정을 털어놓자 에인절이 따라오라며 위층으로 데리고 올라간다. 내 몸집이 훨씬 커서 옷은 빌릴 수 없지만 그녀는 내게 은빛 벨트와 가방, 검은색과 은색이 섞인 해골 무늬 스카프를 빌려준다. 그것이면 검은 시프트드레스를 변신시킬 수 있다. 에인절은 출근 준비를 하러 가고, 나는 이제 침대에 눕는 것 말고는 할일이 아무것도 떠오르지 않는다. 이런 때가 최악의 시간이다. 내 방에 혼자 남아 벤과 찰리가 어떻게 지내고 있을까 걱정하는 것. 내가 한 일이 결국 옳든 그르든 이제 너무 늦었다. 나는 돌아갈 수 없다. 대신 내일 할일을 머릿속으로 준비하려고 애써본다. 어슴푸레한 불빛 속에 꼼짝 않고 누워 억지로 생각을 과거에서 미래로 보낸다―마구 얽힌 전화선을 따라, 삐삐 울어대는 팩스머신을 통과해, 넓게 펼쳐진 사내 연락망을 가로질러. 나는 말썽 많은 내선전화 연결에 대한 오래된 기억을 밀어내다가 마침내 스르르 잠이 든다.

14

에밀리는 그 집이 한 신사의 정부, 그가 평생을 바친 위대한 사랑을 위해 1877년에 지은 것임을 나중에 알았다. 이야기인즉슨, 그곳에서 바라보는 경치를 좋아하는 그녀에게 바다를 향해 돌멩이 하나를 던져보라 하고 그 돌멩이가 떨어진 곳에 집을 지었다는 것이다. 그러나 그것은 건축학적으로 악몽에 가까운 일이었다. 집은 나무들 사이 깊숙한 곳에 숨어 있어 바다 쪽이 아니면 절대 보이지 않았고, 바다에서 보면 자칫 떨어질 것처럼 필사적으로 절벽에 달라붙어 있었다. 영국처럼 느껴지지도 않았다. 노란빛이 도는 녹색 나무와 평탄한 푸른 바다로 둘러싸인 경치는 고요하고 광활해 지중해와 비슷했다. 벤과 에밀리는 둘이 처음 맞는 새해에 그곳을 발견했다. 그들은 프랜시스와 앤드루의 집에서 저격당하는 상황을 피하려고(어쨌든 캐럴라인이 여전히 그곳에 살고 있었다) 차에 짐을 꾸려 남쪽의 데번 해안으로 향했다. 마침내 발길이 닿는 곳에 머물 운명이라 믿고서. 해안을 따라 작고 황량한 마을들을 통과하고 겨울이라 적막한 호텔들을 지나치는 동안 에밀리는 기분이 가라앉았다—미리 괜찮은 곳을 찾아두지 않다니 둘 다 정신이 나갔었는지도 몰랐다. 특히 그날은 처음으로 함께 맞는 새해 전날인데 망치고 싶지는 않았다. 아무래도 내륙으로 들어가서 작은 시골 술집을 찾아보는 게 더 낫겠다고—그런 곳은 대개 새해 전날 사람들로 북적인다고, 재미있게 새해를 맞을 수 있을지 모른다고—제안하려는 그때 벤은 나무로 뒤덮인 가파르고 좁은 길을 따라 지그재그로 올라가면서 바다와 점점 멀어지고 있었다. 마지막 모퉁이를 돌았을 때 오래된 표지판이 나타났다. 셔터 로지. 숙박과 석식 제공.

"저기 한번 가볼까?" 벤이 말했다. 에밀리는 미심쩍은 마음으로 고개를 끄덕였다. 그는 차를 돌려 입구를 통과해서는 진입로를 따라 나무들 속으로 들어갔다. 끝나지 않을 것만 같은 길 끝에 탁 트인 공터가 나왔고 눈앞에 거대하고 오래된 시골 저택이 나타났다. 마치 마술을 부린 것처럼 완벽한, 이 세상 것이 아닌 듯한 집이었다. 벤이 주차를 하고 두 사람은 차에서 내렸다. 주위에는 아무도 없었다. 딱히 입구랄 것이 없고 심지어 호텔처럼 보이지도 않았다. 길가의 표지판은 아마 옛날 것인 모양이었다. 매섭고 차가운 공기에 에밀리는 카디건을 입고 몸을 움츠렸다. 시간은 네시, 높은 하늘은 허기진 듯 마지막 겨울 햇살을 먹어치우고 있었다. 그들은 집 저쪽 끝으로 가 침입자가 된 기분으로 석조 주랑현관에 들어갔다. 초인종이 없어 몇 번 문을 두드려도 잠잠하자 에밀리가 오크 현관문에 달린 청동 고리를 돌려보았다. 문은 끽 소리를 내며 열렸고 따뜻한 공기가 훅 끼쳐왔다.

"안녕하세요!" 에밀리가 외쳤다. 막 포기하려 했을 때 마침내 발소리가 들리고 나이 많은 번듯한 집사가 어디선가 나타났다. 그는 마치 기다리고 있었던 사람처럼 그들을 따뜻한 곳으로 안내하고 넓은 홀의 난롯가 앞에 차와 과일 케이크를 차려주었다. 그들은 그렇게 훗날 결혼할 곳을 발견하게 되었다.

그날은 모든 면에서 에밀리가 보낸 최고의 새해 전날이었다. 그녀는 대개 그런 날의 강요된 유쾌함을 질색했고, 옛 동창들과 동네 술집에 가는 건 오래전에 포기했다. 그런 곳에서는 다들 새해 전날이라는 이유만으로 자기 혀를 상대의 목구멍에 밀어넣는 걸 괜찮다고 생각했다. 그 전해에는 직장 동료 마리아와 다른 여자 둘과 함께 집에서 보내며 푸짐한 식사를 차리고 마침 텔레비전에서 나오는 〈줄스 홀랜드〉와 〈아웃 오브 아프리카〉를 보았다. 에밀리에게는 그런 식으로 보내는 시간이 완벽했다―집에 가는 번거로움도, 무례한 행동도 없고 술에 취해 돌아다니며 기분을 망쳐놓는 캐럴라인도 없었다. 동생을 초대해야 한다는 의무감도 느끼지 않았다―아마 캐럴라인 역시 그렇게 지루하게 보내는 건 꿈도 꾸지 않았을 테고, 어쨌든 런던에서 클럽에 갔다.

에밀리와 벤은 호텔에서 저녁을 먹었다. 음식은 고급이라도 자의식이 흘러넘치고 약간 촌스러웠는데, 당근을 좀 이상한 모양으로 잘랐고 발사믹을 뿌린 양고기는 지나치게 익힌 편이지만 그런 건 중요하지 않았다. 나무 패널을 덧대 장식한 식당은 매력적인 분위기였고 와인도 훌륭했다. 그녀와 벤은 끝없이 이야기를 나누었다. 이야깃거리가 영원히 떨어지지 않을 것만 같았다. 그들은 어린 시절의 일을 나누고 두 사람이 어떻게 만났는지 이야기하면서 함께 웃었다. 그 일은 아무리 곱씹어도 질리지 않는 것 같았다. 벤을 만나며 에밀리는 처음으로 가족에 대해 털어놓아도 될 것 같았고, 그래서 그가 좋았다. 그가 그녀나 그들을 판단하지 않을 것을 알았고 전에는 미처 몰랐지만 자신이 평생 외로워하며 살아왔다는 걸 깨달았다. 생각해보면 쌍둥이라고 절대 외로울 수 없다는 건 말도 안 되는 소리였다.

"……그래서 내가 거실에 가자마자……" 에밀리가 말하고 있었다. "캐럴라인이 유리문을 쾅 닫았어요. 나는 〈잇츠 어 넉아웃〉 끝부분처럼 종이문을 통과하듯이 문을 뚫고 나가 곤두박질쳤죠. 그러자 아빠가 식탁 옆으로 돌아 캐럴라인을 쫓아갔는데 잡을 수도 없었고, 엄마는 미친 여자처럼 소리를 지르고, 그동안 나는 그냥 조용히 죽도록 피를 흘리고 있었죠." 그녀가 킥킥거리자 벤도 웃음을 터뜨렸다. 그가 전에 무릎의 상처에 대해 물었을 때는 진실을 말해주지 않았지만 왜 그랬는지 그녀도 이유를 확실히 알지 못했다. 캐럴라인이 그녀를 죽이려고 했다거나 그런 것도 아니었다.

"나는 외동이라서 좋은 것 같아요." 벤이 말했다. "그 나이에 일어난 최악의 사건은 조회 시간에 〈아임 어 리틀 티팟〉을 부르다 주전자 주둥이가 떨어져나간 일뿐이었어요. 그 모욕은 극복한 적이 없죠."

벤을 바라보며 에밀리는 다정하고 원숙한 부모에게 사랑을 듬뿍 받고 누구의 괴롭힘도 받지 않았던 그의 성장기는 얼마나 달랐을까 다시 한번 궁금해졌다. "형제가 없어서 이상하지는 않았어요?" 그녀가 물었다. "내가 외동이었으면 〈이스트엔더스〉* 같은 드라마를 봐야 했을 거예요. 캐럴라인이 없었다면 내 인생은 아주 지루했을 텐데."

"아니, 그렇지는 않았어요. 길 아래 사촌들이 살아서 아주 많은 시간을 함께 보냈고 개도 키웠어요." 그는 말을 멈추었다. "하지만 이상해요. 당신을 만난 이후만큼 완전하다고 느낀 적은 없는 것 같아요. 당신이 누이 같다거나, 뭐 그런 이상한 의미로 하는 말은 아니에요." 그들은 서로를 보며 짐짓 얼굴을 찡그렸다. "하지만 처음 만난 순간부터 잘 아는 사람 같은 느낌이었어요. 처음에는 그다지 친절하지 않았지만……"

"그건 미안해요." 그녀가 말했다. "비행기에서 뛰어내린다는 생각 때문에 너무 겁먹어서…… 그런 짓을 하기로 했다니 도대체 무슨 생각이었는지. 나는 하늘을 나는 것도 싫고 높은 곳 역시 죽도록 싫어요—데이브는 내가 마음 약해지는 순간을 잘 잡은 거예요. 그런 건 하지 말았어야 했는데."

"아니, 잘한 일이에요." 벤의 말에 그녀는 미소지어 보였다. 그는 계속해서 말했다. "이유는 모르겠지만, 당신은 다른 누구도 못한 방식으로 내가 나 자신을 의식하도록 만들었어요." 그의 눈이

---

* 런던 이스트엔드에 사는 다양한 사람의 이야기를 그린 장수 드라마.

가늘어졌다. "특히 목에 난 그 종기를."

에밀리는 웃었다. "미안해요. 하지만 내가 앉은 자리에서는 안 볼 수가 없었어요. 그게 나한테 터질 줄 알았다니까요."

"그랬어야 하는데, 이 무례한 여자 같으니." 그가 말했다. 그리고 테이블 너머로 그녀의 손을 잡았다.

"다 드셨습니까, 손님?" 웨이터가 말했다. 그는 조끼를 말쑥하게 차려입었지만 이런 삶을 살기에는 너무 약하고 나이가 아주 많아 보였다. 일을 하는 건 말할 것도 없었다. 일하는 젊은 사람이 따로 있는 것 같지는 않았고, 이곳 전체가 왠지 다른 시대에 속한 것만 같았다. 그가 접시를 집어들 때 손이 흔들리자 에밀리와 벤은 서로 옅은 미소를 주고받았다. 에밀리는 무슨 이유에선지 눈에 눈물이 고이는 걸 느꼈다.

"이따 산책하러 가요." 벤이 다급하게 말했다. "정말 아름다운 밤이에요."

"어둡잖아요. 밖에 나갔다가는 죽을 거예요." 에밀리가 말했다.

"아니, 그렇지 않아요. 엄청나게 큰 보름달이 떴어요. 자정에 절벽에 올라가요. 멋질 거예요."

에밀리는 크리스마스 분위기의 불빛 속에서 남자친구를 바라보며 전에는 어떻게 그를 괴짜라고 생각했는지 의아해했다. 그는 정말로 매력적이었다. 그녀는 그의 열정, 뜨거운 삶의 의지, 깊은 눈, 개와 같은 충실함을 사랑했다. 그리고 데번의 호텔에 앉아 있는 그 순간 알았다. 그를 절대로, 영원히 보내지 않으리란 것을.

그들은 따뜻하게 옷을 껴입었다. 에밀리는 가지고 온 옷을 전부 코트 안에 입었다. 밖은 살이 에이도록 추웠다. 늦은 밤이면 문이 잠기는 터라 열쇠를 달라고 부탁하자 집사는 분명 그들이 미쳤다고 생각하면서도 건네주었다. 감옥에서 볼 법한 커다란 구식 열쇠였다. 이미 반쯤 취한 그들은 벤의 코트에 4분의 1을 마신 레드와인 한 병을 넣은 채 차도를 달렸다. 마치 기숙사에서 도망치는 못된 아이들이 된 것 같았다. 벤이 옳았다—달은 비할 데 없이 완벽했다. 마치 신이 두 사람만을 위해 가위로 완벽하게 둥근 발광체를 오려낸 것 같았다. 절벽으로 올라가니 바람이 잔잔했고 저 아래 물은 차분했다. 바다라기보다 오히려 땅이 잠깐 꾸벅꾸벅 조는 것처럼 부드럽게 움직이는 느낌이었다.

"자, 가까이 가봅시다." 벤이 말했다.

"정말 위험하지 않을까요?" 에밀리는 신경이 쓰였다. 원래 높은 곳을 좋아하지 않았지만 그것 때문만은 아니었다. 뭔가 다른 것, 오랫동안 잊고 있던 어떤 이유가 있었다.

"물론이죠. 괜찮아요. 가장자리로 너무 가까이 가지만 않으면 돼요. 걱정 말아요. 내가 지켜줄게요."

에밀리는 풀밭이 끝나고 허공이 시작되는 곳에서부터 멀리, 안전하게 떨어져 서 있었다. 그리고 달빛이 비치는 광활한 은색 바다를 내다보고 있을 때 머릿속에 일련의 장면이 떠올랐다—뒤죽박죽 순서도 없이 혼란스럽게. 흐느껴 우는 에밀리, 소리지르는 앤드루, 그녀의 손을 잡고 옆에서 팔짝팔짝 뛰는 캐럴라인, 총안이 난 성의 흉벽, 창백하고 돌처럼 말이 없는 프랜시스, 아이스크림, 어딘가 있는 아이스크림, 몸싸움, 동생과 죽을둥살둥 싸우는 에밀리, 따뜻한 목욕.

　"왜 그래요, 에밀리?" 그때 벤이 말했다. 그녀가 아무 말도 하지 않고 미동도 없었지만 그는 그녀의 달라진 숨소리를 들었다. 그의 말에 과거에서 풀려난 그녀는 달렸다. 벼랑에서 못해도 6킬로미터는 달려 현실에 실재하는 풀밭에 몸을 던졌고 쓰러진 채 헐떡거렸다. 빙글빙글 도는 이미지들이 멈출 때까지.

　"교관이 나를 비행기 밖으로 밀었을 때 질겁한 게 당연했어요." 마침내 입을 연 그녀는 웃으려 했지만 대신 울음이 터져나왔고, 벤의 품에 안겨 울부짖는 사이사이 자기가 기억해낸 것을 말했다. 벤은 자기가 그녀를 얼마나 더 사랑할 수 있을지, 또는 캐럴라인을 얼마나 더 싫어할 수 있을지 궁금했다. 그리고 어떻게 그런 사악한 쌍둥이와 함께 자란 에밀리가 그토록 다정하고 정상일 수 있는지 이해할 수 없었다.

15

울면서 잠에서 깨어난다. 꿈이 나를 따라온 듯하다. 일어나기에는 너무 일러 침대에서 나오지 않고 잠시 기다린다. 크루역에서 산 날짜 지난 신문을 침대 아래서 찾아내 스도쿠에 몰두한다. 이번에는 난이도가 높다. 모든 칸을 채우는 데 성공하자 뭔가를 성취한 느낌이 들어 어렴풋이 기분이 좋다. 억지로 몸을 일으켜 아래층 주방으로 내려가 아침을 먹고 샤워한 뒤 화려하게 차려입는다. 그러나 여전히 남의 시선을 의식하는 모습이고 괜찮지 않다─아마 충분히 캣처럼 보이지 않는 것 같다. 그게 뭔지는 몰라도. 마침내 집을 나서자 숨이 턱 막히는 날이지만 늘 그렇듯 밖에 나오니 기분이 좋다. 이곳에서 익명의 한 사람으로 있는 게 한층 마음이 놓인다. 손가락질을 받거나 귓속말의 대상이 될 걱정은 할 필요 없다. 에인절은 지하철을 타고 코번트가든으로 가라고, 거기서는 섀프츠베리 애비뉴까지 조금만 걸으면 되니까 환승하지 않아도 된다고 말해주었다. 포켓 사이즈 지도도 빌려주었다. 나는 내가 어디로 가는지 알 수 있을 것이다.

지하는 역겹다. 지하철에 땀냄새가 진동한다―열이 넘치는 직장 남성들이 막 흘린 땀, 아마 나처럼 더러운 욕실을 참느라 한동안 씻지 못한 사람들이 흘린 묵은 땀, 그리고 좌석에 흘러 몇 날 며칠, 몇 달이고 몇 년이고 깊이 묻혀 있다가 이렇게 비정상적인 열기에 다시 올라오는 항상 존재하는 땀. 가장 구역질나는 것은 맨 마지막이고 그래서 나는 자리가 나도 앉지 않는다. 노란색 기둥을 잡은 내 손 바로 아래, 손가락 끝에 나비 문신을 하고 멋지게 꾸민 흑인 여자의 손이 있다. 손의 주인이 불안한 듯―어쩌면 직장에 늦었을지도 모른다―손끝으로 기둥을 두드리자 나비들이 펄럭거린다. 그녀는 반대쪽 손목에 찬 시계를 확인하면서 지하철이 좀더 빨리 깊은 블랙홀로 빨려들어가게 하려는 듯 오른발에 신은 아름다운 신발을 쿵쿵거린다.

나는 이력서를 업데이트하려고 인터넷 카페를 찾아나선다. 새 주소와 새 휴대전화 번호를 추가하고 이름을 새로 줄여야 한다. 인터넷에 접속하지 못하니 몹시 불편하고 휴대전화 매장에서 가장 싼 상품을 선택하겠다고 고집한 것이 후회된다. 끔찍한 고객 노릇을 하는 대신 그 사랑스러운 점원의 말을 들었어야 했다. 구글에 접속하지 못하니 또다른 손실, 또다른 부재가 느껴져 빨리 일자리를 구하는 데 성공한다면 노트북이나 인터넷이 되는 더 좋은 전화기를 바로 사겠다고 결심한다. 벤에게 물어볼 수만 있다면 그는 나한테 뭐가 제일 좋은지 알 텐데. 나는 생각을 멈춘다. 나는 그에게 물어볼 수 없다.

인터넷 카페는 보이지 않는다. 쉽게 찾을 수 있을 줄 알았다. 그래서 몇 사람을 붙잡고 물어보지만 아무도 모른다. 대부분 그런 게 필요 없는 사람들, 집과 직장에 세상과 연결되는 선이 있는 사람들이다. 나는 포기하고 무작정 거리를 헤맨다. 자신 없이, 뚜렷한 목적지 없이 돌아다니는 동안 또 눈물이 나려고 한다. 그때 더러워 보이는 엉킨 머리에 코걸이를 하고 라라 스커트에 레깅스, 컨버스화를 신은 여자 몇 명이 눈에 띈다. 별로 내키지 않지만 어쨌든 그들에게 물어보니 영어를 그리 잘하지 못해도 인터넷 카페가 어디 있는지 안다. 나는 그들이 말해준 대로 레스터광장 쪽으로 돌아간다.

나는 컴퓨터 단말기와 로봇 같은 사람이 가득찬 기능적인 방 뒤쪽에서 컴퓨터 화면을 보고 앉아 있다. 이들은 사이버스페이스에서 어떤 삶을 사는 걸까, 그 삶은 실제 그들의 물리적인 현실과 얼마나 다를까 궁금해진다. 어떻게 역사가 이토록 빨리 움직여서 지난 십 년간 이런 것을 만들어냈을까? 도대체 인간의 상호작용에 무슨 일이 일어났고, 그것이 미래에 어떤 영향을 미칠까? 왜 이런 게 궁금하지? 나는 항상 인터넷 카페를 싫어했고—일단 그 이름부터가 틀려먹었는데, 분위기를 쾌적하게 만들려는 어떤 시도도, 커피를 가져다줄 사람도 없다는 점에서 그렇다—특히 여기는 지구 종말을 향해 치닫는 공상과학영화 속에 들어와 있는 느낌을 준다. 낮게 웅웅거리는 하드디스크와 탁탁 키보드 치는 소리 위로 꽝 소리가 들려 깜짝 놀란다. 그러나 그냥 누군가 구석에 있는 자판기에서 코카콜라 제로를 뽑는 소리일 뿐이다.

이력서는 내가 아직 에밀리일 때 캐서린 브라운의 이름으로 만들어둔 새 핫메일 계정에 들어온 유일한 이메일—정크 메일을 제외하면—에 있다. 어느 날 밤늦은 시간까지 그것을 수정하며 벤에게는 편지를 좀 써야 한다고 둘러댔다. 떠나기 전 마지막 몇 주 동안 그에게 한 수많은 거짓말 중 하나. (그러고 보니 그 일이 있기 전 우리는 항상 서로 마음을 터놓았고 서로 모든 걸 말할 수 있었다.) 나는 옛 자아가 새 자아에게 보내는 메일에 첨부해 이력서를 보낸 뒤 워드 파일과 보낸 메일을 삭제하고 휴지통을 비우고 사용 기록도 삭제했다. 마우스 클릭 두 번, 내 흔적을 지우기는 그렇게나 쉬웠다. 나는 나 자신이 싫었다.

돌로레스의 친구와 잘 풀리지 않을 경우를 대비해 규모가 큰 알선업체를 찾아보니 홀본에 지점이 있다—돌로레스가 꽤 끈질겼고 나를 도와주는 데 열심이었으니 친구라는 사람에게 가보기는 해야겠지만, 그 소개에 신뢰는 전혀 없다. 나는 이력서 업데이트를 마친 뒤 저장 버튼을 누르고 파일을 다시 내게 보낸다. 이제 새 이력서를 얻었다. 인쇄 버튼을 눌러 열 부를 뽑는다. 꽤 많은 돈이 들지만 적어도 한동안은 이런 곳에 다시 올 필요가 없을 것이다. 다시는 오지 않았으면 좋겠다. 나는 깨끗한 흰 종이가 기계에 빨려들어가고 아름답게 문서화된 거짓말이 출력되는 걸 바라본다. 마리화나 냄새가 나는 계산대의 남자에게 돈을 내지만 그는 잔돈을 주면서 나를 보지도 않는다.

에인절이 준 지도를 보니 채링 크로스 로드로 걸어가야 한다. 그다음에는 왼쪽으로 꺾어 에어컨에서 나오는 탁한 공기와 중국음식 냄새로 후끈한 좁은 길로 들어선다. 정오가 다 되었고 배가 고프다. 이제는 항상 배가 고픈 것 같은데, 조금 참고 아직 용기가 충분할 때 눈앞의 일을 해치우기로 한다. 번지를 제대로 찾는다. 목적지에는 견고한 금속 문이 달려 있고 오른쪽 아래 다양한 버저가 있다. 가운데 버튼에 멘도사 미디어 리크루트먼트라고 쓰여 있는 곳이 틀림없다. 그래서 나는 그 버튼을 누르고 기다린다.

나는 내가 떨고 있다는 걸 알아차린다. 나는 가족을 버렸다. 이력서는 완전히 꾸며낸 것이다. 이름과 직업을 바꿨고 경력도 꾸며냈다. 내선전화를 어떻게 연결하는지도 모른다.

"올라오세요." 강한 억양의 목소리가 말한다. 버저가 울려 문을 밀어보니 무겁다. 안쪽은 긁힌 흠집이 있는 현관이다—왼쪽에 문이 하나 있고, 칠이 벗겨진 빛바랜 표지판에는 스마일 텔레마케팅이라고 적혀 있다. 그리고 앞쪽에 회색으로 칠해진 층계가 있다. 다른 선택지가 없으므로 그리로 올라가니 다음 층계참에서 검은 머리 여자가 나를 기다리고 있다.

"MMR 찾아오셨어요?" 그녀가 말한다. 희한한 약어가 다 있다고 생각하며* 살짝 따끔한 통증을 느끼면서도 나는 고개를 끄덕인

---

* MMR은 홍역, 유행성 이하선염, 풍진을 예방하는 백신을 가리키기도 한다.

다. "약속은 잡으셨나요?"

"아뇨, 어, 친구가 보내서 왔어요. 라켈을 찾으라고 하던데."

"좋아요. 누구시라고 전할까요?" 여자가 묻는다. 그녀는 약간 과체중이고 치마와 블라우스는 너무 꽉 낀다. 그러나 얼굴은 예쁘고 아마도 보기보다 어릴 것이다.

"캣 브라운이에요." 나는 자신 있게 말한다. "돌로레스의 소개로 왔어요."

"돌로레스, 성은요?" 그녀가 말한다. 나는 돌로레스의 성을 모르고, 여자는 눈을 치켜뜬다. 아주 약간이지만 나는 알아차린다. 그녀가 옳다. 나는 바보다. 그녀는 나를 작은 안내 데스크로 데려간다. 한때 유행했던 회색 소파와 낮은 유리 테이블이 있고 테이블 가운데 죽어가는 양치식물이 놓여 있다. 잘은 몰라도 내가 보기에는 그다지 미디어와 관련된 느낌이 나지 않지만 그녀의 손짓에 고분고분 앉는다. 그녀는 내 뒤쪽 문을 열고 사라진다.

이십 분이 지나자 그만 가야겠다는 생각이 든다. 여자는 돌아오지 않고 라켈도 나타나지 않는 가운데 허기지고 불안하고 이건 결국 시간 낭비라고 느끼면서 여기 앉아 있다. 막 일어나려는데 아래층에서 버저소리에 이어 층계를 쿵쿵거리며 올라오는 묵직한 소리가 나고, 마침내 층계참에 아주 거대한 여자가 헐떡거리며 나타난다. 카프탄 원피스를 입었고 얼굴에 필링을 하고 태닝도 했는지 피부가 주황색으로 빛난다. 긴 머리는 피부색과 어울리지 않게 은빛이 도는 금발이다. 그녀가 나를 자기 사무실로 데려간다. 책상 위에는 그녀가 훨씬 젊을 때 스튜디오에서 촬영한 듯한 커다란 사진

액자가 있다. 아름답고 날씬한 모습이다. 나는 건너편에 앉아 그녀가 잃어버린 미모를, 내가 잃어버린 공감 능력을 애도한다. 나는 머펫* 생각을 하지 않으려고 기를 쓰며 그녀에게 이력서를 건넨다.

"그래, 돌로레스를 안다고요, 그런가요?" 그녀의 말에서 아주 희미하게 억양이 느껴진다. 중동 출신, 아마도 이스라엘 사람인 것 같다.

"그녀의 남자친구와 같은 셰어하우스에 살아요." 나는 말했다. "런던에 막 이사 왔고 안내직원 일을 찾고 있어요."

그녀는 내게 안내직원 일의 어떤 면을 가장 좋아하는지, 까다로운 고객은 어떻게 다루는지, 전화 다섯 통이 기다리고 있다면 어떻게 대처하는지 등을 묻는다. 나는 거짓말을 하고 있다는 것도, 모든 질문이 회사법보다 훨씬 더 어렵다는 것도 잊으려고 애쓰며 최선을 다해 대답한다. 그녀는 책상 위 서류를 뒤적거리면서 당장은 소개해줄 곳이 없지만 파일에 올려놓겠다고 말한다. 내가 실망과 안도감이 뒤섞인 마음으로 일어나려고 할 때 그녀의 전화가 울리고, 그녀는 상대방의 말을 들으면서 얼굴을 찡그리더니 핑크색 매니큐어를 칠한 손가락 하나를 까딱거려 잠깐 있으라고 한다. 그리고 상대방에게 다시 전화하겠다고 말한다.

"내일 시간 돼요?"

나는 내심 겁에 질린다. "네."

"막 임시직 자리가 하나 들어왔어요. 이 주짜리고 소호에 있는

---

* 〈세서미 스트리트〉에 나오는 손가락 인형.

광고회사예요." 그녀는 해골 무늬 스카프를 두른 나를 의심스럽게 바라본다. "당신이 괜찮을 것 같아요. 추천서 있어요?"

나는 추천서 두 장을 준비해 인쇄해두었다. 둘 다 내가 일한 적 없는 맨체스터의 큰 회사다. 나는 라켈이 그 회사들에 확인해보지는 않으리라 생각하며 가장 멋진 미소를 지어 보인다.

라켈은 전화를 건다. "안녕하세요, 미란다. 네, 내일 누구를 보낼게요…… 네, 이름은 캣 브라운이고…… 네, 맞아요. 개 말고 고양이 캣. 여덟시 사십오분요? 아주 좋아요…… 그때 가도록 할게요. 안녕히 계세요."

그녀는 내게 캐링턴 스위프트 고든 휴스의 정보를 준다. 열 손가락 안에 드는 광고회사로 소호 워도어 스트리트에 있다. 나는 적어도 실질적인 면에서는 상황이 이토록 쉽게 풀리는 데 충격받은 채 사무실을 나온다.

16

　마침내 벤과 함께하기로 한 후 에밀리는 일에 집중하기가 어렵다는 것을 깨달았다. 그가 시도 때도 없이 머릿속에 침투해오는 통에 어느새 바보처럼 실실대거나 심지어 정신을 바짝 차려야 하는 중요한 회의 때도 붕 떠 있곤 했다. 꼭 살아 있는 채로 구멍이 뚫린 느낌이었다. 이제 이전 삶에서 일어난 모든 일은 베일을 씌워 경험한 듯 약간 초점이 맞지 않는 것 같았다. 벤은 그녀의 삶을 눈부시고 선명하게 만들었고 그로 인해 변호사로서의 일상생활은 불편한 방해물이 되었다. 결국 직장에 있는 시간에는 문자메시지를 보내지 말라고 해야 했다. 그에게 연락이 오면 재치 있는 답장을 보내 반응을 기다렸다 몇 분 후 다시 답장을 보내고, 또 그다음 문자를 삼 분 동안 기다리느라 집중력이 완전히 흐트러졌기 때문이다. 이 모든 흥분 때문에 뱃속이 꿈틀거리는 느낌에 시달렸다. 점심때는 거의 만나지 않았지만(에밀리는 둘 사이가 지나치게 공개되는 것을 좋아하지 않았다) 그녀는 대개 매점에 내려갈 때 문자를 보냈고, 그러면 그가 올라오는 길에 잡담을 나누거나 수줍은 미소를 보내곤 했다. 그것으로 그녀는 오후를 버틸 수 있었다. 물론 결국에는 안정과 집중력을 되찾았지만 그렇게 열심이던 일에 대한 열정은 두 번 다시 되찾지 못했다.

몇 달 후 벤과 에밀리는 이른 월요일 아침 매점에 앉아 그곳의 특별 메뉴인 역겨운 커피를 마시고 있었다. 둘 다 피곤했다. 주말에 피크 디스트릭트 국립공원의 가장 높은 두 산을 올랐고 잠도 거의 자지 못했다—계속 비가 왔고 텐트는 새는데다가 그들은 너무 흥분해 있었다. 그들은 관심 있는 사람이라면 누가 봐도 커플인 모습으로 매점 입구 근처 테이블에 편안히 함께 앉아 있었다—커플이 아닌 척 가장하기는 오래전에 포기했고 다행히 사람들도 둘을 놀리거나 너무 급하게 점프하지 말라고 훈수를 두거나 두 사람이 서로에게 빠지다니 얼마나 멋진가 왈가왈부하는 일을 오래전에 그만두었다. 이제 그들을 그냥 한 쌍으로 받아들였고 심지어 한데 묶어 벤밀리라고 부르기까지 했다. 두 사람은 전혀 신경쓰지 않았다. 요즘은 너무 행복해서 어떤 것도 딱히 신경쓰지 않았다.

그러나 오늘 에밀리는 처음처럼 다시 수줍어했다. 보통 때는 머그컵을 쥔 두 손에 턱을 얹고 팔꿈치는 멜라민 테이블에 올려놓지만, 오늘 아침은 단호한 태도로 왼손을 보이지 않는 곳에 치워두었다.

"어서, 자랑해봐요." 벤이 속삭였다. "아무렇지 않게 해치우라고요."

그녀는 고개를 숙이고 반짝거리는 무릎을 내려다보았다. 심장이 다시 한번 폐를 지나고 신장을 따라 대장 위로 움직이며 몸속을 돌아다니는 듯한 느낌을 어쩔 수가 없었다. 그때 아직 동생에게는 말도 하지 않았다는 게 떠올랐고, 아무래도 동생에게 털어놓기 전까지는 다른 사람에게 알리는 일을 참아야 할 것 같았다. 그녀는 고개를 들었다. 벤이 여전히 기대의 눈길로 바라보고 있었고, 그녀는 내키지 않는 것처럼 보이고 싶지는 않았다—어쨌든 캐럴라인에게는 나중에 언제든지 전화할 수 있을 것이다.

"왜 내가 꼭 해야 해요?" 그녀가 마침내 말했다. "너무 성차별적이야. 난 당신의 소유물도 뭣도 아니에요. 당신이 날 경품으로 탄 게 아니라고."

"워, 왜 이렇게 민감하서." 벤이 말했다. "자, 그럼 나한테 줘요." 그래서 그녀가 반지를 빼 장난처럼 던지자 그는 재치 있게 커피 바로 위에서 잡아 자기 왼손 새끼손가락에 쑤셔넣었다. 너무 꽉 끼어서 빼기도 어려울 것이다. 그는 자리에서 일어나 한 손을 털레털레 흔들며 보란듯이 아침식사 코너로 걸어갔다. 마치 코미디 배우 존 인먼 같았다. 그는 요즘 훨씬 덜 과묵했다.

"앉아요, 바보같이 굴지 말고." 그녀는 반농담조로 낮게 속삭였지만 너무 늦었다. 아침을 먹던 동료 둘 중 하나가 꺅 소리를 지르며 말했다. "내가 생각하는 그거 맞지?" 그때 토스터 앞에 있던 에밀리의 상사도 그 소리를 들었다. 어느새 주위의 모두가 반지를 보고 소리를 지르며 축하해주고 그들을 껴안았다. 보통 에밀리는 관심의 중심이 되는 걸 싫어했지만 이번에는 전혀 신경쓰지 않았다.

17

새 직장에 출근하는 첫날 나는 검은 원피스를 또 입고―광고회사에 적합한 다른 옷이 없다―에인절에게 또 액세서리를 빌린다. 사실 그녀는 가져도 된다고 했지만 나는 바보같이 굴지 말라고 말한다. 일찍 일어났는데도 욕실 순서를 기다려야 한다. 나보다 조금 먼저 들어간 에리카가 마침내 나오자 욕실에는 수증기가 자욱하고 유황과 구강청결제 냄새가 코를 찌른다. 아무래도 그녀는 겉으로 보이는 것만큼이나 몸속에도 독이 꽉 차 있는 게 아닌가 싶다. 나는 미소를 지으려고 애쓰지만, 그녀는 빛바랜 짧은 수건으로 몸을 감싼 채 완벽한 작은 다리를 과시하면서 나를 노려보고 서둘러 지나간다.

아직도 욕실 슬리퍼는 사러 나갈 짬을 내지 못했지만 이제 이 시스템에 익숙해지고 있다―욕실 표면의 무엇도 건드리지 않고 곰

곰팡이 핀 샤워 커튼에도 닿지 않게 조심하면서 일단 몸을 깨끗이 씻는다. 그리고 한쪽 다리로 선 채 샤워기 헤드를 잡고 반대쪽 발바닥을 헹군다. 욕실 표면에 닿지 않도록 샤워 봉에 걸어놓은 수건으로 발을 닦은 다음 벗어둔 슬리퍼에 밀어넣고 몸의 반은 욕실 안, 나머지 반은 밖에 둔 채 반대쪽 발을 씻는다. 수건으로 닦고 반대쪽 슬리퍼에 집어넣는다. 결국에는 이런 상황에 익숙해지고 기준이 낮아질 테지만, 지금으로선 대처할 수 있는 방법이 그것뿐이다.

브래드와 에리카가 주방에 있다. 그는 친절하지만 그녀는 그렇지 않다. 왜 저런 멋진 남자가 저런 여자와 사귈까? 나는 그녀에게 나를 괴롭힐 기회를 주지 않으려고 애쓴다. 캐럴라인과 자라면서 그런 일에는 익숙해졌다. 나는 뮤즐리 한 그릇과 엄마가 만들어주던 것 같은 진하고 달콤한 차 한 잔을 가지고 식탁에 조용히 앉는다.

나는 필요한 시간보다 빨리 집을 나선다. 늦으면 안 된다. 옥스퍼드 서커스까지는 갈아탈 필요 없이 고작 삼십 분이 걸린다. 옥스퍼드 스트리트를 따라 걷다가 오른쪽으로 돌아 워도어 스트리트로 들어서자 100미터쯤 앞 오른쪽에 사무실이 보인다. 여덟시 이십오분, 너무 이르다. 반짝거리는 유리창 너머로 몸속 장기처럼 생긴 가구들이, 더블 도어 위로 고급스러운 간판이 보인다. 내 초라한 원피스와 멋없는 발레 펌프스를 내려다본다. 충분히 괜찮아 보이지 않는다는 걸 알 수 있다. 런던에 온 지 닷새째, 첫 주 금요일에 나는 네 사람의 에고에 바치는 빛나는 찬사 바깥에 서 있다. 몸을 돌려 도망가고 싶은 충동이 든다─하지만 어디로? 아무래도 바다로 갔어야 했을 것이다. 예전의 나는 바다를 좋아했다. 정신 차려. 넌 이미 도망쳤고, 또다시 도망칠 순 없어. 이젠 이게 다야. 나는 행복한 시간들의 기억을 밀어낸다. 원피스를 펴고 스카프를 매만진 다음 들어갈 시간이 될 때까지 몇 분 더 밖에서 버티기로 한다.

18

캐럴라인은 에밀리의 베일을 마지막으로 매만져주었다. 두 사람
이 거울을 들여다보자 안에는 아주 다른 두 여자가 있었다. 신부는
순진한 얼굴에 자연스러운 표정이고 긴 목 위로 짙은 금발을 틀어
올렸다. 하얀 새틴재킷은 소매가 꼭 맞고 앞에 작은 단추들이 달렸
다. 상의에 맞춘 패널스커트는 무릎에서 딱 떨어지는 길이에 신발
은 굽이 높은 40년대 스타일이었다. 짧은 베일로 깔끔하게 마무리
하며 캐럴라인은 쌍둥이 언니가 이렇게 매력적으로 보인 적은 없
다고 생각했다. 에밀리는 동생이 드레스를 만든다고 해서 걱정했
다. 믿어도 될지 정말 확신은 없었지만 캐럴라인이 아주 열성적이
라 거절하면 실례일 듯했고 어쨌든 그녀는 디자이너였다―게다가
거절당하면 고약한 반응을 보이며 크게 화를 낼 수도 있었다. 그러
나 괜한 걱정이었다. 결과는 만족스러웠다.

캐럴라인은 대담하게 짧은 핫핑크색 옷을 입고 그와 부조화를 이루는 밝은 적갈색 머리는 지오메트릭 보브 스타일로 잘라 세 살 짜리처럼 앞머리 숱을 많이 내렸다. 화장은 야했다. 두 사람이 자매라고 보기는 어려웠다.

프랜시스가 방에 들어와 두 딸이 함께 서 있는 모습을 보았다. 그리고 둘 다 얼마나 행복해 보이는지 알아차렸다. 그랬다, 쌍둥이가 응당 그래야 하듯 심지어 가까워 보였다. 그녀는 어쩌면 그들이 마침내 더 번듯한 가족이 될 수 있을 거라 생각했다. 앤드루조차 요즘에는 시간을 좀더 많이 내주었고 공허해 보이는 것도 약간 덜했다. 이상한 생각이지만 아무래도 캐럴라인이 병원에 있었던 것이 어떤 면에서는 그들 모두에게 좋았던 것 같다. 병원 사람들은 캐럴라인을 달래서 제정신을 차리게 하는 데 놀라운 능력을 발휘했다. 그후 딸을 한동안 집에 있게 한 프랜시스의 고집도 놀라운 성공을 거두었다. 분노에 찬 시끄러운 음악과 욕실을 독차지하는 것, 캐럴라인에게는 자연스러운 불쾌한 언행이 안긴 처음의 충격이 지나자 그들 모두 카타르시스를 느꼈다. 프랜시스, 앤드루, 캐럴라인이 셋이서만 보내는 시간은 처음이었다. 에밀리는 이미 체스터 반대쪽에 작은 집을 구해 나가 살고 있었고, 캐럴라인은 더 이상 쌍둥이 언니를 경쟁자로 느끼지 않았다. 적어도 매일매일 그러지는 않았고, 그것이 본인에게도 좋았다. 이제 캐럴라인은 일 년 넘게 부모와 다시 함께 지내는 중이었고—아무도 그렇게 오래가리라고 기대하지 않았는데—프랜시스가 생각하기에는 그사이 부드러워지고 마침내 타인에게 좀더 친절하게 구는 법도 배운 것 같았다. 지금은 맨체스터의 패션 하우스에서 관리직으로 지내며 잘하고 있는 듯했다―그 덕분에 프랜시스는 정말 신났다. 캐럴라인은 심지어 요즘 에밀리를 약간 덜 미워하는 눈치인데다 오늘은 언니를 아주 아름답게 꾸며주었다. 프랜시스는 뜻밖에 눈물이 고이자 화장이 망가지지 않도록 마음을 다잡았다.

결혼식 한 시간 전, 벤은 호텔 뒤쪽 신랑 들러리 방에서 옷을 입고 있었다. 그곳은 광활한 바다가 보이지 않는 몇 안 되는 방 중 하나였다. 그는 모든 것이 그처럼 순조롭게 진행되는 데 기분좋은 놀라움을 느꼈지만―전날 밤 디너는 흠잡을 데 없었고 매너 없이 구는 사람도 전혀 없었다―경계심을 풀지 않았다. 브라운 가족의 행사에 사건이 전혀 없으리라고 가정할 만큼 순진하지는 않았다. 그는 여전히 캐럴라인이 까칠한 것을 눈치챘다. 그녀는 사람들이 바보 같은 말을 하면 자신이 한 말에 신경쓰이게 만들고 그들을 놀리면서 즐거워하는 재주가 있었다―그러나 확실히 나아졌고, 결혼식과 관련해 누군가를 화나게 할 구체적인 말이나 행동은 전혀 하지 않았다. 심지어 에밀리의 웨딩드레스를 만들기까지 했다. 벤은 남모르게 그 점을 걱정했지만 에밀리가 만족하는 듯하니 초조해할 필요는 없었다. 벤은 왜 그렇게 불안한지 알 수 없었다. 이날은 그의 평생 가장 행복한 날이어야 했다. 그들은 특이한 사연을 간직하고 위태로운 절벽에 자리한, 세상에서 제일 낭만적인 호텔에서 결혼할 것이다. 그는 에밀리가 믿을 수 없을 만큼 자신에게 완벽한 여자라는 것도 알았다.

노크소리가 났다. 좋아, 잭이 조끼를 가져왔군, 그는 생각했다. 그는 타이를 다 매고 셔츠를 바지 속에 집어넣은 다음 문을 열었다.

"오. 안녕." 벤이 말했다. 캐럴라인에게는 항상 그를 불편하게 만드는 뭔가가 있었다. 지금 도발적으로 문설주에 기대선 그녀를 본 그는 놀랍도록 파란 눈에서 선명한 분홍색 입술로, 실크 드레스와 부드럽게 노출된 긴 다리를 따라 내려가 바닥으로 재빨리 시선을 옮겼다.

"여기 있어요, 베니 보이." 캐럴라인이 말했다. 그녀는 그를 위해 디자인한 자주색 조끼를 내밀었다. "늦어서 미안해요. 마지막으로 손볼 게 있어서." 벤은 조끼가 별로 마음에 들지 않았지만 에밀리가 멋있다고 생각한다면 그녀를 위해서 기꺼이 입기로 했다. 그는 마지못해 캐럴라인의 도움을 받아 조끼를 입었다. 그녀는 너무 큰 그의 손가락이 실크에 자국을 남긴다는 이유로 자그마한 단추를 자기가 모두 잠가주겠다고 고집을 부렸다. 그녀는 아주 오랜 시간을 끄는 듯하더니 단추를 다 잠그자 마치 벌거벗은 사람을 감상하듯 천천히 그를 위아래로 훑어보았다.

"와, 아주 깔끔하게 단장했네." 그녀가 말했다. "내 사랑하는 쌍둥이 언니가 확실히 대박을 터뜨렸어." 그는 민망해서 자리를 뜨려고 했지만 바로 그때 그녀가 몸을 기대며 속삭였다. "행운을 빌어요, 벤. 에밀리와 아주 행복하기를 바라요." 그리고 미처 제지하기도 전에 입술에 키스했다. 아주 부드러운 키스였다. 그 짧은 순간 벤은 몸이 반응하는 걸 느꼈다. 그러고 나서 그는 물러서며 우물우물 고맙다고 말하고 문을 닫았다.

새 신발에 발을 넣으니 약간 조였고 뺨은 불타는 듯 뜨거웠지만 모든 준비를 마쳤다. 들러리인 잭이 문 옆으로 고개를 내밀었다. "거의 다 됐지, 새신랑? 어이, 안 좋아 보이는데, 괜찮아?"

"괜찮아. 그냥 막판에 좀 긴장돼서."

"음, 모든 게 순조로워. 호적 담당자가 왔고, 좀전에 네 장인, 장모를 봤는데 옷을 다 입었어. 하객은 들어오는 중이고, 호텔에 음악도 넘겼고, 모든 게 잘 돌아가. 다 잘될 거야."

"그래야 될 텐데." 벤이 말했다.

"오 맙소사. 딴생각하는 건 아니지? 마실 것 좀 가져다줄게."

"아니, 아니, 그런 거 아냐. 에밀리에 대한 마음은 확실해. 그냥 그쪽 가족이 좀 석연치가 않아."

"글쎄, 감사하라고. 원래 그런 거야." 잭이 말하고 웃었다. "자, 가자고. 맥주 한 잔으로 해결 안 될 건 없어." 그는 벤의 팔을 잡고 바에 데려갔다.

앤드루는 전날 저녁 도착하자마자 대니엘을 알아보았다. 캐럴라인이 데려올 남자친구가 없다고, 이런 행사에 혼자 참석하는 게 얼마나 싫은지 아느냐고 계속 징징거리자 결국 에밀리와 벤은 대신 친구라도 초대하고 싶은지 물었다. 그녀는 런던에서 대니엘과 가깝게 지냈다—캐럴라인의 그 '에피소드'가 있던 날 밤 프랜시스에게 전화한 사람도 대니엘이었다. 이제 그걸 언급할 필요가 있는 경우 '에피소드'라 불렀다. 대니엘은 여전히 런던에 살지만 이번에 특별히 데번까지 내려와 지금 여기 있었고, 그만한 노력을 한 것이

뿌듯했다. 그녀는 호텔이 굉장히 멋지다고 생각했다. 큼직한 꽃이 가득한 테라스와 전망이 아주 매력적인 고딕풍의 화려한 건물. 거대한 홀은 여름인데도 아주 냉랭해서 방 양쪽의 괴물처럼 거대한 벽난로에 실제로 불을 활활 지폈고, 두 난로 주위로 갈라지고 삐걱거리는 체스터필드 가죽소파가 삼면을 차지했다. 창가에 늘어진 진흙색 커튼 덕분에 실내는 아늑할 만큼 어둑했다. 널찍한 층계를 올라가면 홀을 빙 둘러싸고 음유시인들의 갤러리가 펼쳐졌고 호텔의 열두 객실로 각각 이어졌다. 객실은 거대한 홀과 뚜렷한 대조를 이루었다. 밝고 해가 잘 들고 바다냄새가 가득한 방, 비둘기색 벽과 새하얀 이집트면 시트와 기다란 쿠션, 욕실의 고급 비누와 발이 달린 실버 욕조. 대니엘은 이곳에 완전히 반해버렸고, 다들 몹시 친절했다. 앤드루의 경우는 약간 과했지만 대니엘은 그런 상황에 대처하는 데 익숙한데다가 앤드루는 실제로 그 나이치고 꽤 섹시했다. 그녀는 여자들은 종종 알아차리지 못하지만 남자들이 매력적이라고 생각하는 부류의 여자였고, 자기가 활기차고 개방적이어서 때때로 잘못된 신호를 보낸다는 것도 알았다. 그러나 그게 그녀의 방식이었고 변해야 할 이유는 찾지 못했다.

에밀리가 바다를 바라보는 정원에서 크림색 천을 씌운 의자들 사이로 만든 통로를 걸어갈 때, 스미스의 애절한 노래 〈데어 이스 어 라이트 위치 네버 고스 아웃〉이 흘러나왔다. 프랜시스는 이상한 선곡이라고 생각했지만 에밀리와 벤만은 그 의미를 알았다. 그것은 두 사람이 머뭇거리며 처음 포옹할 때 흘러나오던 음악이었고, 그래서 그들은 행복했다. 그들은 사십 명 정도만 참석하는 작은 결혼식을 올리기로 결정했다. 하객 모두 그들을 사랑하고 함께 기뻐해줄 테고, 신부의 드레스에 대해 뒤에서 씹거나 결혼생활이 오래가지 못하리라고 험담하는 사람은 없을 것이다. 처음에 에밀리는 심지어 어느 해변으로 도망쳐 식을 올리면 어떨까 생각도 했다. 캐럴라인을 자극하고 싶지 않다는 것이 이유였지만, 이번만은 벤이 극구 반대했다. 그는 데번의 절벽에 있던 멋진 호텔을 기억하느냐고 물었다. 그런 곳에서 결혼식을 올리면 얼마나 멋질지 이야기했던 것, 둘 다 자신들의 이야기라는 걸 그때도 알았지만 감히 인정하지 않았던 것을. 캐럴라인은 괜찮을 거라고 그는 말했다. 그녀가 아무도 못 만난 것은 그들의 잘못이 아니고 어쨌든 그녀는 요즘 그런 문제에 대해 훨씬 나아졌다고. 에밀리가 보기에도 지금까지 캐럴라인은 괜찮은 것 이상이었다. 실제로 두 사람을 위해 기뻐해주는 듯했고, 정말 다행스러운 일이었다.

앤드루와 프랜시스는 나란히 서서 큰딸이 결혼 서약을 하는 모습을 보며 그들의 결혼식 날을 떠올렸다. 얼마나 오래전 일인가. 앤드루는 서약할 당시 진심이었을까? 둘 중 누구도 답을 몰랐지만 둘 다 이제 그런 건 중요하지 않다고 여겼다. 호수처럼 평온하고 잔잔한 바다를 마주하고 있자니 프랜시스의 생각은 과거로, 신혼여행으로, 끔찍했던 출산으로, 딸들이 어렸던 힘든 시절로 거슬러올라갔다—그녀는 앤드루에게 누군가 있다는 걸 줄곧 알았는데 쌍둥이가 어느 정도 크고 나서도 그가 떠나지 않아 놀랐다. 앤드루는 빅토리아와 결혼했더라면, 그녀를 먼저 만났더라면 삶이 얼마나 달랐을지 생각하고 있었다. 자신이 왜 가족을 떠나지 않았는지 수천 번쯤 의문을 품었다. 정말로 사랑이 더 중요한가? 그러나 이제는 너무 늦었다. 그는 모든 걸 손에 넣으려고 한 것, 빅토리아도 가지고 가족도 지키려고 한 지난날을 생각했고, 그런 행동이 모두를 행복하게 하기는커녕 모두에게 상처를 준 것을 알았다. 빅토리아는 이용당했다고, 결국에는 거짓말에 속았다고 느낀 게 틀림없었다. 그도 알았다. 그녀가 마침내 관계를 끝냈을 때 몹시 상심한 그가 반복적인 하룻밤 관계와 실망스러운 불륜으로 돌아가는 것 말고 달리 뭘 할 수 있었겠는가? 그는 그때 결국 프랜시스가 필요하다는 걸, 그녀의 꾸준함과 차분함이, 돌아갈 집을 지키고 있는 사람이 필요하다는 걸 깨달았다.

그렇다면 그를 떠나지 않은 프랜시스의 구실은 무엇이었나? 그녀는 앤드루 곁에 서서 기꺼이 그의 손을 잡고 있었다. 그 모든 거짓말과 미덥지 못함에도 불구하고 남편을 여전히 사랑한다는 걸 알았다—그는 여러 면에서 좋은 사람이었고 여전히 아주 잘생겼다. 게다가 그녀 혼자서 어떻게 살아갈 수 있겠는가?

"그럼 이제 두 사람이 남편과 아내 됨을 선언합니다." 호적 담당자가 부드러운 웨일스 억양으로 말했다. 그는 산들바람 같은 말들로 짧은 결혼식을 의미 있고 완벽하게 만드는 데 성공했다. "신랑은 신부에게 키스하세요."

벤이 앞으로 몸을 숙여 에밀리에게 아주 부드러운 키스를 할 때 캐럴라인은 하품하며 자리에서 몸을 들썩였다.

야외에서 열린 피로연은 로스트비프와 거대한 통연어, 여덟 가지 샐러드와 막 수확한 햇감자로 차린 단순한 뷔페였고 식기로는 세트가 아닌 제각각 다른 도자기가 나왔다. 두 배 크기의 푸딩이 웨딩케이크였는데, 에밀리가 평생 본 것 중 가장 큰 슈크림이 잔뜩 쌓여 있었고 애초에 상상했던 것보다 훨씬 더 나았다. 날씨는 흠잡을 데 없었다. 7월이라 만일의 사태를 군이 대비할 필요도 없이 태양이 그녀와 벤에게, 그들의 행복에 밝게 내리쬘 거라고 확신할 수 있었다. 그녀가 원하는 것은 모두가 멋진 음식을 먹고 샴페인을 마시고 경치를 즐기는 것뿐 그 밖의 문제에는 별로 유난을 떨지 않았다. "사람, 장소, 모든 게 딱인데 어떻게 잘못될 수 있겠어?" 그렇게 말하는 그녀를 벤은 한층 더 사랑하게 되었다. 그녀는 결혼 계획 앞에서 말이 많아지는 여자, 메뉴 카드의 리본 색깔이라든가 탁자에 놓을 꽃 따위를 두고 고민하는 부류의 여자가 아니었다. 캐럴라인은 술잔을 들고 유유히 돌아다녔다. 댄서 같은 허벅지를 휙 내보이고, 자기가 모든 복장을 어떻게 디자인했는지 떠들고, 계속 잭을 집적거려서 그의 아내를 화나게 하고, 사람들에게 칭찬이랍시고 모욕적인 말을 내뱉었다. 오후가 지나갈수록 점점 더 시끄러워지고 점점 더 불안정해지더니, 벤처럼 남에게 당해도 가만있는 사람이 아닌 멋진 남편을 구하기를 자기가 얼마나 바라는지 시끄럽게 떠들기 시작했을 때 프랜시스가 그녀를 한쪽으로 데려가 그만하면 됐다고 조용히 말했다.

"뭐가 그만하면 됐다는 거예요?" 캐럴라인이 비웃었다. "착하디착한 내 쌍둥이 언니 말이에요? 아니면 구역질나는 형부?"

"캐럴라인!" 엄마가 말했다. "오늘은 에밀리의 결혼식이야. 너도 언니가 결혼해서 기쁜 줄 알았는데."

"엄마." 캐럴라인은 샴페인을 마시며 나른하게 말했다. "물론 기쁘죠. 내 쌍둥이 언니고, 사랑에 빠졌고, 그 사실을 질리도록 내 귓속에 쑤셔넣지 않기만 바랄 뿐이에요." 캐럴라인은 이제 말이 어눌해지고 있었고 프랜시스는 그녀를 파티장에서 데리고 나가야 한다고 생각했다—사람들이 듣고 있었고, 프랜시스는 문제를 원치 않았다. 그녀는 근심스럽게 앤드루를 찾았다—그는 캐럴라인의 가슴 큰 친구와 또다시 이야기를 나누고 있었다. 정말이지 저런 크기가 자연산일 수 있을까? 프랜시스는 캐럴라인이 입원하던 날 밤 도와준 대니엘이 고마웠다. 소위 친구라는 사람들이 모두 떠나간 후에도 계속 연락해준 것 또한 고마웠다. 그러나 그녀가 앤드루의 농담에 낄낄거리는 것은 보기 싫었고, 그들은 너무 오래 수다를 떨고 있었다. 사람들이 수군거릴지도 몰랐다.

"앤드루." 그녀가 불렀다. "앤드루!" 그는 처음 두 번은 무시했지만 더는 못 들은 척할 수 없어 마침내 돌아보니 아내 옆 핑크와 오렌지색으로 아름답게 차려입은 딸이 눈에 들어왔다. 엄마에게 매달린 듯한 딸은 긴 다리가 구부정했고 초점 없이 멍한 눈이었다. 그는 한숨을 쉬고 생각했다. 왜 하필 지금이야? 왜 다들 한 번이라도 그냥 좋은 시간을 보낼 수 없는 거지? 그러고 나서 그는 아내에게로 갔다. 캐럴라인이 흥하게 만취한 것은 분명했다. 모든 일이 너무 순식간에 일어났다. 어쩌면 태양 때문일까? 하여튼 구경거리가 되기 전에 그녀를 데리고 나가야 했다. 앤드루는 캐럴라인의 어깨를 잡고 아내와 함께 부축해 방으로 데려가려 했다.

"방에 가기 싫어요, 엄마. 아주 멋진 시간을 보내고 있다고요. 쌍둥이 언니의 결혼식이잖아요, 부케 받고 싶은데." 그녀는 꼬인 혀로 말했다.

"어서, 아가." 프랜시스가 구슬렸다. "이 뜨거운 태양을 피해 물 좀 마시자꾸나. 그럼 괜찮아질 거야."

캐럴라인의 다리가 풀리며 새로 산 자주색 힐이 풀밭 깊이 박혔다. 왼쪽을 확 당겼지만 구두는 그대로고 발만 빠져나와 넘어질 뻔했다. 앤드루는 잔디에서 끈 달린 구두를 뽑아내 집어들고 이번에는 캐럴라인의 겨드랑이를 좀더 꽉 붙들었다. 그러는 동안 가느다란 스틸레토힐이 뼈만 남은 그녀의 갈비뼈를 찔러댔다.

"아우우우우, 놔줘, 이 멍청한 새끼야." 캐럴라인이 소리를 질렀다. "그냥 내버려두고 내 친구나 마저 더듬으러 가지그래, 찌질한 인간아?"

산중턱이 갑자기 조용해졌다. 아래 멀리 있는 바다가 끝없이 파도치며 철썩이는 소리, 땅이 불길하게 숨쉬는 소리가 들리는 듯했다. 그녀의 말은 그들 모두에게 다양한 방식으로 모욕을 주었다. 누구도 입을 열지 않았다.

마침내 침묵을 깬 것은 벤이었다. "시간이 늦어지고 있어요." 그가 최대한 차분하게 선언했다. "다들 안으로 들어가는 게 어때요? 밴드가 곧 연주를 시작할 텐데. 샴페인도 아주 많습니다." 모두가 벤의 지시에 따라 움직였다. 신부의 비참한 얼굴을 보지 않아도 된다는 사실에 안도하면서.

나중에, 아주 나중에 캐럴라인은 푸크시아 핑크 드레스도 벗지 않고 칠흑같이 어두운 방의 싱글베드에 널브러져서 곯아떨어졌다. 방의 다른 침대에는 앤드루가 대니엘의 가슴 아래 얼굴을 두고 누워 있었고, 두 사람이 끝을 볼 때까지 몸을 붙인 채 그녀가 규칙적으로 움직이는 동안 침대는 힘없이 삐걱거렸다. 다 끝난 후에야 앤드루의 자기혐오가 서서히 스며들었다. 그들 아래 먼바다의 조류가 부드럽게 변해가듯이.

19

광고회사 밖에서 기다리는 동안, 흠잡을 데 없이 꾸민 여자가 엉덩이를 흔들며 길을 걸어오더니 건물 안으로 스윽 들어간다. 샴푸모델 같은 길고 검은 머리에 명품이 틀림없는 빨간색 시프트 미니드레스를 입고 금색 글래디에이터 샌들을 신었다. 그녀 때문에 내가 한층 더 너저분한 느낌이 든다. 아마도 그녀가 폴리, 즉 내가 찾아가야 하는 여자일 것이다. 전에는 내 외모에 상당히 만족했는데오늘은 왜 이렇게 부족하게만 느껴지는지 모르겠고 어울리지 않는역할에 오디션을 보러 온 기분이다. 마침내 안으로 들어가자 그녀가 나를 길에서부터 주시했고 내가 충분히 매력적이지 않다고 생각하는 것을 알 수 있다. 그러나 그녀는 미소 띤 얼굴로 커피를 권하고 내가 할 일을 보여주기 위해 안내 데스크 뒤로 데려간다. 폴리는 쿨하고 아름답고 상대를 주눅들게 하는 여자다. 그녀에게 뭐라고 해야 할지 쉽사리 떠오르지 않고 가볍게 잡담하는 방법은 다 잊어버린 것만 같다. 파트너가 누구이고 어떻게 연락받기를 좋아하는지, 본인들의 휴대전화 번호를 다른 곳에 알려주는 걸 좋아하는 사람이 누구인지, 주요 고객들의 특정한 신경증은 무엇인지 듣는 동안 나는 내가 북부 런던의 거지같은 집보다 이곳과 더 어울리지 않는다고 느낀다. 그리고 전에는 이 모든 것을 당연하게 여겼다는 사실을 깨닫는다―전화를 연결받는 것, 고객들이 안내 데스크에 있다고 전달받는 것, 회의실을 예약하게 하는 것 등 필요한 일이 이렇게 많은 줄 전혀 몰랐다. 맨체스터에 있는 우리 회사의 안내직원들은 나처럼 평범한 사람이었지 이국적인 꽃처럼 전시된 트로피가 아니었다. 폴리가 내게 브리핑을 하는 동안 사람들이 출근하기 시작한다. 다들 신경쓰일 정도로 세련되었다―최신 브랜드 청바지에 스테이트먼트 티셔츠를 입고 머리가 부스스한 남자들은 틀림없이 크리에이티브 쪽이다. 테가 굵은 안경을 쓰고 통 좁은 바지에 잘 닦은 스퀘어토 구두를 신고 광택 나는 가죽 새첼백을 가슴에 비스듬히 멘 유형도 있다. 여자들은 하이힐을 신고 나라면 잘해야 파티에나 입고 갈 옷에 커다란 명품 핸드백을 들었다. 제각기 다른 모습인데도 모두 유니폼을 입은 것만 같다. 라테를 손에 들고 하나둘 도착하는 직원들은 누구 하나 그다지 서두르는 기색이 아니다. 어쨌든 오늘은 금요일이다. 아홉시 이십오분, 잘 재단된 정장을 입고 스니커즈를 신은 나이든 남자가 느긋하게 들어와 인사한다. "안녕, 폴리, 달링." 그러고 나서 무심하게 나를 보고 살짝 고개를 끄덕인다. 내가 미소짓자 그는 엘리베이터를 타러 간다.

폴리가 말한다. "저 사람은 사이먼 고든이고 신이에요." 전화가 울려 폴리가 받고 가만히 듣다가 말한다. "좋아요. 잠깐만 기다리세요." 그러더니 나를 안내 데스크에 두고 사라진다. 그때 전화기가 깜박거리고 나는 뭘 해야 할지 잊어버린다. 나는 불이 들어온 버튼을 누르고 말한다. "안녕하세요, 캐링턴 스위프트 고든 휴스입니다. 무엇을 도와드릴까요?" 이 복잡한 이름을 다 말했을 무렵 전화기 건너편에서 역력한 조급함이 느껴진다.

"사이먼 있어요?" 극단적으로 세련된 말투의 목소리가 말한다.

"어느 사이먼요?" 나는 폴리가 준 얇은 리스트에 사이먼이 둘인 걸 알아차리고 말한다.

"사이먼 고든요." 그녀는 '머저리 같으니'라는 어조로 말한다.

"실례지만 누구신가요?" 내가 대답하자 그녀는 톡 쏜다. "아내예요." 그래서 나는 사이먼의 내선번호를 찾아본다. 224. 그래서 224를 누르니 신호음이 두 번 울리고 그가 받아서 내가 말한다. "부인께서 전화하셨어요, 사이먼." 그러자 그가 말한다. "오." 그러더니 잠시 멈추고 말한다. "고마워요." 연결 버튼을 누르자 헤드폰을 통해 화가 난 듯한 삐삐 소리가 연속해서 시끄럽게 울린다.

제기랄. 겨드랑이가 뜨거워진다. 전화기가 다시 깜박거리고 누구의 전화인지도 알지만 내가 뭘 잘못했는지는 모르겠다. 그래서 또 그렇게 될까봐, 그런데도 뭘 해야 할지 모를까봐 수화기를 드는 게 너무 겁이 나고 이번에는 정말로 공황상태에 빠져든다. 그녀의 전화를 다시 차단하는 것보다 아예 받지 않는 게 더 나을지도 모른다. 나는 경보처럼 불길한 깜박임이 제발 멈추기를 간절히 바라며 이번에도 망치면 해고될지도 모른다고 생각한다. 그때 마침내 우아하게 코너를 돌아 나타나는 폴리에게 나는 미친듯이 손짓한다. 내가 막 전화를 받자 그녀가 데스크 앞쪽으로 건너온다.

"여보세요, 사이먼의 부인이시죠. 정말, 정말 죄송합니다." 나는 무미건조한 북부 억양을 감추려 하며 최대한 애쓰는 목소리를 낸다. 다시 224를 누르고 무력하게 폴리를 보았을 때 사이먼이 말한다. "내 아내 어디로 갔어요?" 폴리가 넓은 유리 데스크 너머로 표범처럼 몸을 늘어뜨리고 매니큐어를 바른 기다란 손톱 끝으로 전화를 연결한다.

폴리는 놀랍게도 아주 친절한 여자다. 나와 공통점이 거의 없고 내 기준에 너무 세련되었지만 마음씨가 착하고 전화기의 작동 원리를 정확히 알려준다. 어렵지는 않아도 전혀 배운 적이 없다면 도저히 알 수 없는 것이다. 사이먼이 오늘 휴대전화를 깜빡하고 가져오지 않아서 평소라면 바로 받을 전화가 모조리 내게로 들어오고 있다. 사이먼의 아내가 어찌어찌 그의 전화를 모두 회사로 돌리는 것이다. 나는 통화를 차단하지 않고 사이먼이 아닌 내가 전화를 받자 혼란스러워하는 사람들을 응대하는 데 집중하느라 오전의 절반을 보내지만 두 시간이 지나며 감이 잡힌다. 폴리는 매번 캐링턴 스위프트 고든 휴스라고 말할 필요는 없다고, 대신 CSGH라고만 해도 된다고 알려준다. 운좋게도 사이먼은 아내와의 해프닝을 재미있다고 생각했고("그의 기분에 따라 달라요, 캣." 폴리가 말했다) 덕분에 우리 사이가 약간 가까워졌다("하하, 오늘 아침 아내를

화나게 한 사람이 나만이 아니라서 기쁘네요."). 폴리는 그가 기분
좋은 이유가 아이비에서 여유로운 점심식사를 기대하고 있기 때문
이라고 알려준다. 고객 미팅처럼 지루한 약속이 아닌, 위성 채널을
운영하는 제일 친한 친구와 오래전에 잡아둔 식사 자리다.

금요일은 확실히 이 일을 시작하기에 가장 좋은 날이다. 하루만
견디면 주말이고 어쨌든 기분이 좋거나 심한 숙취에 시달려서 모
두가(확실히 사이먼의 아내는 예외지만) 주초보다는 약간 더 관대
하다. 적어도 타이밍 면에서 월요일에 도망친 것은 좋은 결정이었
다. 물론 그때는 몰랐지만. 우선 운명처럼 애인절을 만났고 일주일
동안 나 자신을 추스를 수 있었다. 비록 밤에는 여전히 어둠 속에
서 아들 때문에, 그를 실망시키고 그를 잃은 것 때문에 내 영혼이
비명을 지르지만 그것만 아니라면 묘하게도 내가 이룬 것에 자부
심을 느낀다. 나는 그것을 해냈고, 여기까지 왔고, 이제 집이, 일이
있고, 잊기 위한 좋은 출발점에 서 있다.

20

맥스 아저씨가 앤절라의 손을 잡고 붐비는 길 건너편으로 이끌었다. 앤절라는 다른 어느 아저씨들보다, 심지어 테드 아저씨보다 맥스 아저씨가 더 좋지만 그래도 집에 가고 싶었다. 이런 나들이는 정말이지 좋아하지 않고 억지로 깔끔하게 차려입기를 강요받는 것도 진짜 싫었다. 그들은 뉴 브룩 스트리트를 따라 좀더 걸으며 한동안 돌아다니다가 또다른 보석 상점으로 들어갔다. 맥스 아저씨가 반지를 몇 종류 보라고 했다. 엄청나게 큰 사파이어가 박힌 것, 큼직한 루비 딱 하나가 미니어처 다이아몬드에 둘러싸인 것, 그리고 좀더 전통적인 스타일의 약혼반지. 앤절라는 발끝으로 서야 겨우 유리 카운터 위 반짝이는 반지들이 보였지만 굳이 그러고 싶지 않았다. 지루했다. 왜 또다시 이런 식으로 끌려다녀야 하는지도 알수 없었다. 맥스 아저씨는 잘만 하면 나중에 밀크셰이크를 사주기로 약속했다. 그래서 시키는 대로 하고 조용히 서서 기다렸다.

상점 문이 열리고 한 여자가 들어왔다. 검은색 카프리 팬츠와 두 툼한 모피코트 차림에 검은 머리를 구름처럼 부풀리고, 짙은 눈썹이 뾰족하고 화장은 진했다. 영화배우처럼 관심을 갈구하는 표정이었다. 맥스 아저씨를 상대하던 남자는 살짝 고개를 들어 여자에게 알은체를 했다. 다른 점원은 이미 다른 고객을 상대하느라 바빴고, 그래서 여자는 향수냄새를 풍기며 조급한 모습으로 서서 반짝거리는 하이힐을 딱딱거렸다. 앤절라는 그녀를 무시하고 맥스 아저씨 앞에 전시된 반지들에 좀더 관심을 갖기 시작했다. 여자는 자기를 기다리게 한다는 사실 때문에 점점 더 화가 치미는 듯 씩씩거리며 작은 가게 안을 반 발짝씩 서성거리기 시작했다. 그러다 세번째로 메인 카운터에 돌아오던 중 비틀거리는 듯 보였다. 그녀는 작은 헉 소리와 함께 우아하게 무릎을 꿇으며 쓰러졌다. 마치 애원하듯 머리가 바닥에 털썩 떨어졌고 모피코트는 짐승의 생가죽처럼 아무렇게나 펼쳐졌다. 직원들은 경악한 표정이었지만 유리 카운터 건너편에 있어서 당장 다가갈 수 없었다. 가장 먼저 반응한 것은 맥스 아저씨였다. 그가 그녀를 도우러 달려갔다. 상점 직원들은 얼어붙은 채 서 있었다. 오랫동안 일어난 적 없는 흥미진진한 일인 것이다. 맥스는 여자 뒤에서 몸을 숙여 겨드랑이 아래 손을 집어넣었다. 바닥에서 그녀를 일으켜 의자에 앉히고 피가 다시 돌도록 머리를 숙여 무릎 사이에 두게 했다. 그는 좀전에 그녀가 단지 정신을 잃었을 뿐이라고 확신했다. 그때쯤 다른 직원이 안쪽에서 나타나 여자에게 물 한 잔을 주고 상태가 좋아질 때까지 상점 안내책자로 부채질을 해주었다. 앤절라는 카운터 앞 제자리를 지키며 시키는 대로 했다. 모든 것이 몇 초 만에 끝났고, 맥스 아저씨는 카운터로 돌아와 다시 반지들을 보았지만 결국 아무것도 사지 않았다. 나중에는 아주 기분이 좋아져 앤절라를 극장으로 데려가 〈나 홀로 집에〉를 보여주었고, 팝콘까지 사주었다.

21

에인절이 옷을 사러 가자고 제안하지만 나는 옷이 필요해도 당장은 많이 살 형편이 못 된다. 일자리는 겨우 이 주짜리고 다음 일은 어디서 올지 모른다. 에인절은 웃으며 자기가 싼 옷을 잘 찾는다고, 게다가 토요일 밤은 일을 쉬니까 오후 늦게 나가서 쇼핑을 마치고 술도 한잔 하자고 말한다. 나도 모르게 승낙한다. 어쨌든 다시 월요일이 되어 일터로 돌아가기 전까지 버텨야 할 시간, 생각하지 않으려고 애써야 할 시간이 꼬박 이틀이나 있고 다른 계획도 없다―그러나 즐거운 시간을 보내기 위해 외출한다는 생각은 싫다. 특히 그동안 일어난 모든 일을 고려하면. 이런 죄책감이 언젠가는 희미해질지 궁금하다.

에인절은 어젯밤 일을 했으니 두시 정도까지 잘 거라고 말한다. 오늘 아침은 날씨가 좋으니까 아무래도 산책을 나가야겠다―그러면 얼마간 시간을 죽이는 데 도움이 될 테고, 신선한 공기에 머리도 맑아질 것이다. 지금은 촐튼 집의 정원이 그립다. 실내에만 있기에 너무 날씨가 좋을 때면 화분의 잡초를 뽑거나 시든 장미꽃을 잘라내며 한가롭게 보내던 시간, 무엇보다 풀밭에 담요를 깔고 어린 아들과 기차놀이를 하던 시간이 그립다.

생각을 멈춰.

브래드 말로는 사용하지 않는 철길이 있는데 지금은 도시를 관통하는 시골길로 바뀌었고 핀즈베리 파크에서 쭉 이어진다고 한다. 어디까지 가는지는 잊어버렸다. 아주 괜찮아요, 브래드가 말한다. 거기서 계속 가면 햄프스테드 히스가 나온다는데 그 이야기는 전에도 들은 적이 있다. 에리카는 내가 그 길을 알게 되어 화가 난 듯하고 브래드가 그런 걸 알려주는 것도 마음에 안 드는 모양이다. 돈이 들지 않는대도 뭔가 공유하는 걸 좋아하지 않는 듯하다. 그녀는 또 내 동생을 떠올리게 한다.

어제 그런 스트레스에 시달렸으니 확실히 몸을 좀 움직여야 한다—사람들의 전화를 끊게 만들고, 이름을 잘못 알아듣고, CSGH를 천 번쯤 발음하고, 한 주가 끝나가며 통화량도 줄어드는 사이 시계를 바라보는 것은 엄청난 스트레스다. 특히 미소짓는 것이 힘들었다. 그런 불안한 출발에도 사이먼 고든은 다행히 나를 좋아하는 눈치고, 나도 그가 좋다. 그는 그 주위의 온갖 거지같은 것에도 불구하고 멋진 사람이다. 비록 이제 막 만났을 뿐이지만 그에게는 뭔가 있다. 그는 나를 제대로 꿰뚫어본 것 같다. 마치 내가 해치운 일을 아는 것 같고, 자기도 이 인생에서 도망칠 배짱이(관점에 따라 비겁함이라고 할 수도 있겠지만) 있기를 바라는 것처럼 보인다. 다른 파트너 두 명은—캐링턴은 아직 만나지 못했다(이름이 타이거다!)—카리스마가 부족하다. 사이먼이 회사를 움직이는 동력인 듯하지만 내가 보기에 그는 그 모든 것을 피곤해하는 것 같다. 어제 고대하던 점심 약속을 위해 출발하면서 그는 나중에 글로스터셔 어딘가까지 갈 차편을 알아봐달라고 부탁했다. 나는 말했다. "주말에 여행 가시는 거예요, 사이먼?" 그가 말했다. "아뇨, 난 거기 살아요. 주중에는 그냥 시내에 있고요." 그때 그가 아주 슬프고 열의가 없어 보여서 나는 그의 아내도 그에게 몹쓸 짓을 했는지 궁금해졌다.

"오." 나는 예의를 차리려고 애쓰며 말했다. "런던에 공짜로 잘 곳이 있고 시골에는 멋진 집이 있다니 아주 근사한걸요." 그러자 사이먼은 재미있다는 듯 나를 바라보았다. 나중에 폴리가 말해준 바로는 그가 프림로즈 힐에 큰 집이 있다고, 엄청난 부자라고 한다. 멍청한 애프터셰이브나 감자칩 광고 같은 것을 만들어서 어떻게 그런 큰돈을 벌 수 있는지, 그렇게 돈이 많은데 어쩌면 그토록 재미없이 살 수 있는지 궁금하다. 그에게서는 어쩐지 슬픔이 느껴진다.

나는 브래드가 알려준 산책로인 파클랜드 워크를 보고 놀란다. 시작되는 곳을 찾기는 좀 어렵지만 일단 들어서면 쭉 따라가면 그만이고, 그러면 내가 가고자 하는 곳에 닿을 것이다. 내게는 완벽하게 느껴진다. 인생도 그럴 수 있다면 좋겠다. 이 산책로는 북부 런던을 통과하는 가느다란 녹색 띠 같은 길이다. 지금은 여름이라 나뭇잎이 우거져 집들의 뒤쪽은 거의 보이지 않고 도시라는 느낌도 없다. 이따금 그라피티로 뒤덮인 터널을 통과하거나 자연으로 회귀하는 듯 풀이 웃자란 놀이터를 지난다. 놀이터는 원래 의도와 달리 이제 어린이들에게 너무 위험해 보인다. 철로 밑 아치 옆을 지나는 중 위쪽의 뭔가가 눈길을 끈다. 무슨 요정처럼 생긴 석상이 위쪽 벽에서 튀어나와 이쪽을 보고 있는데, 나를 붙잡으려는 듯한 모습에 소름이 쫙 끼친다. 예술작품이랍시고 만든 것 같지만 마음에 들지 않아 서둘러 그곳을 지나간다.

이상하다. 일주일도 되지 않는 시간 동안 멀리 떠나와 인생을 완전히 다시 시작하는 일이 이렇게 희한할 정도로 간단하다니. 게다가 이렇게 많은 일을 저질러놓았는데 결국에는 전부 괜찮아지리라는 걸 믿기 어렵다. 벤이나 찰리를 생각하지 않는다면, 둘이서만 보내는 첫 주말인 지금 그들이 뭘 하고 있을지, 어떻게 지내고 있을지 생각하지 않는다면 괜찮을 것이다. 나는 내가 한 일이 미친 짓이고 용서받을 수 없다는 걸 인정하지 않으려고 애쓴다―벤이 더이상 나를 사랑하지 않는대도 내가 사라졌다는 사실은 변함없고 그는 내가 어디서 어떻게 지내는지, 심지어 살았는지 죽었는지도 모른다. 물론 찰리는 아직 제대로 이해하지 못할 것이다. 나중에야 고통이 찾아오겠지.

대신 나는 발을 계속 움직이는 일, 이번주에 일어난 모든 일에 집중하며―예전을 다시 생각하지 않으려는 노력이다―부드러운 흙과 잎에 둘러싸인 나무들과 꾸준하고 확실한 발걸음의 리듬에 빠져든다. 그러다 어느새 거의 한 시간이나 걷고 있는 걸 알아차린다. 내가 땅에 다시 연결되도록, 다시 땅에 발을 딛도록 도와준 이 시골길의 터널 끝에 거의 다다랐다. 태양은 구름 뒤로 숨어버린 게 틀림없다. 활기찬 노란색과 밝고 새로운 녹색을 띠던 주위가 무뚝뚝한 갈색과 흐리멍덩한 회색으로 바뀐다. 온도가 떨어진다. 왼쪽으로 돌아 걸음을 내디딜 때마다 썩어가는 죽은 가지들이 발밑에서 조용히 부러진다. 나는 차소리가 나는 쪽을 향해 나무들 사이로 좁은 길을 걸어간다.

나는 호수를 등지고 서서 잔디밭 건너편의 거대하고 하얀 리전시 하우스를 바라본다. 런던이 이토록 아름다운지 몰랐다. 여기까지 8킬로미터쯤 되는 길을 계속 걸으며 아이들과 개들, 참을 수 없이 순진해 보이는 부유한 가족들을 마주쳤지만 대부분 무시하는 데 성공했다. 아마 나도 그들과 비슷했다는 사실을 이제 잊어가고 있는지도, 어쩌면 이미 새로운 자아로 편안히 들어가 캣이 되고 있는지도 모른다―나는 몇 달 만에 처음으로 제대로 살아 있는 기분을 느끼며 여기 서 있다. 심장이 예전 자리에서 다시 따끔거린다. 날은 덥지만 기분좋은 정도고 공기는 티끌 하나 없이 깨끗하다. 세상은 어쨌든 살 만한 곳일지도 모른다는 느낌이 든다. 여기 런던에서는 생존할 수 있을 뿐 아니라 언젠가는 다시 행복해질 수 있을지도 모른다고 감히 생각하기 시작한다. 확실히 전과는 다른 식의 행복일 것이다―육 일 전 내 관심사는 생존 자체였지만 오늘은 앞으로 아름답고 평온한 시간도 있지 않을까 기대가 된다(끔찍한 핀즈베리 파크 팰리스와 젠체하는 CSGH는 잠시 잊었다). 세상을 처음 보는 사람처럼 경이에 가득차 주위를 응시하는 동안 어느새 나는 바보처럼 웃고 있고, 잔디밭을 빙글빙글 도는 우스꽝스러운 짓을 하고 싶어진다. 내가 살아남았고, 그래서 지금 여기 있고, 결국 옳은 일을 했으며 우리 셋 다 언젠가 분명 괜찮아질 거라는 안도감과 기쁨을 표현하고 싶다. 그래서 막 허공으로 팔을 올리는 그때 누군가 나를 빤히 보고 있는 걸 알아차린다. 한 남자가 나를 보고 있다. 멍하니 헤벌쭉 웃는 미친 여자가 아닌 확실히 아는 사람을 보는 시선이다. 그가 나를 향해 움직이며 인사하려는 듯 미소짓는다. 나는 겁에 질린다. 들켰나봐. 그래서 몸을 돌려 달린다. 호수 옆 울타리를 따라서 다리를 지나가고 태양빛에 굶주린 숲속을 통과한다. 눈앞이 깜깜하고 휘청거리지만 숨이 차 더이상 갈 수 없을 때까지 멈추지 않는다.

길을 잃었다. 광활한 벌판에서 지도도 없이 나는 아주 오랫동안 고개를 숙이고 걷는다. 어디로 가는지 알지도 못하고 신경쓰지도 않은 채, 그 남자를 다시 보지 않아도 될 만큼 오래 걷는다. 마침내 도로가 나타나고 버스가 정류장에서 기다리고 있다. 어디로 가는 버스인지는 모르지만 무작정 올라타 뻣뻣하게 앉아서 창밖을 뚫어져라 본다. 불안하고 혼란스럽다. 마침내 버스가 지하철역 앞에 멈추지만 어디쯤인지 모르겠다. 아치웨이라는 곳은 들어본 적도 없다. 핀즈베리 파크까지 지하철로 돌아가는 길은 길고 복잡한데다 아주 오래 걸리지만 적어도 누구에게 길을 물을 필요는 없다. 마음이 심하게 날뛴다. 집에 도착하자 살금살금 위층으로 올라가서 깨끗하고 새하얀 내 방으로 들어간다. 그리고 침대에 엎드려 나 때문에, 남편과 아들 때문에, 우리의 잃어버린 모든 삶 때문에 흐느껴 운다. 지치고 고갈되었고 스스로가 지긋지긋하다. 나는 그냥 도망치면 그만이라고, 그렇게 쉽다고, 그게 우리 모두에게 가장 좋은 일이라고 생각하면서 추잡한 실수를 저질렀다. 마침내 울음이 그치고 그대로 조용히 혼자 누워 있으니 안도감이 찾아온다.

　노크소리가 잠을 깨운다. 몇 시간이 지났다. 복슬복슬한 흰색 실내복을 입은 에인절이 문가에 있다. "오, 미안해요. 내가 깨운 거예요, 자기? 아직도 쇼핑하러 가고 싶어요? 그러면 곧 나가야—" 그녀가 내 얼굴을 본다. 자는 동안 지난 삼 개월의 모든 고통이 끔찍한 가면처럼 내 얼굴에 달라붙은 것처럼. 어떻게 해야 할지 모르겠다. 벌판의 그 남자가 나를 왜 미치게 만들었는지 잘 모르겠지만, 분명 그는 그랬다. 그는 나를 알아보았다. 숨을 곳은 아무데도 없는 걸까? 에인절이 침대 끝에 앉고 나는 일어나 앉아 몸을 들썩거리며 다시 흐느끼기 시작한다. 온 집안으로 짐승의 거친 숨소리 같은 울음이 퍼져나가지만 이번만큼은 남들이 듣든지 말든지, 무슨 생각을 하든지 신경쓰지 않는다. 나는 몸을 웅크리고 고통을 억누르려 힘을 꾹 준다. 에인절은 앉아서 바라볼 뿐이다. 마침내 슬픔이 약간 잦아들자 그녀가 여전히 침묵을 지킨 채 내 손을 잡아 가만히 쥔다. 아주 오랫동안 그대로 앉아 있다가 마침내 내가 눈을 닦고 최대한 밝게 말한다. "십 분이면 준비할 수 있어요. 당신만 여전히 괜찮다면요." 에인절이 말한다. "물론이죠. 당신만 괜찮다면 가요." 그녀가 나를 고치려 들지 않고 그저 결함 많은 상태 그대로 받아들이는 것이 나는 놀랍다.

에인절의 표현을 빌리면 우리는 '웨스트로 올라간다'. 〈이스트
엔더스〉가 연상되는 그 말을 사람들이 실제로 쓰는지 몰랐다. 나
는 정상인처럼 느끼고, 정상인이 되고, 남들의 명백한 정상성을 본
받으려고 열심히 노력중이다. 우리는 옥스퍼드 스트리트를 따라
할인점과 어리벙벙한 관광객을 지나치고(이것이 런던인가?) 체인
스토어와 휴대전화 매장을 지나 셀프리지 백화점에 도착한다. 맨
체스터 지점보다 훨씬 더 크고 붐빈다. 에인절이 길을 잘 아는 듯
하다. 함께 에스컬레이터를 타고 올라간 2층에서 에인절은 나 혼
자라면 꿈도 꾸지 않았을 옷들을 골라준다. 그녀의 판단은 훌륭하
고 나는 무심결에 거울을 보며 생각한다. 그래, 캣 브라운이라면
이런 옷을 입겠지. 그러나 여전히 불안하다—경박하게 옷이나 입
어보면서 불성실한 짓을 한다는 이상한 기분이 들고, 생존에 필요
한 돈을 써버리는 것이 부담스럽다. 매장 직원들은 우리에게 관심
이 없다. 시간이 늦었고, 모두 지루해한다. 그들은 이미 완벽한 손
톱을 들여다보며 퇴근 시간만 기다리고 있다. 우리는 대체로 단둘
이 남겨진다. 에인절은 계속해서 한 무더기의 옷을 작은 탈의실로
가져온다. 이 구식 탈의실도 전신 거울 뒤에 몇 개가 숨어 있는 것
을 에인절이 알고 찾아낸 것이다. 작고 칙칙한 이 방은 이곳과 어
울리지 않는다. 화려하게 장식된 거대한 거울과 두꺼운 브로케이
드 커튼이 있는, 비싼 속옷 차림의 깡마른 여자가 가득한 관능적
인 탈의실이 생기기 전 덜 화려했던 시절로 돌아간 느낌이다. 에인

절은 내가 입어볼 다양한 사이즈의 옷을 더 많이 자꾸 가져오고 곧 탈의실은 옷으로 가득찬다. 처음에는 내키지 않았지만 이제 될 대로 되라는 심정으로 에인절이 뭘 가져오든 얼마나 대담한 스타일이든 다 입어본다. 아까의 흐느낌이 카타르시스가 된 듯하다. 마침내 답답한 걸 내보내는 좋은 효과가 있었을 것이다. 그때 불현듯 마지막 쇼핑이 떠오른다. 떠나기 전 엄마와 함께였다. 그 기억이 머리를 강타한다. 맙소사, 나는 엄마도 버렸구나. 지금까지 엄마와 아빠는 생각조차 안 했다니 믿을 수 없다. 맨체스터에서 계획을 짜는 동안에도 그들이 얼마나 낙담할지는 생각하지 않았다. 지금껏 내가 생각한 사람은 다 벤과 찰리, 그리고 물론 대개는 나 자신이었다. 대체 나는 뭐가 잘못된 걸까?

쇼핑할 마음이 싹 사라졌다. 그래놓고 에인절이 나를 도우려고 아주 열심인데 내가 아무것도 사지 않으면 상처받을 거라는 엉뚱한 걱정을 한다. (사랑하는 사람들의 가슴을 찢어놓은 건? 그걸 더 걱정해야 하지 않나?) 에인절은 내 기분이 가라앉은 것을 느낀다. 그래서 커피를 마시러 가자고, 내가 정말 마음에 드는 걸 고를 시간이 있을 때 나중에 다시 오는 게 어떤지 제안한다. 나를 밀어붙이고 싶지는 않다고. 그래서 우리는 옷을 전부 점원이 정리하도록 그냥 쌓아둔 채 탈의실에서 나와서(내가 정리하려 하자 에인절은 바보같이 굴지 말라고, 그래야 저들도 할일이 생긴다고 말한다) 다시 에스컬레이터를 타고 내려와 핸드백 매장을 통과하고 향수 매장을 지나 옥스퍼드 스트리트로 나선다. 사람이 많지만 나는 약간 차분해진다. 몸을 움직이는 것이 어쨌든 도움이 되는 듯하다. 에인절이 군중 속에서 미끄러지듯 걷는 동안 나는 그녀가 얼마나 연약해 보이는지, 카지노 딜러라기에는 얼마나 작고 생기 넘치는지 다시 한번 깨닫는다. 희망과 무력감과 상실이 가득한 야밤의 지하세계에서 일하기에는 너무나 순진해 보인다. 그녀 때문에 혼란스럽다. 우리는 근처에서 바를 찾는다—몇시나 되었는지는 몰라도 커피를 마시기는 너무 늦고 오늘 셀프리지로 다시 돌아가기도 너무 늦었다. 그러면서 월요일에 뭘 입을지가 중요한 문제라는 듯이 걱정하고 있다. 에인절에게 뭘 마실지는 물어볼 필요가 없다. 보드카 토닉 두 잔을 주문하자 시원하고 기다란 잔에 얼음과 라임을 띄운 술이 나온다. 바는 새로 문을 연 것 같다. 비싸게 장식한 인테리어 디자인 분위기가 마치 나처럼 너무 애쓰는 듯하다. 우리는 동글동글한 꽃무늬 벽지를 바른 뒤쪽 포인트 벽 근처의 반짝거리는 똑같은 의자에 앉아 운영진이 허용했을 정체불명의 음악을 듣는다. 나는 제대로 된 카페가, 마티니 모양의 녹슨 간판이 달렸고 짝이 맞지 않고 제각각인 탁자에 양초를 병에 꽂아놓은 카페가 아쉽다. 보잘것없어도 좋다. 어째서 세상이 이렇게 살균되고 균질화되고 지루해졌지? 런던이나 맨체스터나 프라하나 이런 바는 모두 똑같다. 넌 맨체스터에 있어야 해. 한 목소리가 말한다. 나는 그 소리를 익사시키기 위해 세게 빨대를 빤다. 에인절은 기분이 좋아 보인다. 너무 큼직해서 그녀를 실제보다 훨씬 작고 인형처럼 보이게 하는 멀베리 핸드백(진짜일까?)을 뒤지더니 테이블 아래로 평범한 비닐봉지 하나를 건넨다. 이상한 금속성의 느낌이다. 안을 들여다보니 아까 탐났지만 사기는 조심스러웠던 오렌지색 실크 드레스와 데님 킥 스커트가 들어 있다. 파란색 스팽글 상의와 은색 셔츠 드레스도. 역시 맘에 들지만 너무 비싸고 대담한 스타일이라 그냥 포기했던 것이다. 얼마 후에야 상황이 이해된다. 태그가 여전히 붙어 있다. 나는 고개를 들어 그녀의 얼굴을 본다. 소름이 끼친다.

에인절은 다정하게 웃고 있다. "어머, 자기. 걱정 말아요. 그 사람들은 그럴 여유가 있으니까. 그런 매장에는 이런 상황에 대비한 예산이 있어요."

"그게 중요한 게 아니에요." 나는 옷들을 뭉쳐 은박으로 안을 댄 봉지에 집어넣고 테이블 아래로 내밀면서 속삭인다. 에인절은 상처받은 눈치다.

"그냥 도와주려던 것뿐이에요." 그녀가 말한다. 어린아이처럼 풀죽은 표정이다.

나는 에인절의 기분을 상하게 하고 싶지 않다. 이미 어처구니없을 만큼 그녀를 좋아하게 되었다. 그래서 보드카 토닉을 한 잔 더 사주고 고맙다고, 어찌됐든 감동받았다고 말하지만 속으로는 동요한다. 나는 뭐든 훔쳐본 적이 한 번도 없고 그런 사람도 알지 못한다―아마 캐럴라인은 예외로 해야겠지만. 에인절이 자기 착각을 깨닫고 부끄러워하는 듯해 나는 옷을 가지기로 한다―그걸 가지고 달리 뭘 할 수 있으며, 월요일에 달리 뭘 입을 수 있겠는가? 우리가 세 잔째 보드카를 마시고 있을 때 남자들 한 무리가 들어온다. 바는 삭막하고 여전히 휑하다. 에인절이 그쪽으로 미소짓더니 킥킥거리고, 내가 알아차리기도 전에 그들이 샴페인을 보내주었다. 나는 그들과 말을 섞고 싶지 않다. 우리보다 나이가 훨씬 많고 비싼 셔츠 차림에 머리는 희끗희끗한 그들의 눈에 기대감이 엿보인다. 마치 샴페인이 거래물이고 이제 우리가 뭔가 빚을 진 것처럼. 나가고 싶은 나와 달리 에인절은 즐기고 있다. 알코올과 아드레날린으로 눈이 반짝거린다. 나쁘게 생기지 않은 남자 하나가 에인절을 좋아하는 게 확실하고, 그들이 서로 집적거리는 동안 나는 멍하니 앉아 있다. 아무 할말도 떠올리지 못하자 다른 남자들은 나를 포기하고 바bar로 돌아간다. 아무래도 그녀를 두고 집에 가야 할 것 같다. 에인절은 고개를 뒤로 젖혀 길고 하얀 목을 드러내며 술을 마신다. 남자의 눈에 한순간 욕망이 번득여 내 눈에 반사된다. 에인절은 샴페인을 비운 길쭉한 잔을 짙은 색 나무테이블에 쾅 내려놓지만—이제 우리 둘 다 꽤 취했으니 아마도 실수일 것이다—그 힘에 잔이 흔들릴 뿐 깨지지는 않는다.

"어머나." 그녀가 말한다. "고마워요, 여러분. 만나서 즐거웠어요." 그러더니 의자에서 단숨에 일어나 내게 팔짱을 끼고 일으켜 세운다. 함께 빈 플로어를 가로질러 문 쪽으로 사뿐사뿐 걸어가며 돌아보자 에인절에게 구애하던 남자는 당했다는 듯 잠시 화난 모습이지만 에인절이 유혹적으로 손을 흔들자 순순히, 심지어 진심으로 미소짓는다. 그러고 나서 친구들에게로 돌아가 술을 한 잔 더 주문한다.

에인절은 자기가 아는 소호의 바에 가자고 제안한다. 나는 그녀가 실망할 줄 알지만 피곤하고 비참해서 집에 가고 싶다. 그녀는 몇 주 만에 처음으로 쉬는 토요일 밤이라고 말한다. "나는 두고 그냥 가요. 괜찮으니까." 나는 말한다. 에인절은 고집을 부리지만 나를 확실히 걱정하고 있으니 집으로 돌아갈 것이다. 그런데 그녀의 전화가 두 번 울린다. 누군가 그녀를 간절히, 간절히 원하는 듯하다. 나는 이제 어색해진다. 우리가 아주 빨리 좋은 친구가 되긴 했지만—내가 정착한 것은 물론이고 그 집에 들어가고 이 삶을 시작한 것 자체가 거의 에인절 덕분이다—여기 웨스트엔드에서는 왠지 다르게 느껴진다. 나는 여전히 쇼핑 사건, 그녀가 옷을 훔쳐 핸드백에 숨긴 사건의 충격에서 벗어나지 못했다. 그녀가 엄마의 건달 남자친구와 벌인 뻔뻔한 사기극에 대해 제정신 아닌 이야기를 이미 털어놓은 건 사실이다. 그녀는 엄마에게 모든 눈길이 쏠린 동안 반짝거리는 카운터 위에서 다이아몬드 반지를 훔쳤다고 했다. 그러나 그런 건 과거의, 그녀가 어릴 때의 일이라고만 생각했다. 나는 인생을 보고 직접 살았던 사람과 새로운 영역에서 한판 붙고 있는 느낌이다. 그동안 무슨 일이 있었건 며칠 전까지 나는 그냥 체스터 출신의 지루한 변호사였다. 갑자기 지난주, 지난 몇 달의 사건들 때문에 지친다. 기운이 없고 쉴 필요를 느낀다.

"제발, 자기." 에인절이 말한다. "한 잔만 더 하러 가서 기분이 어떤지 보면 되잖아요. 좋은 시간이 될 거예요, 내가 약속할게요." 그러더니 내 손을 잡고 절대 거절할 수 없는 유쾌한 미소를 짓는다. 우리는 옥스퍼드 스트리트를 쭉 지나(어떻게 그녀는 그런 힐을 신고 잘 걸을까?) 길을 건너 내가 일하는 거리, 내가 일자리를 잡은 거리로 접어든다! 내가 광고회사를 가리키자 에인절이 말한다. "맙소사, 꽤 고급인데요?" 그러고 나서 워도어 스트리트를 따라 계속 걷다가 올드 콤프턴 스트리트를 건너고, 이쯤 되니 발도 아프고 집(어느 집?)에 가고 싶은 마음을 억누를 수 없다. 이제 나는 에인절에게 말 그대로 질질 끌려가 이런 경우가 아니었다면 있는 줄도 몰랐을 좁은 계단을 내려간다. 모든 게 약간 미심쩍지만 입구를 통과하자 높은 천장에 거대한 샹들리에가 매달려 있고 벽면의 벽돌이 노출된 널찍한 바가 나온다. 뒷벽 전체를 덮은 스크린에는 하드코어 포르노가 영사되고 있다. 맙소사, 과장된 이미지들이 무음으로 상영되는 동안 그저 시끄러운 테크노 음악이 울려퍼진다. 이런 걸 테크노라고 하는 게 맞나? 바에는 아름답고 세련된 사람들이 북적거려 내 청바지와 멋없는 셔츠가 부끄럽다. 눈을 어디에 둬야 할지 모르는 채—저렇게 거대한 페니스도, 그걸로 남자가 하는 것도 결코 본 적이 없다—에인절과 바에 서서 미친듯이 바쁘지만 쿨하게 무심한 바텐더가 우리를 봐주길 기다리고 있다. 그러다 남들은 아무도 화면을 보고 있지 않다는 걸 깨닫는다. 마치 그게 거기 없다는 듯이 행동한다. 요란한 성행위—그건 현수막을 들고 고래고래 소리지르는 사람과 같은지 다들 의도적으로 무시한다. 저건 무엇을 위한 것인지—예술일까, 패션일까—생각하다가 문득 내가 왜 그런 걸 신경쓰는지 궁금해진다. 보드카 토닉 두 잔을 주문하기 위해 기다리는 동안 음악 사이로 뽐내듯 노래하는 목소리가 외친다. "에인절, 자기 왔구나." 고개를 돌리자 흠잡을 데 없이 잘생긴 건장한 흑인 남자가 보인다. 조각상처럼 넓은 가슴이 꽉 끼는 노란 바나나색 티셔츠를 입고 그녀를 막 욕조에서 나온 어린아이처럼 감싸안는다. 에인절은 빙긋 웃고 유혹하듯이 고개를 들어 그를 본다. 물론 그가 게이라는 건 내 눈에도 훤히 보인다. 나는 미심쩍은 줄 서기 시스템에서 자리를 잃고 다시 서서 기다린다. 이제 바텐더가 의도적으로 무시하고 있다는 확신이 든다. 마침내 눈썹에 고리 피어싱을 한 아름다운 젊은 여자가 주문을 받아준다. 나는 더블 석 잔을 주문한다―뭘 마실지 물어보자니 에인절의 친구는 너무 멀리 있고 다시 돌아올 자신도 없다. 술값은 믿을 수 없는 액수다. 어떻게 술 석 잔이 그렇게 비쌀 수 있는지 모르겠다. 내가 사람들을 비집고 다가가자 에인절이 말한다. "데인, 우리집에 같이 사는 멋진 새 친구 캣이야. 덤불 아래서 발견했지." 그녀는 깔깔거린다.

"안녕." 나는 수줍게 웃으며 말한다. "당신이 뭘 원하는지 몰라서 보드카를 주문했어요." 데인은 꺅 소리지르며 말한다. "오, 난 모히토를 좋아하지만 걱정 말아요, 달링. 리카르도가 한 잔 사줄 테니까." 고개를 돌리자 또다른 완벽한 몸매에 엄청나게 잘생긴 진한 피부의 작은 남자가 다가오고 있다. 매니큐어를 칠한 손에 얼음이 가득한 초록색 술잔 두 개를 장신구처럼 세련되게 들었다. 에인절이 자기 잔을 들자 나는 더블 보드카 두 잔과 함께 남겨진다. 하나를 내려놓으려고 최대한 빨리 첫잔을 마시자 빠르게 몸으로 스며드는 온기가 느껴진다. 남은 한 잔을 에인절에게 권해보지만 그녀는 고개를 흔들면서 말한다. "자기가 마셔." 나는 십오 분도 되지 않아 두 잔을 다 비운다. 이제 나는 정말로 여기 있지 않은 것처럼 현기증이 나지만 머리를 쾅쾅 울려대는 음악 위로 대화를 따라가려고 최선을 다한다. 그리고 상상을 초월하는 생식기를 무시하려고, 내가 이곳에 얼마나 어울리지 않는지 잊으려고 애쓴다.

 몇시인지 도통 감이 없다. 나는 테이블 위에 서 있고(어디 다른 곳으로 갔나?) 에인절이 나를 위해 훔친 은색 셔츠드레스를 입었다. 발밑으로 끈적하고 축축한 테이블이 느껴져 아무것도 신지 않은 맨발임을 깨닫는다. 에인절이 옆에서 섹시하게 춤추는 동안 나는 술에 취해 흐느적거린다. 긴 다리가 음악에 맞춰 구부러지고 발은 테이블 표면에 굳건히 박혀 있다. 내가 얼마나 우스꽝스러워 보일지 알 만큼은 정신이 있던 나도 다시금 자유와 해방감과 알코올의 희열에 휩쓸린다. 고개를 뒤로 젖히고 안도감에 젖어 함성을 지르고, 더이상 누가 어떻게 생각하든 신경쓰지 않고 대충 음악에 맞춰 계속 춤춘다.

 "한 잔 더 하자!" 내가 소음을 넘어 에인절에게 소리지르고 〈더티 댄싱〉 스타일로 테이블에서 뛰어내리자 몸 아래로 다리가 구겨진다. 누군가(데인일까?) 나를 부축해 바닥에서 일으키고 에인절도 옆에 와서 화장실로 끌고 간다. 이제 다리가 제대로 움직이는 것 같지 않다. 나는 에인절에게 기대 함께 칸 안에 들어가는 데 성공하고, 옷을 입은 채 변기에 앉아 다리 사이에 얼굴을 묻는다. 더러움이나 냄새 때문에 역겹지도 구역질이 나지도 않는다. 그냥 기진맥진한 상태다. 내가 원하는 것은 자러 가는 것뿐이다. 오늘 하루는 공식적으로 끝이다. 에인절이 나를 찰싹찰싹 때리고 흔들면서 말한다. "제발, 자기야, 일어나." 한참 후 마침내 나는 몸을 일으켜 똑바로 앉아서 그녀를 응시한다. 그때 그 끔찍한 이미지가 난데없이 머릿속에 나타나 다시 발작적으로 울부짖는다. 절대로 멈추지 않을 것처럼. 에인절이 내 머리를 쓰다듬으며 말한다. "제발, 자기야, 내가 돌봐줄게. 다 괜찮을 거야." 그러고 나서 그녀는 내 옆으로 움직여 뒤쪽 물탱크에서 뭔가를 하기 시작한다.

"이것 좀 해봐, 자기야. 도움이 될 거야, 정말로." 그녀는 말한다. 나는 비틀비틀 변기 위에 무릎을 꿇고 기다란 직선의 물체를 멍하니 바라본다. 그게 뭔지 알지만 알고 싶지 않다. 대학을 다닐 때 같이 하자는 말을 들은 적이 있지만 전혀 내키지 않았다. 아주 조금도. 은색 셔츠 드레스가 거의 배꼽까지 풀어헤쳐진 것이 희미하게 느껴지고 화장실 바닥을 디딘 맨발은 이제 최악으로 젖었다. 긴 머리는 추레하게 헝클어졌다. 내가 원하는 건 집에, 제대로 된 집에 가는 것뿐이다. 벤과 찰리에게로—아니 뭐라고? 그냥 너무 피곤하다. 나는 머리를 뒤로 모으고 에인절, 내 친구, 내 구세주가 내민 말린 종이를 받는다. 그녀를 믿어도 될까? 정말? 내 눈은 다시 축 처지며 무의식을 향해 가라앉고 에인절이 한층 더 세게 나를 흔든다. 어떻게 해야 할지 모르겠다. 그냥 모든 것을 멈추고 싶다. 여기서 잠들 수만 있다면. 하지만 그럴 수 없을 것이다. 결국 나는 패배를 인정하고 앞으로 몸을 숙인다. 결정은 내려졌다. 그리고 아주 이상한 삶, 슬프게도 아주 볼썽사나운 삶의 다음 단계로 들어선다.

2부

22

문들이 거칠게 열리자 사람들이 물밀듯 빠져나가고 더 비참한 사람들이 액체처럼 밀고 들어와 틈이란 틈을 모조리 채운다. 그들은 나를 밀치고 멋있게 재단된 베이지 울코트를 사정없이 쓸며 지나간다. 오늘 아침은 좀더 일찍 집을 나섰더니 지하철이 평소보다 더 혼잡하다. 나는 나처럼 출근하는 군중 사이에 서서 객차와 함께 도시 서쪽에서 중심으로 움직이고 있다. 딱히 나를 주목하는 사람은 아무도 없다. 나는 그저 명품 구두를 신은 흔한 여자, 영혼이 있던 자리에 구멍이 난 또다른 여자일 뿐이다. 어제는 '쇼핑'을 하러 갔다. 애인절이 스스로에게 한턱내야 한다길래 지금 나는 목에 새 실크 스카프를 우아하게 두르고 있다. 지하철에는 슬프게 입을 다문 낯선 사람이 가득하고 나는 지금 힘들게 서 있지만 그럼에도 따뜻하고 아늑하다—바깥에서 5월 아침의 시리도록 찬바람을 맞은 뒤 이렇게 지하에 들어오면 왠지 위로가 된다.

비록 월요일이고 거칠게 떠밀리며 뭉개지고 있지만 오늘 하루를 기분좋게 지내기로 결심한다. 승진한 후 첫 출근이니 활기차게 지내야 할 의무가 있다. CSGH에서 지낸 구 개월이라는 짧은 시간 동안 나는 빠르게 승진했다. 휴가를 떠난 직원의 빈자리를 메우는 임시직에서 정규직 안내직원으로(전임자는 터키 보드룸에서 현지 군인과 사랑에 빠져 돌아오지 않았다), 오피스 매니저로(다정하고 멍한 폴리는 경쟁사로 옮겼다), 그다음에는 어카운트 이그제큐티브를 거쳐 이제 어카운트 매니저가 되었다! 나조차 승진 속도에 놀랐다. 지난 7월만 해도 나는 어카운트 매니저가 장부를 관리하는 자리라고 생각했지 96시트 사이즈 포스터와 터무니없이 많은 TV 광고 제작을 감독하는 줄은 몰랐다. 아마도 나이가 좀더 많고 변호사였기 때문이겠지만(물론 그 사실을 아는 사람은 없다) 내가 다른 이그제큐티브들보다 좀더 진지해 보이기는 한다―그러나 사이먼의 충견이라는 사실도 확실히 도움이 된다. 회사에서 뭐라고들 하는지 안다. 다들 내가 그와 자는 사이라고 생각할 테고, 한번 그래볼까 생각한 적도 있다. 사실이다. 아마도 다른 상황이었다면 실행에 옮겼겠지만―어쨌든 그가 매력적이라고 생각하고, 그의 무정한 아내에게 충성할 의무는 없으니까―그러지 못한다. 그 많은 일을 저질렀지만 벤이 아닌 누군가와 자는 것은 못하겠다. 이유는 모른다. 낯선 이의 침대에 쓰러지거나 우중충한 클럽 화장실에서 난잡한 성교를 벌여도 이상하지 않을 만큼 몇 번이고 술과 약에 심하게 취했지만, 그 영역만큼은 일정한 기준을 유지해왔다. 나는 아직 변화할 준비가 되지 않았다.

다음 역에 도착하자 더 많은 사람이 밀고 들어오는데 내리는 승객은 없다. 이제 공간이 전혀 없다. 더이상 아늑하지 않고, 우울하고 불쾌하고 억지로 쑤셔넣어진 기분이다. 무작위로 모인 이방인들과 너무 친밀하게 몸을 맞대고 있다. 다행히 환승 없이 셰퍼즈부시에서 쭉 가면 되기 때문에 세 정거장만 더 가면 내릴 수 있다.

에인절과 함께 사는 집은 단연코 핀즈베리 파크 팰리스보다 훨씬 더 낫다. 우리는 매달 꽤 많은 돈을 더 지불하지만 새로 하얗게 칠해 개조한 커다란 빅토리아풍 빌라에 산다. 지금 집에는 거실과 멋진 주방이 있고(위태로운 쓰레기통도 브라질 음식을 만드는 냄새도 없다), 새로 고친 욕실에 곰팡이꽃이나 미끈거리는 샤워 커튼 따위는 없다. 그래서 우리가 그 돈을 내는 것이다. 깨끗하고 거슬리는 게 없고 옛집과 정반대이기 때문에. 게다가 지하철과 가까워 편리하다. 마침내 슬리퍼가 필요 없어졌고, 모든 욕실용품은 더이상 워시백에 담아 가지고 다닐 필요 없이 세면대 위 거울 수납장에 깔끔하게 쌓여 있다. 에인절과 나는 우리 방식으로 행복하다. 그녀는 여전히 카지노에서 일하며 뒤죽박죽인 기이한 삶을 살고 있다. 여전히 수많은 물건을 훔치고 코카인도 끊지 않았다. 그러나 요즘은 나도 그리 뒤지지 않는다. 예전 내 모습과는 엄청난 거리가 있다—괴로웠던 첫 주의 아드레날린이 점점 희미해진 후 아마도 약에 취하는 것만이 내가 현실에 대처할 수 있는 방법이었을 것이다. 어쩌면 내 유전자에도 나쁜 품행이 새겨져 있는지, 최근에는 기이할 정도로 쌍둥이 여동생과 비슷해졌다. 동생이 항상 분명히 알았던 것들—약과 알코올이 어떻게 감각을 무디게 만들고 현실을 잊도록 도와주는지—을 예전의 나는 전혀 이해하지 못했다.

내가 물건을 훔치는 이유는 이해하기가 더욱 힘들다. 단지 에인절과 관계를 유지하기 위해서만은 아니다. 솔직히 그것도 하나의 이유지만 그 이상의 뭔가가 있다—그 순간은 어찌됐든 공허함이 채워지고, 좀도둑질로 작은 죽음을 경험할 수 있고, 상실감을 일시적으로나마 보상하는 데 도움이 된다. 그리고 나중에는 스스로가 역겨워진다 해도—맙소사, 나는 한때 변호사였다—훔친 물건을 돌려줄 만큼의 수치심은 들지 않는다. 새로 익힌 악행이 부분적으로는 직장에서 운이 트이기 시작한 이유가 되었으니 묘한 일이다—복장을 제대로 갖추고 퇴근 후 술을 마시고 고객의 등뒤에서 몰래 화장실로 달려가 약을 하자 새로운 나는 반짝반짝 눈부시게 빛이 나고 위트가 날카로워졌다. 캐럴라인과 흡사해졌지만, 그녀처럼 증오로 가득차지는 않았다. 정말 이상한 일이지만 사람들은 이제 나를 매력적이라고, 심지어 재미있다고까지 생각한다. 조용한 자신감이 있고 평범하게 예쁘고 쉽게 사람들의 마음을 얻었던 이전의 삶과 달리 이제 나는 지나치게 에너지가 넘치고 세련되고 유혹적이다. 약을 너무 많이 하고 옷을 너무 많이 훔친다는 것은 내심 알지만 지금 당장은 괜찮다고 나 자신을 설득해왔다. 그것은 모두 잊는 과정의 일부일 뿐이다. 영원히 그렇게 살지는 않을 것이다.

비록 새집을 사랑하긴 하지만, 예전 집의 하우스메이트들이 살짝 그립다. 나를 미치게 만든 그들이지만—사업가 소질이 있는 샤넬과 플랫팩 전문가 제롬, 입이 거친 베브, 말이 없는 거무스름한 젊은 남자들, 덩치 큰 아기 같은 브래드, 심지어 혐오스러운 에리카까지. 그들은 내게 가족과 비슷해졌고, 솔직히 겉모습만 극복하면 그들도 진짜 나와 마찬가지로 미친 인간은 아니라는 것을 알 수 있다. 지금은 나와 에인절뿐이지만 우리는 늘 손님이 끊이지 않고 그래서 크게 외로워질 일이 없다—에인절의 이런저런 딜러들, 그녀가 카지노에서 만난 친한 친구 라파엘, 아도니스처럼 잘생긴 데인과 리카르도, 때로는 에인절의 엄마까지도 찾아온다.

루스는 대단해 보이는 여자다. 마흔일곱 살밖에 안 되는데다 십년쯤 젊어 보이고 여전히 클럽에서 공연을 하며 언제나 적어도 한 명은 남자친구가 있다. 베이스워터 맨션 구역의, 아마도 공영주택에 사는데 최근 남자친구와 싸우면 종종 우리집에 나타나 소파에서 잔다. 에인절은 나를 대할 때와 비슷하게 엄마를 동생, 심지어 딸처럼 다룬다. 판단하거나 바꾸려고 하지 않고 그냥 항상 내게 보여주는 다정함으로 엄마를 받아들인다. 나는 에인절을 사랑한다. 남편을 향한 사랑의 절반이 이 결함 많은 유전자와 나쁜 습관을 가진 깡마른 미녀에 대한 플라토닉한 사랑으로 변한 것만 같다. 나머지 절반은 반짝거리는 사무실에 앉아 짜증과 에고를 관리하며 콘플레이크나 자동차 따위의 비싼 광고를 만드는 성공한 슬픈 남자 사이먼에게 갔다. 나는 내 인생에 그들 두 사람이 있다는 걸 행운으로 여긴다. 무덥고 악취나는 7월의 어느 아침 집을 떠났던 황폐하고 상처받은 나는 그들 덕분에 지금까지 성공적으로 살아 있다.

아무리 가까운 사이가 되었을지라도 에인절이나 사이먼에게 비밀을 털어놓을 마음은 전혀 들지 않는 것이 놀랍다—내가 한때 행복한 결혼생활을 했고, 눈이 사랑스럽게 반짝거리고 머리카락은 금실 같은 어여쁜 두 살짜리 아들이 있었고, 또다른 아기가 뱃속에 있었다는 비밀을. 최근까지 나는 내 삶을 아주 드라마틱하게 바꾸고 모든 것을 과거에 단단히 묶어두는 데 성공했다. 그런 과거가 진실이라는 것조차 때때로 잊어버렸다.

나는 사이먼이나 에인절에게 내가 쌍둥이라는 사실—둘 중 정상적이고 단순하다고 여겨지는 쪽이라는 사실—을 털어놓고 싶었던 적도 전혀 없고, 이것 또한 나를 해방시켰다. 사람들은 쌍둥이를 특이하게 본다. 뭔가 다르다고, 개별적인 존재가 아니라 전체의 반쪽이라고, 둘 사이에는 남들이 느끼지도 이해하지도 못하는 끈끈함이 있다고. 만약 진실을 안다면 어떨까. 나는 캐럴라인을 내 삶에서 없애버린 것, 마침내 그녀를 포기한 것이 기쁘다. 그동안 일어난 일을 생각하면 그게 당연하다. 나는 이제 그녀를 미워한다.

지하철이 덜컹거리며 동쪽으로 움직이는 동안 생각은 정처 없이 그저 내키는 대로 흘러가고, 멈추려고 노력하지만 열심히는 아니다. 어느덧 나는 불쌍한 부모님을 떠올리고 있다. 그들은 지난 삼십여 년 동안 캐럴라인의 짜증과 악의적인 행동, 거식증과 정신이상과 알코올중독 같은 최근의 증상(그녀는 확실히 부모님을 계속 바쁘게 만들었다), 파괴적인 행동에 대처해야 했다. 시간이 지나서 생각하면 그 모든 것이 토크쇼의 한 에피소드처럼 보인다. 현실이 아니거나 아무튼 내 삶의 일부가 아닌 것만 같다. 그 모든 과정에, 그러니까 캐럴라인이 그토록 망가지기까지 엄마가 어떤 역할을 했는지는 한 번도 완전히 이해한 적이 없지만 주로 엄마와 관계가 있다는 것은 확실하다. 나는 언제나, 심지어 아주 어릴 때도 둘 사이가 어딘가 원만하지 않다는 걸 알았다. 심지어 엄마가 나를 더 좋아한다는 것도 알았다—아주 멀리 온 지금에야 그 점을 제대로 인정할 수 있다. 캐럴라인이 식이장애 클리닉에 입원하며 마침내 둘의 문제가 정리되고 해결되는 듯 보였을 때도 나는 캐럴라인에게는 너무 늦었다고 생각했다. 이미 무언가 망가졌다.

왠지 몰라도 전에는 이 문제를 어떻게든 분석하려고 한 적이 거의 없었다—동생과 잘 지내려고 항상 노력했지만 그녀는 내 인생에서 주로 조심하고 관리해야 할 대상이었다. 어릴 때조차 그랬다. 돌이켜보면 내가 그녀를 약간 겁냈던 것 같다. 우리 결혼을 망치다시피 했을 때도 용서했고—어쨌든 내게는 여전히 벤이 있었고 결혼한 상태였으니까—당시에는 그녀가 고의는 아니었다고 확신했다. '캐럴라인이 캐럴라인다운 것'은 당연한 일이었다. 그러나 캐럴라인이 저지른 짓을 생각하면 이제 그녀로부터 자유로워져서 기쁘다. 집을 떠나 절대 후회하지 않는 한 가지가 있다면 바로 그것이다.

부모를 버린 것은 느낌이 다르다. 멀리서 안전하게 새로운 삶을 살아가는 입장에서 생각하면 두 사람이 안쓰럽다. 불쌍하고 가련한 아버지. 그는 우리 결혼식 때 자신이 캐럴라인의 친구와 잤다는 사실을 아무도 모르는 줄 알았지만, 다음날 대니엘의 표정과 캐럴라인의 흐릿하고 혼란스러운 기억—맙소사, 그녀는 같은 방에 있었던 게 틀림없다—은 달리 말이 필요 없음을 의미했다. 나는 그 사건이 엄마가 마침내 떠날 용기를 얻은 최후의 공개적인 모욕이었다고 생각한다. 그 일 이후 모든 것이, 엄마가 수년 동안 무시해온 아버지의 추잡한 행적이 모두 드러났다. 아버지를 아주 좋아했던 나는 오싹하고 믿을 수 없었다. 엄마는 처음에 우리집에 지내러 왔고 벤은 우리가 신혼이지만 괜찮다고 생각했다. 캐럴라인이 더 자주 주변에 얼쩡거리며 벤에게 집적거리지 않았다면, 아빠가 매일 전화를 걸어 싫다는 엄마와 이야기하게 해달라고 애원하지만 않았다면 그렇게 같이 살아도 괜찮았을 것이다. 이제 와서 생각하면 벤은 완전히 성자였다. 당시 나를 정말로 사랑했던 게 틀림없다.

기차가 앞으로 돌진하는 동안 내 생각은 이제 훨씬 더 빠르게 미친듯이 뒤로 움직인다. 남겨두고 온 거의 모든 사람이 난데없이 떠오르며 지금 이 순간 잘 지내고 있을지 궁금해진다. 물론 제일 먼저 벤과 찰리, 엄마와 아빠, 사랑하는 시댁 식구들, 직장의 데이브와 마리아(그들은 아직도 함께일까?), 결혼식 신부 들러리들, 산모 교실에서 아주 가까워진 친구들, 옆집에 사는 이웃 로드와 아직도 살아 있기를 바라는 아주 늙은 스패니얼, 길 위쪽에 사는 친구 서맨사, 도저히 못 마실 커피를 만들어주던 매점 여자. 정확히 일년 전에는 여전히 떠나기 전이었다, 막 떠나려던 참이었다는 생각을 계속 곱씹는다. 다시 절망감이 엄습한다.

지하철이 시끄럽게 옥스퍼드 서커스로 들어갈 때 이런 생각들을 떨쳐내기 위해 실제로 고개를 흔들자 브리지를 넣어 비싸게 다듬은 단발머리가 눈앞에서 흔들린다. 나는 머리를 매만지고 마음을 추슬러 과거를 원래 자리로 돌려놓는다. 지하철에서 내려서는 혼잡한 플랫폼을 따라 전투적으로 길을 내면서 군중과 뒤섞인다. 에스컬레이터를 타고(구두굽을 보호하려고 발끝으로 선 채 마음속으로는 활기찬 인사를 연습하면서) 지상으로 올라가 씁쓸한 봄날로 걸어나간다.

23

캐럴라인은 하얀 플라스틱 막대 위 가느다란 파란 선을 바라보고 가볍게 한숨을 내쉬었다—무엇 때문일까? 두려움? 아니면 기대감? 그녀는 아직 겨우 스물두 살이지만 막 세인트 마틴 패션학교를 졸업했고 브릭 레인에 집이 있고 잘생긴 남자친구가 있고 패션계의 전도유망한 직장에 다니고 있었다. 전에도 임신한 적이 두 번 있고 두 번 다 때가 좋지 않은데, 이번에는? 확신할 수 없었다. 십대 시절 그렇게 굶었는데 아이가 잘 생겨 놀라는 한편 앞으로는 좀더 조심해야겠다고 마음먹었다. 계속 낙태를 할 수는 없었다. 이따 도미닉과 외출하기로 했으니 아마도 그때 아기를 낳는 것을 그는 어떻게 생각하는지 알아볼 수 있을 것이다. 그녀는 임신 테스트기에 뚜껑을 끼워 욕실 수납장 안쪽에 넣어두고 샤워한 뒤 가장 좋아하는 옷을 입었다. 그녀는 오늘 최고의 모습으로 보이고 싶어하는 자신을 발견했다. 전에 가진 아기들과 달리 지금 이 아기에게는 친근감이 들었다―아마도 이번에는 자기가 아기 아빠를 사랑하는 걸 알기 때문일 것이다. 어쨌든 그는 어떻게 해볼 수 없는 아무 섹스 파트너가 아니라 그녀의 남자친구였다. 캐럴라인은 주황색 팝아트 티셔츠 아래 배를 내려다보고 그 안에서 아름다운 작은 아기가 자라면서 배가 부풀어오르고 둥글어지는 걸 상상했다. 아기는 그녀가 조건 없이 사랑하고, 또 그녀를 조건 없이 사랑해줄 존재였다. 그런 생각이 마음에 들었다.

옷을 다 입고 나서 침대 위 은색 이불을 평소처럼 흐트러진 채로 두지 않고 반듯하게 폈다. 푸크시아 핑크로 칠한 벽에는 예술대학의 친구들에게서 사들인 작품이 걸려 있었다. 다리를 벌린 나체의 여자를 표현한 추상화라든가, 사도마조히즘적인 칼라와 벨트를 찬 근육질 남자들의 흑백사진, 피가 흩뿌려진 일몰 그림도 있었다. 그녀는 그렇게 아주 충격적인 이미지들이 좋았다. 언젠가는 꽤 값어치가 나갈지 누가 알겠는가? 방은 충분히 멋지지만 침대가 너무 커서 아기침대를 놓을 공간이 거의 없었다. 아무래도 아기가 태어나기 전에 이사를 가야 할 것 같았다. 어쩌면 도미닉과 함께 집을 구할 수도 있을 것이다. 좀더 아이에게 좋은 곳, 이즐링턴 같은 곳이나 일링도 괜찮을 것이다. 캐럴라인은 신발―걷기가 거의 불가능한 금색 플랫폼 운동화―을 신고 주방으로 갔다. 개조한 건물의 지붕 쪽이라 벽이 그녀 쪽으로 기울어지고 벽장 각도도 희한했지만 밝고 환했다. 캐럴라인은 버진 메리 블루 색깔의 하늘을 내다보면서 축복받은 기분과 행복감을 느꼈다. 커피를 조금 마시고 담뱃

불을 붙이러 갔다가 불현듯 지금 상태를 떠올리고―그녀는 임신중이었다― 대신 어제 신문을 집어들었다. 나쁜 뉴스조차 오늘은 좋아 보였다. 그녀는 엄마에게 전화를 걸자고 생각했다.

아니, 그보다 먼저 도미닉에게 알리는 게 좋을 듯했고 정말 이제 그에게 전화를 걸 것이다. 그의 번호를 누르고 여러 번 신호음이 울렸지만 음성사서함으로 넘어가지 않았다. 시계를 보니 아직 아홉시 삼십분밖에 되지 않아 나중에 다시 걸기로 했다. 열두시까지는 일하러 가지 않아도 되는 날이라 주간 프로그램을 보려고 텔레비전 앞에 자리를 잡았다. 채널을 계속 돌리다 좋아하는 프로그램을 찾아냈다―상스러운 사람들이 서로 소리를 지르고 고함을 치면서 누이와 사이가 틀어졌다고, 엄마의 연인과 잠을 잤다고, 남자친구는 아이아버지가 아니라고 이야기했다. 겉으로 캐럴라인은 '씨발, 개수작하지 마'라고 말할 법한 거친 성격으로 보일지 몰라도 어찌된 일인지 그런 프로그램을 보면 항상 울었다. 인간 감정을 증류해 정수만을 남긴 그런 품위 없는 아귀다툼이 다른 것은 불가능한 방식으로 그녀를 움직이는 것 같았다. 셰필드 출신의 글렌이라는 사람이 자신이 두 살배기 딸의 아버지가 맞는지 알아내려고 할 때 전화가 울렸다. 캐럴라인은 받을까 말까 망설이다가 누가 걸었는지 확인했다.

"안녕 돔." 그녀가 말했다. 상대를 밀어내는 기색도 공격받지 않을까 경계하게 만드는 빈정대는 기색도 없는 목소리였다.

"안녕 예쁜이. 당신 전화를 내가 못 받았지?"

"응……" 그녀는 그냥 말하려고, 불쑥 뱉어버리려고 했다. 그때 마음이 바뀌었다. "어, 그냥 오늘 몇시에 올지 궁금해서."

"일곱시 삼십분쯤? 그때 괜찮아? 시내에서 뭐 좀 먹고 대니엘
생일 술자리에 가면 될 것 같은데."

"멋지네." 캐럴라인이 말했다. "그럼 이따 봐." 전화를 끊고 그
녀는 어쨌든 얼굴을 보고 말하면 얼마나 더 좋을까 생각했다. 다시
TV로 돌아갔지만 너무 늦었다. 불쌍한 족제비처럼 생긴 글렌의 운
명은 놓쳤지만―그는 자랑스러운 아버지일까, 아니면 아내에게
배신당한 모욕적인 남자일까―보라색 립글로스를 바른 입으로 진
한 블랙커피를 가져가면서 그런 건 아무 상관 없다고 생각했다.

24

나는 뒷골목을 가로질러 리버티 백화점을 지나고 그레이트 말
버러 스트리트를 따라가며(옥스퍼드 스트리트의 관광객을 피하는
법은 오래전에 터득했다) 하필이면 오늘 예전 삶을 생각하는 이유
를, 그동안 노력하고 노력하고 또 노력했지만 지금이 5월이고 그
날이 이번주 금요일이라는 것을 잊을 수 없는 이유를 무시하려고
계속 애쓴다. 그래서 승진 시기가 어떤 면에서 내게 좋았다—세
군데의 어카운트를 관리해야 하고, 밑에 두 사람을 두게 되고, 무
서운 타이거 캐링턴과 직접 일해야 한다. 거의 일 년 전에 일어난
일을 곱씹을 시간은 없다.

"고양이와 호랑이라." 사이먼은 승진이 발표된 날 점심을 먹으
며 웃었다. 나는 짜증스러워 그에게 조용히 하라는 시늉을 했다.
"하나도 안 웃겨요." 나는 말했다. "분명히 그녀는 날 싫어해요."

"캣 브라운. 아무도 당신을 싫어할 수는 없어." 사이먼은 말했다. 나는 그게 진실이 아닌 걸 알았다. 내가 몸을 팔아 승진 사다리를 올라갔다고 생각하는 사무실 사람들은 뭔가? 내 남편은?

나는 머리 위 까마득한 곳에 이름 네 개가 새겨진 높이 솟은 유리문 앞에 도착한다. 칙칙한 검은 원피스에 빌린 스카프를 매고 왔던 첫 금요일과 달리 더이상 주눅들지도 어울리지 않는 곳에 있다고 생각지도 않는다. 이제 나는 다른 여자들처럼 뽐내며 걸을 수 있다. 화장은 완벽하고 표정도 고급스럽고 세련돼 보인다. 놀라운 방식으로 유혹도 받아봤다. 그렇다, 나는 요즘 가짜 인생을 사는데 완전히 물이 올랐다.

나는 이곳의 주인처럼 로비로 걸어간다. 이상한 모양의 가구를 지나고 최근 뽑힌 아름다운 안내직원을 지나 유리 엘리베이터를 타고 3층으로 올라간다. 내가 제일 먼저 출근했다. 책상 앞에 앉아 노트북 전원을 켜고 이미 아는 일정을 확인한다. 오늘 오후 데오도런트 클라이언트와 회의, 수요일 아침 자동차 어카운트를 위한 크리에이티브 프레젠테이션, 시상식은 금요일이다.

금요일.

가고 싶지 않지만 가야 한다는 걸 안다. 타이거가 기대할 테고 변명거리도 떠오르지 않는다. 어쨌든 그녀에게는 변명도 할 수 없지만. 우리는 데오도런트 클라이언트 프랭크의 시상식에 가야 한다. 스페인의 말라가 뒤쪽 언덕에서 촬영한 우리 TV 광고가 상을 받게 되었다. 촬영 당시 나는 내 신분이 합법적인 상태라, 결혼 전 성으로 돌아가기로 선택해 다행이라고 생각했다―그건 여권을 사용할 수 있다는 뜻이었다. 그래도 세관을 통과할 때는 폐인이나 다름없었다. 혹시 들킬까봐 두려운 것도 있지만 그 무렵 아들을 처음 해외여행에 데려갔던 기억 때문이었다—물론 비행기 안에서 마신 더블 보드카가 그런 생각을 조금이나마 뭉개는 데 도움이 되었다.

스페인 출장은 좋은 시간이 되었다. 태양은 눈부시게 빛났고 모두가 잘 지냈다. 물론 상그리아 덕분이었다. 마지막날에는 주인공(땀범벅이 된)이 그가 탈 조랑말에 차여 덤불에 처박혔는데, 무사하다는 게 분명해지자 우리는 배가 아프도록 웃었다. 그 모든 게 카메라에 잡혀서 더 우스웠다.

나는 타이거가 으스대며 들어오는 걸 보지 않고도 느낀다. 그녀는 은색으로 군데군데 머리를 물들였고 태닝은 확실히 인공이지만 고급스럽게 잘 꾸민 인상이다. 실제로 완전 멋지다. 보톡스를 맞은 게 틀림없다. 그녀는 최신 유행을 따르기보다 클래식한 명품을 입고 또 그게 어울린다—실은 나도 그 나이에는 그런 모습이면 좋겠다. 나는 요즘 때때로 미래에 대해 꽤 자유롭게 생각하는 자신을 발견한다. 어쨌든 그때도 여기 있을 거라고 가정한다. 그리고 내가 얼마나 삶을 바꾸었는지, 그 첫 주에 대해, 지난 몇 달에 대해 감탄한다—비록 그날들이 어땠고 어떻게 변했는지는 너무 많이 생각하고 싶지 않지만.

"안녕." 타이거가 으르렁거린다.

"안녕하세요, 타이거." 나는 내 기분보다 더 활기차게 대답한다. 그리고 뭔가 말할 거리를 생각해내려 애쓴다. 그녀는 여전히 나를 긴장시킨다. "주말은 어땠어요?"

"좋았어." 툭 내뱉는 그녀의 대답에 나는 사실 그렇지 않았다는 걸 알아차리고 괜히 물었다며 후회한다. 타이거는 물론 내게 말하지 않았지만 두번째 이혼을 진행중이고, 나는 그녀가 가족과 살던 반스의 집에서 나와 해러즈 백화점 뒤 호화로운 아파트로 옮기는 과정이라는 걸 안다. 그녀가 안쓰럽지만 내가 알면 안 되는 일이라 아무 말도 할 수 없다. 사이먼이 말해줘서 알 뿐, 그것은 회사 내에 공공연히 알려진 일이 아니다. 그러나 나는 입을 다무는 데 능숙하고 그래서 사이먼은 내게 거의 모든 것을 말해준다. 나는 요즘 그의 아내 대신인 것 같다. 그의 희망과 두려움과 사무실 가십을 나눌 수 있는 사람. 위로하고 조언해줄 수 있는 사람. 반면 그의 실제 아내는 그들의 집 중 하나를 보수하는 최근의 프로젝트라든가 일주일에 두 번 받는 테니스 레슨, 일 년 된 포르셰를 대체할 새 차에만 관심이 있는 듯하다. 나는 직접 만난 적이 없고 전화로만 이야기했지만 사이먼이 내게 모든 걸 말해주었고, 그녀가 말하는 방식만으로도 나는 그게 사실일 거라 생각한다. 둘 사이의 여덟 살 난 아들은 기숙사에 있으니 그녀가 걱정할 필요도 없다. 나는 어린 아들을 구식 제도 속에 던져놓고 혼자 견디며 살아가도록 내버려둘 수 있는 21세기 어머니에게 감탄한다―그 순간 씁쓸한 아이러니가 느껴지면서 찌르는 듯한 눈물이 흐른다. 나는 다시 월요일 아침으로 돌아온다.

"……그래서 저쪽에서 오늘 1차 콘셉트를 봤으면 하던데." 타이거가 말을 마친다. 나는 한마디도 듣지 못했고, 그녀가 어느 클라이언트를 이야기하고 있는지조차 모르겠다.

"허? 네, 물론 그렇겠죠, 타이거." 나는 말한다. 그리고 내가 감을 못 잡는 걸 우리 둘 다 분명히 안다. 타이거가 으르렁거린다.

"맙소사, 캣, 처음부터 다시 말해야 해? 내가 사이먼에게 이 일이 당신에게는 무리라고 경고했는데. 실무 경험도 없고."

"죄송해요, 타이거." 나는 말한다. "그런 게 아니에요." 농담조로 말하려고 애쓰지만 그녀의 시선에 쪼그라들어서 목소리가 높아진다. "아직 커피를 못 마셔서 그런지 약간 월요병 상태인가봐요. 커피 드실래요?"

"좋지." 그녀가 잠깐 쉰 후 말한다. 이번에는 잘 넘겼다고 나는 생각한다.

25

에밀리는 충격에 싸여 돌아왔다. 그날 아침 이상 세포진 검사를 위해 병원을 찾은 터였다. 벤이 같이 가주겠다고 했지만 아니라고, 괜찮다고 했다. 오늘은 별다른 소견이 없을 테니 그가 결근할 이유는 없었다. 착각이었다. 그녀가 강렬한 조명이 밝혀진 대기실에서 회녹색 비닐 의자에 초조하게 앉아 오래된 『리더스 다이제스트』를 넘기고 있을 때 안내직원이 건너와 양식을 작성하라고 했다. 진료 전 정보가 필요했다. 에밀리는 검은 플라스틱 클립보드를 받아들고 벌받는 기분으로 번들거리는 끈에 연결된 볼펜을 쥐었다. 그리고 빠르게 칸을 채워나갔다. 이름, 주소, 생년월일, 현재 복용하는 약물(없음), 다른 질병(없음), 최근 오 년간 수술 여부(없음), 마지막 생리일(?). 그 문항을 봐도 머리가 반응하지 않았다. 마지막 생리를 언제 했지? 기억나지 않았다. 여름휴가 전인가 후인가? 확실히 그들이 크레타에 있는 동안은 아니었다. 그냥 아무 생각이 나지 않았다. 결국 그녀는 물음표를 찍고 양식을 안내 데스크에 건넸다. 그녀는 이제 걱정에 휩싸여 자리에 앉아 있었다. 머릿속으로 지난 몇 주를 복기하려 애썼지만 최근 일이 너무 바빠서 생리를 했는지 전혀 기억나지 않았다. 다이어리를 뒤졌다. 연휴 앞으로 거슬러 오 주 전쯤을 살펴보았고, 그렇다, 확실히 그후로 생리가 없었다. 그러니 오 주는 넘은 것이 틀림없었다. 그보다 훨씬 더 오래되었다. 그녀는 다시 잡지를 들고 지저분한 페이지를 획획 넘겼다. 집중이 되지 않았다. 가방을 열고 휴대전화를 꺼내 벤에게 전화해서 물어볼까 고민했지만, 주위에서 통화 내용을 듣는 게 싫었고 언제 이름이 불릴지 모르니 대기실을 나갈 수도 없었다. 문자메시지를 보낼까 했지만 벤은 그녀가 미쳤다고 생각할 것이다. 그녀보다 더 아는 게 없을 테니까.

"콜먼 부인." 의사가 불렀다. 에밀리는 벌떡 일어나 그녀를 따라 검사실로 들어갔다. 차가운 금속 고리에 발을 거는 의자를 보지 않으려고, 곧 저기 앉을 거라는 생각은 하지 않으려고 애썼다.

의사는 자리에 앉아 에밀리의 양식을 빠르게 사무적으로 살피다 마침내 마지막 문항에 이르렀다. 그녀는 고개를 들고 재미있다는 표정을 지었다. 에밀리는 말했다. "알아요, 죄송해요. 웃기지만 잘 모르겠어요." 그리고 잠시 멈췄다.

"최근에 크레타에 간 적이 있어요." 그녀는 말을 이었다. 마치 그게 설명이 된다는 듯이. 어쩌면 그럴 수도 있을 것이다.

의사는 미소지었다.

"임신 테스트를 받아보시겠어요?"

"아니, 지금요? 제가 임신했는지 아닌지 알려주실 수 있다는 거예요?" 그녀는 그 말을 하자마자 자신이 바보처럼 느껴졌다. 누구나 임신 테스트를 어떻게 하는지 알았다. 에밀리가 실제로 한 번도 해본 적이 없다는 점만 빼고. 그녀는 항상 철저히, 심지어 강박적으로 피임을 했다. 어쨌든 캐럴라인처럼 되고 싶지는 않았다.

"물론 할 수 있죠. 지금 하실래요?" 에밀리는 고개를 끄덕였다. "좋아요. 먼저 그걸 하고 나서 검사를 할게요."

간호사가 에밀리를 작은 방으로 데려갔다. 거기서 그녀는 검은 바지와 눈부시게 하얀 속옷을 벗고 건네받은 가운을 입은 뒤 그 옆 화장실로 갔다―그러고 나서 새로운 생명의 증거일 수도, 아닐 수도 있는 병을 들고 검사실로 돌아왔다.

"올라가세요, 콜먼 부인." 에밀리는 의자로 올라가서 내키지 않지만 다리를 벌려 발을 고리에 걸었다.

"유쾌하지 않은 건 알지만 잘 볼 수 있게 좀더 벌려주시겠어요?" 의사가 말했다. "조금 낫네요. 이제 약간 차가울 수 있어요."

에밀리는 얼굴을 찡그렸다. 이것은 그녀가 세상에서 제일 싫어하는 일이었다. 크게 아프지는 않아도 무력한 느낌이 들기 때문이었다. 그녀는 눈을 감고 깊이 숨을 쉬었다. 무릎을 모으고 싶은 마음을 애써 지우려 하면서.

이 분 후 간호사가 부산스레 방으로 들어왔다. 의사는 잠시 멈추고 고개를 들었다. "음, 맞아요?" 마치 에밀리가 병원 주차장에 차를 댔는지 묻는 듯 무심한 투였다.

"아, 네." 간호사가 대답했다. 에밀리는 헉 소리를 내며 두 손으로 얼굴을 감싸고 울기 시작했다. "오, 오." 목이 졸린 듯 기어들어가는 목소리였다. 의사와 간호사가 양옆으로 다가와 말했다. "기쁜 소식이에요, 울지 말아요, 콜먼 부인." 그리고 다리를 여전히 고리에 걸고 있는 그녀를 안아주었다. 에밀리는 불안과 공포를 느끼며 동시에 두 가지 생각을 했다—그들이 얼마나 행복하게 살고 있는지, 그리고 동생에게는 대체 뭐라고 말해야 할지.

26

나는 나와 타이거가 마실 아주 맛있는 커피를 만든다. 우유를 전자레인지에 데우기까지 하지만 커피를 건네도 그녀는 딱히 고개를 들지 않는다. 그녀는 지금 이메일을 읽고 있다. 나는 그녀의 화를 돋울 위험을 무릅쓰기보다 당분간 그냥 내버려두기로 하고 내 책상으로 돌아온다. 이때 나머지 팀원들이 들어온다. 그들은 주말 소식을 나누고 있다. 누가 누구와 잤고, 어느 클럽에 갔고, 최근에 배신당한 유명인이 파트너를 떠날 건지 아닌지. 거기 끼기는 약간 어색하다. 그런 대화가 유치하다고 생각해서가 아니다. 요즘에는 나도 이런 잡담을 꽤 즐긴다. 그보다 금요일까지는 그들의 동료였는데 오늘은 상사고 다들 그 점을 어떻게 느낄지 잘 알 수 없기 때문이다.

"신발 예쁘네요." 내털리가 말한다. "당연히 비싸겠죠?"

"고마워요, 조금." 나는 대답하며 지난주 승진 기념으로 300파운드를 주고 이 신발을 샀다는 것을, 그 돈이면 구 개월 전 방 하나를 통째로 살 수 있었다는 것을 생각한다. 약간 수치심이 든다.

월요일 아침 농담이 계속되는 동안 나는 책상 앞에서 마음을 가라앉히려고 노력한다. 초조하고 불안하고 뭘 해야 하는지 제대로 모르겠다. 나는 아까 타이거가 요청한 것을 확인하기 위해 그녀에게 이메일을 보내기로 한다. 일을 잘못 처리하고 싶지는 않은데 그녀와 이야기하기는 여전히 겁난다.

"안녕하세요, 타이거." 나는 이메일을 쓴다. "확인차 여쭙는데, 오늘 마감인 1차 콘셉트가 프랭크 쪽에 보여주는 거 맞나요?"

나는 삭제를 누른다. 데오도런트 클라이언트 프랭크가 아닐 수도 있다. 다시 써본다.

"안녕하세요, 타이거. 미안해요. 헛소리인 줄 알지만, 오늘 1차 콘셉트를 누가 기다리는지 확인해주실 수 있을까요?" 승진 후 첫날인데 너무 심하게 솔직하고 너무 사과하는 어투다.

"안녕하세요, 타이거. 오늘 누가 1차 콘셉트를 기다리고 있는지 확인해주시겠어요? 고마워요, 캣." 요점만 있고 단어 사용이 경제적이고 사과하는 투도 아니고 그녀를 화나게 할 가능성도 바라건대 제일 적은 것 같다. 보내기 버튼을 누른다.

나는 고객 회의에 필요한 것을 챙기고 느긋한 크리에이티브 직원들에게 열변을 토하고 기획자들과 논쟁하고 촬영 브리프를 수정하고 어젠다를 종합하고 내털리가 점심 주문을 했는지 확인하면서 오전 시간을 보낸다. 열두시 무렵에도 여전히 초조하고 예민하다.

그러지 말자고, 특히 이번주에는 더더욱 그러지 않기로 다짐했지만 어느새 화장실에 들어가 있다. 세련된 반투명 유리문과 반짝거리는 새하얀 표면. 고급 물비누도 비치되어 있다. 나는 절반만 하기로 결정한다. 오늘 오후를 보내기 위해서는 이 정도면 된다. 그러나 화장실 안에 있는 나 자신이 싫다. 반질반질한 내 책상으로 돌아와도 초조함은 여전하다. 받은 편지함에 타이거가 보낸 이메일이 있다. 딱 한마디뿐이다. "당신 해고야." 그러나 나는 강렬하고 날아갈 듯한 기분을 느낀다. 분명 이것은 농담이다.

27

앤드루는 휑한 회색 책상 앞에 앉아 앞에 놓인 월간 영업보고서를 보고 있지만 숫자가 전혀 머리에 들어오지 않았다. 비록 자기가 사무실에서 밉살맞은 놈으로 악명 높은 것은 잘 알았지만—그의 불륜은 항상 노골적이었다—최근까지 능력에 관한 한 좋은 평가를 받았다. 그러나 요즘 그는 하루를 제대로 보내지 못했고, 자신을 추스르지 못하면 조만간 상사가 곧 뭔가 조치를 취할 것임을 알았다.

몇 년 전부터 앤드루의 인생이 꼬이기 시작했다. 아내가 마침내 갑자기 그를 떠난 후로 쭉. 그는 그녀가 자신의 추잡한 행위를 받아주는 데 너무 무뎌진 나머지 에밀리의 결혼식에서 저지른 짓을 그녀가 경멸하는 것조차 알아차리지 못했다. 그래서 데번에서 돌아오는 차 안에서 프랜시스가 떠나겠다고 건조하게 말했을 때 민지 않았다. 그리고 그녀가 결혼식 다음날 밤 가방을 싸서 그길로 떠났을 때도 결국 돌아올 거라고 확신했다. 어쨌든 어디로 가겠는 가? 그리고 그녀가 돌아오지 않자, 그는 자신이 어떻게 대처할지 모른다는 걸 깨달았다. 세탁기를 어떻게 돌리고, 식사 준비를 어떻 게 하고, 식기세척기 세제가 어디 있는지 아무것도 몰랐다. 프랜시 스가 어디로 갔는지조차 몰라서 떠오르는 모든 사람에게 전화를 돌렸다—그녀의 모든 친구, 자매인 바버라, 캐럴라인, 누구와도 같이 있지 않았다. 결국 그녀의 행방을 알아낸 그는 아직 신혼인 벤과 에밀리의 집에 찾아가 통사정하며 문을 쾅쾅 두드렸지만, 프 랜시스가 그를 안으로 들이기를 거부했다. 앤드루는 아내라는 사 람이 밀어붙이고 밀어붙이고 또 밀어붙일 수는 있어도 일단 한계 에 도달하면 그걸로 끝이라는 사실을 뒤늦게 깨달았다. 물론 그녀 에게는 여분의 열쇠가 있었지만 그렇다 해도 그렇게 단정적인 모 습은 그녀답지 않았다. 그는 그녀가 포기한 게 틀림없음을 깨달 았다.

앤드루는 혼자 있는 시간이 길어질수록 점점 더 우울해졌고, 특 히 프랜시스가 잘 지내면서 자기 자신에게서 해방되는 것처럼 보 일수록 더더욱 그랬다. 캐럴라인에 따르면 세련된 스타일로 머리 를 짧게 자르고 케냐로 자선 산악 등반을 떠났다고 한다. 그는 심 지어 빅토리아의 행방까지 찾아보았지만—어쨌든 내내 그토록 사 랑한 상대는 그녀 아닌가?—한때 홀딱 반했던 정부는 점점 절박 해지는 그의 온라인 접근을 무시했고, 급기야 스토킹을 멈추지 않 으면 경찰에 신고하겠다는 이메일을 보내왔다.

앤드루는 섹스조차 흥미를 잃었다. 묘하게도 그것이 금지되고 은밀할 때는 위험을 무릅쓸 가치가, 심지어 대가를 치를 가치가 있었다. 그러나 원하면 언제든지 할 수 있는 지금은 하고 싶은 마음이 생기지 않았고, 그 오랜 세월 동안 자기가 아내에게 무슨 짓을 저지른 건지 이제야 깨닫기 시작했다. 그는 출근을 하고 작은 임대주택으로 돌아가 사온 음식을 먹고 스카이 플러스에서 틀어주는 수많은 영화를 보는 것 말고는 거의 아무 일도 하지 않았다. 팔의 통증이 반복되어 결국 의사를 찾아갔고 상담받는 동안 무너졌다. 모든 것이 드러났다—실패한 결혼, 우울한 새집, 외로움, 일터의 스트레스. 의사는 크게 우려하며 항우울제와 심리치료를 처방해주었다. 비록 석 달을 기다려야 했지만 앤드루는 마지못해 치료를 받으러 갔다. 가무잡잡한 치료사는 매력적이었고, 약간 생기를 되찾은 그는 어쨌든 심리치료 효과가 있을 수도 있다고 마음을 다잡았다.

일 년 남짓 후 마침내 앤드루의 삶은 정상궤도로 돌아왔다. 그는 더 건강하게 먹고 배드민턴을 치고 멋진 미소나 아름다운 가슴에 대한 심미안을 되찾았다. 몇 년이 째깍째깍 흘러갔다. 그의 두 딸은 마침내 안정을 찾는 듯 보였고 심지어 그는 할아버지가 되었다. 흐뭇한 일이었다. 그러나 그 일로 벤의 전화를 받았을 때 그는 이제껏 한 번도 도달하지 못한 마음속 깊은 곳으로 들어갔다. 심지어 쌍둥이의 탄생을 놓쳤을 때도, 텔퍼드 주택가에서 남편과 아버지로서 자신의 쓸모없음을 깨달았던 이른 아침에도 없던 일이었다. 눈에 눈물이 고여 스프레드시트가 헤엄쳤고—이제 거의 매일같이 그랬다—그는 쓸모없고 판독 불가능한 숫자들 위로 몸을 숙였다.

사무실 전등 아래 얼마 남지 않은 머리카락 사이로 두피가 야단스
럽게 반짝거렸다.

28

나는 고객들을 배웅하고 안내 데스크에 앉아 〈캠페인〉을 뒤적거리면서 어쨌든 회의가 잘 끝난 것을 안도하고 있다. 나의 주요 클라이언트 프랭크 데오도런트(그들의 태그라인은 '매력적으로, 프랭크처럼'이다)의 제시카와 루크는 이미 내 승진 소식이 담긴 이메일을 받고 지당한 일이다, 멋진 소식이다, 등등의 축하를 하며 기뻐해주었다. 아주 기분좋은 일이었다. 새로운 크리에이티브 콘셉트는 반응이 좋았다(타이거가 절대 확인해주지 않았지만 다행히 콘셉트는 프랭크사에 보여주는 게 맞았다). 촬영 브리프는 완벽했고 기획자들은 고온에서도 땀을 억제하는 프랭크의 신제품 멀티 파티클 포뮬러를 어떻게 포지셔닝할지 획기적인 아이디어를 내놓았다. 어쨌든 나는 코카인 없이도 해낼 수 있었을 테고, 어쩌다 드물게 나 자신을 의식하는 순간에는 심장이 어디로 가버렸는지 궁금해진다. 이제 약발은 다 떨어졌고 스트레스 가득한 하루를 보 낸 뒤라 약간 무기력하다. 그래서 소파 등받이랍시고 달아놓은 이 상한 혹에 잠시 머리를 기대고 안내 데스크의 가구가 얼마나 터무 니없이 불편한지 새삼 생각한다. 곧 일어날 작정이지만 정말 졸린 다. 판유리로 반짝반짝 비쳐드는 오후 햇살에 얼굴이 따뜻해진다. 기분이 좋다. 나는 눈을 감는다.

문소리가 들리지만 나는 알아차리지 못한다. 오늘 하루 중 이 육 십 초 동안의 숨 돌리기가 너무나 따뜻하고 너무나 나른하다. "젠 장, 지금 무슨 생각으로 그러고 있는 거야?" 으르렁거리는 목소리 가 들리고 나는 눈을 뜨기도 전에 타이거라는 걸 안다. 이제 정말 타이거가 눈앞에 있다. 어쩌다 새로운 상사와 이렇게 나쁜 출발을 하게 되었을까? 그녀는 널 억지로 떠맡았으니까, 네가 사이먼과 자는 사이라고 생각하니까. 한 목소리가 침울하게 말한다. 나는 오늘 아 침 이메일을 떠올리고('당신 해고야.') 벌떡 일어나 앉는다. 내 눈 에 공포가 서린다.

힐을 신고 아마존의 전사처럼 꼿꼿하게 선 타이거가 콩팥 모양 소파에 무력하게 널브러진 나를 내려다보고 있다. 환한 미소를 짓 고 있는데, 뭔가 잘못된 것 같다.

"흠, 흠." 그녀가 말한다. "막 제시카와 루크를 마주쳤는데, 회 의가 끝나고 나서 당신 칭찬으로 노래를 부르고 있더군. 어쨌든 알 랑방귀나 뀌는 재주 말고도 뭔가 있긴 있는 모양이지." 그렇게 말 을 끝낸 그녀는 뒤돌아 쿵쿵거리며 엘리베이터로 향한다.

나는 이제 멍해져서 집으로 가는 택시를 잡는다. 프랭크 사람들의 극찬에 매우 만족한 타이거는 슬그머니 책상으로 돌아가는 나를 그대로 앉도록 내버려두지 않고 아래층으로 곧장 끌고 가 길 건너 샴페인 바로 데려갔다. 거기서 우리는 반짝거리는 기다란 유리잔으로 각자 두 잔씩 샴페인을 마셨다. 샴페인은 눈부시게 하얀 코스터 위에 놓여 있고 형광색으로 보이는 고추냉이 콩이 담긴 볼이 나란히 나왔다. 나는 타이거를 도무지 알 수가 없다―어느 순간에는 영락없이 미친년 같은데 다음 순간에는 별로 적절치 않은 농담을 던지고(예를 들면 '당신 해고야'―지난밤 어느 프로그램 재방송을 보고 완전히 꽂혔단다*), 또다른 순간에는 나를 사랑하지만 그건 단지 고객들이 나를 사랑하기 때문이다. 이 마지막 포인트가 타이거라는 사람을 요약해준다―본인에게 쓸모가 있다면, 돈이 된다면 내가 머리가 두 개든 누구와 자든, 설령 살인을 했을지라도 신경쓰지 않을 것이다.

나는 좀더 안전한 영역으로 생각을 돌린다. 사이먼이 들려준 가장 큰 비밀은 타이거의 진짜 이름이 샌드라 볼스라는 사실이다. 이름을 바꾼 게 놀랍지도 않다. 사이먼은 내게 절대 발설하지 않겠다고 약속하라고, 내 엄마의 목숨을 걸고 맹세하라고 했지만, 샴페인에서 따끔거리는 거품이 이는 밤이었고 그래서 그녀가 자동차 클라이언트를 대상으로 중요한 프레젠테이션이 있는 수요일에도 다시 한번 기대에 부응해야 한다고 말했을 때 몽롱해진 나는 몸을 숙

---

* 리얼리티쇼 〈어프렌티스〉에 출연한 당시 기업가 도널드 트럼프가 유행시킨 말.

이고 하마터면 이렇게 대답할 뻔했다. "일도 아니에요, 샌디." 그
러나 대신 정말 집에 가야겠다고, 손님이 올 거라고 말하며 망신당
하기 전에 뛰다시피 문으로 나갔다.

택시에 탄 나는 불쌍한 샌디 볼스 생각으로 낄낄거리고—사이
먼이 샌디 볼스는 뉴 포레스트 국립공원에 있는 캠핑장 이름이라
고 말해주었다—운전기사는 분명히 이렇게 생각할 것이다. 그럼
그렇지, 또 술 취한 난잡한 여자가 탔군. 세상이 어떻게 돌아가는
거야? 왜 여자들이 여자다울 수 없는 거지? 그는 내게 말을 걸려
하지 않는다. 얼마나 다행인지. 나는 창밖의 어정쩡한 시간에 낀
사람들을 바라본다. 퇴근하기엔 너무 늦었고 취해서 집에 들어가
기엔 너무 이른 시간이다. 우리는 자전거 타는 사람을 지나친다.
거대한 엉덩이가 다람쥐 볼처럼 씰룩거리고, 그녀의 얼굴이 궁금
해 돌아보니 노력, 확신, 목적지향이 어우러진 표정이었다. 그 모습
을 보니 여기 앉아 있는 내가 왠지 짐짝처럼 실려만 가는 존재, 그
것도 야비한 부류인 것처럼 부적격자 같은 느낌이 든다. 나는 뒤로
기대 천장을 뚫어져라 바라본다. 갑작스러운 현기증이 사라지기를
바라면서.

나는 여덟시쯤 집에 돌아온다. 아직 이른 시간이다. 에인절은 부
드러운 흰색 실내복을 입고 흠 하나 없이 순결한 모습으로 거실 바
닥에 널브러져 스페인 남창 친구 라파엘과 체스를 두고 있다. 그는
체스 실력이 기가 막힌다. 에인절도 꽤 잘하지만 절대 그를 이길
수 없다. 그녀는 보드카를 마시는 중인데 요즘은 크랜베리와 같이

먹는 걸 좋아해서 마치 물을 탄 피처럼 잔이 연붉은색이다. 나는 차를 마시기로 마음먹고, 라파엘도 한 잔 마시고 싶다고 해서 어엿한 주전자에 차를 끓인다. 심지어 우유도 따로 저그에 낸다. 우리는 요즘 이렇게나 고상하다.

라파엘은 사랑스러운 남자다. 열여덟 살밖에 되지 않았지만 더 어려 보이고 일한 지는 이미 삼 년이 넘었다고 한다. 착취당한다는 느낌은 없다고, 어차피 항문성교에 게걸스러운 욕구가 생긴 이상 이왕이면 돈을 받고 하는 게 낫다고 생각한다. 어떻게 보면 대단히 사업가적인 그 정신이 감탄스럽다. 그의 말로는 대부분의 고객이 괜찮고 어떤 식으로든 그를 괴롭히지 않는다. 90퍼센트는 유부남이라 서로 조심할 필요가 있다. 그 말을 듣고 나는 아버지를 생각했다. 엄마가 떠나고 아버지의 끊임없는 불륜과 창녀를 찾는 취미가 낱낱이 밝혀지자 구역질이 났다. 이제 나는 상대가 다 여자였을까 궁금해진다―여자를 얻는 게 그토록 쉽다는 걸 안다면 왜 돈을 주고 섹스를 하겠는가? 나는 절대 알 수 없을 거라고, 아버지를 절대 다시 보지 못할 거라고 속으로 생각하다 문득 그가 그리워진다. 어쨌든 나도 보드카를 마시는 게 낫겠다.

"체크." 에인절이 의기양양하게 말한다.

라파엘이 사 초 정도 체스판을 바라본다. 그는 에인절의 나이트를 잡기 위해 비숍으로 기습한다.

"체크메이트." 그의 반격에 에인절은 잠시 입을 딱 벌리고 눈을 휘둥그레 뜬다. 그러고 나서 짐짓 비명을 지르며 판을 뒤집는다.

나는 이제부터 정말로 노력할 것이다. 회의 전 약에 취하는 건 내가 원하는 인생의 방향과 맞지 않는다. 이제 정신을 차리고 윤리 관념을 되찾을 때다. 내 취향에 어울리지 않게 쌍둥이 여동생과 너무 비슷해졌다. 결국 보드카를 거부하고 라파엘과 마실 차를 끓여 뿌듯하다. 그는 직업이 그런데도 정말 집에 있기를 좋아한다. 우리는 TV 앞에 자리를 잡고서 어느 커플이 썩어가는 낡은 발전소를 강철과 유리의 하이테크 비전으로 바꾸는 프로그램을 본다. 미래의 드림하우스와 보덴*을 입힌 아이들 옆에서 우쭐해하는 그들의 모습에, 자기 삶이 축복받았고 꼼꼼하게 계획될 수 있다고 확신하는 그 모습에 나는 머리를 얻어맞은 듯하다. 그리고 장차 어떤 비극이 그들을 기다릴지 궁금해하며 그것들이 어서 일어나기를 바란다. 나는 내 이런 면이 싫다. 예전에는 이렇지 않았다. 그러나 오늘 밤은 어쩔 수 없다.

아마도 이제 나흘 후면 5월 6일이기 때문일 것이다.

프로그램이 끝나자 라파엘의 전화가 울리고 그는 메시지를 확인한 뒤 활기차게 일어나 말한다. "단골손님이야―이만 갈게. 아스타 루에고." 그러더니 우리에게 키스를 날리고 나라면 생각하고 싶지도 않을 만남을 위해 사라진다. 마찬가지로 오늘밤 일을 하는 에인절은 목욕을 하러 간다. 뉴스 채널로 돌리자 그리스의 어느 호텔에서 자기 아이들을 죽인 여자가 나온다. 누군가는 그런 일을 할 수 있다니 믿기지 않는다. 그 이야기가 나를 더 우울하게 만들고,

---

* 영국 아동복 브랜드.

이미 오늘 하루 너무나 지쳤다. 출근하면서 옛날 생각에 시달렸고 코카인과 고객 미팅, 타이거와 마신 샴페인 때문에 기운이 없다. 목욕을 해야겠다고 생각한다. 에인절이 나오면 나도 할 것이다. 마음속은 물론 겉에 있는 몸도 지저분하게 느껴진다. 목욕을 마치면 일찍 잠자리에 들어 잠을 청할 것이다. 금요일 일은 생각하지 않으려고 애쓸 것이다.

나는 욕조에 누워 오늘 하루와 지난 구 개월을 곰곰 되돌아본다. 어떤 면에서는 나 자신이 자랑스럽고 다른 면에서는 역겹다. 나는 에인절과 다르다. 에인절은 반평생 자기 엄마의 엄마 노릇을 하며 보냈고 그렇게 이러저러한 일을 한대도 놀랍지 않다. 그녀는 옳은 것과 나쁜 것을 구분하는 법을 배우지 못했다. 나는 배웠다. 이제 자리도 잡았고 심지어 성공했다. 더는 약을 하거나 물건을 훔칠 필요가 없다. 한때 나였던 여자와 나 자신을 딱 잘라 구분지을 필요가 없다—이미 그렇게 했고, 반대편으로 건너왔다. 나는 무릎을 세우고 욕조 끝 비스듬한 부분에 등을 기대 미끄러진다. 피부가 에나멜에 쓸리며 뽀드득거린다. 머리가 물에 닿을 때까지 계속 움직인다. 아래로, 아래로 내려가니 내 위에서 터지는 비눗방울이 느껴지고 이제 두개골은 단단하고 평평한 욕조 바닥에 닿아 있다. 머리가 뜨거워져 터질 것 같을 때까지 견디고도 한동안 더 꼼짝하지 않는다. 마침내 견딜 수 없을 때 욕조 수도꼭지 끝을 발로 밀고 세차게 올라와 거품 밖으로 머리를 쑥 내민다. 내 뒤, 욕조 뒤쪽으로 물결이 용솟음치고 바닥에 물이 쏟아진다. 나는 수건을 애써 더듬어

잡고 얼굴을 묻는다. 마침내 치웠을 때 수건은 목욕물과 눈물로,
갱생과 면죄의 눈물로 뜨겁게 젖어 있다.

29

도미닉은 정확히 일곱시 삼십분에 캐럴라인의 집에 나타났다. 그녀는 항상 그가 정확히 시간을 지키는 데 깊은 인상을 받았다. 그는 꽉 끼는 흰색 브이넥 티셔츠에 새것인 듯한 청바지 차림이었다. 그녀는 그가 목수인데도 모델처럼 근사해 보인다고 생각하며 그가 이성애자라는 사실에 다시금 감탄했다. 그는 학생들의 연말 패션쇼를 위한 세트 작업을 맡았을 때 모든 여자가 그를 흠모했다. 그러나 도미닉은 그녀, 캐럴라인에게 마음을 주었고—두 사람은 그녀의 야심 찬 작품인 거미줄 위에서 하나가 되었다—거의 오 개월이 지난 지금도 홀딱 빠져 있는 듯했다. 어떤 이유인지 독설과 지긋지긋한 깔아뭉개기가 그의 머릿속에서는 완전히 무시되거나 그냥 통과되어 그녀는 그것들을 거의 포기했다. 그가 멍청해서는 아니었다. 그는 자존감이 아주 높아 어떤 것도 너무 불쾌하게 받아들이지 않는 부류 중 하나였다. 캐럴라인은 시간이 갈수록 남자친구를 존경하는 자신을 발견했다. 그것은 처음의 흥분이 지나간 후, 남자들의 자신감을 담배꽁초처럼 짓이기며 괴롭힌 후 그들을 폄하하던 예전과는 다른 반가운 변화였다.

도미닉은 오늘밤 기분이 좋아 보였다. 캐럴라인은 집에서 시간을 보내며 소식을 전해주고 싶었지만 그는 나가고 싶어 안달이었다. "소호에 새로 생긴 이탈리아 식당에 가보고 싶었어." 그가 말했다. "거기가 좋다고 들었거든. 괜찮지?"

"그럼." 캐럴라인이 말했다. 그녀는 도미닉이 앞장서는 것, 그녀가 제안할 때까지 기다리지 않는 것이 좋았고 여느 때와 달리 자기 인생에 강한 남자가 있어 기뻤다. 함께 지하철역을 향해 걷는데 지나가는 검은 택시를 도미닉이 불러서 잡았다. 그 행동이 그녀를 놀라게 했다―둘 다 그런 큰돈은 없어 사치스러운 행동 같았다.

"걱정 마, 캐즈." 도미닉이 말하고 그녀에게 팔을 둘렀고 그녀는 그의 청결함을 들이마시며 생각했다. 그래, 어쩌면 나도 가능할지 몰라―정상적인 사람이 되고 제대로 된 관계를 맺고 남들처럼 사는 거야. 그녀는 아직 젊을지 모르지만 많은 것을 보았고 이미 살 만큼 살았다. 아니, 절대로 너무 빠르지 않다. 그녀가 그에게 몸을 기대고 전해야 하는 소식에 더 강한 확신을 느끼는 동안 택시는 저물어가는 거리를 통과해 웨스트엔드로 덜컹덜컹 나아갔다.

캐럴라인은 파란 타일이 깔린 식당에 도미닉과 마주앉았다. 그의 초조함이 느껴졌지만 이유는 알 수 없었다―물론 그가 아기 소식을 짐작하고 그녀의 흥분을 알아차린 게 아니라면. 캐럴라인은 평소라면 이런 상황에 상당히 다르게 대처했을 것이다. 임신 테스트기를 탁 내려놓고 씻지도 않은 손으로 휴대전화를 집어들며 이런 말을 던졌을 것이다. "나 임신했어. 넌 낙태하길 원하겠지?"

이번에는 자신이 낙태를 원치 않는 것 같다고 생각하고 있었다. 아무래도 정말로 자기를 사랑하는 것 같은 남자, 그 소식에 기뻐할 것 같은 남자와 있는 듯했다. 그녀는 메뉴가 왔을 때 냅킨을 만지작거리고 있었다. 도미닉은 샴페인을 주문했다—어찌된 일인지 몰라도 짐작한 게 틀림없어, 그녀는 생각했다. 그래서 기뻐하는 거야, 맙소사.

웨이터가 잔 두 개를 내려놓는데 그중 하나가 캐럴라인의 눈에 더러워 보였다. 바닥에 뭔가 묻은 것 같았다. 그녀는 웬일로 이번에는 아무 말도 하지 않았다. 소란을 피워서 이 순간을 망치고 싶지 않았다. 거품이 보글보글 올라올 때, 도미닉이 잔을 들고 말했다. "우리를 위해, 캐럴라인." 그러더니 뭔가 떨어뜨린 것처럼 자리에서 일어났다. 캐럴라인이 옆에서 무릎을 꿇는 그를 본 그때 난데없이 폭발과 함께 강한 바람이 일었다. 그러고 나서 둘 다 바닥이었다. 그녀의 배로 통증이 물밀듯 번져나갔다. 오랫동안 이어지던 정적을 깨고 누군가 고통스러운 비명을 길게 내질렀다. 그러자 모두가 겁에 질려 소리를 질렀다. 도미닉만 빼고.

캐럴라인은 식당 테이블 아래 쓰러져 있었고 심하게 다치지는 않은 걸 알았다. 몸 위에 뭔가 떨어진 것 같았다. 도미닉은 이미 일어나고 있었는데 다행히 다치지 않은 듯했지만 멍하고 잔뜩 겁에 질린 모습이었다. 사람들은 공포에 질려 숨을 헐떡거렸지만 피투성이도 아니고 사지가 멀쩡했다. 접시와 유리잔이 대부분 깨지고 가구가 여기저기 나뒹구는 것만 빼면 놀라울 정도로 거의 피해가 없었다. 이제 비명이 가라앉고 사람들은 무엇을 해야 할지 모르는 듯 잠잠해졌다. 밖의 거리는 대혼란이었다. 누군가 어드미럴 덩컨*의 전면이 완전히 날아가버렸다며 소리를 질렀다. 도미닉은 바닥에서 의자 하나를 세워 캐럴라인을 앉히고 말했다. "괜찮아, 캐즈? 밖에서 대학살이 벌어졌나봐. 내가 도울 수 있는지 알아봐야겠어. 자기는 여기서 기다려." 그는 그녀의 정수리에 키스하고 밤거리로, 연기와 비명 속으로, 구부러진 못과 제멋대로 움직이는 몸이 있는 곳으로 달려나갔다. 그리고 돌아오지 않았다. 캐럴라인은 멍하니 떨면서 사십오 분쯤 앉아 있었다. 오늘 자신에게 일어난 일들은 소화가 불가능해 보였다. 가느다란 파란 선, 덜컹거리던 검은 택시, 선명하고 새하얀 샴페인 거품, 악취 나는 탁한 회색 공기. 마침내 폭발 전 도미닉이 뭘 하려고 했는지 깨달았을 때 캐럴라인은 그를 찾으러 나갔다. 피 흘리는 사람들과 혼돈을 무시하고 오직 그를, 약혼자가 될 뻔한 그만을 원했다. 경찰은 모든 사람을 올드 콤프턴 스트리트 밖으로 보내 프리스 스트리트를 따라 소호광장으로 인도하고 있었다. 거기에는 벌써 부상자를 위한 임시 캠프가 마련되어 있었다. 그녀는 여자 경찰을 밀쳐내며 소리질렀다. "약혼자

* 소호의 유서 깊은 펍.

를 찾아야 해요." 그리고 저지선을 뚫고 들어갔다. 그녀는 몸들을 마구 밟고 지나갔다. 살아 있든 죽었든 상관없었다. 단지 그를 찾아야 했다. 그에게 좋다고 말해야 했다. 이 모든 증오와 공포 가운데 새로운 심장이 뛰고 있다고, 오염되지 않은 순수한 심장이 그녀 안 깊숙한 곳에서 뛰고 있다고 말해야 했다.

그녀는 그를 찾을 수 없었다. 전화를 걸면 음성사서함으로 연결될 것이다. 그녀는 그가 식당으로 돌아왔는지 확인하기로 했다. 어쩌면 아수라장 속에서 서로 지나쳤을 수도 있었다. 그러나 이제 식당은 어두웠고 문이 잠겨 있었다. 옆에 있는 술집은 전면이 날아가버렸고 연기와 돌가루가 구정물 같은 허공에 느릿느릿 떠다녔다. 달리 뭘 해야 할지, 어디로 가야 할지 알 수 없어서 비틀비틀 술집을 떠나는 마지막 몇몇 사람을 따라 다시 광장으로 돌아갔다. 그곳에는 사람들이 뉘어 있고 구급대원들이 부상자를 돌보고 있었다. 분위기는 처참했다. 캐럴라인은 두 번이나 광장을 뒤졌지만 여전히 그는 보이지 않았다. 그래서 경찰 저지선을 뚫고 채링 크로스 로드로 건너가 이제 그만 포기하고 집으로 가는 택시를 잡아타려던 참이었다. 달리 할 수 있는 것이 없었다. 바로 그때 고통에 시달리는 사람 위로 몸을 숙인 검은 머리가 보였다. 하얗던 티셔츠는 이제 더럽고 칙칙했다. 옆에서는 구급대원이 다급하게 가슴을 누르고 있었다.

"도미닉." 그녀는 소리질렀다. 그가 고개를 들었을 때 그의 앞에 있는 젊은 남자의 옆구리에 구멍 비슷한 것이 보였다.

"미안, 캐즈. 지금은 안 돼." 그가 말하고 고개를 돌렸다. 그때 캐럴라인 안에서 뭔가 폭발했다.

"제기랄, 몇 시간 동안 찾아다녔어." 그녀는 날카롭게 소리질렀다. "어떻게 그냥 그렇게 나를 두고 갈 수가 있어?"

"조용히 해, 캐즈." 도미닉이 말했다. 목소리에 힘이 없었다.

"아니, 씨발, 난 '조용히' 하지 않을 거야, 이 나쁜 새끼야. 넌 날 버렸어. 넌 그 거지같은 식당에 날 두고 그냥 떠나서 돌아오지 않았어. 난 거기 앉아 완전 얼간이처럼 기다리고 있었어. 네 거지같은 아기를 가졌다는 얘길 하려고 기다렸다고." 그러고 나서 그녀는 비틀비틀 잔디밭을 가로질러 달려 광장의 측면 입구를 통과했다. 충격받은 도미닉의 돌아오라는 호소를 무시하면서.

캐럴라인은 결국 구지 스트리트 옆 바 앞에서 검은 택시를 탔다. 거리의 사람들은 웃음을 터뜨렸고 술에 취해 있었다. 뭔가 폭발음을 들은 건 사실이지만 한 주 동안의 피로를 털어내느라 1.5킬로미터 남짓 떨어진 곳에서 일어났을 일을 신경쓸 여유가, 또는 그들을 지나치는 이 더러운 여자가 왜 흐느끼며 비틀거리는지 궁금해할 여유가 없었다. 택시기사도 그녀의 상태를 거의 알아차리지 못했다. 그런 사람은 금요일 밤 널려 있었고 그 또한 폭발을 의식하지 못했다—너무도 처참한 뉴스에 귀를 기울이지 않았던 것이다. 그녀 혼자 앉은 뒷자리는 너무 넓고 휑뎅그렁했다. 안전하게 지켜줄 도미닉이 없으니 그 공간에 쑥 빠져버릴 것 같았다. 앞날에 대한 희망에 부풀어 택시를 타고 나섰던 그날 밤이 어쩌면 그토록 끔찍하게, 슬픔으로 얼룩진 채 택시를 타고 돌아오며 끝날 수 있는지. 그녀는 도미닉이 돌아오지 않을 것임을 알았다. 이런 일이 일어나서가 아니다. 모든 게 망가졌다—그들을 둘러싼 비극 때문에, 그녀의 역겨운 행동 때문에, 그의 눈에서 본 표정 때문에.

캐럴라인은 이제 자기 소식을 다른 누군가에게 말해야 한다고 생각했다. 그래야 현실감이 들 것 같았다—도저히 갈피가 잡히지 않았고, 어쩌면 파란 선도 그녀의 상상인지 몰랐다. 엄마에게 전화를 걸었지만 계속 통화중이었다. 욕을 하고 아버지에게 걸어보았지만 신호음이 울리다가 자동응답기로 넘어갔다. 생각할 시간을 갖기 전에 다른 번호로 걸었다. 쌍둥이 언니가 받자 캐럴라인은 뭐라고 말해야 할지 알 수 없었다.

"안녕 캐럴라인!" 에밀리가 말했다. "너한테 전화가 오다니, 정말 반갑다…… 여보세요? 여보세요? 캐즈, 듣고 있어?"

"응." 캐럴라인이 흐느꼈다. "나 임신했어."

"오." 에밀리가 말했다. 그녀는 이게 좋은 일인지 나쁜 일인지, 뭐라고 말해야 할지 알 수 없었다. "근데 왜 우는 거야, 캐즈?" 그녀는 부드럽게 말했다.

"폭발 사고와 맞닥뜨렸는데, 도미닉을 잃었어. 그는 청혼하려 했고 그때 아기 소식은 몰랐어. 그리고 내가 그에게 나쁜 새끼라고 했어. 오, 에밀리, 그를 너무 사랑하고 함께 우리 아이를 낳고 싶은데 이제 그를 잃었어. 잃었다고."

에밀리는 동생에게서 이런 전화를 받아본 적이 없었다. 캐럴라인은 한 번도 그녀에게 의지한 적이 없었다. 어처구니없게도 고마운 마음이 들었다. 그녀는 재빨리 생각했다. 내일은 토요일이고 바꿀 수 없는 일정은 아무것도 없었다. 게다가 캐럴라인의 이런 목소리는 참고 들을 수 없었다.

"내가 갈게, 캐즈." 그녀가 말했다. "아침에 첫 기차를 탈게."

"오." 캐럴라인이 말했다. 이런 건 계획에 없었고 사실 애초에 에밀리에게 이야기할 마음도 없었다.

"네가 원한다면." 에밀리가 말했다.

캐럴라인은 잠시 가만히 있었다. 분명 아직 트라우마에 사로잡혀 있었는지, 자기도 모르게 말했다. "그럼 좋아."

"아침에 보자." 에밀리가 말했다. "안녕, 캐즈. 힘내, 사랑해."

"나도 사랑해, 엠." 캐럴라인이 말했다. 두 여자는 뭐가 뭔지 모르는 채로 충격과 눈물 속에 전화를 끊었다.

하지만 에밀리는 가야 할지 말아야 할지 확신이 없었다. 캐럴라인은 정말 내가 오는 걸 원할까? 가겠다고 했을 때 간절히 원하는 눈치는 아니었다. 그녀는 언니가 시도하는 어떤 우애의 행동도 대개 거절했다. 출발 전에 확인차 전화할까 생각했지만 그게 화를 돋울까 걱정이었다. 가고 싶어하지 않는다고 받아들일 수도 있었다. 어쨌든 그 불쌍한 아이는 폭발 사건 한복판에 있었고 분명 끔찍했을 것이다. 에밀리는 그 뉴스를 보고 엄청난 충격을 받았다. 그녀는 캐럴라인이 평소처럼 상황을 부풀린다고 생각했다. 남자친구가 청혼하려 했고 식당이 폭발했고 그가 사라졌고 어쩌고. 그러나 적어도 폭발은 사실이었다. 가엾은 아이!

기차를 타고 가는 길은 영원처럼 느껴졌다. 노샘프턴 부근에서 엔지니어링 작업이 있었고, 마침내 유스턴에 도착했을 때는 지하철로 이어지는 표지판을 따라가며 어디로 가야 할지 알아내려 애썼다. 런던은 잘 몰랐지만 캐럴라인에게 물을 생각은 하지도 않았다. 그냥 브릭 레인이라는 역이 있을 줄 알았는데 이제 보니 그렇지도 않은 것 같았다. 깊은 지하라 동생에게 확인 전화를 걸 수도 없었고, 길을 물을 경비원도 보이지 않았다. 그녀는 플랫폼에 있는 다른 사람들을 보았다―배낭을 멘 젊은이 둘은 야구 셔츠를 입고 멋진 흰 운동화를 신었는데 그녀 못지않게 어리둥절한 모습이었다. 아름다운 주황색 사리를 입고 두꺼운 양말에 샌들을 신은 작고 늙은 동양인 여자는 에밀리가 물으러 다가가자 고개를 돌렸다. 온통 검게 차려입고 진하게 눈화장을 한 음침한 여자는 아마도 밤새 밖에 있었던 듯했다. 에밀리의 유일한 선택은 매력적인 흑인 남자였다. 간신히 용기를 내 묻자 금귀고리와 금목걸이를 한 그는 집으로 데려가 엄마에게 인사시키고 싶은 미소를 지었다. 그녀는 얼굴을 붉히며 고맙다고 인사하고, 지도에서 올드게이트 이스트로 가는 방법을 확인하러 플랫폼을 따라 움직였다.

캐럴라인이 문을 열자 에밀리는 충격을 받았다. 마치 얻어맞은 것처럼 눈이 심하게 부어 있었다. 에밀리를 보고 화가 난 눈치라 에밀리는 아무래도 오지 말았어야 했다고 생각했다. 캐럴라인의 집은 절충적으로 트렌디했다. 온통 원색에 이상한 물건, 예술적 포르노그래피. 안으로 들어가는 복도에는 똑같은 중절모 세 개가 일

렬로 걸려 있고 그 아래 고문당하는 듯 고통스러워하는 원숭이를 클로즈업한 흑백 스틸사진이 있었다. 과학 실험실에서 찍은 것인지 궁금했지만 묻고 싶지는 않았다. 그녀는 그 사진이 불편했다.

캐럴라인은 문가에 그냥 서서 노려보고 있었다. 에밀리가 그 옆을 스쳐지나 작고 불균형해 보이는 주방으로 들어가서 주전자를 불에 올리는 동안에도 무감각하게 보고만 있었다. 에밀리는 차를 끓이고 캐럴라인의 잔에 각설탕 두 개를 넣어 휘저었다. 그녀에게는 그것이 필요해 보였다. 스푼을 내려놓았을 때 에밀리는 쌍둥이 여동생이 바닥에 주저앉아 짐승처럼 울부짖는 모습을 보았다.

"캐즈, 이리 와, 괜찮을 거야." 에밀리는 몸을 숙여 동생을 안으며 말했다. 캐럴라인을 일으켜세우자 차가운 흰색 타일 위 강렬한 붉은 얼룩이 보였다. 마치 또다른 기괴한 예술작품 같았다. 그녀는 캐럴라인의 부은 눈에 서린 표정으로 모든 것을 이해했다.

30

나는 타이거와 더이상 부대끼지 않고 이 복잡다단한 일주일의 나머지 시간을 보낸다. 7인승 신차를 위한 크리에이티브 프레젠테이션이 기막히게 잘 진행되었고—아주 놀랍게도 고객들은 천방지축인 다섯 쌍둥이 아이디어를 맘에 들어했다—우리 팀은 내 새로운 지위에 잘 적응하는 듯하다. 실제로 나를 존중하는 것도 같다. 정작 나는 그렇지 않지만. 그래도 월요일 점심 이후 약을 하지 않은 것은 자랑스럽다. 심지어 이번주에는 에인절이 보드카 대신 차를 마시도록 하는 데 성공해 우리 둘 다 공식적으로 건강을 챙기는 사람이 되었다. 어쩌면 나는 마침내 모퉁이를 돌고 있고, 생존에 도움이 되었던 과잉은 이제 끝낼 것이다.

이제 헤쳐나가야 할 큰 고비가 하나 남았다. 아직까지는 그게 가장 큰 고비인데 어떻게 대처해야 할지, 뭘 해야 할지, 그것을 받아들여야 할지 멀리 치워버려야 할지도 모르겠다. 바로 오늘이므로.

오늘.

사이먼이 어카운트 매니저로 보낸 첫 주를 기념하기 위해 점심을 사기로 약속했다. 나도 좋다고 했으니 그 시간에는 그와 함께일 것이다. 나 혼자서는 감당할 수 없다. 그 일 때문에 타이거가 비난할 줄 알지만 이번만은 신경쓰지 않는다. 아마도 하루 일을 쉬어야 했겠지만 내가 혼자서 뭘 하겠는가? 어떻게 내 안에 있는 걸 참아내겠는가? 사이먼과 있는 게 도움이 될지도 모른다.

시계를 본다. 열한시 칠분. 세 시간 칠 분이 남았다. 숫자는 너무 구체적이고, 나는 그걸 피할 수 없다. 덥고 흥분 상태라 집중이 되지 않는다. 누가 마개를 뽑은 것처럼 의지가 빠져나가는 걸 느낀다. 나는 의자에서 일어나 내털리의 책상을 지나치고 루크의 책상 뒤를 돌아 매력적인 화장실로 향한다. 머릿속에서 남편과 아들이 잠깐 떠올랐다가 사라지지만, 나는 여전히 그들에게 용서해달라고 애원한다……

사이먼은 타워브리지 옆의 고급 식당으로 나를 데려간다. 에인절이 살았다는 곳이 이 근처인 것 같다. 내가 그냥 회사에서 가까운 데로 가자고, 갈 곳은 수백 군데나 있다고 제안했지만 사이먼은 오늘 내 안에서 뭔가 감지한 듯 강 근처로 내려가자고, 날씨가 아주 찬란하다고 한다. 나는 사이먼의 구식 어휘를 좋아한다―그에게는 뭐든 찬란하거나 준수하고, 반대로 개탄스럽거나 통탄할 만하다. 그는 본성이 신사라 아마도 끔찍한 아내를 떠날 배짱이 없을 테고, 떠난다면 오히려 모양새가 좋지 않을 것이다. 나는 그가 요즘 내게 살짝 빠졌다는 걸 알고 나도 그에게 뭔가 느낀다는 걸 인정한다. 그러나 비록 내게 이유를 묻진 않아도 어쩐지 그는 더이상 나아가지 않을 것을 아는 듯하다.

열린 창문 옆에 앉아 있으니 템스강의 바람이 살며시 들어온다. 보타이를 맨 남자가 그랜드피아노를 뚱땅거리고 분위기는 고급스럽고 절제되어 있다. 멋진 곳이다. 사이먼이 옳았다. 잠시 나 자신을 잊고 사이먼과 화이트와인을 마시고 과시적인 해산물 요리를 나눠 먹는다. 시간을 보니 한시 사십오분이다. 앞으로 이십구 분. 무엇까지? 의미 없는 비운의 기념일까지. 정확히 일 년 전 이맘때를 생각하지 않을 수 없다. 나는 여전히 멋진 남편과 사랑스러운 아들이 있었고 다시 임신한 상태였다. 행복했다. 넌더리가 나지만 그랬다. 그리고 그후 나는 모두를 실망시켰다. 여러 가지 다른 방식으로. 나는 그런 생각을 해봐야 아무 도움이 안 된다고 스스로에게 상기시키고 가득 따른 와인을 기꺼이 받는다. 나는 몇 달 동안 아주 잘해왔다. 내가 한때 에밀리 콜먼이었던 걸 거의 잊었다고 생각한다. 그러나 막상 이 날짜는 잊을 수 없다. 잊으려고 하면 할수록 점점 더 불길하게 모습을 드러내고 과거가 현재로 나타난다. 그러나 오늘 적어도 한 가지 좋은 일이 있다—나는 약을 포기했다. 그렇다, 확실히 오늘은 하지 않았다. 아까 회사에서 있었던 일을 생각하면 나 자신이 자랑스럽다. 또다시 망각에 빠지기 위해 약을 할 마음으로 화장실에 갔을 때 오늘이 무슨 날인지 생각하고 내 사랑스러운 어린 아들과 그가 엄마인 나를 어떻게 여길지 생각했다.

그리고 반짝거리는 칸으로 곧장 들어가 한 봉지를 몽땅 변기에 버리고 물을 내렸다.

피아니스트는 천 번은 들었음직한 곡을 연주하기 시작하지만 정확히 무슨 곡인지 떠오르지 않아 성가시다. 나는 벤과 찰리가 지금 뭘 하고 있을까 궁금해하다가 그 생각 또한 쫓아낸다. 목소리가 들리자 그제야 사이먼이 말하고 있다는 걸 깨닫는다.

"아직 이 게 안 먹었어? 꽤 맛있는데?" 나는 무감각하게 그를 보고 고개를 흔든다. 내 눈은 황량하다. 그는 내 안의 약점, 빈틈을 발견하고 내 손을 잡는다.

"사랑하는 캣, 왜 그렇게 슬픈 거야? 나한테 말해도 돼. 나한테는 무슨 말이든 해도 돼—친구로서." 털어놓고 싶은 유혹이 들 정도로 너무나 부드럽고 진심 어린 말이다. 그 어느 때보다도 유혹은 강렬하다. 최근 함께 밤 외출을 나갈 때마다 술과 약에 취해 에인절에게 말하고 싶은 충동에 몸부림쳤던 때보다도 훨씬 더. 나는 너무 오랫동안 비밀을 간직해왔다. 그래서 필사적으로 이후 몇 분간을 견뎌내야 한다. 마침내 그 이야기를 할 수 있다면, 누군가에게 털어놓을 수 있다면 좋을 것이다. 나는 말하기 직전에 망설인다. 입 밖에 내는 일 자체가 어떻게든 상황을 더 나쁘거나 더 좋게 만들 수 있는 것처럼. 높은 다이빙보드 위에 선 몸의 근육이 조였다 풀렸다 하며 웅웅거리는 것 같다. 할 수 있을까? 아니, 못할까? 나는 마음을 진정시키고 허공으로 한 발 내디딘다.

31

캐럴라인은 전화에 대고 조심스럽게 숨을 쉬었다. 뭐라 말할지 생각하자니 너무 당황스럽고 너무 상처가 깊었다. 도미닉이 이 전화를 하는 데 꼬박 이틀이 걸렸고 그사이 그녀는 아이를 잃었다. 둘 다 너무나 크게 상처받아서 이제 서로에게 어떻게 다가가야 할지 몰랐다. 전화가 오기 전 욕실 수납장에서 임신 테스트기를 꺼내보니 파란 선은 사라진 뒤였고, 그녀는 정말로 자신이 상상한 거라고 생각하기 시작했다. 그녀는 그 선을 애도했다. 그녀의 유리잔 안에 있던 다이아몬드 반지를 애도하며 지금 그게 어디 있는지, 어떻게 되었을지 궁금해했다. 그러나 대부분은 자신의 아기, 그 선이 의미하는 장래의 아기를 애도했다. 임신했던 다른 때 태아는 처리해야 할 문제였지만 이번에는 기적이자 도미닉과의 결합, 그들 사랑의 상징이었다. 그러나 둘 다 사랑은 사라졌고 아기도 그렇다는 걸 알았다. 그 무엇도 사랑이나 아기를 돌려주지 못할 것이다. 그리고 그걸 아는 유일한 사람은 에밀리였다. 전에는 그녀에게 아무 것도 말하지 않았다. 비록 캐럴라인은 그것이 이례적인 상황이고 오래가지 않을 줄 알았지만 이 일로 자매가 가까워진 게 이상했다. 그러나 에밀리는 굉장히 훌륭했다. 캐럴라인은 차분하고 섣불리 판단하지 않는 언니를 인정하지 않을 수 없었다. 그녀가 소호광장 의 대학살과 끔찍한 폭발을 묘사했을 때도 그랬다. "그건 호르몬 때문이었어. 충격과 모든 게 합쳐져서 그런 거야, 캐즈. 당연하잖아?" 에밀리가 손을 붙들고 말했을 때 캐럴라인은 그 접촉이 이상하게 위로가 되는 걸 깨달았다. 아무래도 쌍둥이 언니에게 끔찍하게 구는 걸 멈춰야 할 모양이다. 이제 그녀를 친구로 대하는 게 좋을지도 모른다.

도미닉이 곧 다시 걸겠다며 전화를 끊자 캐럴라인은 꼼짝 않고 앉아 있었다. 그는 한번 보러 오겠다는 말도 하지 않았다. 아기에 대해, 아기를 어떻게 잃었는지 얘기했을 때 믿기나 했는지 의심스러웠다. 어쩐지 너무 편리한 핑계 같았으니까. 그러나 그는 약속을 지켜 몇 번 더 전화를 했다. 매번 함께 저녁을 먹으러 나갔고 비록 늘 사과했지만 그는 한 번도 시간을 지키지 않았다. 저녁은 어색하고 괴로웠다. 캐럴라인은 처음으로 함께 집으로 가자고 고집했다. 두 사람은 섹스를 시도했지만 민망하고도 모욕적이었고, 그는 그날 밤 그녀의 집에서 자지 않고 가버렸다. 결국 캐럴라인은 한때 진짜였던 관계의 가식적인 흔적을 참지 못하고 결국 어느 날 밤늦 게 문자메시지로 모든 걸 끝냈다. 도미닉은 반대하지 않았다. 캐럴라인은 그들이 그 폭발 사건을 맞닥뜨리지 않았다면, 그날 밤 저녁을 먹으러 다른 곳에 갔다면 그들의 이야기가 어떻게 펼쳐졌을지 다시금 궁금해졌다. 일 년 남짓 시간이 흐른 후 그녀는 친구를 통해 그가 결혼했고 아내가 임신했다는 소식을 들었다. 그 소식은 잃어버린 아기와 함께 영원히 그녀를 괴롭혔다.

32

 강 옆에 앉아 반짝이는 햇빛을 받으며 나는 사이먼에게 털어놓기로 결심했다. 그래서 말을 하려고 입을 연다—무슨 말을 하겠다는 거야? 나는 사실 캣 브라운이 아니라 에밀리 콜먼이고, 가짜고 사기꾼이고 도망자라고? 그래, 안 될 거 뭐 있어. 마침내 진실을 털어놓는 게 나한테 도움이 될지도 몰라. 첫마디가 나오려고 할 때 무심결에 고개를 숙인다. 전화기에 디지털로 표시된 명백한 사실이 있다.

 14:14.

 5월 6일.

 나는 구역질이 나서 의자를 요란하게 뒤로 밀고 최대한 빨리 식당에서 달려나간다. 강둑에 도착할 때까지 어찌어찌 참았다가 난간 여기저기에 토사물을 뿜어내자 그것이 도로 내게 튄다. 나는 내가 토해놓은 바닥에 주저앉는다. 수치스러워서 백만 번도 더 그랬던 것처럼 내가 죽었으면 하고 바란다.

나는 셰퍼즈 부시의 집 침대에 누워 있다. 아까 입었던 옷은 다 벗었지만 머리에서—입인가?—지독한 냄새가 난다. 에인절은 방구석 의자에 앉아 텔레비전을 보고 있다가 내가 뒤척이자 일어나 다가온다. 아직 이유는 확실히 모르겠지만 부끄럽다. 기억하는 것은 사이먼과 누군가가—누구더라? 웨이터였나? 지나가는 관광객?—나를 부축해 일으켜서 강둑을 따라 질질 끌고 택시를 잡을 만한 곳으로 데려간 사실이다. 나는 의식이 없지 않지만(작년에도 마찬가지였다) 그때와 똑같이 히스테리 상태였고, 이제야 알았지만 사이먼이 의사에게 연락해 내게 뭔가를 주도록 한 것이 틀림없다. 이 탁한 냄새는 분명 약이다. 이제 몇 시간이 지났을 것이다. 당혹스러워할 타이거에게 생각이 미친다. 시상식이 있다. 갑자기 나는 현재로 돌아온다. 반복되는 악몽에서 빠져나온다.

"일어나야 해." 나는 말한다. "오늘 저녁 도체스터에 가야 해."

"바보같이 굴지 마." 에인절이 말한다. "자긴 오늘밤 아무데도 못 가."

꼬박 일 년.

나는 지금 반드시 일어나야 하고 남은 인생을 잘살아내야 할 것 같다. 더이상 잃을 시간이 없다. 나는 절망을 넘어 뭔가로 옮겨간 듯하다—수용일까? 이전 삶, 행복한 삶은 이제 일 년보다 더 먼 곳에 있다. 더이상 생각나지 않는다. 작년 이맘때 나는…… 안도감

240

이 찾아온다. 침대에서 나오려다가 몸을 가누지 못해 다시 베개 위로 쓰러진다. 에인절이 이불을 덮어준다.

"그대로 있어, 자기. 내가 맛있는 차 한 잔 만들어줄게." 에인절은 내 손을 꽉 잡더니 방을 나가 문을 살며시 닫는다―그 모습을 보며 나는 전에 엄마가 그랬던 것처럼 나를 돌봐주는 그녀에게 고마운 마음이 든다. 그리고 그녀 같은 사람이 있어서 얼마나 운이 좋은지 깨닫는다.

나는 사이먼이 내 주소를 어떻게 알았는지 궁금하다. 새 주소를 알릴 기회가 한 번도 없었으니 직장에서는 여전히 핀즈베리 파크 주소를 갖고 있다. 내 휴대전화를 보고 누군가에게 전화를 건 게 틀림없다. 전화기에는 회사 사람들과 고객들, 셰어하우스에 살았던 베브와 제롬 같은 몇몇 애매한 친구들, 그리고 에인절이 있다. 그가 보기에는 의아했을 것이다―친구도 거의 없고 엄마 아빠 번호도 없다니. 에인절 이야기는 충분히 여러 번 했다. 이제 생각하니 그가 아까 집에 왔던 게 틀림없다. 두 사람은 서로 마주쳤을 것이다. 어처구니없게도 질투가 난다.

에인절은 뜨거운 음료를 담으면 남자가 옷을 벗는 핑크색 머그컵을 가지고 돌아온다. 기운나게 해주려고 애쓰는 모습이라 나도 그에 부응해 미소지어 보인다.

"사이먼이 그렇게 매력적인 사람이라고 한 번도 말 안 했잖아." 에인절이 말한다.

"오." 나는 말한다. "그렇게 생각해?" 나는 다시 생각한다. 그에게서 손떼. 나한테 무슨 문제가 있는지 모르겠다.

"자기 걱정 정말 많이 하던데." 그녀가 말을 잇는다. "그 남자, 자기를 꽤 사랑하나봐?"

"아냐." 나는 너무 빨리 대답한다.

"어쨌든 무슨 일이 있었던 거야?" 그녀가 말한다. "자기는 눈알까지 약에 취해서 집에 왔어. 몸에는 맙소사, 이상한 게 잔뜩 묻어 있고. 이번주는 자기도 나도 건강하게 지내기로 한 줄 알았는데." 에인절이 초조하게 웃고 나는 그녀가 나를 매우 걱정하는 걸 알 수 있다. 그래서 이제 괜찮고 최악을 견뎌냈다는 것, 그녀를 신경쓰게 하고 싶지 않다는 것을 보여주자고 더 굳게 마음먹는다. 침대 옆 탁자에서 내 전화가 울린다. 에인절이 나보다 먼저 잡는다.

"사이먼이야." 그녀가 말한다. "내가 받을까?"

"그래." 나는 사실 싫지만 그렇게 말한다. 그리고 에인절처럼 아름다운 친구가 있는 게 얼마나 위험한 일인지 처음으로 깨닫는다.

"안녕, 사이먼…… 아니, 에인절이에요…… 오, 전 괜찮아요, 고마워요(깔깔)…… 캣은 막 일어났어요, 괜찮은 거 같아요…… 네…… 아니요(깔깔), 제가 그건 미친 짓이라고 말해줬어요…… 오, 좋아요, 친절하기도 하셔라. 물어볼게요…… 통화하실래요? ……오, 좋아요, 그럼 나중에 봐요. 안녕."

"무슨 이야기를 그렇게 했어?" 나는 말한다. 에인절에게 화가 났던 때는 쇼핑하러 가서 그녀가 도벽이 있다는 걸 알았던 순간이 유일하고, 그것도 꽤 빨리 극복했다.

"나중에 괜찮아지면 저녁 후에 언제든 한잔하러 오라던데. 누구라더라—루크라고 한 것 같은데—아무튼 그 사람이 못 온대. 그래서 나도 원하면 같이 와도 좋다고." 악의 없이, 아무런 의도 없이 하는 그녀의 말에 내 질투가 부끄러워진다. 나는 세상에서 친구가 둘뿐이고 그들이 서로 알게 되는 걸 원치 않는다. 얼마나 유치한 마음인가? 아마도 의사가 준 약 때문일 것이다. 나는 정말로 제정신이 아닌 것 같다.

"모르겠어." 나는 침울하게 말한다. 침대에서 나오려고 다리를 휙 돌리는데 이번에는 에인절도 말리려고 하지 않는다. 이제 내가 나가도 괜찮다고 생각하나보다.

"샤워해." 그녀가 말한다. "그리고 나중에 기분이 좀 나아지는지 보자." 나는 끙끙거리며 비틀비틀 욕실로 간다.

33

에밀리는 침대에서 잠든 아기를 물끄러미 보며 얼어붙은 듯 서 있다. 막 커튼을 친 작은 방이 늦여름의 햇빛을 받아 환했다. 이제 아이가 깰 시간이었고 그들은 벅스턴에 시댁 식구들을 보러 온 터였다. 그녀가 아이를 안아올리려 침대 난간을 내리고 손을 넣자 모빌의 위니 더 푸 캐릭터들이 덩달아 깨어나는 것처럼 살랑살랑 흔들렸다. 그녀는 아기를 들어올리기 전에 망설이며 다시 살펴보았다. 기적을 보는 것처럼. 그녀에게 아이는 기적이었다―부드럽고 솜털 같은 머리털이 덮인 완벽하게 둥근 머리는 살짝 한쪽으로 기울어졌고, 뺨은 어찌나 통통한지 마치 어깨에 댄 쿠션 같았다. 팔은 항복하는 듯 내던져져 있고 팔꿈치는 직각으로 접혀 작은 주먹이 코와 나란히 놓였다. 아기가 부드럽게 색색거리는 동안(그녀는 아기들도 코를 고는 줄 몰랐다) 단순하고 새하얀 배내옷 아래 배가 위아래로 움직였다. 작고 살진 다리는 넓게 벌어졌고, 무릎에는 주름이 졌고, 발에 비하면 여전히 큰 작고 하얀 양말을 신은 발바닥은 서로 닿을 만큼 가까웠다. 침대는 흰색이고 시트와 담요도 새하얬다. 어찌나 깨끗하고 순수한 모습인지 이 순간에 영원히 머물며 아이를 바라보고 싶었다.

에밀리는 모성이 자신에게 어떤 영향을 미쳤는지 감탄했다. 이제 모든 걸 다르게, 더 단순하게 보게 되었다. 사실 임신을 원치도 않았다. 오랫동안 원한 벤과 달리 그녀는 미뤘다—캐럴라인을 화나게 하고 싶지 않았다. 지금은 그게 말도 안 되는 생각이라는 걸 알지만. 그녀는 엄마로 사는 삶의 모든 것을 사랑했다. 냄새, 온기, 아들에게 주는 모든 것에 조건이 없다는 사실. 아들의 울음소리 때문에 미칠 것 같을 때도, 하루종일 시달려 나가떨어질 것 같을 때도 행복했다. 아기를 가지고 나서 벤과 사이가 더 가까워진 것도 좋았다. 더 가까워질 사이가 있었다면 말이다. 게다가 캐럴라인조차 기뻐해주었다. 그녀는 이렇게 행복할 자격이 없었다.

빛이 살며시 잠을 깨우자 아이는 눈을 뜨고 그녀를 올려다보며 깜박였다. 그리고 평소처럼 우는 대신 잇몸을 드러내는 미소가 얼굴 가득 번졌다. 그녀가 허리를 숙여 안아올리자 아이는 옹알거리며 꾸르륵 소리를 냈다. 그때 그녀는 시간이 얼마나 빨리 지나갔는지 생각했다. 두 달 후에는 직장으로 돌아가야 했고, 벌써 탁아소도 예약했다. 아마 어느 날 아침에는 아이를 깨워야 할 테고—확실히 그때는 이렇게 웃지 않을 것이다—정신없이 먹이고 입혀서 데리고 나가야 할 것이다. 그때가 다가오자 그녀는 직장으로 돌아가는 것을 두려워하는 자신을 발견했다. 매일매일 조금씩 두려움이 더 커졌다. 그 사실을 깨달은 것은 아마도 이 순간, 곰 인형들이 놓인 소파에 앉아 고요와 아름다움을 누리고 있는 이 순간인 것 같았다. 벤에게 어떻게 말해야 할지 고민이었다.

결국 그녀는 말했다. 그날 밤늦게 그들은 침대에 누워서 서로의 몸을 발로 차고 밀치락달치락하는 중이었다.

"벤, 나 다시 일하러 나가기 싫어." 그녀가 말했다.

남편은 어스름한 빛 속에서 그녀를 제대로 보기 위해 몸을 움직여 옆으로 돌아누웠다. 그가 그녀의 손을 잡았다.

"항상 일하고 싶다고 말했던 거 아는데, 이제는 아이를 탁아소에 맡긴다는 생각만 해도 못 참겠어. 그애에게는 내가, 엄마가 필요해."

"와, 당신 생각이 바뀌었네." 벤이 말하고 몸을 숙여 그녀의 코에 키스했다.

"그럼 당신은 상관없어?" 그녀가 말했다.

"물론이지."

"수입이 훨씬 줄어들 거야. 휴가는 무슨 돈으로 가고, 언젠가 더 큰 집으로 가자는 계획은 어떻게 되고, 자동차 두 대는 무슨 수로 굴리지? 아마 한 대를 팔아야 할걸."

"에밀리." 벤이 말했다. "나는 조금도 신경 안 써. 우리는 가족이 있잖아, 그게 중요하지."

"정말?" 그녀가 물었다. "평소처럼 그냥 사람 좋은 소리 하는 거 아니야?"

"아냐." 그는 말했다. "나도 그게 좋아. 난 당신에게 출근하라고 하고 싶었던 적 없어. 당신이 일을 포기하고 싶은 눈치가 아니었잖아. 돈이야 어찌되든 난 정말 상관없어. 우린 잘해낼 거야."

"우리가 빵만 먹고 집에 비가 새고 신발에 구멍이 나면, 지금 한 말 그대로 해줄 거야." 에밀리가 말했다. 그러나 말도 안 될 만큼 행복했다. 결국 그렇게 된다 해도 전혀 상관없었다.

34

나는 샤워기 아래 서서 머리에 묻은 토사물을 씻어낸다. 이상하
리만치 고요하다—텅 비고 정화된 느낌. 설명할 수 없다. 드디어
자유인가? 사이먼의 의사가 내게 무슨 약을 주었길래 이렇게 다리
가 떨리고 마음이 고요한지 궁금하다. 에인절의 파인애플 스크럽
을 빌려 얼굴에 문지르면서도 여전히 아무 느낌이 없다. 마침내 끝
난 건가?

샤워를 하고 나오자 다리에 좀더 힘이 느껴진다. 나는 옷장 안의
허벅지까지 트인 새 제이드 새틴 드레스와 은색 스틸레토를 생각
한다—어쨌든 나가야 할 테고, 에인절이 간다면 재미있을지도 모
른다.

재미? 지금 농담하는 거야?

아직 일곱시 삼십분밖에 되지 않았다. 우리는 한 시간이면 도착

할 수 있고 어쨌든 지금은 배가 고프다. 나는 해산물 요리를 거의 먹지 않았고, 그 유명한 칠리 크랩 집게발 요리를 엉망으로 광고해 준 셈이 돼버렸다. 그런 생각을 하니 낄낄 웃음이 나고, 그 감정이 마음속 안개를 뚫고 훅 들어온다.

느긋하게 방으로 돌아오자 애인절이 재미없는 드라마를 보고 있다. 나는 수건을 빙글빙글 돌린다. "신데렐라, 무도회에 가야지." 내가 외치자 애인절은 이상한 표정으로 나를 보며 잠시 움직이지 않는다. 어떻게 해야 할지 모르겠다는 듯이. 그러다 마침내 말한다. "좋아, 가서 준비할게."

35

있을 법하지 않은 일이지만, 에인절은 일하는 카지노에서 매력적인 왕자님을 만났다. 어느 날 밤 거래처 고객들과 포커를 치던 사람이었다. 에인절은 대개 손님들과 사귀지 않았다. 그건 그녀의 스타일이 아니었다. 하지만 앤서니는 집요했다. 그는 나가면서 연락처를 달라고 졸랐고 그날 밤 내내 한 시간마다 전화를 했다. 그녀가 여섯시에 나가떨어질 때까지.

다음날 빨간 장미 마흔 송이가 도착했고, 에인절은 천진난만한 소녀가 아니지만 온라인에서 그 숫자의 의미를 검색해보고는 우쭐해지고 흥분했다. '당신을 향한 내 사랑은 순수합니다.' 그리고 그가 바로 다음날 저녁 병가를 내라고 애걸했을 때 거절할 수 없었다. 그는 그녀를 마세라티에 태우고 런던 전체가 내다보이는 시티*의 식당으로 데려갔다. 그러고 나서 두 사람은 그의 아파트로 가 아이스 샴페인을 마시고 그녀는 한 번도 들어본 적 없는 간들간들한 재즈곡을 들었다. 그가 마침내 키스하기 위해 강이 내려다보이는 발코니로 그녀를 데려갔을 때 로맨스는 완성되었다. 그녀는 그날 밤 그의 티셔츠를 입고 그 집에 머물렀고, 그는 그녀를 소중한 인형처럼 겨드랑이 아래 끼고 잤다. 그녀는 세상에서 가장 운좋은 여자였다.

앤서니는 벤처 캐피털 회사를 운영했다. 확실히 부유한데다(그러나 나중에 알았지만, 과시적인 부자들이 종종 그렇듯이 불안정한 재력이었다) 잘생기고 매력적이었다. 그는 에인절이 이제껏 꿈만 꿔본 삶을 보여주었다―주말마다 떠나는 프랑스의 미슐랭 스타 식당 나들이, 고급 와인, 오페라, 발음하기 어려운 감독이 만든 아트하우스 영화, 그녀로서는 이제까지 왜 하는지 알 수 없던 시골길 산책까지. 아름다운 옷과 비싼 실크 속옷, 다이아몬드 귀고리, 그녀가 탐내온 버버리 핸드백도 사주었다. 에인절은 정신을 차릴 수 없었고 불과 몇 주 만에 자기 집을 두고 그의 아파트에서 살게 되었다. 카지노도 그만두고 공주처럼 지냈다. 그러나 침대 아래 발견되기를 기다리는 완두콩이 있었다.

---

* 런던의 중심 지구.

36

에인절은 외출 준비에 몇 시간은 걸리는 부류의 여자 같지만 사실 십 분이면 충분하다. 병가를 내고—오랫동안 그런 적이 없었다—피부색과 같은 하늘하늘한 시폰을 입은 그녀는 매력적이다. 금발은 목덜미에서 약간 옆쪽으로 동그랗게 모았는데, 실핀 서너 개만으로 어떻게 직접 그런 스타일을 할 수 있는지 모르겠다. 나는 그녀 옆에 있으니 덩치 큰 껑다리 같고 마치 에메랄드색 드레스를 입은 거대한 깍지콩 같다. 나는 그녀를 미워하지 않으려고 애쓴다.

에인절은 택시를 부르자고 고집한다. 택시에 타자 시트는 더럽고 담배와 방향제 냄새가 나서 다시 구역질을 하지 않도록 창문을 열고 머리를 밖으로 내민다. 머리 모양이 망가지지만, 에인절은 그대로 앉아 있다. 깎아놓은 듯한 광대뼈와 날씬하고 매끄러운 다리, 틀어올린 머리는 1센티미터도 움직이지 않는다. 도착할 무렵 내 얼굴이 드레스 색깔과 같을 거라는 확신이 든다. 어쩌면 그냥 침대에 있어야 했는지도 모른다.

메인 코스가 막 시작되었고 멋진 웨이터와 웨이트리스 군단이 공습하듯 서빙을 하고 있다. 에인절과 나는 크림과 샴페인 소스를 곁들인 필레 스테이크 또는 채식인을 위한 호박과 리코타 필로 파슬*이 나오는 와중에 들어간다. 고기를 빼달라고 주문한 루크의 디너를 에인절이 먹기 때문에 메뉴를 안다. 나는 그녀에게 정색하고 북부 스타일로 농담을 한다. 그가 비실비실한 이유는 고기를 먹지 않는 쪼다라서 그렇다고. "쉿." 에인절이 웃으며 말한다. 핀잔을 듣는 게 거슬리지만 아마 내가 좀 시끄러웠나보다.

사이먼은 내가 살아서 목욕을 하고 다시 두 발로 서 있는 것을 보니 기쁜 모양이지만 에인절을 보고 훨씬 더 들뜬 듯하다. 그녀는 그의 옆에 앉고 나는 내털리 옆자리를 얻는다. 사이먼 옆에 앉기로 되어 있던 건 분명 나였을 것이다—이런 자리는 대개 남자 여자, 남자 여자 순서로 앉는데 당연히 이름표가 있다. 에인절 자리는 루크 것이었을 게 분명하다. 사이먼이 이름표를 바꿔치기한 것이 아닌지 의심스럽다. 그런 생각에 화가 난다.

침울하게 앉아 있으니 세상이 똑바르지 않고 구불구불 움직이는 것 같다. 나한테 무슨 문제가 있는지 모르겠다. 오늘밤 에인절을 왜 이렇게 질투하는지 이상하다. 화를 내자면 훨씬 더 중요한 문제가 많다. 불현듯 오늘이 여전히 그날인데도 그 생각을 하지 않고

---

* 얇고 넓은 페이스트리에 각종 재료를 싸서 구운 것.

있다는 걸 깨닫는다. 그러나 그 생각을 하지 않았다는 생각이 그 생각을 하게 만든다. 나는 불쑥 내털리에게 고개를 돌린다.

"멋져요, 냇. 드레스 예쁘네요."

"고마워요, 캣. 빈티지예요—옥스팜*에서 샀죠!" 그녀는 웃음을 터뜨리더니 순간 심각한 표정을 짓는다. "괜찮아요? 사이먼 말이 점심때 이상한 굴을 먹었다면서요—근데 빨리 회복됐나봐요?"

"어, 맞아요." 나는 말한다. "지금은 훨씬 괜찮아지고 있어요." 그리고 증명하려는 듯이 미친듯이 스테이크에 달려든다.

음식은 충분히 괜찮지만 나는 여전히 짜증스럽다—사이먼이 에인절을 독점하고 있고, 내털리는 사랑스럽지만 나는 지금 옷이나 연예인이나 광고 이야기를 하기에는 기분이 너무 좋지 않다. 사실 오늘에 대해 이야기하는 것 말고는 다른 무엇도 생각할 수 없다. 테이블 건너편에서 타이거가 사나운 모습으로 존재감을 과시하고 있고, 말을 나누지는 않았지만 시선이 마주치자 나는 사이먼이 그녀에게 사정을 이야기한 걸 알아차린다. 그녀가 전혀 그녀답지 않게 아주 친절한 미소를 보낸다.

그때 에인절이 내 쪽으로 고개를 돌리고 나는 그녀가 사이먼의 관심 때문에 민망하다는 것을 알 수 있다. 내 신경을 건드리고 싶지 않은지 그녀가 속삭인다. "화장실 갈 건데 같이 갈래?" 그 말이 보통 무슨 의미인지 알고 나는 고개를 젓는다. 나는 여전히 내 어린 아들을 위해 강해지려고 한다. 물론 그애는 전혀 모를 테니 아

---

* 공정무역 상품을 판매하는 등 다양한 구호활동을 하는 국제 NGO.

무 소용 없겠지만. 이제는 아이에게 돌아갈 수 없다.

그래서 그녀는 일어나 혼자 화장실에 간다. 그녀는 아주 작지만 방을 가로지를 때 모두의 이목을 끈다. 아마도 걸음걸이 때문일 것이다. 그녀를 보면 그녀의 엄마 루스가 떠오른다.

사이먼이 건너와 내게 말을 건다. "좀 어때, 캣? 아까 걱정 많이 했어."

"이제 괜찮아요." 나는 말한다. 그러나 공허한 느낌은 별로 가시지 않았다. "에인절이랑 죽이 맞아 보이네요."

"정말 매력적인 여자야." 사이먼이 인정한다. "그리고 어쨌든 당신은 날 못 가져."

그때 나는 그를 보고 그 눈에 어린 갈망을 알아차린다. 딱히 나나 에인절에 대한 마음은 아니다. 그냥 사랑에 대한, 서로 주고받는, 모든 걸 아우르는 순수한 사랑에 대한 갈망. 내가 한때 남편에게 품었다가 캐럴라인에게 파괴당한 것. 아니, 그걸 파괴한 건 나였을까. 나는 그의 손을 잡는다.

"사이먼, 아까는 정말 미안해요. 다시는 그런 일 없을 거라 약속해요. 당신의 멋진 슈트를 못쓰게 만든 게 아니어야 할 텐데. 물론 세탁비는 낼게요."

사이먼은 웃기려는 내 시도를 무시한다. 그는 불타는 눈빛으로 나를 바라본다. "당신, 아까 비밀을 말하려고 하지 않았어, 캣? 그게 뭐야? 지금 말해도 돼. 분명 내가 도울 수 있을 거야."

그때 나는 슬프게 그를 바라본다. 그가 나를 도울 수 없다는 걸, 아무도 그럴 수 없다는 걸 알기 때문이다. 나는 내가 벼랑 끝에서 돌아온 것도 안다. 그건 내 과거의 삶에 속해 있다. 이제 살아 있는 한, 나는 절대 말하지 않을 것이다.

37

앤서니와 살게 되고 행복에 겨운 삼사 개월이 지난 후 에인절을 둘러싼 상황이 변하기 시작했다. 그는 이제 고객과의 저녁식사 자리에서 그녀를 "내 작은 코크니* 에인절"이라 소개하기 시작했는데, 그녀는 살짝 무례하다고 생각했지만 애정 어린 표현이라고 확신하며 별로 심각하게 여기지 않았다. 그리고 그의 손님들과 호화로운 식당에 얌전히 앉아 예쁜 머리를 뒤로 젖혀 날씬한 목을 드러내고 자기가 그 남자들에게 미치는 영향을 의식하며 적재적소에서 웃었다. 어쨌든 그런 일에는 익숙했으니까. 어느 날 밤 앤서니가 전화를 하러 밖에 나갔을 때 에인절은 그의 사업이 본인 말만큼 장밋빛이 아닐 수도 있다는 대화를 우연히 듣게 되었고, 그래서 집에

---

* 런던의 서민층을 가리키는 말.

돌아가 물어보았다.

"씨발, 무슨 소리야?" 그가 말했다.

"어, 음, 피츠로이 거래가 걱정스럽다고 리처드가 그러더라고요. 그냥 그게 무슨 소린지 궁금해서 물어보는 건데?"

"씨발, 그게 당신과 무슨 상관인데?"

에인절은 두 번의 씨발이면 충분히 참았다고 마음을 정했다. 그녀는 157센티미터의 몸을 똑바로 세우고 섰다. "나한테 그런 식으로 말하지 마요." 그녀가 말했다. "당신이 뭐라고 생각하는 거예요?"

바로 이때 앤서니는 너무나 순수한 증오의 표정을 지었고, 그것이 욕보다 훨씬 더 그녀의 마음을 상하게 했다. 그는 분노를 억제하고 깊숙이 몸을 묻었던 소파에서 일어나 천천히 손님용 침실을 향했다. 누그러진 듯 문가에서 잠시 멈췄다가 마음을 바꿔 결국 안으로 들어갔고, 등뒤로 문을 세게 쾅 닫는 바람에 복도에 걸린 재즈 음악가들의 초상 하나가 떨어져 박살났다. 쾌활한 미소를 짓고 있는 찰리 파커의 얼굴 정가운데가 갈라졌다.

시간이 흐를수록 앤서니는 점점 더 비이성적으로 변해갔다. 에인절이 토스트를 태우거나 그녀의 옷이 마음에 안 들거나 여자 친구가 수다를 떨려고 그녀에게 전화를 걸면 버럭 화를 내며 소리를 지르고 고함을 치고 욕을 해댔다. 에인절은 자립을 시도해보았지만 그에게 의존하고 있는 지금은 쉽지 않은 일이었다. 일과 집을 포기했고 친구들은 점점 멀어지고 있었다. 그녀에게 있는 것은? 아름다운 옷과 비싼 식사, 템스강의 가장 멋진 전망, 그녀를 걸레라 부르는 남자친구. 엄마에게 말한다는 생각은 하지도 못했다—
루스는 그녀의 앤절라가 그토록 매력적이고 부유한 연인을 찾은
것이 기쁜 듯했고, 그녀에게 진실을 고백하자니 너무 굴욕적이었
다. 그래서 에인절은 앤서니를 화나게 하지 않으려고 최선을 다했
다. 정말이지 수고를 들일 가치도 없는 일이었다. 그래서 더이상
친구들을 만나지 않았고, 그가 인정할 것을 아는 옷을 입는 습관이
생겼고, 전화가 와도 반응하지 않았다. 급기야 그가 식당에서 무엇
은 주문해도 되고 무엇은 안 되는지 말하기 시작했을 때도 굳이 의
견을 내세우려 들지 않았다. 그녀는 싸움을 감당할 수 없었다.

앤서니가 더 심해지지 않았다면 상황은 훨씬 더 오래 지속되었
을지도 모른다. 그는 이제 분노를 폭발시키고 외설적인 소리만 내
지르는 게 아니라 이런 말을 하기 시작했다. "식기세척기 돌리는
걸 또 잊는다면 죽여버릴 거야, 이 망할 미친년." 그러고 나서도
그녀가 달라지지 못하자 주방 벽장에 그녀를 밀어붙이고 말하면서
얼굴에 침을 뱉었다.

에인절은 앤서니를 행복하게 해주려고 정말 열심히 노력했다—
엄마처럼 쓰레기 남자친구들을 줄줄이 갈아치우고 때때로 작고 겁
먹은 아이와 함께 응급실을 들락거리는 삶은 살고 싶지 않았다. 앤
서니는 정말이지 사랑스러운 남자였다. 처음에는 정말 잘해주지
않았는가? 확실히 그녀가 충분히 노력한다면 그때로 되돌릴 수 있
을 것이다. 그러나 묘하게도 그를 달래려고 하면 할수록 불가피한
공격이 촉발되었고, 그런 상황이 오면 자비는 기대할 수 없었다.
뒤늦게 그가 흐느끼며 그녀를 꽉 안고 다시는 그러지 않겠다고 약

속했다가도 좀 진정되었을 때 에인절이 다른 살 곳을 찾겠다고 말하면 다시 더럽게 돌변해 실제로 그녀를 아파트에 가두고 휴대전화를 빼앗았다. 그녀는 대리석 타일이 깔린 발코니에 서서 강을 향해 자신이 갇혀 있다고 소리를 지를까 생각도 해보았지만, 그런 낌새를 챘는지 앤서니가 테라스 문도 막아버렸다.

처음에 그는 그녀가 교훈을 얻었다는 확신이 들 때까지 일주일 동안 가두었지만 그녀가 전의를 상실한 후에는 딱히 가두지 않았다—어쨌든 그녀는 자신이 갇혀도 싸다고 생각했다. 체중이 줄고 머리는 볼품없이 축 처진 그녀를 보며 앤서니는 못생기고 쓸모없는 여자라고, 아무도 너를 원하지 않을 거라 말하기 시작했고 그녀조차 그 말을 믿기 시작했다.

에인절은 남자친구를 떠나야 한다는 걸 알았지만 어떻게 하면 좋은지 떠오르지 않았다. 그즈음 그녀는 약하고 우유부단한 모습이었다. 앤서니가 휴대전화를 돌려주기 전 연락처를 모조리 삭제한 탓에 어느 친구에게도 도움을 청할 수 없었다. 그녀가 여자 친구 집으로 도망가면 그는 확실히 쫓아올 사람이었다. 그녀의 엄마가 어디 사는지 알고 있으니 그리로도 갈 수 없었다.

결국 그녀는 같은 직장에서 일하던 남자가 자신이 사는 집에 종종 빈방이 나온다고 말한 것을 기억해냈다. 어쩌면 그에게 도움을 받을 수 있을 것이다. 4월의 어느 반짝거리는 아침, 앤서니는 회의가 있어 시티로 나갔다. 활기차고 상쾌한 분위기 덕에 웬일로 그의 기분이 좋았던 그날, 에인절은 드디어 움직였다. 강을 따라 걷는 자신이 유령처럼, 투명인간처럼 느껴졌고, 거기 있으면 안 된다는 생각에 덜컥 겁이 났고, 누군가 자기를 신고할지도 모른다는 걱정이 들었다. 그녀는 어리석게 굴지 말라고 자신을 다독이며 바람에 맞서 머리를 숙이고 계속 걸었다. 헤이스 갤러리아 쇼핑센터를 통과하고 툴리 스트리트로 접어들었을 때 공중전화를 발견했다. 예전에 쓰던 구식 빨간 전화부스였다. 수년 동안 들어가본 적이 없지만 묵은 오줌과 침의 지독한 냄새는 잊히지 않고 되살아나 구역질이 났다. 창문의 카드는 어쩌면 친구들 것이었다. 전화번호를 확인하고 카지노에 걸어보니 이 분 가까이 신호음이 울린 후 매니저 한 사람이 받았다. 누구냐는 물음에 앤절라라고 말하니 별말 없이 통화를 연결시켜주었다. 운이 좋았다. 친구가 근무중이었다. 그는 눈치가 빠른 사람이라 아무것도 설명할 필요가 없었다. 그는 그녀에게 지금 당장 떠나라고 말했다. 그래서 그녀는 서둘러 아파트로 돌아가 모든 것을 남겨두고 가장 좋아하는 옷가지만 챙겼다. 십오 분후 밖으로 나오자 희미한 회색 구름이 빠르게 태양을 가로지르고 있었다. 아까보다 더 춥고 불길했다. 날카롭고 선명한 그림자가 빠르게 움직여 풍경을 변화시켰다. 에인절은 택시를 잡아타고 강을 건너 시티를 통과하며 앤서니에게 가까워졌고, 이후 다행히도 다시 멀어져 어퍼 스트리트를 따라 핀즈베리 파크로 향했다. 그 집에 도착했을 때 그녀는 그곳이 돼지우리인 걸 알았다. 강이 내다보이지도 않고 "안녕하세요, 크로퍼드 양"이라고 인사하는 세련된 수위도 없었다. 그러나 거기는 안전했고 그녀는 자유로웠다. 에인절에게 그곳은 궁전이었다.

38

화장실에 다녀온 에인절은 기분이 좋아 보이고 눈이 반짝거려 나
도 함께 갈 걸 그랬다는 생각이 들 정도다. 그녀는 사이먼 건너편에
앉아서 CSGH의 H, 휴스에게 말하기 시작한다. 나는 휴스가 네 명
의 파트너 중 나머지에게 빌붙는 사람, 재능 없이 그냥 운만 좋았
던 사람이란 걸 그녀가 깨닫는 데 오래 걸리지 않음을 알아차린다.
에인절처럼 너무도 총명하고 유능한 사람이 카지노에서 일한다니
애석하다. 훨씬 더 나은 일을 할 수 있는데. 곧 나는 그녀가 참아낸
일들을 떠올리고 그녀가 살아남은 건 기적이라고 생각한다.

다시 웨이터와 웨이트리스 군단이 몰려와 블루베리를 곁들인 레
몬 타르트와 크렘 프레슈*를 서빙한다. 이 화려한 행사를 위해 약

---

* 생크림을 뜻하는 프랑스어.

간 더 신경쓴 메뉴일 것이다. 저녁의 시상식이 곧 시작될 예정이고 사회자로 섭외된 채널4의 토크쇼 진행자는 클립보드를 들고 도저히 걸을 수 없을 듯한 힐을 신은, 스트레스에 찌든 여자에게 브리핑을 받고 있다. 웨이터 하나가 내게 와인을 더 따라주는데, 그걸 마시는 것 말고는 내게 선택지가 없다는 듯 서두르는 기색이다. 그러면 안 되지만 지루하고 우울해 나는 와인을 한 모금 마시고 또 한 모금 마신다. 그래도 여전히 '온전히 여기 있지 않고' 그저 주변을 관찰하고 있다는 느낌을 떨쳐낼 수 없다. 사이먼이 보이는데 그의 얼굴은 크고 흐릿하고 모든 것의 비율이 맞지 않는다. 프레젠테이션이 시작되며 무대 주위에서 왈츠를 추는 조명이 극도로 밝다. 고개를 숙이고 반쯤 먹은 레몬 타르트를 내려다보자 또다시 토할 것 같다. 틀림없이 의사가 준 약 때문일 텐데, 확실히 내 몸에 맞지 않는다. 달리 뭘 해야 할지 몰라서 그냥 잔을 들어 술을 마신다.

사회자는 광고계에 멍청한 인간이 얼마나 많냐며 위태로운 농담을 던지지만 식장에는 광고계 인사가 가득해 딱히 호응을 얻지 못한다. 누군가 적어도 자기들은 마사지숍을 드나들지는 않는다고 야유한다. 사회자의 최근 타블로이드 스캔들을 두고 하는 말이다. 무대를 떠나려는 그를 클립보드 레이디가 무대 구석에서 달래는 데 간신히 성공한다.

시상식은 도무지 끝나지 않고, 이 자리를 하필이면 오늘 꼭 참석해야 하는 중요한 행사라고 생각했다니 믿을 수 없다. 베스트 TV 광고상 후보에 오른 프랭크가 마침내 수상자로 정해지자 나는 사이먼과 함께 상을 받으러 올라간다. 기다란 녹색 드레스를 입고 카메라를 향해 우스꽝스러운 표정을 지으며, 도망치는 조랑말이 나오는 겨드랑이 출입금지 구역에 대한 광고상패를 들고 서서 이 세상이 얼마나 우스꽝스러운지 생각한다. 그걸 깨닫는 데 이렇게 오래 걸린 것도 의문이다. 내가 왜 이렇게 젠체하는 인간이 되었는지 모르겠다. 영화 같은 걸 만들지도 않으면서. 여기는 오스카 시상식장이 아니다. 나는 단지 물건을 팔려고 애쓸 뿐이다. 정말이지 웃긴 일이다.

운이 없는 사회자는 다음 수상자가 풍성한 주황색 드레스를 입고 무대에 나타나자 광고와 관련해 다시 한번 부적절한 발언을 한다. 사람들은 신경질적으로 킥킥거린다. 나는 참을 만큼 참았다. 테이블 주위를 둘러보니 사이먼은 에인절을 향해 몸을 숙이고 있고, 타이거는 지루해 보이고 모든 게 자기 아래 있다는 듯 거만한 표정이다. 분명 사실이 그럴 것이다. 나는 자리에서 일어나 식장을 가로질러 안전한 화장실로 달려나가서 핸드백에 들어 있는 그걸 하고 싶다. 그때 회사 화장실에서 변기에 흘려보냈다는 것이 떠오르자, 이제 그 사실이 별로 자랑스럽지 않다. 그래서 대신 잔을 들어 화이트와인을 마신다. 미지근한데도 마시고 또 마신다. 손으로 달리 뭘 해야 할지 모르겠다. 식장이 내게서 멀어지는 것 같다. 바닥이 반으로 쪼개지고 무대는 파크 레인*을 향해 둥둥 떠내려간다. 나는 여기, 망가진 삶이라는 대양 위에 광고쟁이 뗏목을 타고 고립되었다. 나는 머리를 흔들며 오늘이 새로운 날, 새로운 시작이어야

---

* 런던 중심부 하이드파크 오른쪽에 있는 큰 도로.

한다는 걸 기억하려 애쓴다. 아니, 그렇지 않아. 여전히 같은 날이야. 어쨌든 무슨 차이가 있어. 깔끔한 마무리, 슬픔의 끝은 없다는 잔인한 깨달음이 찾아온다. 인생을 완전히 바꿔 꼬박 일 년을 보냈을지 모르지만 절망은 여전히 내 일부이고 항상 그대로일 거라는 깨달음이 나를 지치게 한다. 눈을 감고 테이블에 몸을 숙인다. 머리를 반듯하게 옆으로 돌려 남아 있는 레몬 타르트에 파묻는다.

39

벤은 체스터에 있는 에밀리의 작은 집 주방에 서 있었다. 이제 그들은 함께 살았고 에밀리가 집을 깔끔하게 유지하려고 최선을 다해도 공간에 비해 물건이 너무 많았다. 밖에는 비가 내렸고 에밀리가 여전히 혐오하는 형광등이 켜져 있었다. 그가 전화를 내려놓았다. 표정으로는 아무것도 알 수 없었다.

"뭐래?" 에밀리가 말했다.

"뭐가 뭐래?"

"약올리지 마, 벤." 그녀가 말했다. "제발, 나 못 참겠어."

"계속 고민했대." 그가 말했다. "그리고 어떻게 하기로 결정했느냐면……" 그는 말을 멈췄다.

"어떻게 했는데?"

"어떻게 하기로 결정했느냐면……" 에밀리는 당장이라도 달려

들어 그를 바닥에 때려눕힐 기세였지만 그럼에도 그는 그녀를 기다리게 했다. 차마 말 못하겠다는 듯 침울한 모습이었다.

"……어떻게 하기로 결정했느냐면…… 우리 제안을 받아들이겠대."

에밀리는 꺅 소리를 지르고 그에게 몸을 던졌다.

"갈 길이 멀어, 엠." 그는 그녀의 공격을 받으면서 웃었다. "아예 엎어질 가능성도 여전하고. 잘된다 해도 처음에는 빈털터리일 거야. 전혀 좋지 않아." 벤은 냉정을 유지하려 애쓰고 있었지만 에밀리는 그 또한 흥분상태라는 걸 알았다. 단지 거래가 완료될 때까지 섣불리 희망을 앞세우고 싶지 않은 것이다—틀림없이 그는 회계사적인 기질이 있어서, 확실한 안전성을 필요로 했다.

"상관없어." 에밀리가 말했다. 그녀는 방치되어 지쳐 보이던 작은 집을 떠올렸다. 그녀가 그 집을 아름답게 꾸밀 수 있을 것이다. 그들을 위한 번듯한 집으로 바꿀 것이다. 언젠가 생길 그들의 아이들을 위해서도. 그런 가능성을 생각하니 아찔했다—그리고 나서 캐럴라인이 떠올랐고, 아무리 그러지 않으려고 해도 자신의 행복에 살짝 죄책감이 들었지만 그 순간을 망칠 만큼 바보는 아니었다.

흰색 컨테이너 밴이 덜덜 떨면서 연석을 향해 후진해왔다. 에밀리가 더 들어오라고 손짓하는 동안, 벤은 못 믿겠다는 듯이 차창 밖으로 고개를 내밀었다. 그러나 무의미한 행동이었다. 어쨌든 아무것도 보이지 않았다.

"계속 와." 그녀가 말했다. "계속 와." 그녀는 일종의 기괴한 물리치료 운동처럼 손가락 관절을 축으로 양손을 빠르게 접었다 폈다 하고 있었다. 그러다 딱 멈추더니 이제 그를 향해 손바닥을 내보이며 외쳤다. "워워." 마치 그가 통제 불능인 조랑말이라고 생각하는 것 같았다—그것으로도 그를 멈추지 못하자 길 밖으로 뛰어나가며 밴 옆쪽을 세게 쳤다. 그러나 너무 늦었다.

심하게 으깨지는 소리가 났다. 두개골이 함몰되듯이. "맙소사 대체……" 벤이 말했다.

"젠장, 미안." 에밀리가 말했다.

"맙소사, 엠!"

"오, 안 돼, 난 바보야." 그녀는 가로등을 들이받은 밴의 뒤꽁무니를 무력하게 바라보았다. 벤은 엔진을 끄고 운전석에서 뛰어내렸다.

벤은 몸을 숙이고 뭐가 얼마나 손상되었는지 살폈다. 아무 말도 하지 않았지만 그녀에게 화가 난 것이 분명했다.

"그렇게 나쁜 상황은 아니지?" 그녀가 희망적으로 말했다. "그냥 브레이크등이잖아?"

"음, 당신 운이 좋아." 마침내 그가 몸을 펴고 말했다. "플라스틱 커버만 깨진 것 같아."

에밀리는 뱃속의 불편한 감각이 가라앉는 느낌이었다. "다행이다." 그녀는 말했다. 그리고 잠시 멈춰 그의 기분이 어떤지 살폈다. "어쨌든 내 잘못은 아니야. 당신이 봤어야지." 그녀는 변호사 말투로 말했다. "발생한 모든 사고는 차량 운전자의 단독책임이라는 걸 알겠지."

"안 웃겨, 에밀리." 벤이 말했다. "우리는 돈을 아끼려고 이사하는 중이었다고."

그녀는 그에게 몸을 기대고 두 팔로 끌어안으며 적어도 꿈꾸던 집은 아직 우리 거라고, 나쁜 건 하나도 없다고 말했다. 그는 계속 화를 내려고 했지만 그럴 수 없었다. 그가 빌린 밴을 뚫어져라 바라보면서 운전하기 까다로운 골칫거리라는 걸 인정하고 있을 때 자동차 한 대가 매연을 뿜어내며 터덜터덜 다가왔다. "음, 어쨌든 이제 데이브가 왔군." 벤이 이제 살았다는 듯이 말했다. "이 망할 것을 제대로 주차하는 게 낫겠어. 그래야 짐을 내릴 테니까." 그는 다시 시동을 걸며 운전석에서 그녀를 내려다보았다. "아니, 고맙지만 당신 도움은 필요 없어."

그날 아침 일찍 그들은 짐 꾸리기를 마치고 그곳 생활의 마지막 쓰레기—쓰레받기와 빗자루, 설거지통과 행주, 정원 삽, 낡은 장화 한 켤레, 도어 매트—를 정리해 검은색 대형 쓰레기봉투에 아무렇게나 던져넣었다. 그들은 상자가 부족했다.

"오, 근데, 마리아가 나중에 들른다고 했어." 에밀리가 별 뜻 없이 말했다. "데이브 말고도 도울 사람이 있으면 좋을 것 같아서."

벤은 한숨을 쉬었다. "에밀리, 그 두 사람 짝지어주려고 그러는 거 언제 그만둘 거야? 당신 속 다 보여."

"둘이 잘 어울리는 것 같지 않아?" 에밀리가 말했다.

벤이 자포자기해 바라보았다. 그녀는 때때로 너무 둔했다.

"글쎄, 본인들은 전혀 그렇게 생각 안 해. 그게 아니면 지금쯤

뭔 일이 나도 났겠지. 당신이 몇 번씩이나 두 사람을 엮어주려고 애썼으니까."

"하지만 마리아가 그에게 완벽한 여자일 텐데." 그녀가 말했다. "틀림없이 그녀라면 낙하산 점프를 즐길 거라고. 게다가 애시와 깨진 후로 늘 안쓰러워 보였어. 아주 힘든 시간을 보냈지."

"에밀리, 당신이 다른 사람들 삶을 고치며 돌아다닐 수는 없어―캐럴라인한테 얼마나 노력했는지 봐. 마리아는 괜찮아. 애 취급하지 마."

"오." 에밀리가 말했다. "애 취급할 의도는 아니야. 그리고 어쨌든 그녀가 도와주고 싶어했어. 이번 주말에 할일이 없다면서."

"그래, 좋아―제발 민망하게 만들지만 마. 그리고 진심인데, 아무것도 기대하지 말고. 그런 일은 일어나지 않을 테니까."

"당신이 어떻게 알아?" 에밀리는 복도의 벽장 깊숙한 곳으로 사라지면서 말했다. 벽장에 막혀서 목소리가 잘 들리지 않았다. "당신은 남자잖아."

"에밀리." 벤이 그녀의 엉덩이에 대고 말했다. "내가 당신을 많이 사랑하지만 당신이 실라 블랙*은 아냐." 뒷걸음쳐 벽장에서 나오는 에밀리는 코에 먼지가 묻고 머리카락은 거의 다 핀에서 빠져나온 모습이었다. 그녀는 그의 의기양양한 표정을 보고 귀엽게 웃더니 엄마가 만들어준 커다란 아즈텍 문양 쿠션을 그의 머리에다 똑바로 던졌다.

---

* 텔레비전 프로그램 〈블라인드 데이트〉의 사회자.

40

에인절이 부드럽게 나를 흔들고 웃음소리가 들린다. 졸음에 겨운 몸을 일으켜 앉는 동안 이제 사람들이 나를 향해 웃는 걸, 재수없는 사회자가 나를 지목해 놀리고 있다는 걸 깨닫는다. 나는 똑바로 앉아 침착을 되찾으려 애쓴다. 나는 그가 무슨 말을 하는지, 왜 사람들이 웃고 있는지 전혀 신경쓰지 않는다. 오늘 같은 날 그게 뭐 중요한가? 조랑말처럼 머리를 홱 쳐들자 작은 타르트 조각이 떨어져나간다. 귀도 끈적거린다. 그러나 나는 여전히 꽤 취해서 내 잔의 술을 마시고 태연한 척한다. 대화는 지루한 다음 시상 순서로 넘어간다.

"자기 괜찮아?" 에인절이 속삭인다. "이게 마지막인 것 같아. 그럼 우린 가면 되고, 자긴 정신을 차릴 수 있을 거야."

"난 괜찮아." 나는 말한다. 비록 여전히 취해 있지만 의식은 훨썬 더 또렷하다. 시상식 저녁에 정신을 차리려면 잠깐 자고 일어나는 것만한 게 없는 듯하다. 나는 시계를 본다—맙소사, 아직도 열시 삼십분밖에 되지 않았다. 기쁜 듯이 미소지으며 테이블을 둘러보니 모두가 나를 보고 있다. 그러나 생색내며 걱정하거나 업신여기는 게 아니라 그저 염려하는 표정들이라 나는 그들도 속마음은 착한지 모른다고 생각한다.

사회자는 마지막 한마디를 남기고 변변찮은 TV 커리어와 야간 활동을 위해 사라진다. 우리는 예의바르게 박수를 친다. 나를 모욕한 그에게 화가 나진 않는다. 그냥 그가 좀 안된 것 같다. 에밀리라면 그렇게 느낄 것이다. 에인절이 내 손을 잡고 함께 화장실로 간다. 나는 여전히 그녀 옆에 있으면 덩치 큰 풋내기 같다. 눈에 띄게 키가 크고 홀쭉한 바보가 된 기분이다. 사람들이 나를 보고 있다. 옆얼굴이 끈적거린다. 그녀는 얼굴에서 타르트 떼어내는 걸 거들고 나를 칸 안으로 데려가 그게 도움이 될 거라고 말한다. 물론 나도 절실하게 원하지만, 이 빌어먹을 시상식을 처음부터 끝까지 견뎠으니 그런 기쁨을 누릴 자격이 확실히 있다고 생각하지만 아들이 떠올라 여전히 거부한다. 그렇게 자제하니 마침내 승리를 거머쥔 것처럼 어쩐지 내가 더 강력하게 느껴진다. 얼굴에 찬물을 끼얹는다. 잠은 이제 완전히 깼고 심지어 머리가 윙윙거린다. 우리가 다시 행사장을 가로지르는 동안 나는 더이상 흐느적거리지 않고 바보 같지도 않다. 오히려 푸릇푸릇하고 유연하다. 마치 물결을 따라 흔들리는 기다란 해초 줄기처럼 땅에 뿌리를 박고 있지만 자유롭다. 드레스는 드라마틱하고 매력적이다. 힐은 절름거리게 하는 대신 힘을 준다. 이번에는 사람들이 좋은 이유로 고개를 돌려 나를 본다고 확신한다. 내가 사이먼 옆자리에 다시 앉아 백만 불짜리 미소를 환하게 짓자 그는 프랭크의 수상을 축하하기 위해 주문한 샴페인을 따라준다.

"잘했어, 사랑하는 캣. 이제 좀 기분이 나아?"

"아주 좋아요." 나는 샴페인 한 모금을 삼키고 대답한다. 실제로 기분이 좋다—의사가 준 게 도대체 뭔지 모르겠지만 샴페인과 섞이자 다이너마이트 같다.

"이따가 그라우초에서 열리는 친구 파티에 초대받았는데—생각 있어? 당신과 에인절만 데려갈 수 있으니까 다른 사람들에게는 아무 말 말고."

"멋져요." 나는 대수롭지 않게 말하고 잔을 비운 뒤 그의 손을 잡고 댄스플로어로 끌고 간다. 〈아이 윌 서바이브〉가 막 연주되기 시작했다. 놀랍게도 사이먼은 거부하지 않는다. 플로어는 이미 붐빈다. 나는 머리 위로 두 팔을 흔들고 가사를 하나하나 따라 부르며 해방감을, 강하고 천하무적인 기분을 느낀다.

41

에밀리의 결혼식에서 그런 짓을 한 남편을 마침내 떠난 후 프랜시스는 어째서 자신이 그 오랜 세월 동안 그러지 않았는지 알 수 없었다. 그 모든 배신과 모욕에도 앤드루를 사랑하지 않은 적이 없었지만, 뒤늦게 그의 인격에 내재된 결함을 깨달았다. 예쁜 얼굴이나 커다란 가슴에 대한 애호는 결코 사라지지 않을 것이다―그에게는 자아를 고양시켜줄 사람이, 그가 너무 많은 딸과 활기 없는 커리어를 가진 머리가 벗어져가는 유부남이란 사실을 잊게 해줄 사람이 영원히 필요할 것이다.

프랜시스는 에밀리, 벤 부부의 집에서 오래 머물 수 없다는 걸 잘 알았다. 두 사람은 어쨌든 신혼이었다(게다가 캐럴라인이 벤에게 지나치게 친한 척하며 계속 얼쩡거리고 있었다). 그러나 결혼식 다음날에는 그 집에 가는 것이 해묵은 문제에 대한 임시적인 해결책으로 보였고—집이 빈데다 그녀의 핸드백에 열쇠가 있었고, 그곳에서 지내는 것은 곧 앤드루와의 완전한 단절을 의미할 것이다—이런 상황에서는 에밀리와 벤도 신경쓰지 않을 걸 알았다.

물론 에밀리는 늘 그렇듯이 다정했다. 게다가 엄마가 빌릴 아파트도 함께 찾아주고 원래 살던 집이 팔릴 때까지 새 아파트의 집세도 내주었다. 이제 구시가에 프랜시스만의 작은 집이 생겼고, 네모나고 지루한 방과 치명적인 유리문이 있는 주택가의 옛집보다 훨씬 더 좋았다. 그녀는 글쓰기 강좌와 요가 수업을 신청했고 사람들은 친절했다. 몇몇은 혼자서도 잘살았다. 글쓰기 수업에서 특별히 친해진 린다라는 여자는 사별 후 홀로 환상적인 새 삶을 시작했는데 케냐산을 등반하는 자선활동을 하고 있었다. 같이 가자는 제안을 받고 프랜시스는 안 될 게 뭐냐고 생각했다. 지금 그녀는 히스로 공항에 있었다. 남편을 떠난 후로 거의 일 년 만이었다. 캐럴라인이 몹시 걱정됐지만 여행은 겨우 열흘이었다. 그녀는 캐럴라인이 괜찮을 거라고 자신을 다독였다.

42

사이먼은 한 곡을 더 추고 나를 댄스플로어에서 끌고 나오며 친구의 파티에 가자고 제안한다. 나는 속으로는 가면 안 된다고, 집에 가서 침대에 누워야 한다고, 오늘 하루는 너무 길고 상처가 큰 날이었다고 생각한다—그러나 나는 과하게 자극받았고 취했고 긴 에메랄드 드레스 차림으로 춤추는 것이 즐겁다. 미친 짓인 줄 알지만 오늘 저녁을 끝낼 준비가 되지 않았고 이제 자정을 지나 5월 7일로 넘어가고 싶다. 그러면 모든 게 훨씬 더 나을 거라고 확신한다. 심지어 그곳을 떠날 때 사이먼에게 손을 붙잡힌 채로 그냥 내버려둔다. 그의 손길이 따뜻하고 위안이 된다. 에인절은 늘 그렇듯 다정하고 내 다른 한 팔을 잡겠다고 고집을 부린다. 더이상 그렇게 취했거나 어지럽지 않으니 분명 굳이 그럴 필요는 없지만. 나는 확실히 맨정신이다. 사이먼의 기사가 호텔 밖에서 기다리고 있다. 차는 런던 중심부의 한산한 거리를 빠르게 가로지른다. 커다란 검은 리무진의 견고함, 그 문의 묵직함에 왠지 마음이 놓이고 안전하게 느껴져 딘 스트리트에 도착해서도 내리고 싶지 않다. 클럽 앞에 차가 서자 나는 잠시 캐럴라인을 생각한다. 그녀가 눈앞에서 폭격을 겪었을 때 얼마나 어렸는지, 어떻게 아기와 남자친구를 잃었는지. 그러자 갑자기 가슴이 미어지며 안쓰러운 마음이 들고, 그녀를 용서할 수도 있을 것만 같다.

클럽은 세련된 사람들로 가득하고 유명인도 약간 보인다. 나는 다시금 부적절한 장소에 있다는 느낌에 시달리지 않으려고 애쓰지만 뜻대로 되지 않고, 물론 실제로 나는 사기꾼이다. 에인절은 그 억양에도 이곳과 아주 잘 어울린다. 주위에 쉽게 섞여든 그녀는 코번트가든에 매장을 낸 패션 디자이너라는 듯한 호스트와 오래 잡담을 나눈다. 사이먼이 나를 바bar로 데려가 샴페인을 더 주문한다. 나는 첫 모금을 마신 뒤 이제 자정이 지난 걸 깨닫고 그날을 무사히 보낸 것을 속으로 자축한다. 그때 누군가 내 어깨를 두드린다. 고개를 돌리자 과산화수소로 머리를 탈색하고 눈을 잔뜩 검게 칠한 화려한 젊은 남자가 보인다. 그는 말한다. "캐즈, 다아아알링, 자기구나! 이렇게 보니 정말 반갑다." 그는 향수냄새를 풍기며 내가 연약하고 소중한 사람이라는 듯 가볍게 나를 껴안는다. 한순간 혼란스럽지만 바로 이해한다─나를 캐럴라인이라고 생각하는구나! 전에는 이런 일이 한 번도 없었다는 게 놀랍다─그리고 나서 햄프스테드 히스에서 끔찍한 기분을 느꼈던 그날이 떠오른다. 그때는 그걸 깨닫지 못했다니 믿을 수 없다. 그 남자가 알아본 사람은 내가 아니었다. 그도 내가 그녀라고 생각한 게 틀림없다. 그간 내가 쌍둥이라는 걸, 내가 동생처럼 생겼다는 걸 잊고 지냈다. 그리고 뭐라고 말해야 할지, 어떻게 행동해야 할지 모르겠다. 사이먼이 나를 보고 있지만 이름을 잘못 들은 눈치라 그냥 말을 받는다.

"안녕." 나는 말을 하며 속으로 아찔함을 느낀다.

"잘 지내? 요즘 뭐해?" 여자 같은 남자가 향수냄새를 풍기며 묻는다.

"아, 이것저것." 나는 대수롭지 않게 대답한다. "여전히 패션 일을 해." 나는 사이먼이 듣지 못했기를 바란다. "미안, 화장실에 가야겠어. 만나서 반가웠어." 그러고는 에인절에게 다가가 급하게 귓속말을 한다. 그녀는 내키지 않는 기색으로 작은 분홍색 실크 핸드백을 건네주면서도 내가 그걸 할 상황이 아닌 것 같다며 걱정한다.

약은 독하다. 나는 화장실 안에서 비틀거리며 이제는 정말로 집에 가야겠다고, 하루에 이보다 더 많이 하면 안 된다고 마음을 굳힌다. 에인절이 옳았다. 나는 충분히 했다. 무슨 생각으로 여길 온 거야? 나는 사이먼에게 가서 기분이 좋지 않다고 말할 것이다. 그러면 내가 밖에서 바람을 쐬며 기다리는 동안 택시를 불러줄 것이다. 에인절은 원한다면 더 오래 있어도 된다. 그녀의 밤을 망치고 싶지 않으니까. 이곳에 캐럴라인을 아는 사람이 또 누가 있을지 궁금하다. 어쨌든 여기는 패션 디자이너의 파티다. 나는 그렇게 멍청했던 나 자신을 나무란다. 거울을 들여다보니 발개진 뺨에 눈이 반짝거리고 붉은 립스틱을 바른 에메랄드 드레스 차림의 키 큰 여자가 보인다. 어느 모로 보나 꽤 매력적이다. 나는 어깨를 펴고 문을 향해 몸을 돌린다. 문을 열자 한순간 머릿속이 뒤집어지고 너무 놀라 말이 나오지 않는다. 이 상황이, 지금 내가 왜 남편의 눈을 똑바로 보고 있는지 이해되지 않는다.

43

프랜시스는 케냐산을 오르는 여정이 유쾌하고 인생을 바꾸는 경험이라는 걸 깨달았다. 전에는 유럽 밖으로 여행한 적조차 없고 텐트에서 자본 적도, 그렇게 높은 곳에 오른 적도, 닭이 살아서 돌아다니는 산에 올라 이틀 만에 그 닭을 잡아 스튜를 끓여먹은 적도 없었다. 새벽 다섯시에 얼어죽을 듯한 정상에서 태양이 떠오르는 동안 드넓은 들판을 내려다본 적도 없었다. 그녀는 이것이 삶이라고, 이것 때문에 자기가 이 행성에 온 거라고, 심장이 크고 빠르게 자유롭게 뛰는 경험을 위해 사는 거라고 인정했다. 날이 뜨겁고 화려한 경치를 자랑하는 산 아래와 기온이 영하로 떨어지고 빙벽이 가파른 정상의 대조는 유쾌하고 매력적이었다. 편의시설도 이용할 수 없고 경험도 미숙하지만 이런 여행에 매료되었고 이제부터는 이것이 자기 삶이 될 것임을 알았다. 바람둥이 남편과 브르타

뉴나 콘월에서 지루한 몇 주를 보내는 시간은 더이상 없다. 그녀의 심장을 질주하게 만든 것은 여행의 다른 측면도 있었다. 가이드 중한 사람. 비록 그녀보다 스무 살이 어렸지만 그의 뒷모습과 그룹에 지시를 내리는 방식에 깃든 무언가가 그의 존재를 항상 예리하게 의식하도록 만들었고, 그가 곁에 오거나 안부를 물으면 그녀는 소녀처럼 얼굴을 붉혔다. 산을 내려오면서 어쩐지 슬퍼지는 느낌이었고, 그래서 등반대가 산기슭에 이르러 그곳 오두막에서 하룻밤 더 묵고 아침에 나이로비로 돌아가게 되었을 때는 감사한 마음이들었다. 오두막은 아주 기본적인 것만 갖춰져 있었지만 상관없었다. 그녀는 석양을 받으며 풀밭에 앉아 일행과 현지 맥주를 마시면서 이 산을, 이 순간을 절대 떠나고 싶지 않다고 느꼈다. 밤이 끝나갈 무렵 그가 자신의 방 번호를 그녀에게, 프랜시스에게 속삭였을 때 그녀는 충격을 받았다. 그래도 가보라는 린다의 말에 그렇게 했다. 그리고 이 검은 신 같은 남자와 환상적이고 진이 다 빠지는 짐승 같은 섹스로 밤을 보냈다. 이제 다시는 섹스를 하지 못한다 해도 이 경험이 있으니 됐다고 생각했다.

　내 앞에 선 남자는 몇 년 전의 벤, 처음 만난 그때의 벤이지 지금
의 슬프고 상처받은 벤이 아니다. 끝나지 않는 이날 하루의 모든
사건과 캐럴라인으로 오해받은 것 때문에 너무 혼란스러운 나는
그가 시간과 공간을 넘어 여기서 뭘 하는지 도무지 이해할 수 없
다. 현실감각이 완전히 사라진 듯 그를 빤히 보고만 있다. 그도 나
를, 내 불안한 눈과 붉게 칠한 입을 빤히 본다. 남편과 사랑에 빠진
순간, 그 끔찍한 낙하산 점프 직전 그가 내 장비를 조여 허벅지 위
로 폭죽 터지는 느낌을 전했던 그 순간만큼이나 격렬한 전류가 느
껴진다. 나는 자신을 추스르려고 애쓰며 시선을 확 돌려 발을, 이
미치고 미친 날로부터 나를 빼내줄 은색 스틸레토를 내려다본다.
여기서 나가야 할 것 같다. 나나 내 동생을, 내 어두운 내면세계를
차지한 그녀를 알지도 모르는 다른 누군가와 마주쳐선 안 된다. 앞

으로 한 발을 내딛자 힐을 신은 다리가 비틀거린다. 그가 내 팔을 잡고 말한다. "괜찮아요?"

"네." 나는 대답한다. "그냥 약간 어지러워서요. 바람을 쐬고 싶어요." 그러자 내 과거의 기억을 점령한 이 아름다운 남자가 내 팔을 잡고 아주 부드럽게 사람들 사이를 뚫고 바를 지나, 사이먼과 에인절을 지나 시원한 한밤의 거리로 이끈다.

"집에 가야겠어요." 나는 말한다. "실례지만 콜택시를 불러주시겠어요?"

"물론이죠." 그는 대답한다. "하지만 시간이 좀 걸릴 텐데, 서 있어도 괜찮겠어요?" 나는 고개를 끄덕이지만 몸이 축 늘어지면서 그에게 무겁게 기대고 있다. "아마 길에서 잡는 게 더 쉬울 거예요. 좀 걸을 수 있겠어요? 채링 크로스 로드에 나가면 택시가 더 많아요." 그래서 우리는 올드 콤프턴 스트리트를 따라서 개축한 어드미럴 덩컨을 지나쳐 천천히 걷는다. 몇몇 사람들이 뚫어져라 보지만 이유를 모르겠다. 이제 더는 어지럽지 않고 비틀거리지도 않는다. 큰길에 도착했을 때 검은 택시가 한 대도 보이지 않자 내 새로운 친구는 요금이 엄청 높고 수상쩍은 미니 캡 한 대를 잡는다. 내가 차에 타려 하자 그가 제지하며 말한다. "저기, 이렇게 보내는 게 걱정돼요. 저기 모퉁이만 돌면 우리집인데 좀 나아질 때까지만 거기 있으면 어때요? 원하면 차 한잔 만들어줄 수 있는데."

나는 여전히 그의 이름도 모르지만 오늘 하루가 너무 길고 비현실적이어서 나도 모르게 좋다고 한다. 그가 도끼 살인마처럼 보이지는 않는다. 그는 택시기사에게 메릴본으로 가달라고 한다. 도착한 곳에는 무슨 상점이 하나 있고 그의 집은 그 위층이다. 굉장히 멋지다—넓고 세련되고 아름다운 가구로 꾸며져 있다. 나는 소파에 앉아 마침내 안전하다고 느낀다. 오늘 있어야 할 곳에 드디어 온 기분이다. 내가 원하는 것은 웅크리고 잠드는 것뿐이다.

"미안한데, 난 당신 이름도 몰라요." 내가 말하자 그는 나를 이상하게 보더니 대답한다. "나도 당신 이름을 몰라요."

"난 에밀리예요." 나는 미처 멈출 새도 없이 말한다.

"난 로비예요." 그가 대답한다.

"만나서 반가워요, 로비." 나는 우물거리며 수줍게 미소짓고 눈을 감는다.

45

프랜시스가 나이로비의 호텔로 돌아오자 메시지가 기다리고 있었다. "안녕, 엄마. 최대한 빨리 전화해줘요, 에밀리." 프랜시스는 감정이 상했고 자기가 약간 추하게 느껴졌다. 그녀가 올림피아의 신과 같은 여행 가이드와 밤새 뭘 했는지 딸이 전화선을 통해 짐작하기라도 할 것처럼. 다이얼을 돌리며 익숙한 두려움이 찾아왔고 캐럴라인 일이겠구나 생각했다. 사건과 혼란 속으로 다시 돌아가고 싶지 않았다. 그냥 영원히 아프리카의 태양 아래 머물고 싶었다.

전화가 연결되기까지 아주 오래 걸렸고 에밀리가 받는 데도 엄청 시간이 걸렸다. 프랜시스가 옳았다. 캐럴라인 소식이었다. 그녀는 음주운전으로 체포되었고 혈중알코올농도는 기준치의 2.5배가 나왔다. 게다가 경찰서에서 큰 소란을 피워 술이 깨고 차분해질 때까지 밤새 독방에 있었다.

"전화를 할지 말지 고민했는데, 엄마, 캐럴라인이 이번에는 재활시설로 곧장 가고 싶대요. 나는 그게 정말 좋은 선택인 것 같은데, 음, 그게, 본인은 돈이 전혀 없다고 해서. 나하고 벤이 일부 댈 수 있지만 거긴 꽤 비싸요."

"가라고 해. 넌 걱정하지 말고. 비용은 내가 처리할게." 프랜시스는 그 돈이 어디서 나올지 몰랐지만 일단 그렇게 말했다. 그러나 그것이 딸을 위해 할 수 있는 최소한이었다―어쨌든 캐럴라인이 지금처럼 된 것은 모두 그녀의 잘못이었다. 다행히 적어도 그들은 요즘 더 가까워졌다. 이번에도 치료가 효과가 있을지, 캐럴라인이 더 나아지기는 할지, 아니면 항상 병이나 중독과 싸워야 할지는 알 수 없었다. 그런 생각을 하며 로비에서 걸어나와 긴 의자에 몸을 묻는 동안 프랜시스는 서글퍼졌다. 도움이 필요한 아이에게서 너무 멀리 떠나왔다. 그렇게 마음이 아파도 여전히 달콤한 섹스의 냄새를 음미하며 아프리카의 수영장 옆에 누워 있는 그녀는 영원히 쓸모없는 엄마였다.

46

잠에서 깨보니 이불이 덮여 있고 나는 소파에 널브러져 누워 있는데 여기가 어디인지 모르겠다. 더듬더듬 어제 일들을 떠올려본다. 엉망이 된 사이먼과의 점심식사, 처참하게 무너진 내 모습, 완전 탈진한 채 침대에서 보낸 오후, 끔찍한 시상식, 제정신이 아닌 불안정한 행동, 프라이빗 클럽의 파티, 캐럴라인으로 오해받은 것…… 천천히 저녁의 마지막 부분이 머릿속에 펼쳐지고 마침내 함께 이 집으로 온 낯선 사람이 기억난다. 몸을 내려다보니 여전히 녹색 드레스를 입고 있다(좋은 신호). 여전히 그의 거실에 있고(또다른 좋은 신호), 그런데 그는 여기 없다. 민망한 일이지만 정신을 잃은 게 틀림없다―여기 얼마나 오래 있었지? 지금 몇시일까? 벽시계는 여섯시 삼십분을 가리킨다. 아침? 저녁? 그래, 아침일 거야. 토요일 아침. 입이 버석버석하고 머리는 핵폭탄 같다. 통증이 심하다. 나는 일어나 앉아 머리를 움켜쥐고 여기서 나갈 최선의 방법을 알아내려고 애쓴다. 그는 매우 친절해 보였고 나를 추행한 것 같지도 않다. 그러니 조용히 떠나야겠지만 친절에 감사하는 쪽지 정도는 남겨야 할 것이다. 아니면 그의 침실 문 옆으로 머리를 들이밀고 작별 인사를 해야 하나? 젠장, 그건 무슨 예절이야? 이 새틴 드레스를 입고 화장이 얼룩진 얼굴로 거리에 나섰다간 어떻게 보일지 뻔하다. 택시를 불러야 한다—그러나 여기가 어디인지, 주소를 어떻게 대야 할지 전혀 모르겠다. 정신을 차리려면 물이 꼭 필요해서 비틀비틀 방을 가로질러 복도로 들어간다. 반대편에 있는 주방은 굉장히 크고 매우 현대적이다. 중간에 아일랜드가 있고 그것을 따라 높은 흰 스툴 네 개가 깔끔하게 늘어서 있다. 식기건조대에서 컵을 하나 꺼내 수도꼭지를 틀자 온 집안에 신음하듯 펌프소리가 퍼져나간다. 몹시 놀라 다시 수도를 잠그고 물을 꿀꺽꿀꺽 단숨에 마신다. 여전히 여기서 어떻게 나갈지 고민하는 중 누군가 움직이는 기척이 나고 로비가 문가에 나타난다. 흰 티셔츠와 사각팬티를 입은 그는 잠기운을 털어내고 있다.

"아직 있어서 미안해요." 나는 말한다.

"난 괜찮아요." 로비가 말한다. 나는 민망해서 고개를 숙인다. 벤을 제외하고는 누구도 이런 식으로 의식하지 않았다. 배신자가 된 기분이다. 게다가 그런 생각을 하다니 어처구니없다.

"차 마실래요?"

"너무 일러요. 당신은 다시 자러 가요." 나는 말한다.

"아니, 아니, 괜찮아요." 그가 말하고 주전자로 향한다. 그가 내 옆을 지나칠 때 자석에 이끌리는 쇠처럼 육체적인 끌림을 느끼고, 그 감각이 내 몸 앞면 전체를 훑고 지나간다.

로비 때문에 혼란스럽다. 그는 잘생기고 배려가 깊고 아마도 부자일 것이다. 확실히 믿기 어려울 정도로 좋은 조건이다. 그의 주방은 한 번도 사용하지 않은 것처럼 흠 하나 없다. 머그컵 두 잔에 차를 내린 그와 함께 거실로 가서 나는 이불이 둘둘 말린 소파에 어색하게 앉고 로비는 다른 소파에 앉는다. 나는 로비가 우유를 넣어준 머그컵 가장자리의 갈색 거품을 빤히 바라본다. 무슨 말을 해야 할지, 시선을 어디 둬야 할지 모르겠다. 그가 내 남편과 얼마나 비슷해 보이는지, 그 생각이 떠나지 않아 머리가 여전히 지끈거린다.

"두통약 좀 있어요?" 나는 묻는다. 침묵을 깨는 것이 가장 큰 의도다.

"그럼요." 로비가 일어나며 말한다. 그가 옆을 지나갈 때, 나는 또다시 숨을 멈추는 나를 발견한다. 나는 그가 찾아준 알약을 은박지를 눌러 꺼내고, 물 한 잔도 받았지만 차와 함께 꿀꺽 삼킨다. 목구멍 뒤쪽이 타는 듯하다.

"숙취는 아니에요." 나는 말한다. "그냥, 어제는 좀 힘든 하루였어요. 그게 다예요."

"괜찮아요." 로비가 말한다. 그리고 잠시 멈춘다. "저기, 나는 피곤하고 당신은 머리가 아프죠. 그래서, 이런 말을 하기는 좀 그렇지만…… 어, 내 방에 같이 누워서 다시 잠을 청하면 어때요? 여기보다 훨씬 더 편안할 거예요."

나는 대답하지 않는다.

"원한다면 남는 방도 있어요." 그가 덧붙인다.

나는 생각하려고 애쓴다. 집에 가야 한다는 걸 아는데 자리에서 일어나자 머리가 너무 지끈거려서 택시를 탈 자신이 없다. 다시 자고 싶다. 그리고 그는 너무나 매력적이다. 어쩌면 남는 방에서 자라는 제안을 받아들일 수도 있겠지만, 왠지 그건 낭비 같다. 무슨 낭비인지는 잘 모르겠지만.

"괜찮은 것 같아요." 나는 마침내 입을 열고, 그가 차를 권하기라도 한 것처럼 예의바르게 말한다. "그럼 티셔츠나 다른 걸 빌릴 수 있을까요? 정말이지 이 드레스를 벗고 싶고……" 나는 말끝을 흐린다.

"물론이죠." 로비가 말한다. 그가 일어나서 침실로 이끌 때 나는 이 순간이 열쇠라는 것, 이제 막 만난 이 남자와 함께 또다른 인생의 새로운 국면으로 움직이고 있다는 것을 강하게 느낀다.

47

벤은 에밀리가 떠난 후에도 삶을 계속 꾸려나가기 위해 최선을 다했다. 그녀를 비난하지 않으려고, 그녀가 그렇게 한 이유를 이해하려고 애썼다. 그 일이 계획적이었다는 것을, 그녀가 여권을 챙기고 은행계좌를 비웠다는 것을 알고 나니 어떤 면에서는 기분이 좀 나아졌다—적어도 어느 외딴 숲속이나 악취 나는 도랑에서 죽어 발견되지 않는 것이 아니라 어딘가 살아 있다는 뜻일 테니까. 어느 때는 믿을 수 없을 만큼 그녀에게 화가 났다. 함께 상황을 헤쳐나가지 않고 그와 찰리를 떠난 비겁함에 화가 났다. 그녀가 모든 걸 완전히 착각했지만—만난 순간부터 두 사람은 좋든 싫든 영원히 함께할 운명이었고 그들의 이야기는 그렇게 전개되어야만 했다—이 행성이 제멋대로 돌아버려서 뭔가 이상하고 비정상적인 세상이 된 것 같았다. 그날 이후 모든 것이 잘못되었고 바로잡기 위해 벤이 할 수 있는 일은 하나도 없었다. 그녀를 찾으려는 모든 노력은 수포로 돌아갔다. 경찰은 동정 외에 딱히 하는 것이 없었고, 세무서는 자발적인 실종의 경우 비밀 정보를 줄 수 없다면서 도움을 거부했다. 벤은 거들먹거리는 여자의 무신경함에 격분해 전화기를 쾅 내려놓을 뻔했다. 그는 자포자기의 심정으로 직장에 휴가를 내고 데번과 웨스트 웨일스로, 피크 디스트릭트 일대로 차를 몰고서 그들이 간 적 있는 호텔과 술집, 찻집을 돌아다녔다. 그가 아름다운 그녀의 사진을 슬쩍 꺼내 보여주면 다들 그를 미친 사람 보듯이 바라보며 "죄송합니다, 선생님, 도와드릴 수가 없어요" 따위의 대답을 했다. 그럴 때마다 그는 스스로가 바보처럼 느껴졌다. 처갓집 식구들도 전혀 도움이 되지 않았다—프랜시스는 최근 남자친구와 헤어진 캐럴라인과 다시 살고 있었고(남자친구가 대놓고 바람을 피웠다), 캐럴라인은 어느 때보다도 더 행실이 나빴다. 프랜시스는 막내딸을 돌보고 자신의 슬픔을 수습하는 데 급급해서 벤에게 해줄 것이 없었다. 불쌍한 앤드루는 엉망이었다. 점점 시들어 자기 안으로 후퇴하는 듯 보였다. 요즘은 벤이 그를 만나는 일도 드물었다—이따금 찰리를 데려가는 게 다였지만, 앤드루는 찰리에게도 더이상 관심을 보이지 않았다.

에밀리가 정말로 돌아오지 않을 것이 명백해지자 오직 일과 찰리만이 벤을 계속 살아가게 했다. 그는 찰리를 돌보는 순번을 정했고 그의 부모가 훌륭하게 도와주었다. 그들은 아무 말도 하지 않았지만 며느리의 친정 꼴을 보면 그녀가 도망친 게 놀랄 일도 아니라고 생각하는 걸 알 수 있었다. 그들이 항상 에밀리를 있는 그대로 사랑했다는 건 그도 잘 알지만 그들은 결혼식 날 일어난 모든 일을 역겨워했고 그런 가족이 유일한 손자의 엄마에게 미칠 영향을 끊임없이 걱정했다. 조용한 밤 혼자 앉아 있을 때면 벤 자신도 궁금해지곤 했다. 도대체 왜 에밀리가 떠났을까? 단지 그 일 때문에? 또는 내면 깊은 곳이 가족 때문에 망가져서? 그녀는 항상 정신이 온전했고 연민이 깊었고 이상할 만큼 그와 비슷해 보였다―애초에 사무실 건물 주차장에 서 있는 그녀를 처음 본 순간부터 끌린 이유가 그것이었다. 다들 어떻게 차를 나눠 타고 공항에 갈지 의논하는 동안 그녀는 잔뜩 겁에 질려 아스팔트를 발로 차고 있었다. 그는 인사를 하면서 그녀 안의 뭔가를 알아보고 전율을 느꼈다. 그에게는 그렇게 된 것이었다. 그녀도 물론 그를 제대로 꿰뚫어보고 그가 자기에게 완전히 반한 것을 바로 알아챘는데, 당시 그 사실을 의심하고 또 자신이 얼마나 매력적인지 모르는 그녀를 그는 더욱더 사랑하게 되었다. 그때는 자기 상상이 틀림없다고 생각했지만, 오후 늦게 낙하산 장비를 조여주자 몸을 펴며 혼란스러운 듯 그를 바라보는 그녀는 무언가를 깨달은 듯한 표정이었고 그것은 곧 민망함으로 바뀌었다. 그가 집중하려고 애쓰며 계속해서 사람들에게 장비를 갖춰주는 동안 그녀는 머뭇거리며 멀어졌다. 그는 낙하산에서 주의를 돌릴 수 없었다.

집으로 가는 길에 좀더 친근하게 굴지 않은 것을 뒤늦게 후회했지만 그는 자기 감정을 어떻게 다루어야 할지 몰랐다. 전에는 그렇게 사랑에 빠진 적이 없었다―그런 종류의 일이 실제로 일어난다고 생각하지 않았다. 몇 개월 뒤 마침내 그들이 환상적으로 결합했을 때, 그녀가 자기 이야기를 들려주며 자신을 별로 좋아하지 않는 일란성쌍둥이가 있다고 털어놓았을 때 비로소 벤은 확신했다. 자기가 그녀를 필요로 하는 만큼 그녀도 자신을 필요로 한다고. 마치 자기가 어떤 면에서는 그녀가 가져본 적 없는 쌍둥이가 된 것 같았다—소울메이트, 베스트 프렌드, 그녀의 생각을 훤히 아는 사람, 남들에게는 설득력이 없거나 미친 소리로 들릴지라도 절대적으로 진실된 그녀의 느낌을 털어놓을 수 있는 사람. 그는 언제나 그녀를 알았고 그녀의 진심을 이해했다. 두 사람이 그렇게 미치도록 서로에게 끌렸다는 사실은 거의 보너스였다. 에밀리는 그의 직업과 괴상한 취미에도 불구하고 그를 좋아한다며 놀렸고 그는 그녀가 시들해져도 그를 원하는 그녀의 복제품이 항상 준비되어 있으니 괜찮다며 반격했다. 그러면 그들은 서로의 장난기와 서로를 향한 감정의 절대적인 확신 때문에 함께 웃었다.

　벤은 찰리가 잠들고 소파에 홀로 앉아 있을 때면 에밀리와 함께한 삶을 다시 돌아보곤 했다. 그와 아내가 전시장에서 몸을 웅크리고 앉아본 바로 그 소파였다. 에밀리는 신발을 벗어던지고 고양이처럼 몸을 말고는 구입해도 될 만큼 충분히 편안한지 확인했다—실수하기에는 너무 비싸다고 당시 그녀는 말했다. 최근 벤은 TV와 컴퓨터를 연결해 엄청나게 많이 저장된 사진들을 끝없이 재생시키고 무작위로 흘러나오는 그 이미지들 앞에서 최면에 걸린 듯 앉아 있곤 했다—데번의 이름 모를 겨울 해변에서 팔을 쭉 뻗어 찍은 바람에 쏠린 두 사람의 얼굴, 두번째 결혼기념일 산마르코광장 두칼레궁전 앞의 에밀리, 벅스턴 근처 강가에서 혹시라도 물에 뛰어들까봐 찰리를 안고 있는 벤, 결혼식 날 그가 아는 것보다 더 매력적인 에밀리와 그 뒤에서 만족스럽게 반짝거리는 바다, 프랜시스가 가꾼 장미로 가득찬 자그마한 뒷마당에서 어린 아들을 어르는 에밀리, 소렌토 허니문 때 물가 근처 분홍색과 주황색으로 알록달록한 흙집 앞에서 손을 잡은 두 사람, 찰리와 제일 친한 친구 대니얼이 바로 이 소파에서 껴안은 모습, 에밀리가 꽃에 물을 주면서 옆에 흠뻑 젖은 찰리와 함께 웃는 모습, 크노소스의 붉은 기둥 신전 앞에서 임신한 줄 모른 채 평온해 보이는 에밀리, 크리스마스 아침 침대에서 찰리는 벤의 머리를 깔고 앉아 있고 온 가족이 함께 이불에 파묻힌 모습. 이미지들은 벤이 장소와 시간을 알아볼 딱 그만큼만 화면에 감질나게 떠 있다가 다음 사진으로 천천히 넘어갔다. 벤은 몇 시간이고 그렇게 앉아 사진을 보면서 한 장만 더 보고 일어나야지, 라고 생각했다. 뼛속까지 시리고 어둠이 내려앉을 때까지 앉아 있으면서도 난방을 돌리거나 불을 켜기 위해 몸을 움직일 수 없었다. 마치 그녀가 멀리서 말을 걸고 있는 것 같았다. 이 시간을, 저 순간을 떠올려봐. 그것이 이상하게 위로가 되었다. 그러나 나타난 이미지가 너무도 생생해 조롱하는 것처럼 보이기도 했고, 그럴 때면 그녀가 떠났다는 사실을 여전히 믿을 수 없었다. 무엇보다 그녀가 어디서 어떻게 지내는지 전혀 모른다는 사실을 믿을 수 없었다. 그러면 그는 고통에 굴복하고 슬픔과 무력감 속에 어린아이처럼 바닥에 홀로 누워 흐느끼면서 주먹을 내리치곤 했다.

최초의 충격이 희미해지고, 나뭇잎이 떨어지고 한 해가 서서히 저물어가는 동안 벤은 주위의 예상보다 더 잘 대처했다―그러나 크리스마스를 생각하면 몹시 괴로웠다. 그래서 그의 부모는 하일랜드에 그들이 아는 작은 호텔로 여행을 가자고 우기며 일정을 잡았다. 말도 안 되게 사랑스러운 날씨에 그들 모두 잘 지냈고 심지어 즐기기까지 했다. 아침 일찍 맨체스터에서 출발해 네 시간 반 만에 로몬드호의 둑을 따라 달리고 있었다. 찰리를 쉬게 하려고 차를 멈췄을 때 공기가 어찌나 희박하고 순수한지 벤은 마침내 다시 제대로 숨을 쉬는 느낌이었다. 이번만큼은 찰리에 대한 의무가 아니라 자발적으로 공기를 폐 안으로 들여보냈다. 그의 부모 입장에서는 좋은 신호였다―호텔은 구식이고 낡았지만 고급스럽고 따뜻했다. 벤의 마음을 딴 길로 새게 만드는 과거의 사연도 없었다. 주인들은 찰리가 너무 귀엽다고 좋아했다. 끊임없이 비스킷을 주느라 엄청난 소동을 벌였고, 이번만은 아무도 신경쓰지 않았다. 거기서 찰리는 에밀리를 거의 잊은 듯 보였고―호수를 따라 자유롭게 달리고 오리들을 쫓아다니는 걸 좋아했다―그의 장난기, 삶의 아름다움에 대한 순전한 즐거움이 그들 모두에게 활기를 불어넣었다. 일상이 변하자 크리스마스 당일도 참을 만했고 벤은 거의 긴장이 풀린 자신을 발견했다. 그러나 항상 어깨 너머를 보는 습관은 완전히 떨쳐낼 수 없었다. 혹시 그녀가 있나 싶어서, 안개 속에서 불쑥 나타나 사랑스러운 긴 다리를 쪼그리고 앉아 팔을 벌리지 않을까 싶어서. 그러면 찰리가 그녀의 품에 뛰어들어가서 자기를 떠난 그녀를 여전히 사랑한다는 걸 보여줄 텐데.

48

로비의 방은 청회색으로 칠했고 빛바랜 듯한 바닥과 가구에 빳빳한 흰색 침구가 갖춰져 있다. 세련되고 중성적인 느낌이지만 주방과 마찬가지로 삭막하다. 직접 꾸몄는지 아니면 인테리어 디자이너를 고용한 건지, 혹은 더 나쁘게는 여자친구 솜씨인지 궁금하지만 묻고 싶지는 않다. 지금은 정말이지 때가 아니다. 그가 건네는 티셔츠는 고급 브랜드고 욕실에 가서 입어보니 느낌도 좋다. 내게는 좀 짧아서 다리가 어느 때보다 길어 보이고, 방으로 다시 갈 때 내 몸을 의식하며 앞자락을 끌어내린다. 로비는 나를 바라볼 뿐 아무 말도 하지 않고, 내가 침대로 들어가자 내게 팔을 둘러 부드럽게, 위협적이지 않게 안는다. 내 몸은 그저 좋은 느낌으로 그의 몸에 녹아들어간다. 머리의 통증이 가라앉기 시작한다.

"아주 신선하네요." 그가 조용히 말한다. "당신은 나를 정확히 있는 그대로 받아들여요."

"물론이죠." 나는 우물거린다. 만족스러운 기분으로 그의 옆에 누워 있으니 일 년을 통틀어 처음으로 완벽하게 평화롭고 안전한 느낌이다—심지어 사랑받는 느낌. 정말 이상하다. 오래 지속될 수 없다는 걸 알지만 어쨌든 우리는 서로를 발견했고 이유야 어쨌든 분명 우리 둘 다 지금 이게 필요하다. 나는 아주 따뜻하고 편안해서 스르르 잠이 든다. 이번만은 꿈도 부드럽고 고통스럽지 않다. 눈을 뜨자 아주 긴 시간이 지나 있고, 로비는 침대 위 내 옆에 옷을 입고 앉아 있다. 완벽한 빛깔의 차도 한 잔 더 내려두었다.

"아침 먹을래요?" 그가 묻는다. "나가서 달걀, 베이컨, 소시지, 머핀, 필요한 건 다 사왔어요."

"나한테 왜 이렇게 잘해주는 거예요?" 내가 묻는다.

"그럼 안 되나요?" 그가 말한다. "어쨌든 난 그 파티가 지루했어요. 정말이지 취향에 안 맞아서. 그리고 당신 혼자 그 지저분한 택시에 태워 보내고 싶지 않았죠. 누가 봐도 상태가 안 좋았다고요. 당신이 소파에서 기절했을 때는 차마 밖으로 내보낼 수 없었어요, 어떻게 그래요?" 그는 웃었다. "그러고 나서 당신이 잠시 침대에서 자면 기분이 나아질지 모른다고 생각했죠. 그리고 난 지금 배가 고파요. 그래서 아침을 먹을 거고요. 여기 잘해주고 말고가 어디 있죠?"

잘해주고 말고가 어디 있느냐고? 이 남자는 어쩌면 내 남편과 이렇게 비슷할까? 나는 확고하게 안전한 느낌을 받지만 무슨 말을 해야 할지 모르겠다.

"먼저 샤워 좀 해도 될까요?"

"물론이죠. 옷 빌려줄까요?" 로비가 침실을 가로질러 옷장 문을 열자 모든 옷이 깔끔하게 색깔별로 정리되어 있다. 그는 골라보라며 청바지와 셔츠 몇 장을 꺼내고 아주 커다랗고 부드러운 목욕 수건도 준다.

샤워실은 아주 널찍하고 물줄기가 거세다. 콸콸 쏟아지는 물 아래 서 있는 동안 두통의 마지막 흔적이 등을 타고 팔다리를 지나 배수구로 씻겨내려간다. 나는 몸에 수건을 두르면서, 이런 상황이 진짜라고 믿기에는 너무 좋아서 뭔가 잘못된 것 같다는 강렬한 두려움을 느낀다. 나는 이런 걸 누릴 자격이 없다. 아직 에인절에게 전화를 걸어 내가 무사하다는 걸 알리지 않았다. 그러나 가방을 살펴보니 전화기가 죽어서 그녀의 번호도 모른다. 불안이 깊어진다.

나는 로비의 청바지와 연분홍색 폴로셔츠를 입고 브리지 염색을 한 젖은 머리를 손가락으로 쓸어내린 뒤 주방에 있는 그에게 간다. 토마토를 굽고 훈제 베이컨을 볶는 냄새가 진동해 다시금 배고파 죽을 지경이란 걸 깨닫는다. 버섯처럼 생긴 스툴에 소심하게 앉아보니 너무 높아서 발을 어찌해야 할지 모르겠다. 나는 걸음마를 시작한 아이처럼 몸을 꼼지락거린다.

로비는 미소지으며 찬장에서 접시를 꺼낸다. 냉장고로 가서 푸르스름한 계란 두 개를 꺼내고 베이컨 기름 위에 깨뜨려 넣는다. 지글거리는 소리가 침묵을 메운다. 그는 자신 있게 요리해 아름다운 자태로 아침을 차려준다. 꼭 레스토랑에 온 기분이다. 우리는 조리대에 나란히 앉아 묵묵히 음식을 먹는다. 우리 사이의 고무 밴드처럼 뭔가 탄력 있는 힘이 서로를 끌어당긴다. 밖은 후덥지근하고 요리 때문에 공기가 후끈해져 다시 머리가 아파온다.

"거실로 갈래요?" 식사가 끝나고 로비가 묻는다. "커피 만들게요."

"좋아요." 나는 꿈틀거리며 스툴에서 내려와 가만가만 거실로 간다. 소파에 파묻히는 순간, 내가 번개를 놓쳤는지 쩍 하는 천둥소리가 들리더니 창문을 타고 비가 억수같이 쏟아져내리고 지붕을 꽝꽝 때리는 소리가 난다. 기온이 떨어진다. 로비는 우유 거품이 떠 있는 커피 두 잔을 가져와 테이블에 내려놓고 아이팟 있는 데로 가서 에바 캐시디를 튼다. 그가 거실을 둘러싼 소파로 와서 내 옆자리에 앉자 마침내 우리는 서로의 눈을 들여다본다. 나는 욕망과 절망을, 그렇다, 사랑을 느낀다. 만난 지 얼마 되지도 않은 이 남자에게 부드럽고 순수한 사랑을 느낀다. 이 모든 것이 뭔가 이상한데 그게 뭔지 모르겠다. 에인절이 나를, 내가 어디로 갔을지 걱정할 거라고 걱정하면서도(웃긴다, 맨체스터에는 수개월 동안 그 걱정을 하는 사람이 대여섯 명이나 있는데) 나는 이대로 계속 가기로 한다. 특별하고 희귀하고 고요한 이 순간을 끝내고 싶지 않다. 모든 것이 다시 나빠지기 전에 시간을 바로 여기서 멈추고 싶다. 나는 로비의 눈을 깊숙이 들여다본다. 마치 벤을 보는 것 같다. 그러나 여전히 순진한 벤, 그 일이 일어나기 전의 벤이다. 퍼붓는 비와 에바의 목소리에 심장이 멎는 것 같아서 제대로 숨을 쉴 수 없다. 적어도 한 곡이 끝나고 다음 곡 절반이 흐른 후 마침내 로비가 다가온다. 천천히 부드럽게. 그가 키스할 때 따뜻한 커피와 베이컨

맛이 난다. 그의 입은 부드럽고 서두르지 않고 진심이 느껴진다.

시계를 보니 점심시간이 다 되었다. 움직여보려는 시도와 달리 마음은 계속 머물고 싶다. 내 역사와 연결된 이 느낌이 끝나게 하고 싶지 않다. "잠시 후엔 정말 여기서 나가야 해요." 그와 맞댄 입술을 움직여 나는 말한다. "당신도 분명 할일이 있을 텐데."

"저기요, 난 이번 한 주를 꽉 채워 보냈어요." 로비가 말한다. "오늘은 힘든 날이고요—그래서 지금 무엇보다 원하는 건 그냥 여기 앉아서 음악을 듣고, 어쩌면 이따가 영화도 한 편을 볼 수 있겠죠. 그러면서 그냥 세상일을 잊는 거예요." 그는 말을 멈춘다. "그리고 당신이 가지 않고 같이 있어준다면 훨씬 더 좋겠죠."

나는 망설인다. 현실의 벤과 찰리, 그들이 어디 있는지, 뭘 하고 있을지 생각하지 않으려고 애쓴다. 나는 나를 걱정할 에인절을 걱정한다. 그러고 나서 결론을 내린다. 내가 과거에 너무 욕심을 부리는 것 같다고. 나는 몸을 움직여 그의 손을 잡고 손바닥이 손가락과 만나는 곳까지 키스한다. 그를 본다. 더이상 수줍음은 없다. 그리고 말한다. "그거 알아요? 정말 완벽한 계획이에요."

49

하일랜드에서 무사히 연휴를 보낸 후 새해가 왔고, 겨울 몇 달은 무기력하게 천천히 지나갔다. 그러고 나자 어느새 5월이 코앞이었다. 벤은 가장 큰 분기점을, 그의 인생이 영원히 바뀐 지 일 년이 되는 그날을 직면하지 않을 수 없었다. 그날 그는 온전히 혼자이고 싶다는 걸 깨달았다―에밀리의 부재는 물론이고 찰리의 존재조차 감당할 수 없었다. 그래서 찰리는 부모님에게 맡기고 피크 디스트릭트로 차를 몰았다. 차에서 내려 몇 시간을 걷다가―왜인지 모르겠지만 최대한 똑바로 앞을 향해 걸었다―방향을 틀어 딸기나무 덤불을 통과하고 울타리를 친 들판을 가로지르고 거친 바위투성이 지형을 걸었다. 원래는 킨더 스카우트에 오를 생각이었다. 그곳에서 에밀리에게 청혼했다(그녀는 한쪽 무릎을 꿇은 그를 보고 웃더니 자신도 무릎을 꿇고 승낙했다). 그러나 그녀 없이 올라가는 건 감당할 수 없는데다가 누구라도 마주치는 위험은 감수하고 싶지 않았다. 그의 걸음은 가차없이 단호하고 사색적이었다. 그는 거의 시간을 잊었고 자기가 있는 장소를 잊었다—심지어 짧은 한순간에밀리조차, 그들이 가졌던 것과 잃어버린 것조차 잊었다. 그는 찰리도 그날임을 느낀 것을 알았다. 물론 찰리에게 말할 수는 없었고 찰리가 이해하지도 못할 테지만 벤이 자기를 두고 가자 당황한 듯 보였다. 정확히 울부짖은 건 아니지만 구슬프게 울었고, 어떻게 보면 그게 더 나빴다. 작은 텐트를 짊어지고 걷던 벤은 시간이 늦어 거의 어둠이 내리자 걸음을 멈추고 부드럽게 흐르는 강 옆에 텐트를 쳤다. 졸졸거리는 물소리와 때때로 이름 모를 새가 내지르는 소리 말고는 아무것도 들리지 않았다. 그는 밤의 절반을 꼬박 새우며 세상에 홀로인 느낌을, 슬퍼하고 숨쉴 수 있는 시간과 공간을 거의 즐기기까지 했다. 잠이 깼을 때는 이상하게 상쾌했다. 그리고 최대한 제정신으로 온전하게 그날을 통과해 건너편에 도달했다는 안도감을 느꼈다.

50

로비는 나 자신에 대해 아무 질문도 하지 않고 나 역시 그에게 아무것도 묻고 싶지 않다. 물론 그가 어쩌면 그렇게 젊어 보이고 그렇게 호화로운 집을 유지할 능력이 되는지, 어쩌면 그렇게 요리를 잘하는지, 신사다운지 궁금하다. 우리는 같은 음악을 좋아한다는 걸 발견하고 소파에 함께 누워 도브스, 패닉스, 리버틴스, 오아시스를, 심지어 조니 캐시까지 듣는다. 그러나 우리의 결혼식 노래가 나오자 나는 움찔한다. 너무 끔찍하다. 나는 그에게 스미스를 좋아하지 않는다고 말한다. 물론 한때는 그 음악을 사랑했지만. 벤은 늘 우리가 촐튼으로 이사한 유일한 이유가 아이리시 클럽에서 스미스의 드러머를 볼 수 있어서라고 농담했다. 로비는 아무 말도 하지 않지만 이해하는 듯 다음 트랙으로 넘기자 약간 진정이 된다. 잠시 후 워너다이스의 노래가 나오고 코러스가 시작될 때 그는 주춤대지 않고 내 눈을 똑바로 바라본다. 심장이 터져버릴 것만 같다. 비는 멈추지 않고 기온은 더 떨어지고 있다. 그러나 우리는 신경쓰지 않고 서로를 응시하며 껴안은 채 십대처럼 오후 내내 진한 키스를 나눈다. 로비는 이렇게 옷을 입은 채로 소파에 머무르는 데 만족하는 듯하다. 우리 안에 욕망이 쌓여 옷 너머에서 부스럭거리지만, 누구도 지금 당장은 한 걸음 더 나아갈 마음이 없고, 그래서 우리는 나아가지 않는다.

51

벤은 부모님에게 다음날인 토요일 밤도 찰리를 맡아줄 수 있는
지 물었다. 차를 몰고 돌아오는 길을 찾는 데 시간이 아주 많이 걸
렸고 다리를 긁히고 발에는 물집이 잡혀 집에 도착했을 무렵에는
너무 기진맥진하고 피곤해서 누구도, 찰리도 돌볼 여력이 없었다.
그는 커튼을 치고 카레를 주문한 다음, 토요일 밤 텔레비전 프로
그램 앞에 자리를 잡았다―그가 싫다고 잘라 말했던 바로 그 일이
었다. 하지만 에밀리는 항상 좋아했고 실은 그도 속으로는 꽤 즐겼
다. 물론 인정하려 하지 않았지만.

혼자 텔레비전을 보는 건 똑같지 않았다. 에밀리의 뺨을 타고 흐
르는 눈물을 보고 웃을 수도 없고, 심사위원들의 말이 들리지 않으
니 조용히 하라는 그녀의 잔소리도 들려오지 않는다. 어느새 그는
지금 그녀가 어디 있을지, 뭘 하고 있을지 궁금해하고 있었다―감

정을 억누르고 연기하게 만드는 찰리 없이 혼자 남자 그는 침대 아래서 가죽 여행가방이 사라진 걸 깨달았던 그날, 그녀가 가버린 걸 알았던 그날과 똑같이 가슴을 때리는 슬픔을 느꼈다.

초인종이 울렸다. 제기랄, 카레가 온 것이다. 정신을 차려야 했다. 그는 눈을 훔치고 지갑을 쥐었다.

문을 열었을 때, 그는 그대로 얼어붙어 믿을 수 없다는 듯이 손님을 빤히 바라보았다. 입은 바보처럼 헤벌어졌다. 무슨 일이지? 카레는 어디 있지? 그녀가 돌아왔나? 총 맞은 것처럼 심장이 팔딱팔딱 뛰다가 무너졌다. 마치 죽어서 바닥에 쓰러진 것 같았다.

"오." 그가 말했다.

"들어가도 돼요?" 캐럴라인이 말했다. "내가 와선 안 되겠지만 어젯밤도 와봤어요. 꼭 만나야 해서. 미안하다고 말하고 싶었어요."

"뭐가 미안한데?" 벤이 말했다. 그는 자신이 무례하게 굴고 있는 걸 알았다.

"제발 들어가게 해줘요, 형부. 형부만 고통스러운 게 아니에요. 서로 도움이 될 수 있을 거예요."

"난 그렇게 생각하지 않아." 그렇게 말하면서도 그는 옆으로 비켜섰고 어쨌든 안으로 들어오는 그녀를 따라 거실로 갔다. 그녀가 코트를 벗는 동안 또다시 초인종이 울렸다. 이번에는 카레였는데, 배달 소년에게 돈을 건네는 그의 손이 여전히 떨렸다. 평소처럼 너무 많이 주문한 탓에 주방에서 음식을 두 접시에 나누었다. 그리고 맥주를 잡았다가 망설였다—캐럴라인 앞에서는 마시면 안 될 것이다. 약간 비아냥거리는 것처럼 보이지 않을까. 그러다 될 대로 되라고 생각하고 그녀 몫으로는 오렌지주스를 따랐다.

그가 쟁반에 음식을 올렸을 때 캐럴라인은 불안정하게 서 있다가 와인잔을 달라고 하더니 핸드백에서 빨간 종이로 싼 화이트와인 한 병을 꺼냈다. 너무 차가워 물방울이 맺혀 있었다. 거리 끝에 있는 주류 판매점에서 방금 사온 게 틀림없었다. 그러나 그는 피곤하고 불편해서 아무 말도 하지 않았다. 정말이지 싸움을 감당할 기운이 없었다. 그들은 TV 앞에서 아무 말 없이 먹었다. TV에서는 한 남자가 골프공을 먹고 늙은 여자는 푸들과 함께 춤을 추었다. 그리고 캐럴라인이 부드러운 허벅지 맨살에 쟁반을 올려놓고 균형을 잡으려 하는 동안 치마는 계속 올라갔다. 다음 광고가 나올 무렵 그녀는 아주 큰 잔에 따른 와인을 다 마셨고, 한 잔 더 달라고 청했다.

그때 벤의 내면에서 뭔가 약간 부서졌다. 그는 자리에서 일어나 주방으로, 냉장고로 쿵쿵거리며 가서 또다른 맥주 포장을 뜯고 캔을 기울여 그 액체를 최대한 빨리 목구멍에 들이부었다. 씨발, 안 될 게 뭐야? 폭발할 것처럼 화가 나서 그 느낌을 지워버려야만 했다. 산산조각내버려야 했다. 알코올을 꿀꺽꿀꺽 넘기는 동안, 더이상 그녀에게 화도 나지 않는 걸 깨달았다. 그는 이 끔찍한 세상 전체에 화가 났다.

52

아주 오랜 시간이 흐르고 날이 어두워지지만 우리는 여전히 소파에서 움직이지 않았다. 함께 영화 두 편을 반쯤 보고 무수한 앨범을 들으며 나는 이 새로운 벤과 함께하는 새로운 삶에 아주 약간 환상을 갖기 시작한 참이다. 어쩌면 언젠가 우리가 결혼을 하고 나는 아무개 부인이 될 수도 있지 않을까?

"당신 성이 뭐예요, 로비?" 나는 그의 어깨에 입술을 대고 우물우물 말한다.

로비는 처음에는 불편한 기색이다. "어, 음, 브라운요." 그가 말한다.

나는 일어나 앉아 똑바로 그를 본다. "나도 그 성이에요." 나는 말한다. "와, 운명이네요." 그러고는 웃는다.

"배고파요." 그가 재빨리 말한다. "음식 주문하는 거 괜찮아요?"

"이 주위에 가게가 아주 많을 텐데. 나가서 먹으면 어때요?"

"난 당신과 집에 있고 싶어요." 그가 말한다. "밖에 비도 내리고요. 샴페인이 좀 있어요. 칠링만 하면 돼요—게다가 당신은 그 옷에 뭘 신을지 걱정할 필요도 없고요." 그리고 너무 큰 그의 바지와 셔츠를 입은 나를 본다. 옳은 말이다.

"좋아요." 나는 말한다. 상관없다. 사실은 나도 그게 더 좋다.

"카레 괜찮아요?"

"완벽해요." 대답과 달리 뱃속이 약간 꿈틀거린다. 카레는 벤이 항상 고르던 메뉴이므로. "당신이 골라요. 난 다 좋아요." 그는 서랍에서 광고지를 뒤진다. 주문할 때는 최대한 빨리 딱딱하게 말해버린다. 그의 목소리가 약간 이상하게, 왠지 고음으로 들린다.

그는 잠시 사라졌다가 샴페인 한 병과 기다란 유리잔 두 개를 가지고 돌아온다. 그 모습을 보니 에인절의 분홍색 실크 핸드백이 간절해진다. 그때 핸드백을 그녀에게 돌려주지 않은 걸 깨닫고 가슴이 철렁 내려앉는다. 나는 어젯밤 그라우초 화장실에서의 내 모습을 그려보고 아들과의 약속을 얼마나 빨리 깼는지 생각한다. 나를 가장 필요로 할 때 어쨌든 아이에게 등을 돌린 것도. 그러니 이따금 작은 선 하나를 넘어봐야 뭐가 달라지겠는가?

비록 내 안에서 그것을 향한 욕구가 이제 팽창할 대로 팽창해 망가진 마음에 온통 금이 가고 갈라졌지만, 로비가 걱정스럽고 그가 뭐라고 할지 모르겠다. 분명 그의 취향은 아닐 테고, 그가 나를 안 좋게 보는 건 싫다. 그래서 그 작은 핸드백 생각을 최대한 멀리 치워버린다. 그게 내 가방에 없다면 지금 나는 괜찮을 텐데. 거기 없는 셈

치자. 로비는 샴페인잔을 채워 우리를 위해, 지난 24시간을 위해 건배하고 다시 내게 키스한다. 약 생각은 흐릿하게 사라져간다.

초인종이 울리자 로비는 움찔하더니 일어나 말한다. "금방 올게요. 음식 좀 받아줄래요?" 그리고 그는 내 손에 50파운드 지폐를 쥐여주고 욕실로 향한다. 나는 화면을 향해 미소짓는 남자에게 버저를 눌러주고 그는 두꺼운 종이상자에 든 향이 진한 음식을 배달해준다. 나는 반짝거리는 주방에서 네모난 흰 접시들에 음식을 덜어낸다. 로비가 돌아오자, 우리는 거실로 음식을 나르고 소파에 기대 며칠 굶은 사람들처럼 배를 채우며 〈브리튼스 갓 탤런트〉를 본다. 기분이 아주 좋다. 적절한 토요일 밤이다. 남편과 보내곤 했던 그런 토요일 밤. 나는 우리가 똑같은 농담에 웃고 똑같은 스타일로 한마디씩 하는 걸 발견한다. 이 가짜 벤을 볼 때마다 위장이 따끔거리고 맥박이 미친듯이 요동쳐 결국 고개를 돌리지 않을 수 없다. 로비는 또 한 병을 따고 우리는 눕는다. 이제 술이 효과를 나타낸다. 결국 그는 나를 끌어당겨 일으키고 침실로 이끈다. 이번에는 그냥 누워서 껴안고 있지만은 않는다. 준비가 되었다. 우리는 마치 평생 서로를 알았던 사이 같다. 멋지다. 모든 것이 끝난 후에야 내가 뭘 했는지 깨닫는다. 나는 공식적으로 부정한 여자가 되었다. 두려움을 가라앉히기 위해 그가 뭐라고 생각하든지 더는 신경쓰지 않고 그냥 제안한다. 로비는 오랫동안 나를 보더니 놀랍게도 그러자고 한다. 이유는 모르겠지만, 메릴본의 고급 아파트에서 그와 함께 있는 게 추하게 느껴지지 않는다. 흥분되고 매력적이고 아주 짜릿하다. 몇 시간 후 우리는 잠들고 내가 깼을 때 반쯤 열린 덧문을 통해 새벽빛이 새어들어오고 있다. 나는 죄책감에 사로잡혀 누워 있고, 로비는 죽은 채 누워 있다.

53

주방에서 돌아왔을 때 벤은 여전히 엄청 부아가 나 있었지만, 이제는 캐럴라인이 와서보다 에밀리가 떠나서 더 화가 나는 것 같았다. 특히 지금 같은 때는 에밀리와 똑같이 생기고 그녀처럼 말하지만 그녀가 아닌 사람과 마주해야 한다는 게 너무 참을 수 없는 일인 듯했다. 도망치지 말았어야지. 그게 얼마나 자기중심적인 행동이야? 너무 술에 취한 탓에 아내의 부재가 물리적인 공동 같았다. 마치 위장이 도려내지고 내장이 있어야 할 곳에는 입을 딱 벌린 구멍 말고는 아무것도 없는 것처럼. 그는 횡격막 쪽에 손을 올렸다―그래, 그는 여전히 거기 있었다. 그날 밤 그의 몸은 잘리지 않았다. 그는 지나치게 짧은 치마를 입고 머리를 기르기 시작한 캐럴라인이 소파에서 빈둥거리는 모습을 노려보았다. 그녀가 원하는 게 뭐든 그냥 꺼져버렸으면 좋겠다고 생각했다. 그는 버들가지 의자로 건너갔다. 수년 전 에밀리의 집에서 마법 같은 첫날밤을 보낸 후로 맹세코 한 번도 앉지 않았던 의자였다. 앉기에 너무 낡고 불편해서 사실 그들이 없애버렸어야 했다. 아니, 그가 없애버려야 한다. 더이상 그들은 없다. 그는 캐럴라인이 눈치채고 그냥 갔으면 좋겠다고 또다시 생각했지만 대놓고 가라고 말하기는 내키지 않았다. 그녀가 또 난리를 피울 수도 있었고, 그날 밤은 그런 상황을 감당할 수 없었다.

"어디 있었어요?" 캐럴라인이 말했다. 발음이 분명하지 않았다.

"주방에." 벤은 말했다. 캐럴라인이 얼마나 취했는지 약간 궁금했지만 그냥 두 잔째 와인을 주었다―그러나 바닥에 뒹구는 반쯤 빈 위스키병은 보지 못했다.

TV는 가짜 감정을 자극하며 그들을 계속 공격했다. 그들은 커다란 목소리로 휘트니의 노래를 망치는 어린 소녀를 보고 뒤이어 손수레를 소품 삼아 떼로 춤추는 작업복 차림의 성인 남자들을 보았다. 마침내 더는 정말 못 참겠다고, 자러 가야겠다고 벤은 생각했다. 충동적으로 리모컨을 누르자 화면이 검게 꺼졌다. 침묵이 요란하게 울렸다. 캐럴라인이 씩씩거리며 고개를 돌려 노려보았을 때 그는 그녀가 또다시 아파 보인다는 걸 깨달았다. 화장으로 가렸지만 창백하고 가냘픈 모습이었다.

"나한테 하고 싶었던 이야기가 뭐야?" 마침내 그가 말했다―어쩌면 그녀도 일단 말하고 나면 갈 것이다. 캐럴라인은 고개를 숙이고 손가락을 꼬았다.

"미안하다고 말하고 싶었어요." 그녀가 말했다.

"도대체 뭐가?" 벤이 끈질기게 물었다.

캐럴라인은 어색해 보였다. "그 일요." 그녀가 말했다. "모든 게 다 미안해요."

"나만큼은 아니겠지." 벤이 대답했다. 그러나 연민은 없었고 그저 무한히 깊은 슬픔뿐이었다.

"언니가 돌아올까요?" 캐럴라인이 물었다. 질문이 방안을 빙빙 도는 동안 기다려도 대답이 돌아오지 않자 그가 듣지 못했다고 생각했다.

"아니, 이제 아니야." 그가 말했다. 그는 처음으로 그 사실을 인정했다. 절망적이었다. 그래서 그는 방에서 나가려고 일어났다. 다른 사람은 몰라도 캐럴라인 앞에서 울 수는 없었다. 그러나 위스키 병에 발이 걸리는 바람에 꼴사납게 넘어져 그녀 위에 엎어지다시피 했다. 소파는 낮고 깊었고 찌그러져 있었다. 그는 다시 일어나려고 애썼지만 불현듯 너무 고된 일처럼 느껴졌고, 그래서 술에 취해 패배한 채 그대로 무너졌다.

캐럴라인은 옆으로 움직여 그에게 팔을 두르고, 맥주와 슬픔과 외로움 때문에 정신없이 흐느끼는 그를 가만히 안아주었다. 그녀의 손길이 이상하게 위로가 되었다—비록 쌍둥이 언니 에밀리와 기질이 너무도 달랐지만 꼭 그녀 같았다. 에밀리처럼 생긴 건 물론이고 심지어 체취마저 같았다. 벤은 불쌍한 찰리를 제외하고는 누구도 그렇게 오랫동안 안아본 적이 없었다. 혼란스러운 한편 행복하던 시절이 떠올랐다—그래서 그녀가 머리를 어루만지면서 다 괜찮아질 거라고 말하자, 취기에 젖은 그는 어쩌면 그녀가 정말 에밀리일 거라고 생각하기 시작했다. 몸을 숙여 키스하는 그녀를 제지하지 않았고 심지어 자기도 적극적으로 입을 맞추었다. 그 모든 것이 너무나 갑작스럽고 동물적이라 상대가 그의 아내가 아니라 결함 많은 사악한 쌍둥이 여동생이라는 걸 알아차리지도 못하는 것 같았다. 모든 게 너무 늦어버릴 때까지. 뒤늦게 그는 자신이 한 일을 깨닫고 그녀에게 나가라고, 씨발 나를 혼자 내버려두라고 고함을 질렀다. 그러고 나서 비틀비틀 방을 나왔고 위층으로 도망쳐 등뒤로 문을 쾅 닫았다.

54

아름다운 로비는 코에 피가 엉겨붙어 있다. 침대는 차갑고 피부
는 파랬다. 그가 죽었다는 건 전혀 의심의 여지가 없다. 나는 비명
을 지르는 대신 침대에서 뛰쳐나와 벌거벗은 채 헐떡거리며 창가
로 달려간다—마치 개처럼. 너무 겁에 질려서 제대로 생각할 수가
없다. 도저히, 도저히 그를 다시 볼 수가 없다. 그 이미지가 내 머릿
속에 갇혀 있다. 한 번이라도 더 보면 절대 벗어나지 못할 것이다.
나는 또다른 삶을 망쳤다. 어쩌다 이렇게 된 걸까. 이런 생각에 구
역질이 나지만 간신히 입속에 토사물을 머금고 있다가 쓰레기통
앞에 가서 사방에 토하고 바닥에 주저앉는다. 이틀 만에 두번째로
내 토사물에 덮여 있다. 이 삶이 지금이라도 그냥 빨리 끝나버리면
좋겠다. 자리에서 일어서자 다리가 후들거리고 가슴이 도저히 가
능하지 않을 정도로 빠르게 오르내린다. 숨이 점점 얕아져 마침내

내가 과호흡을 하고 있다는 것을 깨닫지만 멈출 수 없을 듯하다. 내가 뭘 할 수 있지? 누가 로비를 도울 수 있지? (아무도 없어. 너무 늦었어.) 누가 나를 도울 수 있지? (마찬가지야.) 에인절이나 사이먼, 심지어 엄마나 아빠에게도 전화를 걸 수 없다. 전화기가 죽어서 그들의 번호를 모른다. 도움을 받을 만한 번호, 내가 외우고 있는 번호는 두 개뿐이다—촐튼의 옛날 집 전화와 999. 나는 간절히 남편을, 벤을 원한다. 그는 어떻게 해야 할지 알 것이다. 그래서 거의 아무 생각 없이 맨체스터의 번호를 누르고, 전화가 연결되자 제정신이 든다. 대체 뭐라고 말할 것인가. 신호음이 세 번 울렸을 때 전화를 끊는다. 손이 덜덜 떨리지만 999에 전화를 거는 데 성공한다. 몇 초 후 유능한 목소리의 교환원이 연결된다.

"소방차, 경찰, 구급차가 필요하십니까?" 그녀가 묻는다.

나도 모르겠다. 그는 죽었다. 그건 확실히 알겠다. 구급차가 대체 무슨 소용이겠어?

"여보세요?" 그녀가 다시 말한다. "소방차, 경찰, 구급차, 무엇을 원하십니까?"

나는 헐떡거리는 동시에 말한다. "여기 사람이 죽었어요."

"확실한가요? 아직 숨을 쉬나요?"

"차갑고 파래요. 죽은 것 같아요." 그리고 나는 커다랗게 몰아닥치는 흐느낌을 전화선 너머로 토해내기 시작한다. 로비를 위해, 그가 가련하게 잃어버린 삶을 위해. 끔찍하다.

"주소가 어떻게 되나요? 주소를 말씀해주세요."

"몰라요. 메릴본 어딘가예요."

"좋아요. 저희가 번호를 추적하겠습니다. 전화 끊지 마세요. 진정하시고요. 죽은 사람 이름은요?"

"로비, 로비 브라운."

"전화거신 분 성함은?"

"캐서린 브라운."

"아내인가요?"

"아뇨." 나는 울부짖는다. "만난 지 얼마 안 되었어요." 방이 소용돌이치기 시작해 기절할 줄 알았는데 그때 거리에 파란 불빛이 비치는 걸 깨닫고 경찰이 벌써 온 걸 알아차린다.

하느님, 감사합니다. 내가 여전히 알몸이고 토사물에 덮여 있는 걸 떠올리고서 욕실로 달려가 물이 뜨거워질 때까지 샤워 물줄기 아래를 들락날락한다. 침대 시트만큼 커다란 로비의 수건으로 몸을 감쌀 무렵, 경찰이 문을 쾅쾅 두드린다.

나는 그들이 부수기 직전 문을 연다. 그들은 나를 지나쳐 곧장 집안으로 들이닥치고 그중 하나가 방으로 향한다. 몇 초 후 그가 소리를 지른다. "맙소사. 피트, 여기 와서 이것 좀 봐."

그 경찰이 부른 피트라는 사람이 방으로 향하더니 불쌍한 죽은 로비와 침대 옆 탁자 위의 마약 도구들을 보고 문가에 우뚝 멈춰 선다. 그는 공포의 비명을 지르고 나를 돌아본다. 눈에는 증오가 서려 있다.

55

밤에 아무래도 누가 들어와서 머리를 둘로 쪼갠 것 같다. 그때 벤은 캐럴라인이 나타난 것과 자신이 술을 얼마나 마셨는지, 사라진 아내의 쌍둥이 여동생과 무슨 짓을 저질렀는지 기억났다. 역겹고 혐오감이 들었지만 욕실로 갈 겨를은 없었다. 그는 휴지통에다 끝없이 토했다. 목구멍에 향신료 악취가 나는 담즙 말고 아무것도 남지 않을 때까지. 다행히 캐럴라인은 방까지 따라올라오지는 않았고 지금쯤 가고 없을 것이다—그가 나중에 그렇게 미친 사람처럼 굴었는데도 아직까지 어슬렁거리고 있지는 않을 것이다. 아니, 그는 두 번 다시 그녀를 안 볼 것이다. 앞으로 무슨 일이 있어도.

벤이 몇 시간이고 인사불성으로 누워 있다가 마침내 일어났을 때는 점심 무렵이었고 캐럴라인은 확실히 떠났다. 하느님, 감사합니다. 견딜 수 없을 만큼 뜨겁게 샤워하고 몸을 문질러대도 여전히 자신이 더럽고 피부에 문제가 있는 듯, 패배당한 듯 느껴졌다. 이 제 에밀리는 절대로 그에게 돌아오지 않을 것이다. 그는 어떻게 해야 할지 몰랐다. 생각해낼 수 있는 거라곤 깨끗이 씻고 증거를 하나도 남김없이 지우고 그 일을 사실이 아니도록 만드는 것뿐이었다. 그는 말라붙은 배달음식 찌꺼기를 버리고 그릇과 유리잔을 넣은 뒤 반밖에 차지 않은 식기세척기를 '강'으로 놓고 돌렸다. 커피 테이블을 깨끗이 치우고 진공청소기를 가져다 카펫을 밀었다. 그들의 수치스러운 짓으로 오염된 소파 쿠션은 스펀지로 문지르고 드라이어로 먼지를 날려보낸 뒤 뒤집었다. 맥주캔과 위스키병과 와인병은 재활용 통에 버렸다. 마침내 모든 일을 마치고 자신이 마실 진한 블랙커피를 만들어서 소파에 앉아 뉴스를 틀었다. 집전화가 울리자 캐럴라인일지도 몰라서 그냥 무시했다가 곧 마음을 바꾸었지만—그녀라면 어쩌지—어쨌든 그가 받기 전에 끊겼다. 여전히 제대로 생각할 수가 없었다. 그래서 TV 화면에서 자신을 뚫어져라 바라보는 캐럴라인의 얼굴을 대면했을 때 착각이라고, 심지어 자기가 환각에 빠진 거라고 생각했다. 그러고 나서 그게 확실히 그녀라는 걸 깨달았을 때는 눈에 보이는 이미지도 귀에 들리는 말도 받아들일 수 없었다. 무슨 일이 일어난 건지, 그녀가 이제 또 무슨 끔찍한 짓을 저지른 건지 그저 멍하니 궁금해했다. 처리하기 버거운 양의 정보가 들어와 머리가 리부팅을 거부하는 것 같았다. TV에서 그 이름, 즉 캐럴라인 브라운이 아닌 캐서린 브라운을 세 번째로 말하고 나서야 마침내 깨달았다. 아내를 찾았다.

56

피트와 그의 동료는 여전히 목욕 수건을 두르고 있는 나를 어찌해야 좋을지 모른다. 근심스러운 대화를 주고받고 통화로 지원 요청을 하고 나서, 마침내 나를 살인 혐의로 체포하겠다고 말한다. 그 말들은 내게 어떤 의미로도 닿지 않는다. 그래서 나는 고개를 끄덕이고, 진술이 재판에서 불리하게 작용할 수 있다는 그들의 말을 순순히 듣는다. 이제 그들이 나를 어떻게 하든 상관없다. 불쌍하고 불쌍한 로비, 그렇게 젊고 그렇게 생기 넘치던 사람에게 내가 무슨 짓을 한 거지? 나는 다시 흐느끼기 시작한다. 여자 경찰관 한 명이 도착한다. 그들이 특별히 부른 모양이다. 그녀가 나를 수색하기 위해 욕실로 데려가고 나는 수건을 내린다. 그녀가 볼 수 있는 거라곤 벌거벗은 몸과 공포에 질린 눈뿐이다. 그 모든 과정은 십 초가 걸리고 그녀는 옷을 입어도 좋다고 말한다. 그러나 목소리를 낮춘

실랑이 끝에 그녀는 내가 로비의 옷장에 있는 깨끗한 옷을 입어야 하고 범죄 현장과 관련된 것은 아무것도 만져선 안 된다고 말한다. 그녀는 '범죄 현장'이라는 말을 쓴다. 살인이 발생했기 때문이고, 명백히 살인자는 나다. 투박한 부츠를 신고 실용적으로 짧은 머리를 한 남자 같은 여자 경찰관이 결국 내 앞에서 수갑을 채운다. 그녀는 거의 미안한 눈치고—내가 싸우거나 도망칠 생각이 없음을 알기 때문이다—금속의 느낌이 차갑고 낯설고 고통스럽지만 위안이 된다. 마침내 그들은 로비의 집에서 나를 맨발인 채로 데리고 나가 호화로운 카펫이 깔린 층계를 내려가서 아침 길거리로 나선다. 경찰관들 옆에서 나는 작고 연약하게 느껴진다. 마치 밤새 몇 센티미터로 줄어든 것만 같다. 누군가 피트를 부르자 그가 나를 경찰 밴으로 데려간다. 기다리고 있는 사진기자들을 보자 이게 분명 뉴스거리라는 걸 깨닫는다. 나는 이제 발견될 것이다. 가족은 내가 어디 있는지, 무슨 일을 저질렀는지 알 테고 내가 또다른 인생을 망쳐버린 걸 알게 된다. 저들은 나를 경찰서로 데려갈 것이다. 그 생각에 정신이 혼미해진다.

밴에서 나는 짐승처럼 창살 안에 갇힌다. 차 밑바닥에 너무 붙어 있어서 디젤 연기냄새가 나고 느슨하게 움직이는 서스펜션 아래 가까운 도로가 느껴진다. 다시 구역질이 난다. 너무나 절망적인 마음으로 밴 옆쪽에 어정쩡히 뒷머리를 기대고 있으니 울퉁불퉁한 길에 들어설 때마다 금속에 세게 부딪히고, 고통은 날카롭지 않아도 전기처럼 짜릿하다. 나는 내가 그런 대우를 받아도 싸다는 걸 안다. 신호에 걸려 차가 멈추고 차선을 바꾸고 코너를 도는 걸

어렴풋이 알 수 있지만 이상하게도 몸은 내 것이 아닌 것만 같다. 마치 내가 나 자신을 보고 있는 것 같고, 영화 속 악랄한 주인공이 된 기분이다. 십여 분 후 속도를 올리고 아주 급히 코너를 돌아 좌회전하는 바람에 밴은 잠깐 바퀴 두 개가 들린다. 또는 그런 느낌이다. 이제 오른쪽으로 꺾은 뒤 브레이크가 걸리고 끽 소리를 내며 멈춘다. 창문을 통해 말소리가 들린다. 다시 출발한다. 이번에는 좀더 천천히 몇 미터를 가서 멈춘다. 뒷문이 열리고 있다. 토요일에 비가 온 후 신선하고 날카로운 5월 햇살이 밴으로 쏟아져들어와 눈에 닿는다. 나는 재빨리 눈을 감는다. 내 안에는 밝음을 위한 자리가 없다.

　나는 밴에서 내리라는 말을 듣는다. 비틀거리며 차에서 내릴 때 문을 스치면서 로비의 청바지에 검은 기름이 묻는다. 무슨 이유에서인지 그 사실이 나를 괴롭힌다. 그래서 나는 미안하다고, 누구에게 미안한지도 정확히 모른 채 그렇게 말하고 기름 자국을 지우려고 애쓴다. 여자 경찰관이 말한다. "가시죠." 불친절하지는 않다. 그녀는 수갑 찬 팔을 잡고 거대한 건물로 이어지는 계단으로 나를 이끈다. 우리는 안내 데스크로 들어간다. 경찰서에서도 그렇게 부르는지 모르겠지만. 그러자 도처에서 경찰들이 나를 뚫어져라 바라본다. 무슨 이유에서인지 내가 대단한 이야깃거리인 듯하다. 나는 그들이 떠드는 소리를 똑바로 통과해 끔찍한 냄새가 나는 작고 추한 방으로 끌려간다. 경찰이 들여보낸 의사가 내 신체와 정신 건강에 대해, 자해한 적이 있는지, 지금 자살 충동이 드는지 온갖 질문을 한다. 우울하다. 나는 자해를 어떻게 정의하느냐에 따라 다르다고 대답하지만 그들은 그저 냉담한 시선을 보낸다. 스스로 목숨을 끊을 계획이 있는지는 말하기를 꺼리자 그들은 서류에 무슨 표시를 하더니 체포 사실을 알리고 싶은 사람이 있느냐는 질문으로 넘어간다. 그 질문이 우습다는 생각이 든다. 로비의 집 바깥에 있던 그 많은 사진기자로 보건대 아마도 지금쯤이면 온 나라가 알 텐데. 그들이 어떻게 그렇게 빨리 왔는지도 어렴풋이 궁금하다. 변호사를 원하느냐는 질문에는 고민하기도 너무 피곤해서 그냥 아니라고 말하는 게 더 쉬울 것 같다. 그러자 그들은 나를 독방으로 데려가 마침내 혼자 내버려둔다. 나는 아무 느낌이 없고 신경도 쓰지 않은 채 안전하고 따뜻한 내 마음속 깊은 곳에 있다. 그곳에서는 이미 하나도 남김없이 모든 게 잘못되었기 때문에, 더이상 잘못될 것이 없다.

57

에인절은 새 친구 필립과 수다를 떠느라 바빠서 캣이 주변에 없는 걸 오랫동안 알아차리지 못했다. 사이먼과 있겠거니 했다. 그래서 사이먼이 캣 대신 윤기 나는 검은 머리를 이마를 가로질러 똑바로 자른 호리호리한 여자와 이야기하는 걸 보았을 때 그에게 가서 캣은 어디 있느냐고 물었다. 사이먼도 그녀가 나가는 걸 보지 못했다. 바는 너무 혼잡했고 그는 주문을 하려는 참이었다. 그래서 한시 삼십분 무렵에도 여전히 캣이 돌아오지 않자 에인절이 그녀에게 전화를 걸었으나 그냥 음성사서함으로 넘어갔다.

아, 그럴 수도 있지, 라고 에인절은 생각하며 캣을 집에서 볼 수 있겠지 생각했다. 그러나 캣이 인사도 하지 않고 더구나 그녀의 분홍색 실크 핸드백을 가지고 그냥 가버렸다는 데는 약간 놀랐다─에인절은 약간 짜증이 났고 여기서 누구에게 물어야 좋을지도 확실히 몰랐다. 결국 사이먼에게 가서 샴페인을 마시자 핸드백에서 마음이 떠났다. 사이먼이 잠자리에 들기 전에 한 잔 더 하고 싶으냐고, 자기는 근처 호텔에 묵을 거라고 말했을 때 그녀는 안 될 거 없다는 생각이 들었다. 그는 매력적이고 게다가 택시비도 절약할 수 있을 것이다. 그래서 그들은 함께 떠났고 에인절은 나중에 캣이 언짢아하지 않기를 바랐다.

58

　많은 시간이 흘렀고, 아직도 나는 패딩턴 그린 경찰서 독방 침대 가장자리에 앉아서 그들이 내가 살인자라고 생각한다는 사실을 받아들이려 애쓰고 있다. 내가 했다고? 시체 옆에서 깨어난 공포 때문에 나는 우리가 함께 한 일, 에인절의 약을 함께 한 것, 그에게 약을 준 것이 나라는 사실이 내포하는 의미를 까맣게 잊어버렸다. 내가 그의 죽음에 원인을 제공했다. 통제할 수 없이 몸이 떨린다. 여기는 춥고 경찰이 준 흰색 상의와 바지는 너무 엉성하다. 나는 과거에서 도망쳐 새 인생을 시작하려는 한심한 시도가 실패했음을, 아주 볼만하게 불발되고 더 많은 비참함을 초래했을 뿐임을 깨닫는다. 나는 다시 알몸 수색을 받았다. 이번에는 두 경찰관이 왔다. 모욕적이었지만 내 코에 생생한 죽음의 냄새가 배어 영원히 진동하고 있는데 뭘 더 신경쓰겠는가. 적어도 이제 포기할 수 있다. 나는 정말로 생존을 위한 투쟁에 관심이 없다. 그러나 묘하게도 그전에 한 잘못된 대답 때문에 자살 감시 대상이 되고, 그래서 누군가 십오 분마다 창살 틈으로 나를 들여다본다. 뚱뚱한 얼굴의 경찰관이 다시 들여다본다. 나는 한동안 상황을 이해하지 못한 채 동물원의 고릴라처럼 멍하니 그를 바라본다. 그러다 벽으로 고개를 돌린다.

59

 토요일 점심때 돌아온 에인절은 캣이 아직 집에 오지 않은 게 확실해지자 정말로 걱정되기 시작했다. 비록 묻고 싶었던 적은 없지만(준비가 되면 캣이 말할 거라고 생각했다) 그녀는 항상 친구에게서 이상한 슬픔을 감지했다. 그리고 어제의 드라마 이후 그녀는 진실이 무엇인지, 캣이 지금 뭘 했는지, 괜찮긴 한 건지, 아니면 경찰에 연락해야 될지 알 수 없었다.

 바보같이 굴지 마, 에인절은 생각했다. 그녀는 캣의 엄마가 아니었고, 캣은 어쩌면 누군가의 집에 같이 갔을 수도 있다. 그러나 묘한 느낌은 사라지지 않았다. 그래서 에인절은 토요일 밤 일하러 나가면서 캣에게 집에 오는 즉시 전화해달라고 메모를 남겼다. 그리고 캣이 휴대전화를 잃어버렸을지도 모르니 가스요금 고지서 뒤에 전화번호를 적어 현관 옆 테이블에 놓아두었다.

로베르토 몬테이로가 죽었다는 충격적인 소식을 처음 들은 것은 블랙잭 테이블의 한 고객에게서였다. 그래서 그녀는 근무를 마치고 무슨 일이 일어났는지 확인하기 위해 휴대전화로 BBC 뉴스를 보았다. 그렇게 제일 친한 친구가 살인 혐의로 체포된 사실을 알았다.

60

나는 지금 이제야 슬픔이 덮친 것처럼 조용히 흐느끼고 있다. 지난 이틀간 한 모든 일이 하나도 빠짐없이 전부 후회스럽다. 예전처럼 현명하게 일을 하루 쉬고 조용히 집에 있었다면. 그날을 혼자 보낼 정도로 충분히 용기가 있었다면. 그 시간을 즐길 수 있을 거라는 착각에 사이먼과 같이 점심을 먹으러 가지 않았다면. 얼마나 제정신이 아닌 생각이었는지. 의사가 준 약이 나를 미치게 만들지 않았다면. 다시 나가지 않고 저녁 내내 침대에 누워 있었다면. 대체 무슨 생각이었을까. 그중에서도 특히 그 무의미한 시상식 만찬 자리에 가지 않았다면. 파티에 가지 않았다면, 그래서 로비를 만나지 않고 에인절의 핸드백이 내게 없었다면. 그랬다면, 그랬다면, 그랬다면. 그리고 이제 나 때문에 이 나라의 가장 전도유망하고 젊은 스타 하나가 시체 안치소에 파랗게 죽어 누워 있다. 경찰이 그가 로베르토 몬테이로라고 말했을 때 마침내 모든 것이 이해되었다—우리가 택시를 잡으러 걸어갈 때 왜 사람들이 빤히 보고 있었는지. 그가 왜 밖으로 나가 사람들 눈에 띄는 대신 집에 머물고 싶어했는지. 그가 왜 그렇게 나한테 푹 빠진 것 같았는지. 나는 그가 누군지 전혀 모르니 자기를 있는 그대로 좋아하는 게 틀림없음을 알았을 것이다. 왜 그가 그렇게 젊은데도 부자였는지. 그러나 내 눈에 그가 축구선수처럼 보이지 않았을 뿐이다—나는 축구선수들이 런던 중심가 아파트가 아니라 교외의 맨션 같은 저택에 사는 줄 알았다. 그리고 이것도 편견인 줄 알지만, 그는 너무 교양 있고 너무 신사적으로 보였다. 그의 누이는 분명히 모델이고 그 패션 디자이너의 친구인 것 같다. 그래서 그가 그 클럽에 있었던 것이다. 부상으로 무릎 수술을 받았고 회복중이라 금요일 밤 외출이 허용되었을 것이다. 나는 피트라는 경찰이 내 독방 밖에서 누군가에게 얘기하는 걸 듣고 이 모든 걸 알게 되었다. 그는 거의 울고 있었다. 첼시 서포터가 틀림없다.

물론 누구나 그렇듯이 나도 로베르토 몬테이로라는 이름은 들어보았는데, 축구에 관심 가진 적이 없고 바보 같은 소리지만 잔뜩 긴장해 제정신이 아니어서 그냥 몰랐다. 웃음이 나올 것 같다. 신경질적이고 미친 사람이 된 것 같다. 내 멍청함에 화가 난다. 로비는 내게서 뭘 보았을까? 궁금하다. 그저 자기가 누군지 내가 모른다는 것? 아니면 그 이상의 무언가? 나는 그에게서 뭘 보았나? 단지 남편을 떠올리게 한다는 것? 나는 절대 알지 못할 것이다. 곧 굵고 큰 눈물방울이 뚝뚝 떨어진다. 나는 로비를 위해, 절대 완성

되지 못할 그의 젊음과 장래와 아름다움을 위해 운다. 그러자 지금 껏 일어난 다른 모든 일이 떠오른다. 나는 더러운 침대에 몸을 웅크리고 누워 온 세상이 그냥 망해버리기를 바란다.

61

캐럴라인은 쌍둥이 언니의 남편을 유혹했을 때 기이한 승리감을 느꼈다. 공정한 게임 같았다. 에밀리는 어쨌든 그를 버렸고 그녀, 캐럴라인을 향한 벤의 욕망은 너무도 강렬하고 온 마음을 사로잡은 것이라 그녀 스스로가 강하고 대단한 사람처럼 느껴졌다. 그들 둘 모두에게 해방이었던 그 순간 그녀는 평생에 걸친 언니와의 경쟁에서 궁극적인 승리를 거두었다. 그러나 그 일 직후 그가 그녀를 거칠게 밀어내고 벌떡 일어나 혐오스럽게 노려보며 방에서 뛰쳐나갔을 때 그녀는 그가 품은 증오의 깊이를 깨달았다―그들의 행위는 사랑이 아니라 증오로 바뀌었고, 그녀는 아무것도 성취하지 못했음을 깨달았다. 술을 더 따르는데 심장이 조여드는 느낌이 들었다. 왜 아무도 자신을 사랑하지 않는지 의문이었다. 내게 무슨 문제가 있을까?

캐럴라인은 밤새도록 벤의 소파에 머물며 바보같이 술을 마셨고 아침이 되자 살그머니 위층 그의 방으로 올라가 쾅 닫힌 문을 빤히 바라보았다. 그가 나오기를 바라면서. 문을 열고 그냥 불쑥 들어갈까 고민도 했지만, 손잡이가 곧 떨어질 것처럼 이상한 각도로 걸려 있어서 결국 생각을 고쳐먹었다. 그는 어젯밤 정말 아주 무서웠다—그래서 그녀는 돌아서서 비틀거리며 거리로 나갔다. 휘청휘청 길 끝까지 100미터 남짓 걸어가 주류 판매점 앞에 멈춰 섰다. 가게의 녹색 철창살은 이빨처럼 닫혀 있었다. 그녀는 연석에 서서 버스가 지나쳐갈 때 불안정하게 흔들렸다. 결국 지나가는 차가 없을 때 길을 건너고 반대편 골목을 따라 비틀거리며 걸었다. 뭘 해야 할지, 어디로 가야 할지 알 수 없었다. 그녀는 어느 집 정원 담에 걸터앉아 재킷에 머리를 묻고 과장된 몸짓으로 요란하게 흐느끼기 시작했다. 오 분여간 그러고 있었을 때, 유나이티드 셔츠를 입은 젊은 남자 둘이 거들먹거들먹 지나가며 말했다. "힘내요, 첼시 서포터인가보네." 그녀가 어리둥절해 고개를 들자 그들이 웃으며 말했다. "못 들었어요? 로베르토 몬테이로가 죽었어요."

62

나는 홀로 이 독방에서 몇 시간 동안 독한 생각을 하고 있고, 지루한 듯한 경찰이 십오 분마다 주의를 흩뜨려놓는다. 결국 깜빡 졸았는지 작은 문을 통해 식사가 떨어질 때 깬다. 간수는 여전히 증거 수집중이라 한동안 심문이 없을 거라고 말한다. 나는 그 말을 들었다는 내색을 하지 않는다. 무례하게 굴고 싶지는 않지만 심문을 당하든 말든 상관없고, 다시는 이 독방을 떠나지 못해도 상관없다. 그들이 주는 식사는 라자냐인데, 마트에서 파는 즉석식품 포장을 벗기고 전자레인지에 데운 게 틀림없다. 지난밤 카레 이후로 아무것도 먹지 못했다. 더이상 사는 데 큰 관심이 없지만 위장은 계속 나를 배반하며 꾸르륵거리고 그래서 몇 입 떠먹는다. 의외로 꽤 괜찮아 다 먹는다. 약간 놀랍다. 그들은 내게 플라스틱 숟가락만 주었다. 확실히 나이프와 포크를 맡길 수 없는 사람인 것이다.

다 먹고 나니 제복 입은 경찰관이 마치 숟가락이 소중한 물건이라는 듯 다시 돌려달라고 요구하고, 그래서 나는 작은 문을 통해 숟가락을 건넨다. 다시 침대에 누운 뒤 오랫동안 아무 일도 일어나지 않는다. 중간중간 밖에서 고함과 욕설, 심한 실랑이가 들려올 뿐이다. 그때 또다른 독방 문이 쾅 닫히고 구슬픈 고음의 통곡이 시작된다. 아까 고함은 어떤 언어인지는 알 수 없어도 낮은 톤에 위협적인 목소리였으니 틀림없이 다른 사람이다. 주위가 점점 어두워지고 나는 독방 구석의 화장실을 사용한다. 어스름 속에서도 오물로 얼룩져 역겨운 상태라는 걸 알 수 있다. 그리고 다시 누워 잠이든다.

잠에서 깨자 날이 밝았고 전자레인지에 데운 아침이 내게 떨어진다. 무슨 일이 일어나고 있는지, 이다음 무슨 일이 일어날지 물어야 하나 싶지만 너무 무기력하고 냉담하다. 그냥 귀찮은 게 딱싫다. 대신 일어나 앉아서 부적절한 도구를 들고 어린아이처럼 목구멍에 음식을 쑤셔넣는다. 다 먹기도 전에 문이 열리고 매우 깨끗한 청바지와 잘 다린 줄무늬 셔츠를 입은 젊은 남자가 일어서라고 말한다. 심문 준비가 끝난 것이다. 월요일 아침이 틀림없다—나는 일터에 있어야 한다. 지금쯤 모두 출근해 내 이야기를 하고 있을 것이다. 나는 희대의 이야깃거리가 틀림없다. 일어나면서 뼈가삭은 느낌이 든다. 경찰관은 내게 그를 따라가라고 한다. 그가 나를 데리고 통로를 따라 다른 비참한 죄수들을 지나가는 동안 누군가 고함을 치고 욕을 하고 내보내달라고, 개밥을 줘야 한다며 사정한다. 어딘가에서 오도 가도 못하고 굶주리고 있을 개가 불쌍하고, 그 생각이 나를 울게 만든다. 마지막 경찰 심문 이후 일 년이 지나 또다시 받을 생각을 하니 고문 같다. 이번에는 로비 때문에 심한 죄책감과 상실감이 든다. 서 있기도 어렵지만 서 있으려고 최선을 다한다. 우리는 이중문을 통과해 걷고 또다른 활기 없는 복도를 따라 창문 없는 작은 방으로 들어간다. 방에는 책상 하나, 주황색 플라스틱 의자 세 개와 커다란 구식 녹음기가 있다. 형사는 내게 앉으라고 말하고 내 맞은편에 놓인 의자 중 하나를 잡아 앉는다. 그는 너무 말끔해 보인다. 이런 환경에 어울리지 않게 굉장히 최근에 빤 듯한 옷을 입고 있다.

나는 뒤로 기댄 채 다시 나 자신을 들여다본다. 마치 배우의 사진을 바라보는 듯한 감각에 냉정하고 이상하게 차분한 느낌이 든다. 얼마나 기다렸을까. 아마도 삼십 초쯤 뒤 또다른 단순한 차림의 경찰관이 들어오고 이번에는 여자다. 그녀가 자리에 앉자 심문이 시작된다. 그들이 변호사를 원하는지 다시 묻지만 나는 뭐가 어떻게 되든 상관없다. 그래서 아니라고, 고맙지만 괜찮다고 말한다.

나는 그들이 던지는 모든 질문에 답한다. 어떻게 사망자를 만났고, 어떻게 그의 집에 있게 되었고, 우리가 지난 36시간 동안 뭘 했는지. 나는 내 이야기가 추잡하고 비도덕적으로 들린다는 걸 깨닫는다. 실제로는 전혀 그렇지 않다는 걸 알아주면 좋겠는데. 낭만적이었고 특별했고, 결국 죽을 운명이라면 그렇게 시간을 보내는 것이 어떤 방법보다도 좋을 것이다. (이 시점에서 내가 흐느끼기 시작해 별수없이 몇 분간 심문이 멈춘다.) 내가 조용해지자 그들은 약에 대해 묻는다. 나는 그것이 내 친구 것이고 우리는 아주 약간만 했을 뿐이라고 말한다. 그때 그들이 나를 멈추고 말한다. "당신이 몬테이로 씨에게 그 약물을 공급했다는 뜻입니까?" 그리고 나는 대답한다. 네, 내가 그런 것 같아요.

　　나는 이 사건에 대해 아무것도 생각하고 싶지 않다. 무슨 소용인가, 어차피 그는 돌아오지 않을 텐데. 그럼에도 그들은 질문을 더한다. 내 친구가 누구인지, 어떻게 만난 사이인지, 그녀가 무슨 일을 하는지, 정식 이름과 주소는 무엇인지, 그런 것들. 나는 그 약이 내 것이라고 말했어야 한다는 걸 뒤늦게 깨닫지만 그들에게 압박을 받고 있어 다른 할말이 떠오르지 않고, 그래서 사실대로 털어놓는다. 나는 이제 에인절까지 곤란하게 만들었고 그녀를 이 모든 한심한 일에 끌어들여서 마음이 불편하다. 마침내 그들은 심문을 멈추고 나를 독방으로 돌려보낸다. 이다음 무슨 일이 있을지는 알려주지 않고 나를 거기 내버려둔 채 그냥 문을 잠근다. 그래서 나는 눕는다. 이번에는 등을 대고 누워 천장을 노려보며 생각을 정리하려고 애쓴다. 그들은 정말로 내가 그를 죽였다고 생각할까? 아니, 내가 그를 죽인 건가? 그는 성인이고, 자기 의지로 약을 했다. 그렇지 않은가? 약에 무슨 문제가 있었을까? 그 약이 그를 죽였다면 나는 왜 죽지 않았는가? 나는 이제 나 자신, 내 가족 때문에 슬프다. 내가 그들에게 안길 수치 때문에 슬프다. 그러나 슬픈 원인의 대부분은 로비다. 그가 죽었다는 게, 또다른 인생이 헛되이 낭비되었다는 게 슬프다. 내 삶이 이번에는 정말로 끝장났다는 게 슬프다. 여기서 되돌아갈 방법은 없다.

몇시인지 모르겠다. 제복 입은 경찰관 한 명이 독방 문을 열고 마치 여기가 호텔이고 나를 객실로 안내하는 것처럼 따라오시라고 예의바르게 말한다—이 일을 막 시작한 사람이 틀림없다. 그런 느낌을 풍긴다. 정말로 다정하다. 나는 더러운 침대에서 몸을 일으켜 가장자리에 앉은 채 다리 사이에 머리를 파묻는다. 그러면 더러움과 수치를 떨어낼 수 있다는 듯이. 경찰관은 끈기 있게 기다리다 마침내 내가 일어서자 독방에서부터 기다랗고 차가운 복도를 따라 또다른 방으로 나를 데려간다. 모든 게 내게는 똑같이 회색이고 우울해 보이지만 아마도 처음 배정받은 방 같다. 여기서 또다른 단순한 차림의 경찰관이 나를 기다린다. 그는 말한다. "캐서린 에밀리 브라운, 당신을 A등급 마약, 즉 코카인 소지죄로 기소합니다. 보석이 허가되어 하급재판소에 출석하게 될 것이며 소환 당일 반드시 와야 합니다."

나는 어리둥절해져 그를 본다. 그의 말에 살인이라는 단어는 어디 있지? 보석이라니 무슨 뜻인가? 왼쪽 볼이 움찔거리기 시작한다. 전에는 그런 적이 한 번도 없었다. 입이 딱 벌어진다. 얇고 하얀 파자마 차림으로 얼굴이 움찔거리고 눈은 비참함으로 무겁게 늘어진 채, 나는 그저 상황 파악을 못하는 사람 꼴이다. 그래서 그가 다시 말한다. "브라운 씨, 가도 좋다는 뜻입니다."

무엇을 입을지가 문제다. 내 아름다운 녹색 드레스는 사라졌다—증거로 채택되어 지금 어디 있는지 아무도 모르는 것 같다.

나는 딱히 상관없지만 그들은 옷이 언젠가 나타날 거라고 안심시키며 최소한 신발은 돌려준다. 경찰에서 준 파자마 차림으로 가고 싶지는 않다. 아무리 탈주중인 범죄자가 된 기분이라 해도 그런 인간으로 보이고 싶지는 않다. 그러나 분실물 관리과에서 제공한 옷은 역겨운 냄새가 난다. 결국 택시를 부를 수만 있다면 흰옷을 입고 내 힐을 신는 게 가장 낫겠다는 결론을 내린다. 택시는 안내 데스크에 부탁해야 할 것이다. 그들이 버저를 누르자 그것으로 끝이다. 그들은 나를 보내준다. 나는 이제 카운터 반대편, 자유로운 세상에 있다. 인파가 떼로 모여든다. 붐비는 가운데 누군가 내 사진을 찍는다. 나는 깜짝 놀란다. 플래시 때문이 아니라 구석에 앉아 있는 사람 때문에. 전보다 더 늙고 마른데다 한없이 슬퍼 보이는 그는 내 남편이다.

3부

63

택시 밖 세상은 지나치게 밝고 지나치게 분주해 보인다. 내 머리
로는 이해할 수 없을 정도로 너무 생기가 넘친다. 나는 남편과 함
께 차를 타고 런던 서쪽에서 북쪽으로 이동중이고, 창문에 기대 몸
을 웅크리고 내 안으로 움츠러든 채 앉아 있다. 별로 좋은 모습은
아니라도 그다지 나빠 보이지도 않는다. 나는 경찰이 준 흰색 옷을
입고 은색 스틸레토를 신은, 보석으로 풀려난 평범한 젊은 여자일
뿐이다. 어제 살인 혐의로 체포되었다가 지금은 자유의 몸이 되었
지만 한층 더 덫에 걸린 느낌이다. 날씨는 상쾌하고 바깥의 햇빛은
라디오에서 화사한 5월 아침이라고 할 법한 날인에도 택시 안은
어두침침하고 불길하다.

다른 선택의 여지가 없을 때 옛날 존재, 옛날 이름으로 슬그머니
돌아간다는 게 얼마나 쉬운지 우스울 정도다. 벤은 여전히 나를 에

밀리라고 부르고 나는 굳이 고쳐주지 않는다. 존재가 발견된 지금, 싫어도 과거를 마주해야 하는 지금 캣 브라운으로 살려고 애써봐야 무슨 소용인가? 나는 벤과 함께 떠나고 싶지 않았다. 그러나 한편으로는 절박하게 그러고 싶었다. 경찰서에서 기다리는 그의 모습을 보았을 때는 심장이 고동치는 동시에 쿵 내려앉았다―그가 여전히 나를 사랑할지도 모른다는 생각에 고동쳤고, 어쨌든 내가 한 모든 짓을 그가 어떻게 용서할 수 있겠는가 싶어서 내려앉았다.

　나는 택시에 조용히 앉아서 증발해버릴 수 있기를, 희미해지는 유령이나 죽어가는 영혼처럼 떠날 수 있기를 바란다. 이렇게 벤의 눈에 담긴 실망과 상실감의 표정을, 나를 향한 사랑의 마지막 한 조각이 마침내 사라지는 걸 마주할 필요 없이. 벤은 똑바로 앉아 있고, 경찰서에서 한마디를 한 후로 아무 말도 하지 않는다. "안녕, 에밀리. 나랑 같이 가는 게 최선일 것 같아." 그러더니 팔꿈치를 잡고 부드럽게, 그러나 정확하게 나를 이끌어 대기중이던 기자들 무리를 지나서 택시에 올랐다. 그의 손이 상의의 얇은 면직물을 건드렸을 때 온몸이 움찔했다. 마치 아드레날린 주사를 맞은 것처럼, 어쩌면 내 삶이 다시 시작된 것처럼. 체포된 후로 느꼈던 그 이상한 가짜 감각이 사라지고 며칠 만에 처음으로 나 자신이 명료해지고 자유롭게 해방된 느낌이었다. 그날, 5월 6일 이후 처음으로. 그리고 내가 슬픔 아래서 본 것은 작은 희망 한 조각이었다.

　벤은 지난밤 엄청나게 화를 내고 못마땅해하는 부모님 댁에 찰리를 데려다주고 나를 다시 잃기 전에 찾으려고 가장 이른 기차로 이곳에 왔다. 그는 간밤에 묵었던 햄프스테드의 작은 호텔로 나를 데려간다. 깨끗하고 기본적인 시설을 갖춘 호텔은 지낼 만하지만 우리 피날레의 배경이 되기에는 너무 단순하고 개성이 없다. 나는 물론 찰리가 함께 오지 않아서 안심한다. 그 녀석에게는 너무 힘겨운 시간이었을 것이다. 그러나 나는 찰리가 미치도록 보고 싶기도 하다. 어쨌든 이제 벤을 보았으니 찰리도 봐야 한다. 붙들고 끌어안고 미안하다고 말해야 한다. 최대한 빨리.

올라간 방은 깔끔하게 텅 비었고 공허하고 우리의 역사가 전혀 없다. 어쨌든 그렇게 나쁜 곳은 아닐 것이다. 나는 샤워를 하는 게 어떠냐는 벤의 제안에 따른다. 옷을 벗으며 내가 더럽고 실제로 악취가 나는 걸 깨닫는다. 샤워 물줄기가 나를 후려치는 강철 같고 나는 아프도록 뜨겁게, 아프도록 세게 물을 튼다. 그렇게 맞아도 싸다. 욕실을 나와 벌게진 몸에 수건을 두른 채 창피해하지만 입을 게 하나도 없다. 벤이 내 눈을 바라보며 말한다. 자기가 나간 동안 새것처럼 새하얀 침대에 들어가 쉬든, 텔레비전을 보든 아무튼 도망치는 것 말고 뭐라도 하겠다고 약속하면 시내로 달려가 내가 쓸 물건을 사오겠다고. 나는 그를 똑바로 보고 약속한다. 그러자 그는 나를 믿어도 좋은지 모르겠다는 듯 잠시 문가에서 어색하게 서성거리다 마침내 조용히 말한다. "이따 봐, 에밀리." 이 기회에 떠나야 하나 나는 잠깐 고민하지만 그냥 침대에 눕고, 잠이 내 결정을 몰아낸다.

단호하게 딸깍거리는 카드키 소리에 이어 무거운 문이 열리고

벤이 들어온다. 아주 잠깐 나가 있었던 것 같다. 그가 사온 옷가지
는 캣이 아니라 에밀리에게 어울리지만 상관하지 않는다. 정말로
상관없다. 나는 우습게도 여전히 시선을 의식하며 다시 수건을 두
르고 욕실로 들어간다. 그곳에 벤이 나를 위해 모든 것을 펼쳐놓았
다. 진한 청바지와 흰색 면 셔츠를 입고 나온 나는 죄가 없는 새사
람처럼 보인다. 사실 그와 마지막으로 보았을 때만큼 마르지 않아
서 청바지는 약간 끼지만. 나는 침대에 어색하게 앉아 두 손을, 샤
워로 씻어내지 못한 더러운 손톱과 반지가 있었던 자리를 본다. 벤
은 책상 의자에 앉아 있고 우리 둘 다 뭘 해야 할지, 더이상 어떻게
나아가야 할지 알지 못한다. 할말이 너무 많지만 어디서 시작할지
어떻게 알겠는가? 오랜 침묵과 가슴 저미는 고독 끝에 벤이 대화
를 시작한다. 그는 잡담 없이 곧바로 요점으로 들어간다.

"에밀리, 그날 무슨 일이 있었는지 말해줘야 해. 난 당신을 밀어
붙이고 싶지 않았어. 당신이 원할 때 말해줄 거라 생각했어. 하지만
당신은 도망쳤고 나를 떠났어. 당신은 우리 둘 다를 위해 그 이야
기를 할 책임이 있어. 나하고 다시는 관계없는 사람이 되더라도."

나는 벤을 바라본다. 그가 옳다는 걸 안다. 나는 얼마 전 살인 혐
의, 그것도 자그마치 유명인을 죽인 혐의로 체포되었지만 이것이
진짜 이야기다. 너무나 오랫동안 간직해왔다. 그의 눈에서 본 사랑
이 내게 용기를 준다. 그래서 멍한 침묵이 더 흐른 후 나는 마침내
입을 열고 말하기 시작한다.

64

15개월 전

닭 종류가 너무 많아서 캐럴라인은 어디서부터 시작해야 할지 몰랐다. 가슴살, 껍질 벗긴 가슴살, 고급 가슴살, 넓적다리, 날개, 다리, 토막낸 것, 방사 사육된 닭, 옥수수 사료를 먹인 닭, 유기농 닭, 통닭, 4분의 1마리, 영계, 기타 등등. 캐럴라인은 부르르 떨며 환한 불빛과 반짝거리는 포장지 아래 창백한 고기들이 빛나는 진열대 사이 통로를 지나 계산대 뒤까지 곧장 걸어갔다. 이제 레시피가 정확히 기억나지 않았다. 양파와 사워크림 사이에는 그냥 '닭 300g'이라고만 적혀 있었다. 결국 그녀는 방사 사육된 닭의 껍질 벗긴 가슴살을 골랐다. 유기농은 아니었다. 유기농은 터무니없이 비쌌다. 캐럴라인은 꼼꼼하게 목록의 물품을 처리해나갔다—

우유, 체더, 염소 치즈, 요거트. 선택지가 너무 많아서 원하는 것을 발견하고 제대로 된 타입과 사이즈를 적절한 가격에, 기왕이면 행사 품목으로 사는지 확인하는 데 아주 많은 시간이 걸렸다. 마치 수학적인 대규모 보물찾기 같았다. 그녀는 다음 통로로 이동했고 (토마토 통조림, 콩, 케첩, 허브, 파스타를 사야 했다) 기묘하게도 이 순간을 즐기고 있는 자신을 발견했다. 그녀는 장 볼 목록을 든 채 카트를 밀고 통로를 돌아다니며 이제 한심한 인스턴트식품 구매자가 아니라, 더 나쁘게는 과일, 다이어트 콜라, 껌 말고는 아무것도 사지 않는 구제불능 거식증 환자가 아니라 마침내 제대로 관계를 맺고 사는 진짜 인간이라는 걸 증명하고 있었다.

한 시간 반 후에는 거의 모든 것을 골랐다. 드디어 마지막 통로, 음료 섹션에 도착했다. 그녀는 빌이 마실 맥주 한 팩과 자기 몫으로 토닉 워터 세 병을 골랐다. 줄줄이 늘어선 술 앞에서 자제력을 발휘할 수 있어 안심이었다. 그녀는 최근 이 정도까지 발전했다. 카트는 이제 거의 다 찼고 전부 비용이 얼마나 나올지 잠시 궁금했지만 그건 별로 중요하지 않았다. 그녀는 자신에게 만족감을 느꼈고 어른이 된 기분이었다. 계산대 앞에 이르러 필요한 것을 다 샀는지 다시 확인하려고 목록을 살펴보았다.

사워크림! 사워크림을 잊었다. 제기랄, 그녀는 생각했다. 그것은 목록 위쪽에 있었고, 닭 요리에 꼭 필요했다. 긴장하고 있던 목 아랫부분을 핀으로 찌르는 듯한 짜증이 느껴졌지만 축구 경기장 두 개를 합친 것만한 거리를 카트를 밀고 가는 동안 안정을 찾았고 얼굴에는 더없이 행복한 미소가 살짝 어렸다. 그곳에 돌아가자 이제 온도가 몇 도 더 낮아져 다시 몸이 떨렸다. 단지 추위 때문은 아니었다. 사워크림뿐 아니라 어떤 종류의 크림도 발견할 수 없었고―그저 요거트, 우유, 그리고 아까 오래 고민했던 온갖 종류의 치즈만 엄청나게 쌓여 있었다―아까보다 더 날카로운 짜증이 목 아래로, 이번에는 견갑골 사이로 내려갔다. 여기 어딘가 크림이 있어야 하지 않나? 씨발, 도대체 어디 있는 거야? 마트는 너무나 괴물 같고, 필요할 가능성이 있는 온갖 것이 온갖 종류별로 가득차 있었다. 더는 즐겁지 않고 숨막히게 짓눌리는 느낌이었다. 그녀는 카트 위로 몸을 웅크리고 물어볼 사람을 찾았다. 팔에 돋아난 소름이 확연하게 보였다―이 냉장고 같은 통로를 벗어나야 했다. 얼마나 온도가 낮은지 어이가 없을 지경이었다. 엄청나게 긴 통로를 위아래로 살펴보고―아무도 없었다―그 자리에 카트를 버려둔 채 쿵쿵거리며 코너를 돌아 끝부분에 진열된 파이와 페이스트리를 지나서 정육 섹션으로 갔다. 두꺼운 파란 기모 옷을 입은 남자가 낮은 발받침대에 앉아 포장된 채로 여전히 살아 있는 듯 생생한 선홍색 살덩어리들을 진열하고 있었다.

"저기요." 그녀는 조급함을 걷어내지 못한 목소리로 말했다. 남자는 고기 쌓기를 계속했다.

"저기요." 캐럴라인이 이번에는 좀더 크게 말했다.

직원이 고개를 들었다. 그는 대머리에 생각보다 젊었다. 살지고 늘어진 턱살 사이에 검은 염소수염이 묻혀 거의 보이지 않았고, 작은 입은 꽉 다물었다―꼭 여자의 성기 같다고 그녀는 짜증스럽게 생각했다.

"사워크림이 어디 있는지 알려주실래요?"

"32번 통로요." 남자는 우물거리며 다시 고개를 숙이고 스테이크를 보았다.

"32번 통로가 어디죠?"

남자는 그녀가 막 지나온 쪽을 향해 머리를 홱 돌리고 고기 쌓기를 계속했다.

"저기는 봤어요." 캐럴라인이 말했다. "안내해주시겠어요?"

고개를 드는 그의 표정이 이제 대놓고 적대적이라 보자마자 그녀는 거절을 예상했다. 그는 가장 낮은 선반을 지렛대 삼아 꾹 잡고 끙 소리를 내며 뚱뚱한 몸을 받침대에서 일으켜 두 발로 섰다. 그리고 잠에서 깨어나는 곰처럼 코너를 돌아 느릿느릿 움직였다. 그는 모호하게 한 팔을 흔들더니 방금 전까지 작업하던 특별 할인 등심 코너 쪽으로 다시 향했다.

"거기는 벌써 봤다니까요." 캐럴라인이 말했다. 이번에는 그녀도 자신을 어쩔 수 없었다. "그렇게 무례하고 게으르게 굴지 말고 좀 도와주죠? 그게 그쪽 일 아니에요?"

남자는 멈췄다. "손님, 또다시 그렇게 말한다면 상관에게 보고해야 합니다—이곳 직원은 존중받을 자격이 있어요."

"좋아요." 캐럴라인이 말했다. 그녀는 이제 소리를 지르고 있었다. "가서 그 멍청한 상관을 데려와요. 당신이 얼마나 게으르고 무식한 인간인지 말해줄 테니까." 그녀는 다른 고객들이 카트를 멈추고 두 사람을 빤히 보고 있는 걸 깨달았다. 남자는 자리를 떠 계산대로 향했고, 캐럴라인은 물건이 수북이 쌓인 카트와 함께 남겨졌다. 그러나 여전히 사워크림은 없고 모두가 그녀를 빤히 보고 있었다. 제기랄, 왜 저런 찌질이가 입을 놀리게 내버려두었지? 경비가 나타나 나가라고 하면 어쩌지? 저런 게 어떻게 감히 협박을 할 수 있지?

다른 고객들이 신중하게 거리를 두고 다시 움직이기 시작하자 캐럴라인은 결정을 내렸다. 그녀는 32번 통로 한가운데 그대로 카트를 버려두고 출구로 달려가 계산대 뒤쪽을 따라서 이른 여름날의 미지근한 온기 속으로 나갔다. 그리고 비틀거리며 차로 걸어가 끼익음을 내며 주차장을 빠져나갔다. 차가 너무나 격렬하게 지나가는 바람에 한 엄마가 걸음마하는 아기를 붙잡고 길에서 물러나도록 해야 했다. 그녀는 리즈 북쪽으로 돌아가는 큰길을 울부짖으며 달렸고 미친듯이 가속과 감속을 반복했다. 신호를 하나라도 놓치면 고함을 치면서 주먹이 아파 견딜 수 없을 때까지 문을 반복해 쾅쾅 쳤다. 집에 돌아온 그녀는 검은 소파에 엎드려 싸구려 가죽에 얼굴을 묻고 흐느꼈다. 마침내 울음을 멈추고, 빌이 집에 돌아오기 전에 진정하도록 도와줄 〈카운트다운〉을 켰다.

그날 밤 캐럴라인은 배달 음식을 주문했다. 빌에게는 미안하다고 사과하며 너무 바빠 계획과 달리 마트에 다녀오지 못했다고 말했다. 빌은 괜찮다고 말했고 중국 음식으로도 만족했다.

캐럴라인이 대형 마트에 다시 가는 일은 없었다. 대신 중간 규모의 마트를 발견하고 그리로 갔다. 집에서 차로 십오 분 거리인 리즈의 더 나은 동네에 있는 곳이었다. 물건 종류는 더 적었는데 그녀 생각에 좋은 일이었다. 보유한 상품은 훌륭했고 돌아보는 시간도 예전의 4분의 1 정도였다. 더 큰 매장에서처럼 몸이 얼지도 않았다. 그녀는 몸이 차가워지면 불안해진다는 걸 깨달았다. 38킬로그램도 나가지 않았고 절대 몸이 따뜻해지지 않던 열다섯 살 때의 감각을 상기시켰다. 어쩌면 그래서 그날 유제품 통로에서 그렇게 이성을 잃었을 것이다. 그런 일은 한 번으로 끝이라고, 그녀는 확신했다.

비록 이제 쇼핑은 크게 즐기지 않게 되었지만 요즘은 요리에 재미를 붙였다. 요리책 몇 권을 샀고 빌이 직장에서 돌아오는 시간에 맞춰 차를 준비하며 예기치 못한 기쁨을 느꼈다. 섭식 문제가 안으로 움츠러든 것처럼 아주 화려한 요리를 좋아하게 되었다. 칼로리가 높을수록 더 좋았다. 빌은 이따금 왜 그렇게 조금 먹느냐고, 왜 힘들게 만든 초콜릿 프로피테롤을 건드리지도 않느냐고 물었지만 그녀가 방어적으로 굴며 모든 것을 부정하자 결국 더는 묻지 않았다.

빌의 생일 전 금요일, 캐럴라인은 그날 아침 일주일 치 장을 봐두고 티타임을 위한 배노피 파이와 그전에 먹을 쇠고기 스트로가노프를 만들고 있었다. 금요일에는 특별한 일을 하는 게 좋았다. 빌이 대개 네시까지 집에 오기 때문에 함께 일찍 식사를 하고 소파에 달라붙어 영화를 볼 수 있었다. 때때로 그녀는 자기 인생이 얼마나 많이 달라졌는지 믿을 수 없었다―위기와 드라마로 점철된 엉망진창 인생이 어떻게 안정된 가정적인 생활로 대체되었는지 신기했다. 빌이 이전 남자친구들만큼 세련되거나 멋지지 않은 건 사실이었다. 약혼자가 될 뻔했던 도미닉만큼 잘생기기는커녕 그 근처에도 가지 못했다. 그러나 그는 착하고 한결같은 남자였고 그녀를 사랑했다. 요즘에는 그걸로 충분했다. 멜로드라마 같은 삶을 끝내고 그와 함께 사용하는 작은 테라스와 새로 설비한 주방, 벽을 없앤 방들, 모닥불 느낌이 나는 가스 기구에 만족했다. 그녀는 시내의 디자이너 패션 스토어에서 파트타임으로 일했다. 뭐, 돈을 많이 주는 것도 아니고 예전에 일하던 수준에 미치지도 못했다. 맨체스터에서 했던 일만큼도 좋지 않았다. 그러나 지금은 그걸로 충분했다. 그녀와 빌은 확실히 부유하지 않지만 원할 때는 언제든지 밤에 나가서 시간을 보낼 여유가 있었고 때로는 주말여행도 떠났다. 그리고 어쨌든 이렇게 느긋한 라이프 스타일은 임신 가능성이 더 커지는 걸 의미했다. 아직 그런 계획에 대해 빌에게 털어놓을 생각을 한 것은 아니지만. 캐럴라인은 혼자서 가만히 미소지었다.

열쇠 돌아가는 소리가 들리고 현관문이 흔들릴 때 그녀는 소파에 늘어져 〈딜 오어 노 딜〉을 보고 있었다. (그녀는 그 프로그램에 끔찍하게 중독되었다—그녀는 항상 뭔가에 중독될 필요가 있는 듯했다. 지금 중독된 것이 엄마처럼 칼로리 충만한 70년대풍 요리를 하고 쓰레기 같은 게임 쇼를 멍하니 보는 일이라면 확실히 예전의 방황보다 나은 것일까?) 그녀는 TV 볼륨을 조금 줄이고 그가 쿵쿵 걸어오는 신발소리를 들었다. 재킷이 바스락거리는 소리, 시끄럽게 층계를 오르는 발소리, 욕실에서 오랫동안 물이 튀기는 소리, 변기 물을 내리는 소리, 수도꼭지와 연결된 펌프가 켜지는 소리. 대개 그는 그녀에게 키스하려고 문 옆으로 머리를 들이밀지만 화장실이 급한 게 틀림없었다. 오, 안 돼! 콘테스트 참가자가 지금 막 '딜'을 받아들이지 않았다. 은행가가 3만 8000파운드라는 어마어마한 액수를 제안했는데. 그리고 방금 그는 상금 25만 파운드도 잃었다. 이제 별로 건지지 못하고 끝날 게 거의 확실하다. 머저리 같으니라고, 그녀는 생각했다. 저게 순 확률 게임이라는 걸 깨닫지 못하는 거야? 마침내 빌이 방안으로 들어오자 그녀는 고개를 돌려 미소지었다.

"안녕, 자기." 그녀가 말했다.

"안녕." 빌이 말하고 몸을 굽혀 살짝 키스했다. 캐럴라인의 손이 그의 목 주위를 쓸었지만 빌은 그대로 일어났다. "피곤해, 자기야." 그가 말했다. "오늘 어떻게 보냈어?"

"좋았어." 캐럴라인이 말했다. "마트에서 76.38파운드를 썼어. 난 예산 관리를 점점 더 잘하고 있어. 다섯시면 저녁 준비 끝나―당신이 좋아하는 걸 먹게 될 거야."

빌은 커다란 안락의자에 앉았다. 평소에는 캐럴라인이 무릎에 발을 올려놓도록 소파 끝에 앉아서 게임 쇼의 마지막 몇 분을 함께 보곤 했지만. 피곤한가보네, 그녀는 생각했다. 긴 일주일이었지. 그는 〈선〉지를 집어들었다.

"이거 안 볼 거야? 꽤 신나는데."

"됐어, 솔직히 좀 지루해."

캐럴라인은 어깨를 으쓱했다. "오늘 아침 에밀리가 전화했어. 우리를 세례식에 초대했어. 6월 6일이야. 녀석 목소리가 아기 티를 벗기 전에 해치우는 게 낫겠대." 그리고 그녀는 웃었다.

"알았어." 빌은 말하고 나서 계속 타블로이드지를 읽었다. 캐럴라인은 그를 보면서 조카의 세례식에 데려갈 사람이 있다는 것, 믿을 만하고 느긋하고 확실히 소동을 부리지 않을 사람이 있다는 것이 얼마나 좋은지 다시금 생각했다. 그는 정장을 입어도 멋졌다—비록 허리둘레가 약간 늘고 있는 건 그녀도 알아차렸지만. 아마 그를 너무 많이 먹이고 있을 것이다. 빌은 잘생길 뻔한 남자였다. 평범한 이목구비에 모든 게 제대로 된 자리에 있고 체격도 인상적이었다. 그러나 숱이 좀 줄고 있었고 머리가 몸에 비해 약간 컸다. 그래도 옷을 잘 입고 옷에 관심이 있었다—두 사람이 만나게 된 것도 그래서였다. 캐럴라인이 일하는 가게에 그가 온 것이다. 그녀는 호감을 숨기지 않는 그가 처음에는 한심했지만 얼마 후에는 우쭐해졌고, 마침내 한잔하자는 제안을 받았을 때는 자기도 모르게 좋다고, 그러자고 말하고 있었다. 첫날 저녁은 아주 신난다기보다 즐거운 정도였지만 어쨌든 달리 만나는 사람도 없어 다시 만나자는 제안에 동의했다. 그들은 곧 함께 자게 되었다. 놀랍게도 그는 그 방면에서 감탄스러웠다. 그녀는 그가 직접 개조한 집에 점점 더 자주 머물게 되었고, 오래지 않아 새 칫솔을 사고 그곳에 옷을 두고 집에는 거의 가지 않게 되었다. 최근 다니는 치료사가 남들을 있는 그대로 받아들이라고 충고해준 대로 그녀는 빌의 불완전한 외모와 그녀에 대한 열렬한 사랑, 두 사람이 함께하는 삶을 받아들였다. 처음으로 그녀는 제대로, 현명하게 행복했고 그 사실에 확신이 있었다.

"10파운드라니—저런 바보 멍청이, 3만 8000파운드를 가질 수도 있었다고!" 그녀는 비명을 질렀다.

빌이 고개를 들어 캐럴라인을 보았다. "난 자기가 왜 저런 쓰레기를 보는지 모르겠어." 그가 말했다.

"이건 내 일상의 일부야." 그녀는 여전히 일어나지 않은 채 말했다. 그런 자신에게 그녀도 놀랐다. "저게 무의미한 건 알아, 하지만 나도 어쩔 수가 없어. 가서 밥을 할게—십 분이면 저녁 먹을 수 있을 거야."

그녀는 소파에 걸친 다리를 쉴새없이 흔들었고 빌은 그녀를 보았다. 그리고 나서 그는 TV를 끄고 눈을 감았다.

테이블은 이미 세팅해두었다. 은색 동그라미가 그려진 회갈색 직사각형 매트와 그에 어울리는 포크와 나이프를 놓았다. 캐럴라인은 막 초에 불을 붙이려다가 어떤 이유로 멈추었다—빌은 그런 기분이 아닌 듯했고, 게다가 날이 점점 길어지고 있어서 아직 충분히 어둡지 않았다. 그녀는 빌의 잔에 맥주를 따라주고 자기 음료로는 얼음과 레몬을 띄운 토닉 워터를 준비했다. 그녀는 요즘 토닉을 엄청 마셨다. 진짜 술과 흡사해서 어쨌든 도움이 되는 듯했다.

빌이 테이블에 앉았고 그녀는 스트로가노프를 접시에 덜었다. "고마워, 맛있겠다." 그가 말했다. 음식을 먹는 그들의 침묵에는 어색한 기미가 있었다. 캐럴라인은 평소와 달리 할말이 딱히 떠오르지 않았다. 그녀가 일어나 라디오를 켰고 그들은 그저 그런 편한 노래를 들었다. 팻 래리스 밴드의 〈줌〉, 마이클 잭슨의 익숙하지 않은 발라드 같은 것. 빌이 접시를 치우려고 일어서며 말했다. "그런데 오늘 저녁 테리와 수의 집에 들르기로 약속했어. 아직도 보일

러에 문제가 있대."

"자기가 고쳐준 줄 알았는데?" 캐럴라인이 말했다.

"점화 불씨가 자꾸 꺼져서 계속 다시 켜줘야 한대. 번거로운 일이지. 별로 오래 걸리지는 않을 거야."

"알았어. 이따가 어떤 영화 보고 싶어?"

"상관없어—당신이 골라. 보일러 수리를 얼른 해치우는 게 낫겠어. 그래야 편히 쉴 수 있지. 이따 봐." 그는 그녀의 완벽한 엉덩이를 성의 없이 쥐고 나서 떠났다.

수와 테리는 옆집에 살았다. 수는 목소리가 크고 엄청 활기가 넘쳤고, 항상 똑같은 차림이었다—레깅스에 헐렁한 원피스 같은 끈 달린 상의. 젊은 여자처럼 거대한 가슴을 과시하는 옷들이었다. 짧은 머리에 몸통은 거대하고 발과 머리는 아주 작아서 신체 비율이 맞지 않았다. 테리 또한 꾸준히 비만을 향해 가는 중이었다. 그러나 그들의 두 아들은 뚱뚱하다기보다 튼튼했고 축구에 완전히 미쳐 있었다. 테리는 늘 연습이나 경기에 아이들을 데리고 다녔다. 빌에 따르면 진정한 열성 아빠였다. 캐럴라인은 수 같은 사람—시끄럽고 과체중에 교육받지 못한 사람—을 전에 한 번도 만난 적이 없었고 길에서 마주쳐도 딱히 인사하지 않았다. 누구도 캐럴라인에게 친절하지 않은 것을 보면 아무래도 캐럴라인이 얼마나 거만한지 수가 말을 퍼뜨리고 다닌 듯했다. 빌 같은 남자랑 살고 수와 테리 같은 이웃을 두고 여기서 뭘 하고 있나 하는 생각이 얼핏 스칠 때면 그녀는 단호하게 밀어냈다. 부정하며 사는 데는 능숙했다. 그녀는 행복했다.

캐럴라인은 불안하게 침대에 누워 있었다. 빌은 옆에서 가볍게 코를 골았다. 새벽 다섯시였고, 잠이 오지 않았다. 어슴푸레한 빛 속에서 희미하고 지루한 벽, 낮에 보면 조잡하지 않은 딥블루와 아쿠아색 가로줄무늬 커튼, 컨트리 스타일 옷장을 바라보았다. 어쩌다 자기가 결국 이런 집, 이런 삶에 정착하게 되었는지 다시 궁금해졌다. 옆으로 돌아눕는데 매트리스가 부드러운데도 갈비뼈가 아파서 똑바로 앉아 침대 옆 탁자에 놓인 스폿 램프를 켜고 빌의 눈에서 멀리 향하도록 각도를 조절했다. 그는 약간 뒤척였지만 깨지 않았다. 그녀는 그가 자는 모습을, 커다란 털북숭이 가슴이 잘생기고 각진 얼굴과는 별개의 독립적인 포유류처럼 잔뜩 취해 널브러진 듯 오르락내리락하는 것을 보았다―그러다 침대 옆 바닥에서 책을 집으려고 몸을 돌렸다. 그녀는 이제 육 개월 넘게 정식으로 빌과 살고 있었다. 관계는 잘되어가는 중이었고, 그는 그녀 안의 가장 좋은 부분을 끌어내고 안정감을 주었다. 삶의 나머지 부분도 괜찮았지만―일을 즐겼고 친구도 몇몇 새로 사귀었다―뭔지 알 수 없는 불안감을 느꼈다. 내가 이 삶에 순응하는 이유는 빌을 정말 원하고 지금 이곳이 내가 정말 있어야 할 곳이기 때문인가? 아니면 안정을 찾아야 한다고 느꼈을 때 마침 그가 주위에 있었기 때문인가? 아기에 대한 그녀의 욕망은 그녀 자신도 놀라웠다―페나인산맥 건너 맨체스터에 사는 유일한 조카에 대한 단순한 사랑도 그녀를 놀라게 했다. 그녀는 에밀리가 임신했을 때 자신이 완전히 미친년처럼 굴었던 걸 알지만 놀랍게도 씁쓸함과 질투는 아기가

일단 태어나자 사라졌다─아이는 순수하고 아무것도 섞이지 않은
온전한 존재이고 귀여웠다. 심지어 쌍둥이 언니를 더 가깝게 느끼
도록, 에밀리가 가진 것을 원하는 마음에 더 가까워지도록 만들었
다. 캐럴라인은 자신의 인생도 결국 정상이 될 수 있고 어쩌면 자
기도 다른 사람들처럼 평범하고 행복하게 살 수 있으리라고 느끼
게 되었다. 빌에게는 아직 말하지 않았지만 지금은 체온까지 기록
했다. 항상 정확한 때 가장 성적 매력을 풍길 수 있도록 노력도 했
다. 때때로 빌이 알아챈 것 아닌가 걱정스럽기도 했다─요즘 그는
섹스에 열의가 뚝 떨어진 듯했다. 어쩌면 남자들에게는 이면에 숨
은 동기를 알아차리는 레이더가 내장되어 있는지도 몰랐다. 가족
을 꾸리는 것에 대한 이야기는 이미 나누었다고 그녀는 자신을 안
심시켰다. 사실 그 제안을 한 사람은 그라고. 그러나 지금 침대에
누워서 생각해보니 그가 한동안 그 말을 꺼내지 않은 걸 깨달았다.
캐럴라인은 일단 그 일이 일어나면, 그녀 안에서 아기가 자라게 되
면 그도 괜찮다고 여기리라 확신했다.

　자고 있는 빌을 다시 자세하게 살폈다. 그리고 턱의 보조개와 스
폿 램프의 집중조명 때문에 길고 날카롭게 드리워진 그림자, 눈가
에 어린 선량함을 알아차렸다. 그래, 코를 좀 골면 어때? 그것은
익숙해질 것이다. 그녀는 그를 향해 몸을 움직여 위로가 되는 큰
몸뚱어리에 자기 몸을 감았다. 그가 끙끙거리면서 살짝 밀어냈지
만 그녀는 스르르 잠들 때까지 그대로 있었다.

　빌이 일하러 떠난 직후 초인종이 울렸다. 캐럴라인은 웬일로 일

어나서 벌써 블랙커피를 두 잔째 마시고 있었다. 우편배달부일 거라고 짐작한 터라—달리 누가 이렇게 이른 시간에 초인종을 울리겠는가—이웃집 테리가 왔을 줄은 생각도 못했다.

"네?" 그녀가 말했다.

"들어가도 됩니까?"

"빌은 집에 없어요."

"알아요. 난 당신하고 이야기하고 싶어요."

캐럴라인은 불편했다. 테리는 끔찍한 모습이었다. 그가 그녀에게 이야기하고 싶은 일이 뭐가 있을까? 그녀는 화가 났다. 머리를 감아야 했고 드라이하는 데 시간이 오래 걸렸다. 요즘 머리가 너무 길었다.

"들어오세요." 그녀는 말하고 그를 주방으로 안내했다. 마실 것은 권하지 않았다—그가 머무는 시간을 늘리고 싶지 않았다. 그들은 서로에게 할 이야기가 없었다.

테리는 의자를 빼서 탁자를 등진 채 거대한 엉덩이를 올려놓았다. 쓰러질 것처럼 불안정해 보였다. 그가 빤히 보았지만 그녀는 여전히 사태 파악이 되지 않았다. "네?"

"당신 집 빌이 내 아내랑 놀아나고 있는 걸 알고 있습니까?" 그가 마침내 말했다.

캐럴라인은 팽창하는 듯한 테리의 거대한 실루엣 뒤로 창문턱에서 갈색으로 변해가는 선인장을 바라보았다. 물을 줘야겠어, 그녀는 생각했다. 말라가고 있잖아.

"무슨 소리세요?" 그녀가 말했다.

"말 그대로예요. 당신 집 빌과 내 아내 수, 그들이 바람을 피우고 있어요."

캐럴라인은 어떤 감정이든 느껴보려고 애써보았다. 허를 찔렸다. 맨 처음 감정은 역겨움이었다. 어떻게 그런 고래 같은 여자, 거대한 지방 덩어리, 목과 손목 주위에 살이 주렁주렁 늘어진, 끔찍한 거대 가슴을 가진 여자와 잘 수 있지? 두번째는 부적절함이었다―그녀는 깡마른 체구와 슈퍼모델 같은 가슴 때문에 모든 면에서 수와 반대였다. 세번째는 혼란이었다―어떻게, 언제, 어디서 했단 말이야? 그때 그녀는 보일러, 새는 수도꼭지, 망가진 오븐을 기억해냈다. 그리고 처음으로 그때마다 금요일 밤이었다는 것, 그들이 저녁을 먹은 후 함께 영화를 보거나 그녀의 최근 체온 기록표에 따라 섹스를 하기도 했던 그사이 시간이라는 걸 깨달았다.

"캐럴라인?" 테리가 말했다. "괜찮아요? 여기, 앉아요."

"금요일 저녁마다 당신은 어디 있었어요? 당신과 아이들은 어디 있었죠?"

"축구 연습을 하러 가서 여덟시까지는 돌아오지 않아요. 그때마다 일이 벌어졌어요. 수의 상황에 따라서 때로는 아침에도."

지금은 그 모든 것이 명확해 보이지만, 빌은 말할 것도 없고 누군가가 수를 매력적으로 여기리라고는 상상조차 할 수 없었기 때문에 희미하게라도 의심하지 않았던 것이다. 그녀는 이제 수의 반짝거리는 눈, 예쁘고 살진 얼굴, 전염성 강한 웃음을 생각했다. 씨발. 강렬한 분노를 느꼈다. 빌은 그녀가 피할 수만 있다면 이웃들과 절대 말을 섞지 않는 걸 알았다. 그녀가 테리에게 보일러는 어

떠나고 걱정스러운 듯 물을 이유는 전혀 없었다. 그는 그 점을 이용해 하고 싶은 대로 해왔다. 바로 옆집에서, 오똑 솟은 그녀의 완벽한 코 바로 아래서.

더는 어떤 말도 참고 들을 수 없었다. 캐럴라인은 문 쪽으로 움직였다. 테리는 보이지 않는 끈으로 연결된 듯 자리에서 일어나 그녀 뒤를 따라 현관문으로 곧장 향했다. "지금 가주셔야겠어요." 그녀는 말했다. 목소리가 지나치게 크고 냉정했다.

테리는 훌쩍거리기 시작했다. "그녀가 나를 떠나 빌에게 가고 싶대요."

"글쎄요, 그건 그녀에게 달린 문제죠." 캐럴라인이 말했다. "그녀 마음이 어떻든 나하고는 아무 상관 없어요."

"무슨 로봇이에요?" 테리가 말했다. "조금도 신경 안 쓴다고요?"

"모르겠어요." 캐럴라인은 간단히 말하고 문을 닫았다.

캐럴라인은 직장에 전화를 걸어 아프다고 말하려 했으나 그러지 못했다. 대신 주방에 뿌리박힌 듯 앉아 있었다. 말 그대로 전혀 움직일 수 없었다. 테리가 앉아 있던 의자, 여전히 어색한 각도로 놓인 의자를 빤히 바라보기만 했다. 그것 때문에 주위가 지저분해 보였다. 그녀는 얼어붙은 느낌이었다—어떤 감정을 느껴야 할지, 무엇을 해야 할지, 어디로 가야 할지 알 수 없었다. 두 시간쯤 흘렀을까 그제야 일어설 수 있을 것 같았다. 그래서 포크와 나이프를 넣어두는 서랍으로 건너가 끝이 잔인하게 휘어진 작고 치명적으로 날카로운 칼을 골랐다. 그녀가 알기로는 과일칼이었다. 그녀는 이리저리 각도를 돌려가며 칼을 살펴보았다. 마침내 밖의 죽어가는 선인장 너머로 태양이 칼의 강철못에 빛을 비춰 경고 신호를 보낼 때까지. 그녀는 손목을 보았다—정맥이 파란 흉터처럼 오만하고 검푸르게 도드라져 있었다. 칼끝이 턱, 뺨, 이마, 목을 지나 다시 손목에 닿는 걸 느꼈다. 그리고 주방을 떠나 정확하고도 조심스럽게 걸음을 내디뎌 몇 시간 전만 해도 빌과 같이 있었던 위층 방으로 갔다. 침대에 앉아 오랫동안 멍하니 불쾌한 주황색 소나무 옷장에 눈이 먼 사람처럼 시선을 주었다. 그녀는 7센티미터가 넘는 칼날을 간절히 응시했다. 그 아름다움에 감탄하고 그것의 가능성을 느끼면서. 그걸 다시 손목에 대고 아주 조금 눌렀다. 다시 시선을 옷장으로 향했다.

그리고 여전히 캐럴라인은 그 자리에 앉아 있었다. 아무것도 하지 않고, 아무것도 느끼지 못하고, 여전히 마음을 정하지 못한 채.

기나긴 시간이 흐른 후 마침내 어떤 감정이 찾아들었다. 그것은 자유롭게 해방된 순수한 분노였다.

그녀는 목구멍 깊숙이 으르렁거리며 옷장을 향해 몸을 던져 문을 팩 열어젖히고 단검처럼 칼을 높이 쳐들어 안에 든 것들을 공격했다. 작고 치명적인 무기로 그의 셔츠와 재킷과 바지를 찢고 긁어댈수록 점점 더 화가 치솟는 걸 느꼈다. 분노의 비명과 욕설은 옆집 수에게도 들릴 정도였다. 수는 거대한 깍지콩처럼 옆방에서 몸을 웅크린 채 울고 있었다. 마침내 포효를 멈춘 캐럴라인은 빌이 돌아오면 그에게도 똑같은 짓을 할지 모르니 그의 심장을 도려내기 전에 집을 떠나야 한다는 걸 알았다. 그녀는 가방과 전화와 차

열쇠를 들고 미처 가다듬지 못한 숨을 헐떡거리면서 이글거리지만 메마른 눈빛으로 집을 떠났다.

65

나는 만족스럽고 졸린 기분으로 침대에 누워 있다. 벤은 막 샤워하러 들어갔고 나는 "엄마아아아아"라고 부르는 작은 목소리가 들리기 전에 이 짧은 막간을 즐긴다. 이제 일어날 시간이다. 햇빛이 커튼 너머에서 격렬하게 쏟아져들어와 벌써 따뜻해졌지만 기분좋게 잠이 올 만큼이다. 5월 초의 목요일 아침. 나는 내가 얼마나 믿을 수 없을 만큼 운이 좋은지 의식하지 않을 수 없다. 매력적인 남편, 아름다운 아들과 함께 맨체스터의 이 멋진 동네에, 사랑스러운 집에 살고 있다. 너무나 친근하고 여유롭고 생명력으로 가득찬 이곳은 시내 중심가와 가까우면서도 우리가 주말마다 즐겨 가는 피크 디스트릭트의 야생과도 여전히 가깝다. 무심코 내린 한 가지 결정—낙하산 점프를 하러 가기로 한 결정—이 나를 여기로, 지금이 순간 이 집의 이 침대로 이끌었다니 믿을 수 없다. 나는 침대에 누워 내 안에 간직한 남편의 따뜻한 기억을 음미하고, 아들은 여전히 순하게 자고 있다.

이제 일곱시 삼십분인 걸 보니 잠깐 졸았던 게 틀림없다. 정말로 일어나야 하지만 마음은 계속 사뿐사뿐 떠다닌다—아마 햇빛 때문일 것이다. 일주일 내내 비가 내렸고, 오늘은 춥고 혹독한 겨울 이후 처음 맞는 진정한 봄날이다. 조금 우습지만 나는 온 세상에 감사하는 마음을 지울 수가 없다. 아마 호르몬 때문일 것이다. 지난번에도 이랬다. 이번에는 제정신이 아닌 내 가족도 걱정되지 않는다. 마침내 모두가 자리를 잡은 듯하다. 엄마는 산악 등반을 하고, 아빠는 이혼의 충격 이후 드디어 자신을 추스르며 무엇보다도 배드민턴을 하고 있다. 그리고 캐럴라인의 변화가 아마도 가장 놀라울 것이다. 재활시설에 다시 들어갔다 나온 것이 이번에는 효과를 발휘한 듯싶다. 다행이다. 그녀는 마침내 자기 자신과 평화를 이룬 듯하다. 멋진 파트너 빌도 있다. 그렇다, 이전 남자친구들만큼 매력적이지 않을 수는 있지만 현실적이고 번듯한 남자이며 그녀를 사랑하는 것 같다. 나는 그녀를 생각하면 아주 기쁘다. 지금은 리즈에 살아서 자주 보지 못하지만 만날 때면 좋다—그녀는 마침내 벤에게 마음을 붙인 듯하고 우리의 사랑스러운 아이를 귀여워한다. 특히 좋은 건 결국 그녀를 화나게 하지 않을까 하는 걱정이 그쳤다는 점이다—결혼이나 임신 문제로 그녀를 기분 나쁘게 할까봐 내가 안절부절못하는 모습이 벤을 미치게 만들곤 했다. 사실 이제 그녀에게 새로 생긴 아기 이야기를 하는 것도 아무렇지 않다. 이번에는 그녀가 처음부터 기뻐해주기를 바란다. 그녀는 자기가 이모라는 게 좋은 것 같다.

　때때로 우리 가족의 그 파란만장한 사연에도 불구하고 어떻게 내가 이렇게 정상이 될 수 있었는지, 어떻게 캐럴라인의 다양한 위기와 부모의 이혼에 심한 영향을 받지 않고 대처할 수 있었는지 궁금하다. 모진 사람이라서는 아니다. 적어도 그렇지 않기를 바란다. 어찌됐든 나는 그냥 심지가 굳은 편인 것 같다. 물론 벤을 만난 것도 운이 좋았다. 그는 모든 면에서 나를 보완해주는 사람이다. 지금까지도 그는 내 마음이 날아오르고 몸이 노래하게 만든다. 다른 사람들의 결혼생활도 우리와 같은지 궁금하다.

　마침내 노래하는 듯한 울음소리가 들린다. 나는 그 소리가 좋다. 자면서 눌린 작은 얼굴에 엄마에 대한, 나에 대한 사랑의 미소가 환하게 번지는 것을 보고 싶어 견딜 수 없다. 나는 이불을 박차고 뛰다시피 방에서 나간다.

　이제 막 두시가 지났다. 점심을 먹은 후 정리를 마쳤고, 우리는 옷을 입고 마침내 나갈 준비가 되었다. 계획보다 겨우 몇 분 늦었다. 나는 두 살배기를 공원에 데려가기 위해 필요한 모든 용품을 챙겼다―기저귀, 물수건, 간식, 녀석이 웅덩이에 뛰어들지 모르니 갈아입힐 옷과 오리에게 줄 빵도 필요하다. 나는 엄마로 사는 게 좋지만 실생활 측면에서 그리 뛰어나지는 않다. 나는 회사 임원직을 유지하면서도 짬짬이 유기농 식재료 퓌레를 소분해 얼려놓는 슈퍼맘이 절대 아니다. 신경쓰지 말자. 사랑만 있으면 돼. 어쨌든 그렇게 스스로를 다독인다. 나 자신이 덜 부족하게 느껴지도록. 나는 분만실에서 의료진에게 아기를 건네받은 순간부터 바로 사랑을 주려고 애써왔다. 하나뿐인 내 아이는 처음부터 사랑받았다.

집을 나서려는 참에 문 두드리는 소리가 들린다. 우편배달부일 거라는 예상과 달리 놀랍게도 캐럴라인이 서 있다. 창백하고 평소답지 않게 꾀죄죄한 모습이다―목요일 오후면 리즈에 있어야 할 텐데?

"안녕, 캐즈." 나는 당황해서 말한다. "어떻게…… 어쨌든 반가워." 그녀는 아무 말 없이 나를 빤히 본다. 그래서 나는 말한다. "괜찮아?" 그러고는 포옹하려고 다가가지만 그녀는 내 손길을 떨쳐내버린다. 폭발 사건 이후 그녀가 내게 의지하면서 우리가 한동안 더 가까워진 건 사실이다. 남들이 쌍둥이에게 기대하는 모습과 비슷하게. 그러나 오래가지는 않았다. 나는 그냥 우리가 너무 다르다고 생각한다. 실제로 그녀에 대한 노력은 오래전에 포기했고, 이제 죄책감이 든다. 그녀는 여전히 말이 없다. 나는 무슨 일이 있는지 다시 궁금해진다.

"여긴 웬일이야, 캐즈?" 나는 조심스럽게 묻는다. "별일 없는 거지?"

"난 괜찮아." 그녀는 가볍게 말한다. 그러나 나는 그녀를 믿지 않는다. "나가려던 거야?"

"응, 날이 너무 좋아서 공원에 가려고." 나는 잠시 멈춘다. 그리고 왠지 진심이 아니면서 나도 모르게 같이 가고 싶은지 묻고 있다.

"와, 행복한 가족이라. 끝내주네." 그녀는 말한다. 그러나 곧 미소를 짓고, 나는 그녀가 심술을 부리는 것인지 아니면 그냥 캐럴라인다운 것일 뿐인지 잘 모르겠다. "그러자, 안 될 거 있어?"

그래서 그녀가 찰리를 챙기고 나는 유모차를 잡는다. 두 살배기가 걸어서 다녀오기에는 먼길이다. 우리는 햇빛 가득한 거리를 따라 출발한다. 나무에 만발한 분홍색 꽃은 티슈처럼 부드러워 마치 신이 밤사이 매달아놓은 것만 같고 밋밋한 파란색 하늘과 대조를 이룬다. 나는 세상이 여전히 환상적인 곳이라고 생각하지만 불편한 느낌이 내 하루로 스멀스멀 들어오고 있다.

모든 나무, 모든 웅덩이, 모든 문을 확인하면서 꾸물거리는 찰리를 캐럴라인은 내버려둔다. 그녀는 전혀 서두르지 않는 모습이다. 나는 앞장서서 유모차를 밀고 있다. 포장된 돌바닥에 유모차 바퀴가 부딪히는 규칙적인 소리가 신경을 달래준다. 나는 약간 더 차분해진다. 이제 좀 덜 불안하다. 나는 그들보다 몇 미터 앞 교차로 근처에 있다. 꿈꾸는 기분으로 코스를 계획하면서 먼저 그네로 갈지 아니면 오리 연못으로 갈지 고민하고 있다. 캐럴라인에게 연못을 보여주면 멋질 것이다. 어쩌면 나중에 유니콘*에 들러 차 마실 때 곁들일 뭔가를 살 수도 있을 것이다. 그녀는 그곳을 좋아할 것이다. 아니면 반대편 새로 생긴 카페에서 커피를 마셔도 된다. 나는 그녀와 찰리가 뭘 하고 있는지 안중에도 없이 내 계획에 정신이 팔려 있다. 그러느라 뒤쪽에서 차 소음 위로 무슨 소리, 충돌음과 유리 깨지는 소리가 들렸을 때도 무슨 일인지 알지 못하지만, 좋지 못한 상황인 걸 직감한다. 그래서 몸을 돌려 길 위를, 동생과 찰리

---

* 식료품점.

가 있는 곳을 돌아본다.

반쯤 찬 병—뭐지, 보드카?—이 깨진 채 땅에 뒹굴고 있다. 코트 안에 가지고 있었던 게 틀림없어. 그걸 떨어뜨린 거야. 여전히 술을 마시고 있네. 취했어. 그런 생각들이 동시에 떠오른다. 보도에는 멀쩡한 병 아랫부분과 날카롭고 커다란 유릿조각이 삐쭉빼쭉 솟아 있다. 유릿조각들은 햇빛을 받아 위협적으로 반짝거린다.

"찰리, 조심해." 내가 소리지르지만 너무 늦었다. 강아지는 유릿조각 하나를 밟고 가련한 울부짖음을 길게 내지른다. 그 소리가 영혼을 꿰뚫는다. 캐럴라인은 제자리에 서서 반짝거리는 보도를 내려다보고 있고, 찰리는 증거물처럼 앞발을 높이 든 채 낑낑거리고 있다.

나는 동생과 불쌍하고 혼란스러운 강아지를 향해 달리기 시작한다—그리고 그때 대니얼이 생각난다. 방금 전 좀 걷게 하려고 유모차에서 내려주었다. 그러나 이번에도 너무 늦었다. 나는 그걸 깨닫는다. 몸을 돌려 내 아들을 본다. 아이는 겨우 10미터쯤 떨어진 곳에, 붐비는 큰 도로와 만나는 길 끝 주류 판매점 앞 보도 가장자리에 기우뚱거리며 서 있다.

"대니얼!" 나는 소리지른다. 내 어린 아들, 너무나 생생하게 살아 있고 가능성으로 충만한 금발의 남자아이가 몸을 돌려 나를 보고 완전한 기쁨과 장난기가 어린 미소를 활짝 지어 보인다. 아이는 버스를 아주 좋아한다. 그때 아이가 다시 몸을 돌려 길 건너 반대편 버스 정류장에 서 있는 사람들을 본다. 그들의 표정은 끔찍하고, 팔은 무력하게 풍차처럼 흔들리고 있다.

시간이 느려진다. 바람이 약해진 것 같다. 배경막 같은 아름다운 파란 하늘과 느린 동작으로 그곳을 가리키는 사람들의 팔과 아무 소리도 내지 못하는 그들의 입이 보인다. 자전거를 타고 내가 있는 쪽 길을 지나가는 사람이 보인다. 그가 어깨 너머로 내 아들을 돌아본다. 비틀거리다가 땅을 밀고 나아가는 자전거의 모습이 보이지만 소용없음을 나는 안다. 그도 그곳에 닿지 못할 것이다. 참을 수가 없다. 이 모든 장면을 가로질러 새 한 마리가 아주 느리게, 하늘에서 떨어질 듯한 속도로 날아간다. 오늘 아침 벤이 대니얼에게 작별 키스를 하고 아이의 머리를 헝클어뜨리며 "이따 보자, 아가"라고 말하는 모습이 보인다. 그러나 그런 일은 없을 것이다. 그는 틀렸다. 사람들이 대니얼을 가슴에 올려주자 물밀듯 벅찬 사랑을 온몸으로 느끼는 나 자신의 모습이 보인다. 내 아들의 등이, 코발트블루 코트와 앙증맞은 베이지색 벨트와 새로 산 네이비 신발과 황금빛 머리카락이 보인다. 이 와중에도 색깔이 보이는구나. 햇빛을 받아 전부 황홀할 정도로 아름답다.

그리고 나서 정신을 차린다. 나는 아들을 향해 달리기 시작한다. 피가 몸 밖으로 빠져나가는 것 같고 팔다리가 덜덜 떨린다. 그러나 내가 미처 닿기 전에 대니얼은 버스 정류장에 있는 사람들에게 활기차게 손을 흔들며 도로로 한 발을 내디딘다.

내 심장에는 침묵 말고 다른 무엇을 위한 공간도 없다. 고요가 숨막힐 듯하다. 그것은 증류된 슬픔이다. 참을 수 없다. 사별의 순간이란 보편적이다. 아마 그럴 것이다. 그 순간, 얼마인지 알 수 없는 아주 오랜 시간 동안 온 세상이 멈춘다. 모든 것이 다가오기 전 고통스러운 단절의 시간이 흐른다. 그때 비명소리가 터져나오고―내 안에서인지 밖에서인지 모르겠지만―영원히 멈추지 않을 것만 같다.

벤은 이제 나를 품에 안고 있다. 촐튼에서 멀리 떨어진 특색 없는 호텔방에서 우리는 우리 아들을 위해 함께 운다. 아마도 처음으로. 이곳은 세상에서 내가 있고 싶은 유일한 곳이지만, 여전히 상실감과 절박함이 느껴진다. 어쩌다 세상이 잘못된 축을 중심으로 돌아 낮이 밤이 되고 선이 악이 된 것만 같다. 나는 실제로 일어난 일을 한 번도 소리내어 말하지 않았다. 흐느낌이 방 밖으로 복도를 따라 울려퍼진다. 두려움이 부풀어올라 버스만큼 커진다. 내 눈앞에서 아름다운 아들을 치고 그 금발과 파란 눈을 끔찍하고 처참하게 피로 물들인 23번 버스만큼.

벤은 아무 말도 하지 않고 나를 안고 있다. 우리는 울고 또 운다. 죽은 우리 아들을 위해, 모든 게 너무나 완벽하게 느껴졌을 때 망가진 우리 삶을 위해 운다. 나는 전에는 한 번도 미신을 믿지 않았지만 아마 대니얼의 죽음은 신호였을 것이다―너무 많은 것을 바라지 마라, 너무 많은 것을 기대하지 마라, 인생은 그렇게 굴러가지 않는다. 결국 우리는 딱딱한 흰 침대 위에 함께 누워 가까스로 잠든다. 여전히 서로의 팔을 포개고, 불행 속에 몸을 포갠 채로.

66

그들이 분명 약을 투여했을 텐데도 나는 비명을 지르며 깬다. 지르고 또 지른다. 끔찍하다. 그러나 멈출 수 없을 것만 같다. 옆으로 달려오는 벤의 얼굴은 잿빛이고 눈가에 슬픔이 걸렸다. 제정신이 아닌 와중에도 내가 그의 마음까지 망가뜨렸음을 깨닫는다.

"미안해, 정말 미안해." 나는 흐느껴 울고 계속해서 다시 비명을 지른다. 엄마도 방에 있었는지 의사를 부르러 달려간다. 아마도 뭔가를 더 주라고 하려나보다. 내가 울면서 "캐럴라인은 어디 있어?"라고 묻자, 모두 미쳤다는 듯이 나를 본다. 그때 대니얼의 뭉개진 작은 몸이 다시 떠올라 짐승처럼 울부짖는다. 의사가 마침내 반짝거리는 바늘을 가져오고, 그 이미지는 다시 잉크처럼 검고 깊은 의식 저편으로 물러나 그곳에 영원히 머무른다.

사흘이 지났다. 나는 더이상 병원에 있지 않다. 더이상 진정제도 맞지 않는다. 벤은 내가 경찰에 이야기해야 한다고, 진술을 해야 한다고 부드럽게 말한다. "캐럴라인도 가야 할까?" 내 말에 다시 벤은 혼란스러운 표정을 지으며 묻는다. "캐럴라인이 이 일과 무슨 상관이 있어?" 그때 나는 아마 모든 것이 내 상상이었나보다고 생각한다. 내가 그냥 대니얼에게서 시선을 뗐고, 내 쌍둥이 여동생은 전혀 관련없을 거라고, 심지어 거기 있지도 않았나보다고. 곧 제정신이 돌아오고 물론 그녀가 거기 있었던 걸 안다. 그러나 아무도 내 뒤에 있던 그녀를 보지 못한 것 같다. 모두가 눈앞의 고통스러운 장면—처참하게 죽은 어린아이, 미쳐가는 엄마, 제정신이 아닌 버스기사—에 시선을 빼앗겨버린 게 틀림없다. 그래서 나와 똑같이 생긴 여자가 다른 방향으로 쏜살같이 달아나는 광경을 보지 못했을 것이다. 나는 찰리가 가볍게 절뚝거리는 걸 알아차리고 건성으로 앞발을 확인해본다. 왼쪽 앞발에 다이아몬드처럼 반짝거리는 작고 날카로운 유릿조각이 박혀 있다. 그걸 잡아당기자 찰리가 캥캥거리고, 나는 일을 복잡하게 만들 필요가 없다고 결론을 내린다. 지금 그래봤자 아무 차이도 없다. 그래봤자 대니얼은 돌아오지 않는다. 나는 유릿조각을 쓰레기통에 버린다.

일찍 잠이 깬다. 배가 아프고 세상이 공허하게 느껴진다. 벤이 우리는 희망을 포기해선 안 된다고, 또다른 생명을 생각해야 한다고 조용히 다정하게 계속 말하지만 발을 질질 끌어 화장실로 가 앉아 있는 동안 뭔가 잘못된 기분이 든다. 나는 다시 일어나 비명을 지른다. 선홍색 피가 다리 아래로 쏟아진다. 날카로운 소리로 부르자 그가 달려온다. 나는 화장실 문을 열고 벌거벗은 채 고통에 물든 추잡스러운 모습으로 그를 올려다본다. 그는 너무나 절망스럽게 나를 바라보고, 나는 내가 또다시 그를 실망시켰음을 깨닫는다. 나는 그의 자식을 둘이나 빼앗았다.

어떻게 장례식에 가야 할지 모르겠다. 나는 여전히 피가 흐르고 서 있기 어려운 지경이지만 어쨌든 참석한다. 아들에게 작별 인사를 해야 한다. 모두가 저 여자는 무슨 생각을 하고 있었던 거야, 그런 붐비는 도로에서 애 손을 잡지 않고, 라는 듯이 나를 바라본다. 왈칵 수치심이 든다. 아무도 나를 위로할 수 없다. 나는 어린 아들의 관, 하얀 새 신발 상자처럼 반짝거리고 꽃들로 덮인—누구 생각인지 대니얼이 제일 좋아하는 분홍색으로 골랐다—관을 보면서 몸을 가누지 못하고 벤의 손을 꽉 잡는다. 그의 손은 반응하지 않는다. 적어도 그 순간에는 반응이 없다. 나는 그 또한 나를 비난하고 있다는 충격적인 사실을 깨닫는다. 기절할 것 같지만 어쨌든 식을 마친다. 관이 멀어지며 커튼 뒤로 불길하게 움직이기 시작하자 더이상 자제할 수 없다. 나는 비명을 지르고 또 지른다. 벤이 가로막으려고 하지만 나는 아들을 향해 통로를 달려간다. 그러다 마음을 바꾼다. 무슨 소용이 있어. 이번에도 너무 늦었는데. 나는 몸을 돌려 이제 반대편으로 달려간다. 교회 밖으로, 태양이 다시는 비치지 않을 음울한 회색 세상으로 나간다.

67

비가 오고 바람이 거센 6월 아침, 아들이 죽은 지 사 주가 넘었다. 벤은 직장으로 돌아갔다. 상사는 그러지 않아도 된다고, 필요한 만큼 쉬라고 말했지만 그는 달리 뭘 해야 할지 몰랐다. 아내에게는 다가갈 수 없었다. 그녀는 이제 그에게 잃어버린 존재 같았고, 그가 무슨 말을 하든 어떤 행동을 하든 결국 화가 나는 듯했다. 아무래도 한동안 쉴 틈을 주고 혼자 시간을 보내게 하는 게 나을 것 같았다. 그는 단지 그녀를 어떻게 대해야 할지 몰랐다. 자신의 슬픔도 너무나 고통스러웠다. 그는 주의를 돌릴 것이 필요함을 깨달았고 그가 잔액을 맞춰야 하는 깔끔한 대차대조표 숫자들의 안전을 갈망했다. 그게 중요한 일인 것처럼. 사무실에 가는 것은 고통스러웠다. 일 자체가 아니라 동료들의 동정하는 표정 때문이었다. 그들은 선의를 가지고 있었지만 어떻게 말해야 할지 몰랐다.

그래서 아무 일도 없었던 척 그 일에 대해서는 입을 다물었다. 더 나쁜 건 그가 있는 자리에서 대화 내용을 검열하려고 한다는 것이었다—주말에 뭘 할지 잡담을 나눌 때면 아이 언급은 세심하게 피했다. 벤은 자신을 위해서라는 걸 알았지만, 그래봐야 상황은 전혀 좋아지지 않으니 그런 멍청한 짓은 그만두라고 소리지르고 싶었다. 그러나 물론 그러지 않았다.

그는 어디 있든지 누구와 있든지 외로웠다. 그리고 자기 안에 쌓이는 분노를 느꼈다. 대개는 아내를 향한 것이었다. 그녀는 여전히 그 일에 대해, 어떻게 일어난 것인지 말하기를 거부했다. 아내를 밀어붙이고 싶지 않지만 때로는 대체 그녀가 무엇을 하고 있었는지, 어떻게 맨체스터 로드에서 아들을 보고 있지 않았는지—그곳은 너무나 붐비고 아이는 너무 어렸다—궁금한 마음을 피할 수 없었다. 억누르려고 할수록 그 생각은 그의 안에서 점점 더 자라나 축축한 죽은 나무 아래 이끼처럼 집요하고도 서서히 스멀스멀 퍼져나갔다. 에밀리가 이제 그를 미워하고 그가 다시 출근을 시작하자 기뻐하는 기색인 것도 도움이 되지 않았다. 그는 자신이 뭘 잘못하고 있는지 궁금했다—어쨌든 죽은 아이의 엄마를 어떻게 돌보아야 할지 전혀 아는 게 없었다.

아직 태어나지 않은 아기에 대한 에밀리의 슬픔도 이해할 수 없었다. 지난밤 처음으로 그는 그들이 이다음 할 수 있는 일을 이야기해보려고 했다. 벤은 현실적으로 생각하려고 애썼다. 두 사람이 곧 다시 시도할 수 있을 거라고 머뭇머뭇 에둘러 말하기까지 했다—에밀리는 임신이 잘되는 것 같다고, 내년 이맘때면 모든 것이 달라질 수 있다고.

"무슨 말이야?" 그녀가 조용히 말했다. 그녀는 몸이 딱딱하게 굳은 채 창가 은색 버들가지 의자에 앉아 있었다. "어떻게 아기를 또 가질 생각을 할 수 있겠어? 내가 그냥 다른 아이로 대니얼을 대체할 수 있다고 생각하는 거야? 태어나지 않은 내 아기를 대체할 수 있다고?"

"아니, 물론 아니지." 벤은 말했다. 더 계속하면 위험할 것 같아서 망설였다. "하지만 우리는 그 아기를 몰랐잖아. 대니얼을 잃은 것과 그 아이를 잃은 건 달라."

"그래, 잃었어." 그녀는 그때 울었다. "우리는 그 아이의 첫 미소, 첫걸음마, 자랄 기회도 가져보지 못한 작은 개성을 잃었어. 당신은 이해 못해, 안 그래? 나는 임신 이십 주였어. 아이를 품에 안기까지 절반의 시간이 지났지. 그애는 지금쯤이면 우리 목소리를 알아야 하는데 그러지 못해. 죽었으니까. 일주일 반 전에는 대니얼의 세례식을 올릴 예정이었지만 취소해야 했어. 그애도 죽었으니까. 내일은 대니얼이 네이선의 생일 파티에 가기로 한 날이야. 선물이 여전히 위층에 있어. 7월에는 처음으로 우리 아들을 데리고 제대로 해변에서 휴가를 보내려 했지. 그애는 비행기를 탄다면서 아주 신이 났어. 매일매일 내가 아침을 만들어주고 옷을 입히고 놀아주고 놀이 그룹에 데려가고 목욕을 시키고 책을 읽어주고 침대에 뉘고 돌봐주고 사랑을 줘야 했어. 계속할까?"

"아니." 벤은 말했다. "그러지 마. 왜 모든 게 내 잘못인 것처럼 그래? 내가 뭘 어쨌길래?"

"오, 아무것도 안 했지." 에밀리가 말하고 일어났다. "당신은 늘 그렇듯이 잘난 성자였어. 여기서 악당은 나야, 안 그래? 애를 보고 있었어야지, 당신도 그렇게 생각하잖아. 모든 사람이 그렇게 생각하지. 당신은 다 내 잘못이라고 생각해, 아냐?" 그녀는 그때 그에게 증오가 담긴 시선을 보냈다. 또는 그렇게 보였다. "아니냐고?"

벤은 충격받았다—에밀리는 한 번도 소리를 지른 적이 없었고, 말다툼할 때조차 항상 부드러운 태도였다. 꼭 낯선 사람을 보고 있는 듯했다. 일그러진 얼굴이 추했다. 그는 마음속 분노를 억누르려고, 그녀의 어깨를 잡고 흔들어 제정신을 차리게 하고 싶은 갑작스러운 충동을 억누르려고 애썼다. 그녀는 방에서 나가려고 일어나며 손을 움켜쥐는 그를 보고 달려들어 주먹으로 쳤다. 갑자기 통제력을 잃었다. 그는 그녀를 멈추고 진정될 때까지 팔을 옆구리에 꽉 붙이고 있으려 했다—아마 그 시도가 성공했다면 모든 것이 달라질 수 있었을지도 모른다. 그러나 그녀는 몸부림쳐 팔을 빼내어 그의 얼굴을 마구 때리고 손톱으로 할퀴었다. 그가 찐득한 피를 막으려고 귀를 감싸며 그녀를 놓자 그녀는 방에서 달려나갔다.

벤은 컴퓨터를 뚫어져라 보면서 지난밤의 접전을 생각하지 않으려고, 스프레드시트로 주의를 돌리려고 애썼지만 다시 심장이 고동치고 손바닥이 땀으로 축축해지는 것을 느꼈다. 그래서 책상에서 급히 일어나 아직 열한시도 안 됐는데 샌드위치를 사러 나갔다 오겠다고 말했다. 거리로 나온 그는 좋아하는 카페를 향해 오른쪽으로 무작정 돌았고, 다시 한번 오른쪽으로 돌아 로치데일 로드에 들어섰다. 아무 생각 없이 자동조종으로 움직이는 것 같았다. 카페로 들어가려는데 마침 누군가 나오고 있었다. 그는 이미 문을 잡았지만 어쨌든 자신이 그 상황을 감당할 수 없음을 알고 급히 몸을 돌려 뉴 조지 스트리트로 갔다. 길 끝에 이르자 또다시 무작정 오른쪽으로 돌았다. 어디론가 가야 했다. 마침내 걸음을 늦추었다. 그녀에게 전화를 걸어야 했다.

"여보세요." 그녀가 말했다. 목소리는 차가웠다.

"안녕." 그는 거의 단어가 들리지 않을 만큼 작게 속삭였다. "괜찮아?" 그는 그 말을 하면서 곧바로 후회했다.

"오, 네, 좋아요." 그녀는 말했다. 비꼬는 어조에 그는 얼굴을 찡그렸다.

"일찍 집에 가서 내가 저녁 만들게." 그가 말했다. "뭐 먹고 싶어?" 그는 뱉은 말을 도로 주워 담을 수 있었으면 했다. 그 말을 하지 않았다면 좋았을 텐데.

"아무것도." 그녀가 마침내 말했다. 그러나 이번에는 노여운 목소리가 아니었다. 그저 공허했다. 어떤 면에서는 그게 더 나빴다.

"좋아, 내가 궁리해볼게."

에밀리는 아무 말도 하지 않았다.

"뭐하고 있어?"

"아무것도."

"날이 아주 좋아. 정원을 좀 치워도 좋을 것 같아."

"무슨 뜻이야?"

"아무 뜻도 아냐. 난—난 그냥 당신을 기분좋게 해줄 게 뭐가 있을까 생각했을 뿐이야."

"벤, 아무것도 나를 기분좋게 해주지 못해." 그녀는 말했다. 그러나 자기연민이나 비난이 담긴 어조가 아니라 그저 비참했다. 목소리는 잠겨 있었다. "이만 끊어."

"안녕." 그는 끊어진 전화에 대고 말했다. 그리고 생선 파는 재래시장 건너편 보도에 말없이 멍하니 서서, 팔에 아기를 안고 어린 소년을 옆에 세운 여자가 조각된 벽을 빤히 바라보았다. 그러다 누가 자신을 빤히 보고 있는 걸 알아차렸다. 괜찮은지 묻고 싶은 것 같았다. 그래서 그는 마침내 몸을 움직여 사무실로 돌아가겠다는 의지만으로 빠르게 걸었다. 샌드위치는 까맣게 잊은 채.

에밀리는 벤이 출근하면 어떤 면에서는 더 견디기 쉽다는 걸 알았다. 더이상 일어날 필요도, 삶을 잘 헤쳐나가는 척할 필요도 없었다. 직장에 있는 벤은 그녀가 몇 시간이고 침대에 누워 아무것도 하지 않고 아무 생각도 하지 않는다는 걸 몰랐다―그러다 정오 무렵이 되면 그녀도 이제 침대에서 일어나야 하지 않을까 고민하기 시작했고, 그런 생각이 적어도 두 시간은 더 지치게 만들었다. 그녀는 십 분만 이대로 있다 일어나야지라고 말했고, 그래도 효과가 없으면 열까지 세고 나서 침대에서 일어날 거야라고 말하곤 했다. 그러나 숫자 세기를 시작하는 것도 너무 많은 노력이 필요하다는 것을 깨달았다. 그래서 꼼짝하지 않고 가만히 누워 있다보면 마침내 몸이 그녀를 저버리고 방광이 관심을 요구했고, 그러면 이불을 밀쳐내고 발을 질질 끌어 화장실로 갔다. 때로는 너무 아슬아슬할 때까지 버티다 제때 도착하지 못하기도 했는데, 그마저도 별로 신경쓰지 않는 자신을 발견했다. 집에 혼자 있으면 안도감이 들었다. 엄마가 정리를 좀 하러 가끔 오후에 들러도 에밀리는 대부분 무시했다. 무례하게 굴 의도는 아니었지만. 자기 안에 있는 줄도 몰랐던 원초적인 분노에 못 이겨 비명을 지르고 히스테리를 부렸던 처음 며칠의 시간이 지나간 후 완전히 소진된 것 같았다. 더이상 벤을 위해 쓸 시간도 없었다. 그가 이제 그녀를 사랑하지 않는 건 확실했다. 그녀를 비난한다는 걸, 심지어 대니얼의 장례식 때 분명히 알려주었다. 그가 손을 맞잡는 걸 거부한 순간 너무 충격받았고 두 사람이 절대 극복하지 못하리라는 걸 알았다. 그가 그녀를 떠나는 건 단지 시간문제였다. 그전까지 평화를 깨뜨리지 않으려고 주위를 우유부단하게 맴돌 뿐 더이상 그녀를 위로하려 들지 않았다. 그는 그저 단단히 화가 난 듯했고 그것을 표현할 수 없는 듯했다.

그녀는 전날 밤 그들이 싸운 일을 생각했다. 자기 행동에 희미하게 수치심을 느꼈지만, 그에게 한 미친 짓을 되새기는 것조차 그녀의 냉담함을 털어내기에는 충분하지 않았다. 그녀는 벤이 찰리를 다시 데려오면 그녀에게 생각할 거리와 돌볼 존재가 생기지 않을까 생각하는 것을 알았다. 그러나 에밀리는 아직은 감당할 수 없다고 말했다―아무래도 다음주가 좋겠어, 계속 그렇게만 말했다. 그녀는 자신이 여전히 찰리를 마주볼 수 없는 걸 깨달았다. 그 개에 대한 감정은 너무나 불안정하고 복잡했다. 그래서 찰리는 아직 혼란스러워하고 몹시 슬퍼하며 벤의 부모와 함께 지냈다.

이제 세시가 지났으니 두 시간 후면 벤이 집에 올 것이다―그는 오늘밤 일찍 올 거라고 말했다. 이제는 정말 옷을 입어야 한다. 그녀는 가운 차림으로 식탁 앞에 앉아 머리를 숙이고 눈을 감았다. 기운을 내 간신히 음악을 틀어둔 참이었다. 찾을 수 있는 플레이리스트 중 가장 우울한 것을 골랐다. 안드레아 보첼리의 〈타임 투 세이 굿바이〉조차 그녀를 움직이지는 못했다. 더이상 아무것도 느낄 수 없게 된 것 같았다. 감정이 뇌의 어느 빈 공간에 갇혀서 다른 부분과 연결되지 못하는 것 같았다. 그녀는 자기가 어떻게 잘못되었는지 희미하게 궁금해졌다. 벤은 다시 의사에게 가겠느냐고 물었고 다음주에 예약까지 해두었다. 자기도 같이 갈 수 있도록 오전으로 잡았다면서. 아무래도 혼자 가도록 내버려두면 믿을 수 없나보지, 그녀는 생각했다. 그가 옳다는 생각이 들었다. 그녀는 가지 않을 것이다. 그가 함께라고 해도. 무슨 소용이 있어? 의사가 뭘 할 수 있나? 마술을 부려 대니얼을 돌려줄 거야? 피 묻은 태아를 다시 내 몸속에 돌려줄 거야?

그녀는 불쑥 화가 치밀어 다시 몹시 지친 채로 일어났다. 어젯밤 상태와 비슷했다. 당장 소리를 지르고 싶었다. 소리를 지르면 조용하게 속삭이는 우울감에서 해방될 수 있다는 걸 알았다. 내면 깊은 곳 어딘가에서 원초적인 에너지의 파장이 느껴졌다. 어쨌든 그녀가 포기하도록 몸이 내버려두지 않을 것 같았고, 그녀는 결국 살아남을 운명인 것 같았다. 그녀는 이 사실을 참을 수 없었다. 나가서 뭔가를 해야 했다. 다른 어딘가로 가야 했다. 그녀는 몸서리치며 두 팔로 몸을 꽉 안고 자제하려고 했다. 숨이 가빠져 미친듯이 격해졌다. 현관문으로 향했지만 손잡이에 닿자 손이 덜덜 떨렸다. 그녀는 거리로 나갈 수 없었다. 혼자서는 안 되었다. 큰 도로가 있는 왼쪽으로는 갈 수 없었다. 대니얼이 죽은 곳이니까. 오른쪽으로도 갈 수 없었다. 친구 서맨사의 집 현관 앞을 지날 때 그녀를 조롱하며 서 있을 유모차를 봐야 하니까. 그녀는 걸음마를 막 시작한 아기들이 천진난만하고 장난스럽게, 손상되지 않은 채로, 차에 치이지 않은 채로 지나쳐가는 모습을 차마 볼 수 없었다. 남들 눈에 띄는 위험을 무릅쓸 수도 없었다. 꼭 누구라기보다 수군거리고 빤히 볼 사람들이 있을 것이다. 배배 꼬여 곧 폭발할 듯한 분노를 그녀는 대체 어찌해야 좋을지 알 수 없는 것 같았다. 그녀는 발광 직전에 찾아오는 조용한 차분함을 느끼며 복도를 통과하고 주방을 지나 요즘 슬프게 죽어가고 있는 뒤편 정원으로 나갔다. 거기서 숨을 쉬려고 공기를 게걸스럽게 마시며 서 있었지만 그럼에도 더욱 겁에 질렸다. 이제 어디로 갈 수 있단 말인가? 무엇을 할 수 있나? 이 집에는, 이 정원에는 단 일 초도 더 머물 수 없었다. 그녀가 무엇을 할 것인가? 누가 도울 수 있을까? 어디서? 누가?

그때 그녀는 깨달았다.

이제 그녀를 위한 곳은 딱 한 군데였다. 왜 전에는 생각 못했을까? 그녀는 집안으로 달려가 위층으로 올라갔다. 대니얼이 죽은 후 처음으로 아이의 방문을 거칠게 열었다—그리고 꼼짝하지 않고 멈췄다. 그곳은 오 주 하루 하고 두 시간 이십사 분 전과 모든 것이 똑같았다. 아이의 흰색 나무침대. 아이는 아침이면 제일 먼저 일어나 서서 침대 난간을 잡고 파자마 차림으로 체조하듯이 위아래로 몸을 튕기면서 소리질러 엄마를 부르는 걸 좋아했다. 반대편 벽을 따라 놓인 편안한 파란 소파. 거기서 그녀는 곰 인형과 쿠션들 사이에 아이와 함께 앉아 이야기를 읽어주거나 더 재미있게 꾸며냈고, 아이는 초콜릿 화산이라든가 커스터드를 들이마시는 용이 나오는 대충 지어낸 이야기에 배꼽이 빠져라 웃곤 했다. 구석에 놓인 파스텔블루 이케아 옷장. 벤이 조립했고 그녀는 항상 깔끔하게 정리했다. 한동안 그 옷장을 빤히 보는 사이 그녀는 마음이 답답해졌다. 뭘 해야 할지 알 수 없었다. 그러다 마침내 옷장으로 기어가 문을 열고 그것들을 보았다―언제라도 입을 수 있게 깨끗이 빨아 차곡차곡 쌓아놓은 작은 티셔츠, 아름다운 삶의 마지막날 아침 아이가 입고 싶어했던 제일 좋아하는 데님 반바지. 그러나 그녀는 긴 바지를 입혔다―바닥에 드러누워 울어젖히는 아이에게 그녀는 반바지를 입기에는 아직 따뜻하지 않다고 말했다. 세례식을 위해 준비한 한 번도 입지 않은 새 크림색 치노 바지와 하늘색 셔츠. 그녀는 세례식을 하는 게 좋은지 확신이 없었지만 벤이 밀어붙였다. 그는 항상 그녀보다 더 믿음이 강했다.

그래, 믿음이 그를 어디로 데려갔지? 누구라도 그 믿음 덕을 보았나?

그녀는 추억을 삼키며 시선을 위로 향했다. 꼭대기 선반에 놓인 대니얼의 연분홍색 야구모자가 눈에 들어왔다. 아이가 쓰고 살다시피 했던 모자, 공원에 가져가는 것은 잊었던 모자―캐럴라인의 등장에 당황한 탓이었다. 대개는 잊지 않았다. 그녀는 자신의 실수를 보상하기 위해, 대니얼의 울음을 멈추고 기분을 달래기 위해 아이를 일찍 유모차에서 내려주었다. 모자만 잊어버리지 않았다면 캐럴라인이나 찰리가 뒤에서 뭘 하든지 중요하지 않았을 테고, 그녀의 어린 아들은 유모차에 안전하게 잠자코 있었을 것이다.

그래, 어쨌든 모든 게 그애 잘못이었어.

그녀는 모자를 들고 꼼꼼히 살폈다. 실은 여아용이라는 사실에 웃음이 나왔다. 은색으로 'Hello Kitty'라고 적혀 있었다. 그 모자를 쓴 대니얼은 너무 예뻐서 때때로 여자아이로 오해받기도 했다. 그녀는 모자를 뒤집어 안에 대고 숨을 쉬며 오랫동안 깊이 대니얼의 냄새를 들이마셨다.

잠시 차분해졌고 거의 행복하기까지 했다.

그러다 길에 쓰러져 있는 죽은 아들의 모습이 다시 보였다. 그녀는 얼굴에 대고 있던 모자를 카펫에 내동댕이쳤다. 그리고 온 집안이 울리도록 비명을 지르며 모자를 밟고 또 밟았다. 그녀는 아들의 옷을 뭉텅이로 잡아 몽땅 꺼냈다─그것들을 붙잡고 바닥에 쓰러져 흐느꼈다. 두 시간이 더 지난 후 벤이 그런 그녀를 발견했다.

에밀리는 이제 조용해져 침대에 누워 있었다. 벤이 쟁반을 가지고 위층으로 올라왔다. 그는 어린아이를 먹이듯이 그녀에게 치즈 토스트 샌드위치와 토마토수프를 만들어주었다. 그녀는 고맙다고 말하려 했지만 그가 속마음을 숨기고 있는 것뿐이라는 생각이 들었다. 그가 아들의 방 바닥에서 그녀를 일으켜 안고 위로한 방식은, 지금 그녀에게 관심을 기울이는 모습은 거의 여전히 그녀를 사랑하는 것처럼 보였지만 그녀는 그런 생각을 밀쳐냈다─단지 그 잘난 착한 척을 하는 것뿐이야. 늘 그러듯이. 그는 가짜라고 그녀는 결론을 내렸다. 지난밤 본 것이 그의 진심이었다. 그의 눈에서 그걸 보았다. 그는 그녀를 한 대 치고 싶은 표정이었다.

그녀는 음식을 집었다. 체중이 많이 줄었다. 뼈가 피부에 거의 맞붙을 만큼 불거졌고, 보글거리는 포리지 속 덩어리처럼 이상하고 낯선 모습이었다. 벤이 다시 살그머니 방으로 들어왔다. 그녀는 그의 귀에 긁힌 자국이 아직 낫지 않아 여전히 끈적거리는 걸 알아차렸다. 희미하게 수치심이 들었다.

"좀 어때?" 그가 물었다. 그녀는 겨우겨우 가냘프게 미소지어 보였다. 그의 심장박동이 약간 빨라지는 걸 알 수 있었다.

"조금 나아졌어." 그녀가 말했다. "벤, 미안해. 내가 끔찍한 존재가 되고 있다는 거 알아."

"괜찮아." 그가 말했다. "전적으로 이해해."

그녀는 그때 그에게 손을 내밀고 그 순간 줄 수 있는 최고의 선물을 주자고 마음먹었다.

"내일 당신 부모님 댁에 가자." 그녀가 말했다. "가서 찰리를 데려오자."

벤은 숨을 들이마셨다. "정말?"

"응." 그녀가 말했다. "돌보려고 노력해볼게." 그녀의 눈이 반짝거렸다. "그래도 산책은 당신이 시켜야 할 거야. 미안, 아직 그건 못하겠어."

"물론이지. 출근하기 전하고 퇴근하고 나서 내가 할게. 아무 문제 없어." 그가 몸을 숙여 뺨에 키스했지만 그녀는 여전히 약간 움찔했다. 더이상 사랑을 감당할 수 없을 것만 같았다. 그러나 그녀는 찰리를 다시 원했고, 그건 두 사람에게 놀라운 일이었다. 확실히 새로운 출발이었다. 그렇지 않은가?

다음주 벤과 에밀리는 병원 대기실에 함께 앉아 있었다. 감사하게도 조용하고 아이들도 없었다. 그래도 벤이 그렇지 않을지 모른다고 미리 알려준 덕에 그녀는 마음의 준비를 할 수 있었다. 그는 오늘 절망감이 약간 덜한 느낌이었다. 단지 아주 작은 걸음이라 해도 드디어 상황이 좋아질 수 있을 것 같았다. 에밀리는 지난 토요일 찰리를 데리러 벅스턴에 가겠다는 약속을 저버렸지만 그래도 벤 혼자 가는 것을 막지는 않았다. 그가 강아지를 데려왔을 때도 좋아서 날뛰진 않았지만 대니얼이 죽은 직후처럼 미워하는 것 같지는 않았다. 찰리는 아주 많이 자랐지만 슬퍼 보였고 자신을 억제하는 것 같았다. 어쨌든 강아지답지는 않았다. 어쩌면 마찬가지로 대니얼을 그리워하고 있을 것이다. 아니면 집안에 감도는 불행을 느끼고 있을 뿐인지도 모른다. 벤은 어디선가 개가 인간보다 훨씬 더 민감하다는 것을 읽었다. 지금 창가의 긴 의자에 앉아 그가 에밀리의 손을 잡으려 했지만 그녀는 뿌리치고 뻣뻣하게 앉아 있었다. 그가 골라준 잡지도 무시하고 자기 무릎만 빤히 보았다. 그녀는 여전히 그의 위로를 받아들일 수 없는 듯 보였지만, 그는 적어도 찰리가 마침내 돌파구를 만든 것을 알고 기뻤다. 전날 저녁 찰리가 자기 옆 소파에 뛰어오르자 에밀리는 평소처럼 밀어내려 했지만 이번에는 건성이었다. 찰리가 무릎 위에 웅크렸을 때도 가만히 내버려둘 정도였다. 이런 교착상태로 몇 분이 지난 후 그녀가 와락 찰리를 붙들었다. 벤은 그녀가 찰리를 던져버리려는 줄 알았지만, 그녀는 꽉 끌어안고 아기처럼 흔들더니 부드러운 금색 털에 머리를 묻었다. 벤은 그녀의 어깨가 떨리는 것을 보았다. 시간, 그녀에게 필요한 건 그거야, 그는 생각했다. 시간, 그리고 의사가 지금 그녀에게 도움이 될지 모른다고 생각하는 것은 무엇이라도.

에밀리 콜먼 부인이 화면에 깜박였다. 벤이 아내를 쿡 찔렀고 그들은 일어나 복도를 따라 6번 진료실로 걸어갔다. 절반쯤 왔을 때 다른 문이 열리고 머리카락이 검은 작은 남자아이가 달려나왔다. 그 뒤로 짧은 탈색 금발에 코에 작은 다이아몬드를 박은, 히피 같은 여자가 따라나왔다.

"에밀리!" 그녀가 말했다. "이렇게 만나다니 정말 반갑다. 우리는 막 돌아왔어. 넌 어떻게 지내? 대니얼은 어디 있어?" 그러고 나서 그녀는 소리를 질렀다. "토비! 이리 와, 이 꼬마 악당."

벤은 아내의 얼굴을 보았다. 그녀를 돕고 보호하고 싶은 마음뿐이었지만 어떻게 해야 좋을지 몰랐다.

"대니얼은 죽었어." 에밀리가 말했다. "미안." 그리고 발길을 돌렸다. 벤은 그 자리에 남아 운 나쁜 낯선 사람을 빤히 보고 있을 수밖에 없었다. 충격으로 입이 딱 벌어진 그녀의 혀에 또다른 징이 박혀 있었다. 그는 사과하고 아내를 따라 진료실로 들어갔다. 그리고 구석에서 웅크린 채 두 손으로 얼굴을 가리고 떠는 그녀의 모습을 보았다.

6월이 되자 에밀리는 두 번 다시 모험을 감행하지 않았다. 너무 위험했다. 어린아이들과 좋은 의도를 가진 엄마들이 도처에 있었다. 그녀는 여전히 누구도 만나기를 거부했지만 다시 책을 읽기 시작했다. 비참한 내용일수록 더 좋았다. 찰리에게서도 위로를 찾았다. 이제 찰리를 아기처럼 다루며 몇 시간씩 껴안고 있었다. 물론 찰리도 좋아했다. 몇 주가 지나자 덩치가 너무 커져서 그런 식으로 안기가 힘들어졌고, 그녀에게는 그것이 또다른 배신처럼 느껴졌다. 처음 집에 왔을 때 찰리는 부드럽고 몸집이 대니얼만해서 안으면 기분이 좋았다—그러나 이제 발도 커지고 칠칠치 못했다. 무엇도 찰리의 잘못이 아니란 걸 머리로는 알았다. 찰리는 깨진 보드카병 조각을 밟는 걸 피할 수 없었고 몸이 자라는 것도 피할 수 없었지만 그녀는 화를 내고 찰리를 미워하는 자신을 발견했다. 그녀도 스스로를 어쩔 수 없었다. 그리고 밀려나면 밀려날수록 찰리는 점점 더 침대나 소파에 뛰어올라 그녀의 신경이 폭발할 때까지 크고 축축한 코를 손에 들이밀거나 커다란 덩치로 무릎에 억지로 올라가곤 했다. 그녀는 벤에게 이 강아지를 치워버리자고, 다시 부모님에게 데려다주라고 부탁할까 생각해보았다. 그러나 벤은 찰리를 귀여워했다. 마치 찰리가 어떤 식으로든 활기를 돌려주고 있는 것 같았다. 특히 길고 고독한 산책에 찰리를 데려가는 걸 좋아하는 듯했다. 그래서 그녀는 그런 감정을 혼자만 간직했다.

7월 중순 어느 토요일, 대니얼이 죽은 지 두 달 반이 지났을 때 에밀리는 『이름 없는 주드』를 읽으며 소파에 누워 있었다. 발치에는 짜증나는 커다란 덩어리처럼 찰리가 앉아 있었다. 더운 날이었다. 그녀는 개 때문에 짜증스러웠다—어째서 그냥 나를 혼자 내버려두고 사라질 수 없지? 그녀는 자신이 비합리적으로 굴고 있는 걸 알았다. 강아지에게 엄마 노릇을 해줘놓고 이제 다시 거부하고 있었다. 그녀는 그런 자신을 경멸했다. 그녀는 형편없는 엄마, 쓸모없는 아내일 뿐 아니라 개 주인으로서도 대책 없었다. 그녀가 계속 밀어내자 마침내 눈치챈 찰리가 뛰어내려갔고, 그러면서 꼬리로 벤이 방금 전 가져다준 찻잔을 쳤다. 그 바람에 벤이 벽난로 가에 두었던, 이제는 그녀가 가지고 내려온 대니얼의 사진에 온통 차가 튀었다. 아들의 마지막 사진이자 그들이 찰리를 데려온 바로 그날 찍은 사진이었다. 아주 작고 털이 복슬복슬한 찰리를 안은 어린 소년의 눈은 엄마 아빠가 너의 강아지라고 말해준 이 기적 같은 털뭉치로 인해 기쁨으로 반짝거렸다.

"이 멍청한 개새끼." 에밀리는 소리를 지르며 독기를 품고 찰리를 걷어찼다. 벤이 무슨 일인지 보러 달려왔다. 에밀리는 그가 몸을 웅크린 강아지를 보고 그녀가 무슨 짓을 했는지 눈치챈 걸 알았다. 찰리가 가련하고 혼란스러운 표정으로 쳐다보았을 때 에밀리는 깨달았다. 이렇게는 계속할 수 없다. 내가 어떤 괴물로 변해가고 있는 걸까? 바로 그때 찰리가 아닌 그녀 자신이 문제라는 생각이 들었다. 모두를 위해, 벤과 불쌍한 찰리를 위해 그녀가 그들 둘을 떠나는 게 최선이었다.

벤은 엎질러진 차를 말없이 치우고 방에서 나갔다. 에밀리는 혼자 조용히 앉아 찰리를 껴안았다. 이제 찰리에 대한 분노는 사라졌다. 몇 주 만에 처음으로 머리가 맑았다. 그리고 그녀는 어떻게 하면 그 일을 할 수 있을지 생각했다.

68

"언제 처음으로 날 떠날 생각을 했어?" 벤이 말한다. 우리는 나란히, 지금은 서로 떨어져서 누워 있다. 햄프스테드 호텔의 늦은 오후다. 둘 다 천장을 빤히 올려다보고 있다. 마치 답이 거기 있다는 듯이.

나는 한참 후에야 대답한다. "아마 교회에서 그 순간일 거야." 나는 말한다. "당신이 위로해주지 않았을 때, 그때가 우리의 끝이라고, 당신이 나를 절대 용서하지 않을 거라고 생각했어. 그게 어떤 식으로 일어날지는 몰랐지만 대니얼의 죽음이 '우리'도 파괴할 거란 건 그냥 알았지."

벤이 혼란스러운 표정으로 나를 본다. "내가 언제 당신을 위로하지 않았어?"

"손을 맞잡으려고 하지 않았어. 반응이 없었어." 그 말을 입 밖에 내는 순간 내가 전혀 합리적이지 못했다는 걸 깨닫는다.

"오해하지 마." 벤이 말한다. "물론 나는 화가 났어. 당신과 세상과 버스기사에게. 당시 화가 나지 않았던 유일한 대상은 캐럴라인이었어."

그의 얼굴이 고통스럽게 변한다. "그럼 그녀가 미안하다고 했을 때 그건 진심이었나보네."

"무슨 소리야? 미안하다고 언제 그랬어?"

벤은 숨을 들이마시고, 우리 아들이 죽은 지 일 년 된 날 피크 디스트릭트로 가서 몇 시간 동안 산과 들판을 걷고 혼자 캠핑한 이야기를 들려준다. 그가 나 없이, 대니얼 없이 감당할 수 있는 일은 그뿐이었다. 다음날 밤 집에 혼자 있을 때 캐럴라인이 불쑥 찾아와 미안하다고 했지만 그는 정확히 무엇 때문인지 몰랐다. 그녀가 사과할 일은 아주 많았다. 그는 그녀를 집안으로 들였고 술에 취해서 결국 그들이, 내 남편과 쌍둥이 동생이 섹스하게 되었다는 것을 조용히 말한다.

"에밀리, 정말 미안해." 그가 말한다. "그저 당신이 너무 그리웠고, 그녀가 당신이라고 스스로를 설득하는 지경이었어. 당신을 다시는 못 볼 거라고 생각하면서도 어찌됐든 당신에게 돌아가려고, 우리로 돌아가려고 했던 거야. 그 일이 끝났을 때야 그건 당신이 아니라 그녀라는 사실을 직시해야 했지. 나 자신이나 세상을 그보다 더 증오할 수는 없을 것 같은 느낌이었어." 그는 말을 멈추고 절망적인 표정을 짓는다. 그의 안에서 뭔가 돌이킬 수 없이 깨져버린 것 같다.

나는 끔찍하고 구역질나고 화가 치밀지만 곧 어떻게 된 일인지 알아차린다. "그럼 토요일 밤에 그랬어?"

"응." 그가 말한다. 미친 짓이라고 생각하면서도 나는 그에게 로비를 만난 것과 로비가 얼마나 그와 비슷했는지 망설임 없이 말한다. 그를 떠난 후 온갖 나쁜 짓을 저질렀지만 그에게 충실하지 않았던 것은 그때가 처음이자 마지막이었고, 그가 내 동생과 섹스한 바로 그때와 일치했다.

벤은 한참 침묵을 지킨다. "당신이 그와 함께 있었던 건 참을 수 있어." 그가 말한다. "그래서 당신을 찾을 수 있었다면."

"하지만 내가 한 짓을 봐. 나는 그를 죽였어. 그는 이제 죽었고 그런 일을 당할 사람이 아니었어." 나는 다시 흐느끼기 시작한다. 이번에는 로비를 위해, 나 때문에 삶이 끝나버린 또다른 아름다운 남자를 위해.

"그건 당신 잘못이 아냐, 엠. 그는 자기 의지로 약을 했잖아. 그가 그렇게 죽은 건 다른 문제가 원인인 게 틀림없어."

그런 생각은 해보지 않았지만 아마 그 말이 맞을 것이다. 하지만 그렇다고 기분이 조금이라도 나아지는 것은 아니다. 여전히 비현실적이고 악몽 같은 기분, 지옥으로 더 깊이 떨어지는 기분이다.

벤은 화제를 바꾼다. "에밀리, 이건 알아야겠어. 왜 나를 그렇게 떠났어? 당신이 내게 한 가지 빚진 게 있다면 그 이야기야. 그건 정말 못할 짓이었어."

나는 내 남편을 본다. "우선 나는 대니얼을 잃었어. 그다음에는 아기를 잃었고. 당신까지 잃는 건 참을 수 없었어. 내가 당신을 밀어낸 거 알아. 하지만 당신이 나를 더이상 사랑하지 않는다고, 비난한다고, 그래서 상황이 점점 더 나빠지고 있다고 확신했어. 당신이 나를 미워한다고 굳게 믿게 되었지. 그때는 우리가 너무 멀어진 것 같았고 나는 너무나 못되고 독해져서, 당신과 찰리가 나 없이 더 행복할 거라는 미친 생각에 빠져 있었어. 그러니 내가 영영 떠나면 언젠가 당신은 다른 사람을 만나 새 가정을 꾸릴 수 있을 거라고. 우리 둘 다 마지막엔 너무 불행했어. 그리고 나는 당신이 사고 싶어한 새집도 상황을 개선하지 못할 걸 알았어. 그 집이 의미하는 거라곤 절대 없어지지 않을 그 도로의 검은 자국을 피하기 위해 어디든 두 배로 돌아가지 않아도 된다는 것뿐이었어. 그 자국은 여전히 내 마음에 살아 있어, 벤. 그건 절대로, 절대로 사라지지 않을 거야. 그래서 그냥 떠나는 게, 완전히 새로 시작하는 게 더 쉬워 보였어. 솔직히 우리 둘을 위해 옳은 일을 하고 있다고 생각했어. 그게 아니면……" 나는 말을 멈춘다.

"알아." 벤이 말한다. 그가 옆으로 돌아누워 나를 본다. 그러나 나는 차갑고 텅 빈 천장만 뚫어져라 쳐다보고 있다. 그는 망설이지만 나는 무엇이 올지 안다. 내 기분을 나도 모르겠다. 여전히 충격에 휩싸여 있는 듯하다.

"에밀리, 당신과 내가 다시 함께 행복하게 지낼 방법은 없는 걸까?"

나는 한참 대답하지 않는다. 마음이 너무 뒤죽박죽이고 뭐라고 말해야 할지 도통 모르겠다.

"모르겠어. 너무 많은 일이 일어났어. 그 생각을 하기엔 너무 일러. 불쌍한 로비가 죽은 지 얼마 안 되었잖아." 내 눈에 눈물이 가득 고인다. 나는 애써 말을 잇는다. "그리고 어쨌든 상황이 너무 복잡해. 나는 새 이름, 새 직업, 끝마쳐야 할 재판, 새 친구들이 있어. 이제 나는 다른 사람이야." 그의 눈에 상처가 어린다. 그걸 보니 고통스럽다. 나는 말을 멈춘다.

무슨 말을 더 해야 할지 여전히 모르겠다. 그래서 마침내 진짜 생각을 말한다. 경찰서에서 혼자 앉아 있는 그를 처음 본 후로 그에게 하고 싶었던 말을 한다.

"벤, 나는 여전히 당신을 사랑해. 한 번도 사랑하지 않은 적이 없어. 난 그냥 우리가 완전히 다시 시작할 수 있을지 모르겠어. 그동안 일어난 모든 일을 생각하면. 그리고 당신이 뭐라든, 아마 나 때문에 누가 죽었어. 대중의 사랑을 받는 사람이었으니, 나는 공공연한 증오의 대상이 될 거야. 그걸 어떻게 감당할 수 있을지 모르겠어. 그보다 더 큰 죄책감은 어떻게 감당할 수 있을지 모르겠어."

"적어도 시도는 해보겠어?" 그가 묻는다. 나는 어느새 고개를 끄덕이고 있다. 내 눈에 고인 눈물이 이번에는 행복의 눈물인 것 같다.

69

 보석으로 풀려난 후 화요일 아침, 벤은 내가 짐을 챙기도록 셰퍼즈 부시의 집으로 데려간다. 나는 금요일 밤 로베르토 몬테이로가 그라우초에서 나를 에스코트하기 직전 에인절을 본 후로 여태 그녀와 연락이 닿지 않은 것을 깨닫는다. 그녀가 나를 어떻게 대할지 몰라 초조해진다. 더구나 경찰에 그녀의 이름을 말했고 로비가 쓴 약이 그녀 것이라고 말했다. 집이 조용한 듯해 그녀가 아직 직장에서 돌아오지 않았나보다고 생각한다. 그러나 내가 복도에서 머뭇거리는 동안 그녀 방의 문이 열리고 그녀가 나온다. 금발은 엉망이고 평소처럼 복슬복슬한 흰색 실내복을 입었다.
 "캣, 자기, 대체 무슨 일이 있었던 거야?" 그녀가 말하더니 다가와 너무나 다정하게 나를 안는다. 어쨌든 경찰이 아직 접촉하기 전인 것 같다. "젠장, 왜 전화 안 했어?"

그녀는 그제야 내가 혼자가 아닌 걸 알아차린 듯하다. 그래서 미소짓고 손을 내밀며 말한다. "안녕하세요. 에인절이라고 해요."

"에인절, 이쪽은 내 남편 벤이야." 내가 대꾸한다. 그녀는 꺅 소리를 지르고 말한다. "맙소사, 캣. 좀 그만 놀라게 할래? 우선 살인 혐의로 체포되었지, 그냥 살인도 아니고 망할 첼시 선수를 죽였다고. 그래놓고 나한테 경찰을 보냈지, 이 깜찍한 것. 그런데 이제는 결혼한 몸이라고? 다음은 대체 뭐야?"

"내 이름은 캣이 아냐, 에밀리야." 나는 에인절에게 말한다. 그 순간 나는 마땅한 결정을 내린다. 새 삶에서 예전 삶으로 다시 건너가기로.

70

나는 성경에 한 손을 대고 서 있다. 비록 더이상 신자가 아니지만 어쨌든 얼결에 서약하기로 동의했다. 그래서 전능하신 하느님께 모든 진실을 말하고 진실 외에는 아무것도 말하지 않겠다고 약속한다. 하느님 부분은 불편하지만. 요즘 나는 진실을 밝혀도 아무렇지 않다. 거짓말이 내게 아무 득이 되지 못했음을 안다. 법정은 격식을 차리지 않은 현대적인 공간으로, 내가 전에 서본 곳들과는 영 딴판으로 학교 강당과 비슷한 분위기지만 기자들이 가득차 있다. 나는 남편을, 그가 보내는 옅은 응원의 미소를 보면서 무릎을 꿇고 주저앉지 않을 힘을 간신히 낸다. 나는 몸에 잘 맞는 네이비 재킷과 크림색 치마를 입고 머리는 깔끔하게 뒤로 묶었다. 변호사는 내게 진지하고 깊이 뉘우치는 모습을 보이라고 말했다. 그건 쉽다. 속마음에 겉모습을 일치시키면 되니까.

"캐서린 에밀리 브라운, 당신은 2011년 5월 8일 일요일 오전 여섯시 사십오분 런던 메릴본 하이스트리트 87번지에서 발견된 A등급 마약 소지죄로 기소되었습니다. 인정합니까?"

"인정합니다." 나는 말한다. 그 한마디가 실내에 크게 울려퍼지고 나는 멍하니 행복감을 느낀다.

판사는 잠시 쉬었다가 마약 죄에 대한 긴 판결문을 낭독한다. 이게 나라는 사실, 한때 강직한 변호사 에밀리 콜먼이었던 내가 이제 죄인 자리에 서서 불법 물질과 관련된 범행—그러나 다행히 살인죄는 아닌—에 대한 훈계를 듣고 있다는 사실이 이해할 수 없는 일로 느껴진다. 이것은 내 소중한 아들이 끔찍하게 죽고 그로 인해 믿을 수 없는 일련의 사건이 일어난 후 지난 일 년 남짓한 내 인생에서 가장 최근에 일어난 받아들이기 힘든 사건이다. 나를 나 자신에게서 멀리 데려간 그 사건들이 이제 한 바퀴 돌아 나를 다시 진짜 나에게 돌려보내고 있는 듯하다—에밀리, 벤의 아내, 대니얼(사망)의 엄마, 이름 없는 아기(유산)의 엄마에게. 나는 최선을 다하고 있지만 판사의 말에 집중이 되지 않는다. 내 마음은 계속 표류하고—촐튼의 큰 도로로, 메릴본의 죽음의 침상으로, 아들에게 비참한 작별 인사를 했던 비운의 교회로—그래서 참관객 사이에서 큰 숨소리가 들렸을 때도 정확히는 모르지만 나쁜 상황이겠거니 짐작한다. 나중에 벤에게 듣고 나서야 내가 고작 180파운드 벌금형을 받은 걸 알게 된다. 그것으로 끝이다.

71

삼 년 후

나는 꽃이 가득한 교회 신도석에 홀로 앉아 있다. 꽃향기를 맡으니 오래전 소녀였을 때 거닐던 여름 들판이 떠오른다. 교회의 높다란 스테인드글라스 창문은 아름답지만 그 밝은 색깔이 코발트블루 코트를 입고 피투성이가 되어 부서진 장난감처럼 쓰러져 있던 대니얼을 상기시켜서 보지 않으려 애쓴다. 설교대는 황금색이고 독수리 모양이다. 똑바로 선 새의 작고 통통한 다리가 대니얼의 다리를 떠올리게 하지만 얼굴은 험상궂고 부리가 날카롭다. 나는 그것도 보지 못한다. 장례식 이후로 여전히 교회에 들어가기가 힘든 것 같다.

나는 광고회사 시절 입던 검은 실크 드레스 차림이다. 이제 혼자라는 것, 이혼 이후 처음 결혼식에 온다는 사실을 너무 의식하고 있다. 신부 들러리로 서달라는 부탁을 들어줘야 했는지도 모르지만 나는 너무 나이들고 추하고 거친 인생에 무릎이 꺾인 느낌이라 잘해낼 수 있을 것 같지 않았다. 신부는 신경쓰지 않는 듯했지만. 나는 그녀가 오고 있는지 확인하려고 계속 뒤돌아 통로를 내다본다. 그녀는 늘 그렇듯이 일부러 늦장을 부린다. 나는 에인절의 오랜 친구 데인과 눈이 마주친다. 건장한 몸집에 밝은 파란색 정장을 과시하듯 입고 단춧구멍에는 선홍색 꽃을 꽂은 모습이 놓치기 힘들 정도로 눈에 띄고, 거무스름하게 빛나는 대머리도 돋보인다. 그역시 대니얼을 떠올리게 한다. 내가 살짝 손을 흔들자 그는 나를 알아보고 처음에는 충격받은 듯하다가 곧 손을 마주 흔들고 과장된 몸짓으로 키스를 보낸다. 에인절의 엄마 루스는 그녀의 핏줄에서 활기차게 흐르는 피처럼 진하고 생생한 빨간 옷을 입고 내 앞에 앉아 있다. 늘 그렇듯이 선정적인 모습이다.

나는 눈물이 나올 것 같은 기분이다. 대니얼 때문인지 결혼식 때문인지, 아니면 사람들이 나를 알아보고 바라보며 수군대고 있다는 걸 알아서인지 모르겠다. 영원히 끝나지 않는 건 아닐까 의문이다. 스물네 살의 로베르토 몬테이로, 미처 재능을 꽃피우지 못한 축구 천재의 죽음을 초래한 여자로 손가락질받는 것. 비록 벤이 내내 예상했듯이 약은 죽음과 아무 관계가 없었고 너무 늦을 때까지 아무도 몰랐던 희귀한 심장 결함으로 죽었다는 사실이 검시 결과 입증되었지만.

나는 제단 쪽을 본다. 신랑은 여전히 인내심 있게, 하지만 눈에 띄게 초조해하며 서 있다. 그 옆에는 신랑 들러리 제러미가 서 있다. 아주 말끔하고 잘생겨 보여서 오래전 비행기에서 거꾸로 뛰어내려 나를 지독히 겁먹게 만들었던 그 흐느적거리는 청년이라고는 생각하기 어려울 정도다.

나는 통로를 보려고 몸을 돌린다. 신부는 이제 용납할 수 없을 만큼 늦었다. 목사는 화가 난 듯 보인다. 그러나 마침내 음악이 시작되고 다시 돌아보니 그녀가 시야에 들어온다. 그리고 도저히, 도저히 내 눈을 믿을 수 없다. 전남편이 나를 향해 똑바로 걸어오고 있기 때문이다. 그도 이제 나를 보았다. 거의 이 년 만이다. 온 얼굴이 불타는 것 같아 나는 고개를 숙인다. 날카로운 분노의 눈물이 밖으로 나오려고 기를 쓰며 눈 안쪽을 마구 긁어대는 느낌이다. 에인절은 그의 팔을 잡고 있다. 스물일곱 살이라는 실제 나이보다 어려 보이고 무구한 사랑스러움 그 자체다. 출렁이듯 흘러내린 금발을 둘러싼 하얀 실크 베일은 거품 후광 같다. 이 순간보다 더 그녀가 미웠던 적은 없었다.

결혼식은 멋지다. 그러나 내게는 영영 끝나지 않을 것처럼 느껴진다. 차분함을 유지하고 싶지만 식이 끝나자마자 그저 나가는 것 말고는 다른 생각을 할 수 없다. 이런 상태로는 피로연에 갈 수 없다. 에인절은 분명 신경쓰지 않을 것이다. 어쨌든 오늘 그녀가 한 짓을 생각하면 나 역시 될 대로 되라는 심정이다. 그래서 모두 밖에 모여 서성거리며 신랑 신부를 축하하기 위해 기다리는 동안 나는 몸을 숙이고 교회 뒤쪽 묘비들을 지나 낡아빠진 내 검은 골프로 재빨리 간다. 힐을 벗어던지고 시동을 걸 때 마스카라 사이로 흘러내린 눈물이 앞을 가린다. 흐느낌이 자동차의 움직임과 박자를 맞추며 이어진다. 주차장은 교회 뒤쪽이라 앞으로 돌아나와 하객 무리를 지나쳐야 한다. 나가는 길은 거기뿐이다. 나는 최대한 차분하게 운전하면서 누구의 눈에도 띄지 않고 지나갈 수 있으리라 생각하지만 슈트를 입은 누군가가 무리에서 달려나와 차 앞을 막아선다. 나는 그인 것을 알고 충격받는다. 그는 나를 보고 몹시 당황한 듯하다. 그가 내게 멈추라고 미친듯이 신호를 하고 나는 겁에 질린다—대체 뭘 원하는 거야? 여기서 나가야 한다. 나는 그를 마주볼수 없다. 그가 다른 사람과 있는 지금은 안 된다. 내 발이 불안정하게 떨린다. 맙소사, 이 순간이 영원히 이어진다. 내 발은 액셀러레이터와 브레이크 사이에서 떨리고 있다.

4부

72

나는 촐튼에서 살던 거리 끝 주류 판매점 앞 도로 가장자리에 서
있다. 별로 변한 것이 없어 보인다. 아무도 내게 주의를 기울이지
않는다. 나는 그저 사십대 여자이고 남편과 나란히 서서 신호등을
보며 길을 건너길 기다리는 사람처럼 보인다. 나는 빗속에 말없이
서서 내 몸과 마음이 따로따로인 느낌을 받고, 내가 휘청거리고 있
음을 깨닫는다. 조심하지 않으면 균형을 잃고 도로로 고꾸라질 것
이다. 남편은 나를 믿지 않는 듯 내 팔을 꽉 붙들고 있다. 마치 아
이에게 그러듯이, 내가 오래전 내 아이에게 그래야 했던 것처럼.

생각해보면 자신을 항상 규정하게 될 비극을 벗어난다는 게 얼
마나 어려운지 우스울 정도다. 원래의 비참한 현장으로 절대 다시
돌아가지 않겠다는, 그 장소를 버려두고 떠나겠다는 엄청난 의지
와 결심이 필요하다. 내가 그토록 오랫동안 했던 생각이 바로 그것

이었다. 그러나 나는 지금 여기 서서 몇 년 전으로 돌아갔으면 하고 바란다. 시끄럽게 지나가는 버스들을 보면서 그 일이 얼마나 쉽게 일어났는지, 깨진 병 하나가 삶과 죽음 사이에 어떤 차이를 만들 수 있는지 알고 나니 그런 비극적인 사고가 온 세상에서 매일같이 일어난다는 사실을 깨달았고, 그런 깨달음이 마침내 나를 치유하는 데 도움이 되었다. 걸음마를 막 시작한 아이가 욕조나 수영장 가장자리, 또는 붐비는 도로변에 있을 때 0.5초 동안 집중력이 흐트러진 엄마는 무능력한 인간도, 사악한 인간도 아니다. 그런 일은 일어날 수 있다. 백 번 중 아흔아홉 번은 그 사실이 중요하지 않고 운명이 개입해 아이는 무사하다. 확률은 작동하지 않는다. 그래서 아마도 신이 있는 것이리라. 내 사랑하는 대니얼은 백 명 중 한 명이었고, 무사하지 않았다. 나는 이제 아이를 위해 운다. 조용히 차분하게. 그러나 나는 대니얼이 평화롭게, 아기 동생 옆에 잠들어 있다는 걸 안다. 분명 그 아기도 남자아이였을 것이다.

내 아들은 오늘 내가 애도하는 유일한 사람이 아니다. 여기, 바로 이 장소에서 죽은 사람은 그 아이만이 아니다. 나는 내 쌍둥이 여동생 캐럴라인을 위해서도 울고 있다. 그녀는 대니얼이 죽은 지 십 년째 되는 날이었던 지난주 버스의 모습으로 다가온 운명 앞으로 발을 내디뎌 바로 이곳에 그녀 자신의 섬뜩한 자국을 남겼다. 우리는 점심시간에 그녀를 묻었다. 오래 고통받아온 불쌍한 엄마의 전화를 받았을 때 나는 크게 놀라지 않았다. 나는 캐럴라인의 삶이 행복하지 못할 것임을 오래전에 알았다. 그러나 이것이 미안하다고 사과하는 그녀의 방식, 바로잡으려고 노력하는 그녀만의 방식이라는 것 또한 알았다. 내가 현실을 직시하고 이곳으로 다시 돌아와 그들 두 사람에게 작별 인사를 하게 된 것도 그녀 덕분이다. 나는 묘한 방식으로 쌍둥이 여동생에게 고마움을 느낀다. 그녀의 마지막 한 걸음으로 우리 둘 다 해방되었다—그녀는 평생에 걸친 중독과 혼란의 감옥에서, 나는 십 년간의 고통과 죄책감의 형벌에서. 나는 비에 젖은 이 비참한 길 가장자리에 서서 그녀와 나 자신을 용서하는 마음이 온몸에 흘러넘치는 걸 느낀다. 그 느낌이 가볍고 밝다. 잃어버린 삶 하나에 천사 하나씩 네 천사가 반짝거리며 내 어깨를 떠나 촐튼의 어두운 거리 위 끝없이 펼쳐지는 하늘로 자유롭게 날아간 것처럼. 아주 길게 느껴지는 치유의 몇 분이 흐른 후 빵빵거리는 경적과 브레이크를 밟는 끽 소리, 횡단보도에서 신호등이 삐삐거리는 소리, 자동차 바퀴가 웅덩이를 지나며 물을 튀기는 소리가 세레나데처럼 울려퍼진다. 나는 마침내 떠날 때라고 느낀다. 우리는 함께 말없이 몸을 돌려 차로 향한다.

73

나는 자갈 깔린 오솔길을 떠난다. 마음을 다독여주는, 발밑에 자박자박 돌이 밟히는 소리가 그립다. 그 소리는 내가 진짜라는 것, 진짜로 여기 있다는 것을 깨닫게 해준다. 나는 바람과 벌들과 함께 야생화들 사이로 조용히 걸어 장엄한 조지 왕조풍 집에서 러닝 트랙 옆 운동장으로 내려가고 있다. 아무도 내게 별 주의를 기울이지 않는다. 나는 그저 잘 차려입고 늙은 래브라도 한 마리와 어린아이 둘을 데리고 있는 평범한 엄마일 뿐이다. 어제는 십 년 만에 처음으로 맨체스터에 돌아왔다. 동생의 장례식 때문이었다. 오늘은 땅 위에 내디디는 발걸음이 더 편한 것 같다는 비뚤어진 마음이 든다. 햇빛 비치는 5월 중순의 아침이 따뜻한 날을 예고하지만 바람은 차갑고 상쾌하게 씻어주는 느낌이다. 용서하는 내 마음과 잘 어울리는 날씨다.

실제로 마침내 무슨 일이 닥쳤을 때 곧장 떠나 결국 그것을 완전히 버린다는 게 얼마나 쉬운지 우스울 정도다. 나는 혼자서 북쪽으로 돌아가는 일을 감당할 수 없음을 알고 당연히 내 남편과 함께 왔다. 엄마, 물론 내 사랑하는 친구 에인절도. 내 두 인생에 걸쳐 있는, 나를 에밀리뿐 아니라 캣으로 알고 있는 사람은 사이먼을 제외하면 그녀가 유일하다. 실제로 그녀는 여전히 나를 캣이라 부르고 우리 둘 다 신경쓰지 않는다. 아이들은 때때로 묻지만. 언젠가는 그들에게도 모든 이야기를 해줄 것이다. 나는 그들에게 그 이야기를 빚졌다.

이제 대니얼과 태어나지 않은 아기가 죽은 지 십 년, 내가 재혼한 후로 육 년이 흘렀다. 나는 축복과도 같은 두 어린 딸에 대해 하느님께 감사한다. 나는 그애들이 남자아이가 아니라서 기쁘다. 그러면 더 힘들었을 것이다. 그러나 쌍둥이를 가진 걸 처음 알았을 때 달갑지 않은 충격을 받았던 건 인정한다. 어쨌든 그애들은 일란성쌍둥이가 아니고, 다행히 나와 캐럴라인이 가져본 적 없는 친밀함을 공유한다. 나는 둘을 사랑한다. 정확히 똑같이.

돌아보면 벤과 내가 이혼한 것은 불가피했다. 그가 나를 다시 찾아낸 후로 우리가 그냥 잘 지낼 수 있으리라는 기대는 무리한 것이었다. 너무 힘든 일은 그뿐만이 아니었다. 언론이 대니얼의 죽음과 내가 가족을 버린 비참한 사연을 파헤친 탓에 치러야 했던 끔찍한 유명세. 지속적인 증오의 대상이 되는 부담(로베르토 몬테이로는 항상 영웅이긴 했지만 이제 신의 선택을 받아 영원히 늙지 않는 남자, 절대적인 숭배의 대상이 되었다). 약을 끊으려는 몸부림. 결국 어쨌든 그쪽으로는 도움을 받아야 한다는 사실이 드러났다. 그러나 그런 것들도 죽은 아이들에 대한 슬픔과 로비를 향한 끔찍한 죄책감에 비하면 아무것도 아니었다. 나는 로비를 약간 사랑했던 것 같다. 단지 벤과 비슷해서가 아니라 그라는 사람 자체로. 벤과 나는 인정하기를 꺼렸지만 둘 다 서로의 외도 상대를 질투했다―내가 잘생긴 젊은 축구선수와 잤을지 모르지만 그는 내 동생과 잤다. 너무 암울했다. 결정적인 건 도망친 나에 대한 벤의 분노였던 것 같다. 일단 나를 찾은 안도감이 희미해지자 그도 자신을 어쩔 수 없었다. 우리는 일상적인 일들을 둘러싼 사소한 다툼, 분노와 질투와 포기로 가득찬 싸움의 나락으로 떨어진 자신을 발견했다. 일 년 가까이 시간이 지나도 좋아지지 않자 계속 노력하기보다 갈라서는 게 더 쉬워 보였다. 그는 처음에는 원치 않았다―하지만 마침내 내가 떠났고 한동안 엄마와 지냈다. 결국은 우리 둘 다 그냥 지쳤던 것 같다.

우리는 언덕을 따라 들판으로 내려간다. 찰리는 내가 줄을 풀어주자 껑충껑충 뛰어간다. 요즘에는 행동이 좀 느려졌다. 이제 거의 열한 살이다. 나는 달리는 딸들을 내버려둔 채 여전히 생각이 이리저리 떠도는 걸 발견한다. 최근에는 딸들을 생각하는 마음이 좀더 편해졌다. 아이들이 유괴되거나 익사하거나 차에 치일 수 있다는 강박과 공포가 약간 덜해졌다.

내가 재혼하도록 손을 쓴 건 에인절이었다. 그녀가 결국 벤의 친구 중 한 사람, 낙하산 점프를 하는 또다른 지루한 회계사랑 맺어질 줄 누가 상상이나 했겠는가? 그러나 그녀는 상담을 받으러 다

넣고 약과 도벽을 끊었고 돈 때문에 남자랑 자는 일도 그만두었다. 그녀를 생각하면 기쁘다. 그녀는 항상 결혼을 잘할 것 같았다. 그런 타입의 여자다. 그리고 이제 그녀에게는 싸가지 없는 부자 남자친구 대신 사랑 많은 부자 남편이 있다. 그녀는 팀의 가능성을 알아보았고 그는 결국 대단히 괜찮은 신랑감으로 드러났다. 그는 그녀를 동화 속 공주처럼 대한다. 그녀가 무슨 수를 썼는지는 몰라도 팀은 그녀의 과거를 받아들였을 뿐이다. 벤이 나를 찾아낸 후 첫 크리스마스에 우리가 두 사람을 소개한 순간부터 그는 그녀에게 홀딱 빠졌다. 그녀가 완전히 팀에게 돌아서기까지는 한참이 걸렸지만, 이제 그녀는 그에게 새끼를 돌보는 암사자의 성실함을 보여준다. 내게 그랬던 것처럼. 물론 더이상 카지노에서 일하지는 않는다. 그녀는 요즘 스페인 남부의 3000미터 상공에서 자유낙하를 하거나 노트북으로 주식거래를 하며 쾌감을 얻는다—주식거래는 팀에게 배웠는데 꽤 잘한다. 그녀는 늘 머리가 좋았다.

그러나 자기 결혼식 때 보여준 교활함은 믿을 수 없다. 그녀가 하리라고 예상할 수 있는 모든 것을 능가하는 짓이었다. 좋다, 결혼식에서 함께 입장할 아버지가 없다고 치자. 그렇다고 벤을 고르다니? 얼마나 어처구니없고, 얼마나 계산적인지. 그녀는 우리가 서로 마주치지 않을 수 없을 것을, 도망칠 수 없을 것을 알았다. 비록 나는 죽도록 노력했지만.

나는 전남편에게 뭐라고 말할지 고민하며 자동차 좌석에 푹 파묻혀 있던 육 년 전 그 순간으로 돌아간다. 그에게서 도망치려다가 그를 칠 뻔했다. 빨리 감기를 한 프롬프터처럼 고작 몇 초 사이 모든 생각이 빠르게 스쳐지나갔다—에인절이 어떻게 나한테, 제일 친한 친구라는 나한테 이럴 수 있지? 왜 벤은 나와 말을 하겠다고 달려오고 있지? 과연 그가 바라는 것은 무엇일까? 내가 자기를 치려 한다고 진심으로 생각할까? 단지 그를 지나쳐 도망치려고 할 뿐이란 걸 확실히 알까? 신부와 함께 입장하다니 대체 무슨 생각이었지? 왜 에인절은 그렇게 깜찍한 거짓말을 했지? 왜 그가 해외에서 일하고 있어서 맹세코 결혼식에는 올 수 없다고 말했지? 그는 여기 누구랑 왔을까? 새로 생겼다는 여자친구는 어디 있지?

어느 것도 미처 알아내지 못한 그때 조수석 문이 확 열리더니 벤이 차 안으로 달려들었다. 내 기억보다 큰 모습이었다. 그는 내가 도망가는 것을 막으려 했던 듯하다. 이제 차를 몰고 떠나도 그와 같이 가게 될 것이었다. 나는 충격에 휩싸였던 것 같다. 똑바로 앞을 보며 앉아 창유리 너머 그를 칠 뻔한 빛바랜 검은색 후드를 바라보았다. 내 숨은 얕고 불안정했다. 벤은 분노해서 미쳐 날뛰고 있었다. 그의 그런 모습을 한 번도 본 적이 없었다.

"씨발, 당신 뭐하려는 거야, 미쳤어?" 그는 내 얼굴에 대고 소리를 질렀다. "날 죽일 수도 있었어." 그러고 나서 자신이 무슨 말을 했는지 깨닫는 듯했지만 멈추지 않았다. 분노가 아직 가라앉지 않았다.

"어쨌든 여기서 뭘 하고 있어? 에인절이 당신은 어머니와 같이 말라위에 자원봉사하러 갔다고 했는데." 이 말에, 에인절의 교활함에 내가 콧방귀를 뀐 것이 생각난다.

"웃지 마. 씨발, 하나도 안 웃겨. 모두가 기쁜 이날을 망치려는 거야? 당신 동생이 우리 결혼식에서 그랬던 것처럼? 왜 그냥 나를 혼자 내버려둘 수 없어? 왜 자꾸 나를 괴롭히는 거야?"

나는 그때 말을 끊었다. "당신을 괴롭힌다고? 괴롭히려는 게 아니야. 당신을 보고 싶지도 않았어. 장담할 수 있어. 에인절이 당신은 안 올 거라고 인생을 걸고 맹세했어. 나라고 이런 상황을 바란 줄 알아? 그냥 집에 가고 싶을 뿐이야. 당신을 치려고 한 것도 아니었어. 내가 그렇게까지 미치진 않았어. 그냥 이런 상황을 피하고 싶었던 거라고." 나는 고통스러운 그 마지막 말을 내뱉고 나서 몸을 비틀어 처음으로 그를, 그의 얼굴을 마주보았다. 그러자 마치 심장이 또 한번 90도 회전을 해서 한때 결혼해 살았던 이 남자에 대한 무조건적인 사랑으로 돌아간 것 같았다. 그 마음이 숨겨지지 않았고 그는 내 얼굴에서 그걸 보았다. 그는 차 안에서 몸을 숙여 나를 잡았다. 부드럽기는커녕 여전히 분노에 가득찬 손길이었다. 그리고 나를 죽일 듯한 기세로 키스했다. 곧 나도 그에게 키스하고 있었다. 차 안에서 서로를 아주 세게, 아주 어색하게, 아주 격렬하게 당기던 우리는 곧 그와 헤어질 여자친구를 포함해 모든 사람이 보고 있다는 것도 까맣게 잊어버렸다.

찰리는 나무 아래 긴 풀 사이에 누워 있다. 찰리에게는 벌써 너무 덥다. 딸들은 옆으로 재주넘기를 하고 있다. 나는 아이들에게 손으로 바닥을 짚을 때 조심하라고, 여기 쐐기풀이 있다고 소리친다. 벤과 떨어져 있던 이 년간 찰리가 아주 많이 그리웠고, 이제 함께 지내서 정말 좋다. 런던에서 함께 새집을 마련하기로 결정한 것도 너무 기쁘다. 어쨌든 벤은 런던에 살고 있었다―나는 에인절의 결혼식 다음주에 바로 그와 살림을 합쳤다. 우리 둘 다 잃을 시간이 더는 없다고 느낀 것 같았다. 그리고 몇 달이 지난 후 우리는 햄프스테드의 그 호텔, 벤이 처음 나를 찾아냈을 때 우리가 묵은 그 호텔에서 멀지 않은 곳에 작은 집을 샀다. 체셔의 작은 동네에서 중립적인 영역에 살아보려던 원래 의도는 절대로 옳게 느껴지지 않았다. 우리는 정말이지 도시 사람들이니까. 맨체스터 또한 선택지가 아니었다. 그래도 나는 이곳을 사랑한다. 이 괴물 같은 도시 한가운데서 땅과 하나되는 기분을 느낄 수 있으리라고 누가 상상이나 했겠는가?

나는 지금도 이따금 사이먼을 만난다. 마침내 아내와 갈라서고 행복해하는 모습을 보는 게 좋다—그는 아들이 열여덟 살이 될 때까지 기다렸고, 그답게 존경할 만한 행동이다. 그의 여자친구도 정말 매력적이다. 나는 요즘 엄마와 가까운 거리에 사는 행운도 누린다. 이제 그녀는 손녀들을 더 자주 볼 수 있는 곳으로 이사했다. 물론 캐럴라인 때문에 비탄에 빠져 있지만 바라건대 앞으로 마음이 좀더 편해질 것이다—적어도 더 걱정할 일은 없을 테니까. 그녀는 캐럴라인이 마침내 평화롭게 쉬기를 기도한다. 아버지 또한 지금까지 잘 지내고 있는 듯하다. 무서운 새 아내를 만난 후로 딴사람이 된 것 같다. 아마도 언젠가는 그것이 우리 모두에게 해방임을 알게 될 것이다.

캐럴라인에게는 이제 분노도 죄책감도 들지 않는다. 나도 그녀를 용서하기가 너무나 어렵다고 느꼈지만 그녀는 자신을 절대 용서하지 못했던 것 같다. 십 년이 넘는 비참함과 자기학대의 세월은 적어도 그녀, 고통받았던 불쌍한 내 쌍둥이 여동생에게는 끝났다. 벤은 그녀를 다시 보지 않겠다는 약속을 지켰고 그래서 나도 그녀를 거의 보지 못했다. 그 사실이 슬프지만 그동안 있었던 일을 생각하면 그녀의 이야기는 그렇게 끝날 수밖에 없었을 것이다.

나는 딸들과 함께 연못 사이를 걷는다. 찰리를 불러 몸을 숙이고 다시 줄을 매준다. 찰리가 오리들을 쫓아가는 건 원치 않는다. 고개를 들자 수영을 일찍 끝마쳤는지 나를 향해 다가오는 남편이 보인다. 그는 주말 신문과 테니스코트 옆 카페에서 산 커피와 갓 구운 빵을 들고 있다. 내 심장이 쿵 내려앉았다가 빠르게 뛴다. 우리의 쌍둥이 딸들이 외친다. "아빠." 그리고 찰리는 줄을 잡고 있던 내 손에서 벗어나 다시 강아지처럼 달린다. 찰리가 그를 향해 속도를 내고 벤이 찰리의 목걸이를 잡는다. 그러고 나서 쌍둥이도 그곳에 도착한다. 나는 부드러운 풀밭에 몸을 던지는 내 가족의 모습을 본다. 달콤한 공기 속으로 웃음소리가 번진다.

2010년 초여름, 엄마의 건강이 설명할 수 없이 나빠지고 있던 시기에 이 책을 썼습니다. 엄마가 계속 버틸 수 있도록 원고를 읽어달라고 격려하면서요. 그때는 이야기가 어디로 갈지 저 자신도 잘 몰랐습니다. 저는 어디서나 모든 곳에서 글을 썼고―침대에서, 친구 집 정원에서 노는 아이들을 보면서, 병원에서, 당시 일하던 더블린으로 가는 비행기 안에서―이유는 알고 싶지 않지만 항상 엄마를 위해 책을 끝마쳐야겠다는 마음이 저를 이끌었습니다. 엄마가 돌아가시기 며칠 전에 초고를 마무리했습니다. 이 책은 엄마를 위한 것입니다.

실비아 블랑슈 해리슨
1937년 9월 7일~2010년 7월 3일

옮긴이 **윤미나**

고려대 영어영문학과를 졸업했으며, 현재 출판번역가로 활동중이다. 지은 책으로 『굴라쉬 브런치』가 있으며, 옮긴 책으로 『운명은 제 갈 길을 찾을 것이다』 『꼭두각시 인형과 교수대』 『겨자 빠진 훈제청어의 맛』 『그림자라면 지긋지긋해』 『디센턴트』 『불평하라』 『사랑을 쓰다』 『단 한 번도 비행기를 타지 않은 150간의 세계일주』 등이 있다.

문학동네 세계문학
그녀의 세번째 이름

초판 인쇄 2019년 1월 17일 | 초판 발행 2019년 1월 31일

지은이 티나 세스키스 | 옮긴이 윤미나 | 펴낸이 염현숙
책임편집 박아름 | 편집 황문정 | 모니터링 이희연
디자인 고은이 이원경 | 저작권 한문숙 김지영
마케팅 정민호 정진아 함유지 김혜연 박지영 김수현 | 홍보 김희숙 김상만 이천희
제작 강신은 김동욱 임현식 | 제작처 한영문화사

펴낸곳 (주)문학동네
출판등록 1993년 10월 22일 제406-2003-000045호
주소 10881 경기도 파주시 회동길 210
전자우편 editor@munhak.com | 대표전화 031) 955-8888 | 팩스 031) 955-8855
문의전화 031) 955-8862(마케팅) 031) 955-2654(편집)
문학동네카페 http://cafe.naver.com/mhdn | 트위터 @munhakdongne
북클럽문학동네 http://bookclubmunhak.com

ISBN 978-89-546-5462-3 03840

www.munhak.com